COMPTINE EN PLOMB

DU MÊME AUTEUR

Natures mortes, Archipoche, 2007.
La Gaga des traboules, L'Archipel, 2007.
Mister Conscience, Archipoche, 2006.
　Prix LGM-Lire, 2007.
La République de Gus. C'est pour rire, c'est un roman,
　A contrario, 2004.
La Saône assassinée, Le Masque, 2004.
L'Enfant au masque, Le Masque, 2003.
Étranges nouvelles de Bourgogne, éditions JPM, 2003.
L'Inconnue de l'écluse, Le Masque, 2002.
Stone, le cercle des initiés, Flammarion, 2002.
Les Sorciers de la Dombes, Viviane Hamy, 2001.
La Peste blonde, Viviane Hamy, 2001, J'ai Lu, 2002.
Implacables vendanges, Viviane Hamy, 2000.
　Prix Métiers et Culture 2001.
Les Croix de paille, Viviane Hamy, 2000, J'ai Lu, 2002.
　Prix Océanes 2001.

PHILIPPE BOUIN

COMPTINE EN PLOMB

ARCHIPOCHE

www.archipoche.com

Si vous souhaitez recevoir notre catalogue
et être tenu au courant de nos publications,
envoyez vos nom et adresse, en citant ce livre,
aux Éditions Archipoche,
34, rue des Bourdonnais 75001 Paris.
Et, pour le Canada,
à Édipresse Inc., 945, avenue Beaumont,
Montréal, Québec, H3N 1W3.

ISBN 978-2-35287-134-7

Copyright © L'Archipel, 2009.

*À l'enfant qui rêvait
dans les dunes
en parlant à son chien...*

*De même, en toute amitié,
qu'à Kléber Beauvillain
et à Gilles, son fils, qui l'ont encouragé.*

Avertissement

Puisqu'il faut mourir pour renaître...
Toute ressemblance avec des personnages imaginaires serait une pure coïncidence.
Ou peut-être le contraire.
Fictifs, réels... Qu'importe. Je les ai tous tués.
Ils ne sont plus que d'encre.

1

Imagine... Vois au loin, aux confins des longues plages blondes, entre les vagues grises et les dunes dorées, vois passer le malheur qui entre dans la ville.

Comme un fin corbeau freux aux ailes anthracite, il se fond dans la bruine d'un automne nordique.

Luxueux corbillard, drapé de métal noir, ses vitres sont fumées. Nul ne peut distinguer ses discrets passagers.

D'où viennent-ils, de quel pays, de quel cimetière ?

La plaque de la voiture indique qu'ils débarquent d'Angleterre.

À quelques encablures, par-delà le Channel, on aperçoit ses côtes quand le soleil se pointe. Du Gris-Nez, du Blanc-Nez, des deux caps avancés qui tutoient la cité, Douvres et Folkestone semblent à portée de main. Une illusion, il n'en est rien. Mais pour les pauvres diables fuyant le bout du monde, là où vivre debout s'accorde avec mourir, la terre tant promise est enfin accessible.

Utopie ! Calais est un cul-de-sac. Entre elle et sa voisine il n'y a que de l'eau, une mer emmurée dans des falaises abruptes, un pas infranchissable autrement qu'en bateau.

Du moins à cette époque...

C'était il y a longtemps...

Formule expéditive : d'hier et d'avant-hier, ambiguë à hurler, cette histoire sanglante date aussi d'aujourd'hui.

Ce drame n'a pas d'âge.

Accroché aux remords de ceux qui l'ont vécu, il traverse le temps avec ses inconnues.

Aucun de ses acteurs n'a bouclé le dossier – ou osé l'archiver – les morts qu'il emprisonne n'ont pas été vengés.

Enfin pas tout à fait ; pitoyable constat que les tenants du verbe ont prudemment gommé de leurs communiqués.

De manière officielle, l'affaire est close, justice est faite, du moins ce qui lui ressemble et convient aux caciques.

Incompétence ? Machiavélisme ? Ni l'un ni l'autre, plutôt un compromis : certains mystères obligent les sages à se taire.

La vérité, parfois, est pire qu'un mensonge.

… *Mais l'émotion nous emporte, notre récit dérape, revenons à notre point de départ…*

L'affaire qui nous retient commence un jour férié, dans le crachin de la Toussaint, sur la digue interminable où, tel le cheval de Troie, silencieuse et équine, la limousine noire avance avec lenteur.

Outre l'horreur et l'épouvante, on ne sait qui elle transporte.

Des gens, certes, faits de chair et de sang, puisque dans leurs bagages ils importent la mort. Mais pourquoi ? Dans quel but ? Ont-ils prémédité les crimes qui seront perpétrés ?… En seront-ils les artisans, les témoins impuissants ou les éléments déclencheurs ?

Vengeance ? Schizophrénie ? Simple coïncidence ?

Multiples sont les pistes.

Supposons, par exemple, que l'assassin les attendait pour tuer. Pour un motif qui nous échappe, admettons par principe qu'il ne pouvait agir avant qu'ils le rejoignent.

Si cette théorie est avérée, interrogeons-nous sur leurs rapports exacts : sont-ils ses complices ou ses commanditaires ?

Question qui en entraîne une autre : pourquoi ces gens voudraient-ils tuer, ou faire assassiner, des citoyens paisibles, sans ambition ni fortune, étrangers à leur caste ? Ces malheureux ne leur ont jamais fait d'ombre ! Ils ne savent même pas que ces nantis existent !

Non, cent galaxies, au moins, séparent les victimes de ces notables aisés.

Pourtant leur arrivée va bientôt déclencher un massacre : huit innocents vont mourir. Et tous tragiquement dans la brume flamande.

Pour quel motif ? Pour quelle haine ? Dans ce brouillard intemporel, mélange de passé, de présent, de futur, où est la vérité ?

À bord d'un paquebot, accoudé au bastingage, un vieil homme la connaît...

Il sait tout : le pourquoi, le comment, le nom de l'assassin...

Depuis des décennies, il est le seul, ou presque, à garder ce secret.

Ses longs cheveux d'étain, mousseux comme de l'écume, flottent dans le vent du large. Son visage meurtri, scarifié par les luttes, se penche vers l'enfant.

L'échéance approche, il est temps pour lui de la confier à quelqu'un.

Ses mots sortent sans peine, remontent dans le temps :

— Imagine... Vois au loin, aux confins des longues plages blondes, entre les vagues grises et les dunes dorées, vois passer le malheur qui entre dans la ville.

2

Au sud-est de Calais, le Café du Canal ne payait pas de mine. C'était un vieux troquet bruni par le tabac, au sol semé de sciure, meublé dans l'anarchie de banquettes fendues, de tables au bois terni et d'un crachoir en cuivre.

En semaine, dès 6 heures, avant que le ciel ne s'ouvre, il faisait toujours le plein. Sac au dos – gamelle à l'intérieur –, casquettés, Gauloise au bec, les compagnons de la bistouille s'y arrêtaient pour souffler. La plupart se déplaçaient à vélo, levés bien avant l'aube pour aller travailler – souvent par moins dix quand ce n'était pas pire. Ils venaient de loin, ces hommes endurcis, du Beau-Marais, des Attaques, du Pont-d'Ardres, rêvant de posséder un véhicule à moteur. Les plus raisonnables se voyaient sur une mobylette, les plus ambitieux au volant d'une Dodoche.

Tullistes, dockers, P1, P2, P3 enchaînés aux machines se retrouvaient autour du comptoir de René, le patron du bistro. Là, d'un geste arrondi, mille fois répété, ils versaient leur schiedam dans un jus noir épais, passé à la chaussette, fleuri de chicorée. La bistouille, potion magique du pauvre, se tenait ainsi prête à réchauffer leurs muscles.

Et cette confrérie, le jour dit du Seigneur par les bourgeois rigides – engeance qu'elle haïssait –, y revenait en costume du dimanche. Toujours le même, mais impeccable. Signe de reconnaissance, seule la casquette était inamovible.

Son attachement à ce troquet n'avait rien de sentimental. L'appât du gain, l'argent facile, le goût du jeu y attiraient ses séquelles – un jeu antique dont la règle est la loi du plus fort, avec la mort du vaincu dans la plupart des cas. Il fallait être du coin pour savoir qu'il se pratiquait là, presque en catimini, dans l'arrière-salle du café, un lieu discret qu'aucune pancarte n'indiquait.

Or, en ce premier dimanche de novembre 1965, il avait de nouveau cours avec un beau plateau de tueurs. Les initiés étaient donc au rendez-vous, en famille, prêts à risquer cinq francs sur quelques gouttes de sang.

Le bistro était bondé, le vieux zinc pris d'assaut. Dans une fumée à couper au sécateur, la bière coulait à flots, les hommes peignaient la Terre en rouge, les femmes papotaient en berçant les bébés, les enfants sirotaient leur Fanta ou couraient entre les tables. C'était la fête, les jeux du cirque, *morituri te salutant* et après nous les mouches ! Demain, on reprendrait le vélo, le chemin du boulot, avec une croix sur le calendrier qui ne signifierait rien, sinon que le temps passe, que la retraite est encore loin.

Dans ce maelström, isolé au bout du comptoir, un grand type osseux, d'allure rébarbative, alignait des chiffres sur un petit carnet. La cinquantaine, le visage grêlé comme un os de seiche, vêtu tel un clodo, il semblait ne pas entendre ce qu'on disait autour de lui. Ben Barka venait de se faire enlever. Candidat de la gauche, Mitterrand se présentait à la présidentielle et de Gaulle, solennel, prédisait l'apocalypse s'il n'était pas élu. L'égaré de Vichy contre l'homme de Londres. On ne parlait que d'eux et on rebuvait des bières pour noyer son dépit, sa haine ou sa révolte. Ailleurs, l'esprit accaparé par ses calculs, l'absent n'écoutait pas les cris de ses semblables. À la vérité, il leur était différent. En dépit de ses fringues, de ses bottes écorchées, il émergeait du lot par l'ampleur de sa bourse.

Le sieur s'appelait Marcel Lefèvre, un nom courant dans le pays. Témoin de sa fortune, un chef d'orchestre célèbre, Calaisien également, partageait ce patronyme. Une fierté pour ceux d'ici. Alors, pour distinguer notre homme dans la foule des Lefèvre, on le surnommait « Monsieur Pigeon ». Ce n'était pas gratuit puisqu'il faisait commerce de tout ce qui se mangeait : volailles, fruits et légumes. Sans pour autant l'enrichir, sa modeste fermette le mettait à l'abri. Il ne manquait pas d'argent et savait le gérer. Un peu trop de l'avis général. La rumeur le disait pingre, en quoi elle visait juste : M. Pigeon était célibataire, non par manque d'occasions, mais parce qu'une épouse, à ses yeux d'Harpagon, coûtait la peau des pieds.

Et en ce beau dimanche, au comptoir de René, si Pigeon le rapiat dépensait quatre sous, c'était avec l'espoir d'en gagner en retour.

Lui aussi était là pour le jeu, avec un bécarre à la clé : il faisait partie de ceux qui le menaient.

L'affaire s'amorçait gentiment. Les combats, jusqu'ici, lui avaient été profitables. Ses poches s'étaient gonflées d'un tas de Richelieu. Avec un peu de chance, s'y ajouteraient des Bonaparte. C'étaient ces dividendes qu'il calculait en douce, à l'aide de règles probabilistes qui auraient surpris Tchebychev. Certes, il s'était arrêté au certif', mais pour parler d'argent il surpassait les banquiers : « Je vais tenter vingt balles sur le bestiau de Jean, songea-t-il, il ne vaut pas plus. Ou je les perds ou je multiplie ma mise par trois. Pas grave si je les paume, je me rattraperai avec celui d'Albert. C'est du sûr, son Zorro, à au moins cinq contre un. À cent balles, j'aurai gagné ma journée. Et si le Zorro crève dans la bagarre, je ferai la culbute avec mon César. Lui, y en a aucun qui peut le battre. Ça me fera pas bézef, mais je rentrerai dans mes frais. »

Limité à trois cents mots, gains, bénéfice, épargne remportaient les faveurs de son vocabulaire. Le dictionnaire de René n'en comptait guère davantage. Pour cet ancien boxeur imbibé de houblon, devenu bedonnant, bouffi et boursouflé, le langage était subordonné à des catégories. Trop lourd, il faisait mal. Léger, il volait au-dessus des cheveux. Ni pesant ni frivole, le coq avait sa préférence. C'était de circonstance.

— Alors, monsieur Pigeon, il va donner quoi votre César ?

Il s'était approché de lui en essuyant ses verres, histoire d'être gracieux comme il l'était toujours avec un vieux client. Morose, le volailleux le regarda de biais.

— Il va gagner, il gagne tous ses combats. Ch'ot l'tirelire qui va perdre, y en a pas grinmin qui vont parier cont' lui.

— Bah ! Vous bilez pas, y se trouve toujours un timbré pour tenter le gros coup.

— Ouais, possible, on verra bien.

Sans trop y croire, M. Pigeon jeta un œil à la pendule, un objet illisible offert par un brasseur. Dieu qu'il la détestait ! Ses fines aiguilles, ses chiffres romains, sa forme tarabiscotée lui sortaient par les trous de nez. Depuis que l'ORTF en avait lancé la mode, on n'en fabriquait plus que des tordues.

— Bon, s'écarta-t-il du zinc, 15 h 31, ça va être à nous, j' vos préparer César. S'agit pas d'être en retard, ça fait mauvais effet.

D'une pliure du menton, René l'approuva, d'autant que peu à peu des coqueleux entraient, porteurs de lourdes cages. À l'intérieur de celles-ci, entre de fins barreaux, objet de tous leurs soins, des coqs s'énervaient – des coqs de combat, asociaux de naissance, élevés pour tuer des coqs de la même espèce qu'eux. Leur violence était une manne. Il rapportait du franc à leurs propriétaires et aux accros du sort qui, suivant leur instinct, misaient jusqu'à leur slip.

Leur mort, ou leur victoire, était le but du jeu qui fédérait ces gens. Un jeu du Nord, ancestral et barbare, mais parfaitement légal, comme l'est, dans le Sud, la tauromachie. Qu'on ne le juge pas. Il faut être du froid pour en aimer la braise.

La cour du Café du Canal, trop petite, ne pouvait accueillir toutes les cages. Aussi, alentour, les confrères de René en hébergeaient-ils depuis potron-minet. Chacun s'y retrouvait, les fûts de bière se vidaient plus vite qu'on ne les mettait en perce, les cornets de frites s'empilaient sur les tables, les tiroirs-caisses tintaient comme un jour de ducasse.

D'une démarche oscillante, M. Pigeon se joignit aux derniers arrivants, exploitants agricoles de son niveau social, qui tiraient bénéfice de la moindre ressource. Les grandes terres à blé, les champs de betteraves s'étendent plus à l'est. De la Côte d'Opale aux dunes de Zuydcoote il n'y en a guère. Le grenier de la France s'arrête à la Flandre maritime. La survie, pour ces petits fermiers, passe par profiter de ce qu'ils ont sous la main – dont les coqs de combat et leur hargne juteuse.

Parmi les nouveaux venus, l'avaricieux remarqua un petit homme, trapu et gras de traits, plus mal vêtu que lui, qu'il connaissait depuis la communale. Heureux de le retrouver, il l'aborda joyeusement :

— Comment vas-tu min Doudou ? T'es venu avec tin zigouilleur ?

— Tiens ! T'es là, ti ? J' m' disos aussi que ça sentot l' César.

M. Pigeon rigola, sans malice ni dédain. Édouard et lui avaient été prisonniers en Allemagne, ensemble, dans le même camp. Ils en gardaient une amitié indéfectible que l'honneur d'un coq, si prestigieux fût-il, ne pouvait menacer.

— Ah ! m'in parle pas, larmoya-t-il, j' l'o amené pace' que j' l'avos promis... Pauv' César, on va voir ce qu'il a din l' bec.

Le simiesque tiqua, pas né de la dernière pluie.

— M' fais pas marcher, m' fieu, j' connais le coup du « on va voir ». Ch'ot pas mi qui parieros contre lui, trouve une aut' poire pour faire avaler qu' eut' terreur est patraque.

— J'ai pas voulu dire cha.

— T'as essayé, p'tit bellot, ch'ot loupé.

Comme outragé, Pigeon toisa l'accusateur. Puis se mit soudain à rire.

— D'accord, min Doudou, ch'tot juste pour m'assurer qu' t'avos encore eut' tête.

— Ben voyons. Ch'ot pas à un vieux bourrin qu'on apprend à faire eud' grimaces.

Par délicatesse, le fesse-mathieu évita de relever l'erreur. Cheval ou singe, peu importait la confusion, ils étaient là pour les coqs, il était plus que temps de s'occuper de leurs plumes.

À la queue leu leu, d'un pas traînard, les hommes s'engagèrent dans un couloir étroit, à peine éclairé par une loupiote au rabais. Comme venant du magma, y grondèrent des clameurs, sourdes et étouffées. Et celles-ci explosèrent quand le premier de la file poussa la porte du gallodrome. On y annonçait le prochain combat, les paris reprenaient dans un feu volcanique.

Habitué à cette folie, M. Pigeon n'y prêta aucune attention. Ce fut indifférent qu'il entra dans la salle – un cloaque vicié plus enfumé qu'un bouge, dégarni de fenêtres, où la lumière se répandait avec économie. De tous côtés, dans des gradins obscurs, dressés autour d'un petit ring fermé par un grillage, fantomatiques dans la pénombre, des hommes hurlaient en agitant des billets de banque.

— Cinquante sur le bleu ! Cinquante sur le bleu !
— Cent sur le rouge !
— Cinquante, monsieur ? Je tiens !
— Vingt de plus sur le rouge !
— Va pour cent vingt !

Enfiévrés, hystériques, les parieurs faisaient péter la cote, sans réfléchir au lendemain, aux factures à régler. Les salaires étaient bas. Avec une paye de huit cents francs, on passait pour Crésus. Alors gagner ou perdre n'avait plus aucun sens, l'argent plus de valeur, ce n'était qu'un véhicule pour échapper au quotidien, avec un taux d'adrénaline élevé, propre à étourdir, oublier ses emmerdes pendant un court instant – pas plus de six minutes, la durée d'un combat.

Six minutes d'évasion si l'affrontement allait à terme.

Assorti d'un prélude de folie qu'un coup de gong acheva.

La pression monta alors d'un cran.

Des petits vieux cravatés ouvrirent les portes du ring. Face à face, dans les cris, deux coqueleux présentèrent leurs champions. Ultime cérémonial, les juges vérifièrent la longueur des ergots métalliques – des dagues effilées, solidement nouées aux pattes des tueurs –, puis, ce rituel accompli, le combat commença.

Nul n'était besoin d'exciter les coqs, ils se détestaient naturellement. Sitôt lâchés, ils se jetèrent l'un sur l'autre avec une rage inouïe. Ce fut une ruée, on ne vit bientôt plus que des plumes emmêlées où, dans un fatras d'incarnat, de vert jaune de blé et de rose orangé, l'œil ne put discerner lequel des deux furieux avait pris l'avantage.

Dans les gradins, au paroxysme de l'exaltation, le public hurla de plus belle. On s'égosilla pour encourager le bleu, on trépigna pour stimuler le rouge, comme si les volatiles comprenaient ce qu'on leur criait.

Çà et là on entendit des « Tue-le ! », des « Vas-y min biau ! », des « Étripe-le ! » jusqu'à ce que, tout à coup, à ce tollé de sourds succédât un grand ah ! Le bleu venait de terrasser son adversaire. Méprisant, gonflé d'orgueil, il le laissa agoniser, tourna autour du ring, crête dressée, plus fier-cul qu'un richard, avec l'air d'un rétiaire bravant les plébéiens.

— Ben dis donc, souffla Édouard à l'oreille de Pigeon, ça a pas fait un pli, hein. Une minute vingt et couic ! Enlevez, eul' poule est cuite.

— Ch'est souvent com' cha. Dommage, j'aurais dû parier.

— Pourquoi ? T'y croyais à ch' bleu ?

— Vi, l'avot deul' nerf, ch'tot min favori.

Déçu, l'avaricieux vit les billets qui changeaient de mains pendant que les officiels, sans aucun état d'âme, récupéraient le vaincu pour l'achever d'un coup. On nettoya le ring du sang qu'il y avait versé. Le propriétaire du vainqueur récupéra son champion. Tout était de nouveau en ordre, l'arène appartenait aux combattants suivants.

— Bon, j' vos chercher César.

— Il est où ?

— Derrière, din l' jardin. J'seros de retour din queq' minutes.

Sans plus parler, encore bourré de regrets de n'avoir pas misé, M. Pigeon s'éclipsa par une porte dérobée.

Ne la poussaient que les personnes autorisées.

Au bout d'un second couloir, plus sombre que le précédent, une planche en bois pourri munie d'un loquet déglingué servait de sésame pour accéder à un maigre jardinet. Entre brique et parpaing, René y faisait pousser quelques chicons. Le reste du sol, cimenté à la va-vite, alignait des fissures creusées par la gelée. Pas de voisins visibles, un mur le séparait des maisons mitoyennes. Sur la droite, isolé, se dressait un curieux édicule, croulant et méphitique : huit mois auparavant, il servait de toilettes. Sous la pression des services de l'hygiène, René avait dû en faire construire des modernes, plus conformes aux attentes d'un pays civilisé. Ainsi fait, aux cabinets à la turque et aux pages de journaux, avaient succédé des WC à lunette et du papier de soie. À l'intérieur. Au chaud. Progrès considérable.

Mais, dans cette cour, ce qui n'avait pas changé, c'était le rassemblement de coqs. On les y parquait au calme, séparés à bonne distance, dans des cages couvertes de larges étoffes. La seule vue d'un rival les mettait en furie. Au summum de la rage, ils pouvaient se blesser et, trop faibles pour combattre, déserter le chemin de la gloire et du fric. Pour éviter ce désastre, il convenait de les cloisonner. Dans cet esprit, Pigeon, en coqueleux avisé, avait parqué César dans l'encoignure d'un mur, à un intervalle respectable de ses concurrents.

Pas de chant, César devait dormir. Excellent, pensa l'homme, il serait en pleine forme pour affronter son adversaire. Sous un soleil timide, il s'approcha de la cage, s'accroupit, souleva doucement le drap qui la masquait et, les yeux écarquillés, la gorge bloquée par la stupeur, ne put que murmurer, brisé par ce qu'il vit :

— Non… Qui ch'ot l'ordure qu'a fait cha ?

Allongé sur sa litière, César gisait dans une mare de sang, le cou tranché, le corps dans un coin, la tête dans un autre.

— Min pauv' César… Ch'ot un cauchemar.

Mais au-delà de l'émotion, en dépit de la rage qui bouillait dans ses tripes, un choc cataclysmique dévasta son cerveau : au milieu de la cage, anachronique, droit, prêt à charger, un soldat de plomb pointait sa baïonnette sur lui.

Un poilu de Verdun, fondu à l'ancienne, tel qu'on en produisait jadis.

— Ch'ot quoi ch' truc de timbré ?

D'une main tremblante, le coqueleux ouvrit la cage, retira la figurine, l'examina sous tous les angles.

— D'où y vient ch' machin ?

Le ciel en fut témoin, jamais il n'obtint la réponse.

Marcel Lefèvre, alias M. Pigeon, sentit une lame s'enfoncer entre ses épaules, d'un coup oblique, en haut des cervicales. La douleur fut si violente qu'il en oublia de crier, plus occupé à chercher l'air qui lui manquait déjà.

Et son martyre ne fit que commencer…

L'agresseur prit tout son temps pour retirer la lame, lentement, très lentement, décidé à lui faire sentir les morsures de la mort. Lorsqu'il l'eut récupérée, il la replongea entre ses omoplates, en appuyant de tout son poids pour que Pigeon souffrît au maximum. Ce dernier s'affaissa, le visage plaqué dans l'herbe et la cataire, incapable de se défendre ou de voir son meurtrier.

Celui-ci s'acharna. Les coups plurent, nombreux, rapides, dans le sang qui gicla et les râles du pauvre homme.

À bout de force, il s'arrêta de frapper pour s'agenouiller devant Pigeon. Avant de mourir, le coqueleux, à travers une brume qui s'épaissit trop vite, put enfin voir son assassin qui le regardait crever.

« Qui êtes-vous ? » semblèrent dire ses yeux.

Puis il les ferma. Pour toujours.

Dans sa grosse main calleuse, il serrait le soldat de plomb.

3

Avachi derrière un pupitre de fortune, le monsieur haranguait la foule.

Les larmes au bord des yeux, l'enfant broyait les doigts de son père.

Comme dans un film muet tourné au ralenti, pâteuses, dédaigneuses, sèches, en cul-de-poule, l'enfant ne voyait que des bouches, hideuses et déformées, d'où sortaient des paroles que ses oreilles n'entendaient plus.

Sordide spectacle, pourquoi les grands étaient-ils si méchants ?

Il y avait eu la guerre, les privations, l'interdiction de voir la mer, les Boches qui barraient les accès à la plage, puis les bombes, les combats, la peur constante de se faire tuer, recroquevillés dans la cave avec une boule au ventre.

Ça n'en finirait donc jamais ? La paix n'était-elle qu'une illusion ?

Pourtant, depuis six mois, elle était revenue. Mais la Libération n'avait guère effacé la cruauté des hommes.

Sur le boulevard, à bord d'une Panhard, un gros plein de bière klaxonna.

La scène l'amusait ; il y participait en la graissant de son humour suiffeux.

Quelques crétins le jugèrent plaisant. Ils en rirent, et leurs rires blessèrent le cœur pur de l'enfant.

Tout compte fait, les grands n'étaient pas méchants, non, c'étaient des monstres, plus laids, plus féroces que l'ogre du Petit Poucet.

L'enfant jura alors de ne jamais grandir.

Le monsieur, derrière son pupitre, installé sur le trottoir, devant le seuil de la maison, réclama le silence. Lui ne plaisantait pas, son temps était de l'argent, et il l'économisait.

Au nom de la loi, de la justice et de son sale esprit.

C'est ce que l'enfant pensa en regardant ces gens en célébrer le culte – une horrible messe noire, immonde et dégradante, orchestrée par ce porc costumé comme un maire. Son aspect l'écœurait. Ses pupilles châtaigne et ses lèvres porcines lui donnaient l'envie de vomir. Et les adultes qui se pressaient près de l'estrade, accrochés à ses gestes, lui inspiraient du dégoût et l'envie de les tuer.

Parmi eux, l'enfant reconnut des visages familiers. Peu de temps auparavant, ces grandes personnes saluaient son père, chapeau bas, pliées en deux. Aujourd'hui elles l'humiliaient, comme bienheureuses du malheur qui s'abattait sur lui.

Dieu n'existe pas, se dit l'enfant qui, à cet instant, perdit aussi la foi.

Le curé pouvait raconter tout ce qu'il voulait, s'il y avait eu un Dieu, Il n'aurait pas permis qu'on traînât sa famille dans la boue du ruisseau.

Il aurait même sauvé son frère.

Et Il aurait empêché le drame qui se préparait.

Le maillet du verrat cogna sur le pupitre. Un buste de Gavroche, du genre Titi siffleur, passa de main en main.

Mais ce n'était qu'un détail, le pire restait à venir.

Ne pas pleurer, se dit l'enfant en voyant blêmir son père : l'épreuve qu'il redoutait se déroulait maintenant.

Un ouvrier en bleu de chauffe sortit de la maison. Porteur d'un grand coffret, il le remit au porc qui l'ouvrit sans attendre. Les vautours s'extasièrent en découvrant son contenu. La boîte en bois verni abritait des poilus, des petits soldats de plomb, soigneusement rangés dans des niches de velours.

L'enfant ferma les yeux. Sa mémoire, aussitôt, récupéra une comptine que son frère lui chantait quand ils jouaient ensemble...

> Braves soldats de plomb
> Qui allez à la guerre
> Rira rirou riron
> Menez avec aplomb
> Le drapeau de vos pères
> Rira rirou rirère
> Sur des champs victorieux
> Où vos armes vaillantes
> Rira rirou rireux
> Les couvriront des feux
> D'une gloire éclatante
> Rira rirou rirante !

Quand ses paupières se rouvrirent, l'enfant aperçut Lariflette qui l'observait du trottoir d'en face. Le garçonnet était son meilleur ami. Il devait son surnom à un personnage de journal qu'il citait constamment. Le jeudi, tous deux allaient au catéchisme en se confiant leurs secrets, à voix basse, tels des conspirateurs, en jurant sur Jésus de ne jamais se trahir.

Les yeux rivés à ceux de Lariflette, l'enfant, pour la première fois depuis des heures, put lire un sentiment humain qui réchauffa son corps : son ami souffrait, révolté par ce que lui faisaient subir les grands.

Les adultes étaient des salauds. Croix de bois, croix de fer, ils le paieraient un jour.

4

Sur un ton sardonique, Achille Gallois persifla :
— Appeler des poulets pour une histoire de coqs, il n'y a *qu'ici* qu'on voit ça.

Ici, c'était le Nord qu'il détestait, avec sa mer cendrée, son climat de pingouin, son soleil capricieux, sa bouffe sans épices et, par-dessus tout, ses autochtones – des attardés mentaux qui riaient pour un rien, grassement, lourdement, et se soûlaient la gueule à grand renfort de bière.

Gallois était pied-noir. Il débarquait d'Alger avec l'accent de là-bas.

Triste fin de carrière pour ce flic exemplaire. Son pays lui manquait, mais ce n'était pas le plus grave. L'Algérie était perdue, il avait dû la quitter pour remonter en France. L'Indépendance l'en avait chassé, et même s'il en voulait aux Arabes il parvenait peu à peu à comprendre leur point de vue. *Barka, inch' Allah* et *Ite missa est*, la page était tournée.

En revanche, à l'instar de ses compatriotes, il ne pardonnait toujours pas à de Gaulle son retournement de veste. « Je vous ai compris ! », l'imitait-il avec les siens. « Et je vous l'ai bien mis ! »

La formule faisait florès chez les rapatriés.

Ainsi imbibé de cette aigreur mentale, Gallois n'admettait pas qu'on l'ait nommé *ici*, à Calais, la ville où le Grand Charles s'était marié et dont le beau-frère, estampillé croix de Lorraine, était le maire. Un comble. Une injure. Un camouflet. Il haïssait les Calaisiens, le carnaval et les moules-frites.

Mais à chaque jour sa peine, ses regrets, ses rancœurs. Dans l'immédiat, il mit un mouchoir sur ses ressentiments. Devant lui, allongé dans la népète, le dos ensanglanté, gisait la dépouille d'un homme poignardé.

— Rappelez-moi son nom, demanda-t-il à son adjoint qui recensait ses plaies.

Blond comme du beurre frais, carré, sportif, de taille respectable, le jeune homme se força à relever ses yeux bleus. Il détestait les fixer sur Gallois. Son aspect squelettique, ses cheveux gras et noirs ratissés en arrière, son faciès anguleux et sa moustache étique lui conféraient un air funèbre. Un physique de croquemort, privé de joie et de lumière.

— Marcel Lefèvre, patron, surnommé M. Pigeon. Heure de sa mort fixée entre 15 h 45, où il a quitté le gallodrome, et 16 heures où un juge l'a retrouvé mort. Le brave homme s'inquiétait de ne pas le voir revenir. Personne n'a remarqué quoi que ce soit. Pas de témoin, tout le monde avait le nez sur le ring ou dans son verre de bière.

Normal, se dit le pied-noir, ces gens avaient d'autres soucis en tête. Ou, plus exactement, étaient là pour oublier les leurs. Il grogonna avant de reprendre :

— Quoi d'autre sur lui ?

— Cinquante-trois ans, né en 1912 à Calais, célibataire, exploitant agricole. D'après l'un de ses amis, il s'était éclipsé pour récupérer son champion…

Du bout du doigt, il lui montra le coq décapité :

— Et il l'a trouvé dans cet état.

— Quel élément vous permet de l'affirmer ?

— La porte de la cage était ouverte, le crâne de Lefèvre l'obturait. Or, *a priori*, sa dépouille n'a pas bougé.

Dans un tic disgracieux qui gomma sa glabelle, Gallois fronça ses longs sourcils. Un scénario basique s'imposait à son instinct.

— Vous qui êtes du pays, Davelot, pouvez-vous me dire si ça arrange des coqueleux la mort de ce bestiau ?

— Mm… Vous pensez à quoi ?

— À un combat qu'on aurait voulu empêcher pour des questions de pognon.

— Non, patron, oubliez ça. On parie pas mal sur les coqs, mais jamais des millions. Le fric n'est pas le mobile, il y en a peu sur le tapis.

Le vieux flic se marra, l'expérience de la vie manquait aux jeunes loups.

— Quand vous aurez mon âge, Davelot, quelle que soit la somme en jeu, vous saurez que les hommes sont prêts à tout quand il s'agit d'argent. J'en ai même vu s'entretuer pour le prix d'un vélo.

Sur ces propos sentencieux, Gallois se tut pour observer la scène. Il venait d'arriver, il en découvrait le décor. Près de lui, un policier photographiait le cadavre. À quoi bon, pensa-t-il ? Jamais une photo ne lui avait permis de résoudre une affaire. Et, dans le même registre, à quoi servait-il de relever des empreintes ? Ou du moins d'essayer. Sur des surfaces rugueuses, terreuses ou végétales, la poudre porphyrisée perdait tous ses pouvoirs. Remarque valable pour les tissus. Procédure imbécile, ses gens bradaient leur énergie à tenter d'en trouver.

A contrario, il accordait sa confiance aux méthodes éprouvées. Signes évidents de lutte, déplacement d'un cadavre avaient sa préférence. Mais, après un long panoramique, il ne constata rien d'anormal. Ni herbe couchée ni gouttes de sang éparses. À défaut d'indices, il aperçut un chartreux qui le fixait du haut d'un mur. Les vibrisses en bataille, ses yeux jaunes semblaient critiquer tout ce remue-ménage. Avait-il vu l'assassin ? Connaissait-il son nom ? Quel dommage, regretta le vieux flic, que les chats ne puissent parler.

— T'en as bientôt fini, Bastien ?

Accroupi près du corps, Davelot se retourna. Son collègue, photographe attitré des scènes de crime, tenait à prendre des clichés de César.

— Presque... Fais-moi d'abord une photo de ce machin...

À l'aide de son mouchoir, Davelot déplia la main de Pigeon où un bout de métal brillait entre ses phalanges.

— Po, po, po !... Qu'est-ce qu'il tient là ? se pencha Gallois.

— Un poilu, un soldat de plomb, émit Davelot.

N'en dépassait qu'un morceau, assez grand, toutefois, pour que le vieux flic appréciât sa valeur.

— Dites plutôt un objet de collection, c'est un Mignot.

— Un Mignot ? C'est quoi, un Mignot ?

— Le nom du créateur de cette figurine. Après lui, on n'en a plus fait de pareilles. J'en avais, autrefois, à Alger... Disparues dans le bateau qui les rapportait en France... J'espère que mon voleur en a apprécié la finesse.

Autres temps, autres besoins, pour répondre au marché on ne fabriquait plus que des jouets en plastique. Son petit-fils en était fou, il récupérait des Indiens verts dans des paquets de café – comme si les Apaches venaient de la planète Mars !

Le photographe s'approcha pour lécher un gros plan, son index appuya sur le déclencheur, ses lèvres firent « Clic ! », puis il se redressa. L'image était dans la boîte.

Avant de lui céder sa place, Davelot libéra le poilu des doigts du cadavre. Cela fait, il le remit à Gallois qui se gratta la moustache. Pourquoi Lefèvre avait-il serré ce soldat de plomb au moment de mourir ? Et que fichait-il dans sa main alors qu'il venait s'occuper de son coq ? Des histoires tordues, il en avait plein en rayon, mais une de cette facture, c'était la toute première.

Tandis qu'il auscultait la figurine, Davelot ouvrit un sac, en sortit un linge, puis, délicatement, le lui porta comme une relique.

— L'arme du crime, patron. On l'a retirée du dos de Lefèvre, l'assassin l'a laissée entre ses omoplates.

— Qu'il en soit remercié, ça nous évitera de la chercher.

— Surtout de ce modèle : il faut le voir pour le croire.

Avec un sourire énigmatique, le jeune flic déplia les pans de la serviette.

— Admirez l'engin… Est-ce que j'exagère ?

Non, lut-il dans le regard du pied-noir, il n'exagérait pas.

Stupéfait, Gallois examina l'arme sans prononcer un mot. Parole de vieux briscard, il n'en avait jamais vu une d'aussi surprenante.

— Sur la vie de mes os, je rêve ou c'est un couteau à découper le gigot ?

— Vous ne rêvez pas, c'en est bien un, en argent dûment poinçonné.

— C'est avec ce couteau de bourge que notre fumier a tué Lefèvre ?

— Ouais, et je crois savoir comment… Si vous me le permettez, je vous fais le film.

Emporté par son idée, il lui mima la scène…

Pour commencer, Lefèvre s'était agenouillé devant la cage. En se penchant pour en ouvrir la porte, mal fagoté, vêtu comme l'as de pique, sa nuque s'était alors découverte. Pourquoi se compliquer la tâche ? Son agresseur l'avait frappé aux cervicales. Une promenade pour la lame pourvue d'un bel acier. Quant aux coups suivants, environ une dizaine, vu l'épaisseur des vêtements de Pigeon, elle n'avait guère trouvé de résistance. Par conséquent, l'assassin l'a eu par surprise. Il avait prémédité son crime. C'était donc un habitué – un ouvrier ou un coqueleux. CQFD.

Sa démonstration parut satisfaire Gallois qui, cauteleux, commença par l'en féliciter.

— C'est bien, mon garçon, c'est bien… Il me semble toutefois que vous négligez plusieurs points essentiels.

— Ah ? Lesquels, patron ?

— Ne soyez pas impatient, je vais vous les donner.

Le ton changea brutalement, aux accords des violons succéda le bruit du fer.

— Enfin Davelot, vous bossez dans la police ou aux PTT ?!

— Comment ?

— À ce que je sache, vous êtes bien inspecteur divisionnaire ?

— Oui…

— Alors, étant donné votre grade et votre formation, ça ne vous étonne pas que l'assassin se soit servi d'un couteau qui coûte la peau des fesses ?! Moi, oui, mille fois oui, surtout chez des gens qui sortent des canifs faute de couverts en argent.

— Euh, je…

— Po, po, po !… Je n'en ai pas terminé… Dans la foulée, ça ne vous sidère pas qu'il ait utilisé un couteau de cette valeur ? Si sa provenance vous indiffère, pour ma part, ma religion est faite : notre tueur n'a rien d'un prolétaire, il vient tout droit de la haute.

Ses hommes s'étaient figés en l'entendant crier. Gêné, Gallois recula d'une octave – il n'avait pas à engueuler Davelot devant toute la brigade.

— Et pour conclure, ça ne vous chiffonne pas la présence de ce soldat de plomb ? Un Mignot, qui plus est. Que fichait-il dans la main de Lefèvre ? Votre conduite est lamentable, Davelot, vous n'avez pas essayé de comprendre l'assassin. Vous n'avez même pas cherché à savoir où il se planquait.

— Je suis arrivé juste un peu avant vous, patron. Le temps de répartir le boulot, il m'a été difficile de prendre du recul.

Son adjoint disait vrai. Énervé, Gallois toupilla sans lui présenter d'excuses.

— Ce magnifique édifice, vous savez ce que c'est ?

— Des anciennes chiottes condamnées depuis des mois.

Quelle pitié ! Que des gens aient pu se soulager dans un lieu aussi infect conforta l'opinion que Gallois se faisait des Nordistes. Mais il la garda pour lui, préférant régenter, organiser l'enquête. Aux uns, il demanda d'aller prier les coqueleux de virer leurs bestiaux. Aux autres, il commanda d'examiner les cabinets – ordre qu'ils exécutèrent avec mille grimaces. Aux derniers, il confia la mission d'interroger le voisinage : puisque dans le café on ne trouvait pas de témoins, ils avaient peut-être une chance d'en dégoter dans le quartier.

L'équipe fila doux. Dimanche ou pas, sans concession, Gallois ne blaguait pas avec la discipline. Doté d'un flair unique, aucun écart ne lui échappait. Impressionnés, ses hommes le surnommaient le « vieux renard ». Mais ce surnom ne le suivrait plus longtemps : le vieux renard, dans trois mois, devait prendre sa retraite.

Gros, poussif, le képi de travers, un brigadier s'avança vers Gallois. De l'école d'avant-guerre, il était de ceux que ses gueulantes laissaient de glace.

— Vous avez une seconde, commissaire ?
— Quoi encore ?
— M. Thomas voudrait vous voir. C'est le petit râblé près de la porte.
— Qui c'est ce type ? détailla-t-il, dégoûté, le négligé de l'aborigène.
— Édouard Thomas, s'insinua Davelot, Doudou pour les intimes, un ami de Lefèvre. Il est le dernier à lui avoir parlé.

Qu'avait donc à lui dire le dénommé Doudou ? S'il se souvenait d'un détail qui lui avait échappé, sa démarche méritait qu'il lui accordât du temps.

— C'est bon, Lebœuf, amenez-le-moi.

Le brigadier n'eut pas à se déplacer. D'un mouvement de l'avant-bras, il fit signe à Édouard de ramener ses os. Un peu gauche, étranger aux usages, le coqueleux salua comme un biffin, une main sur sa casquette, l'autre plaquée contre sa cuisse.

— Pardon eud' vous déranger, m'sieur l' commissaire, j'ai du sérieux à vous confier.
— À propos de Lefèvre ? s'emballa le vieux flic.
— Plus qu'un tiot peu, oui. Marcel, il étot comme min frère. Cinq ans qu'on a morflé chez Adolphe avec deul' chleuh écrit din l' dos ! Ça crée des liens, hein ?

Dieu que Gallois détestait cet accent ! Et Dieu qu'il compissa le discours qui lui fut servi.

— Ch'ot pour ça que j' pense à ch' baraque avec tous les bestiaux qu'y a d'din. Si personne les fait bouffer, y vont crever, ch'te bêtes. Mi, j'veux ben m'in occuper, eul' temps qu'eu ch' sœur eu soit prévenue, mais y m' faut vot' permission.

Son ami était mort ; sa peine allait à sa basse-cour. Consternant ! Ces gens étaient cyniques, faits d'un bois rare que le vieux renard aurait brûlé avec plaisir. À sa décharge, il ignorait tout de la vie d'une ferme. Pour lui, un poussin se nourrissait comme un piaf en picorant ce qu'il trouvait – erreur que Lebœuf s'empressa de corriger.

— Monsieur Thomas a raison, commissaire, on ne peut pas laisser ces bêtes sans leur filer à manger.

— C'est vrai que sans leurs graines, l'appuya Davelot, elles vont toutes y passer.

Bon, la cause était entendue : puisque la majorité le suppliait de lui laisser carte blanche, Gallois la donna à Doudou. Non sans une idée en tête.

— Où habitait Lefèvre ?

— Au Petit Courgain, patron, près des ruines du camp anglais.

— Vous avez récupéré les clés de sa ferme ?

— Oui, pourquoi ?

— Parce qu'on y va tous, histoire de renifler l'atmosphère.

— Sans commission rogatoire ?

— Pas de grands mots, Davelot, on se contentera de lire les vilains papiers qui traînent. Une lettre de menace, par exemple, si toutefois on en trouve une.

Dieu que Davelot lui courait sur le système ! En 1957, pendant la bataille d'Alger, ses adjoints ne faisaient pas tant de manières pour « visiter » une maison. À leur décharge, *ils servaient l'intérêt supérieur de l'État* dans d'autres types d'affaires.

Dès qu'il eut distribué ses derniers ordres, Gallois quitta le jardinet, suivi de Davelot et de ce bon Doudou. D'un pas militaire, ils franchirent le gallodrome vidé de son public. Avec la mort de Lefèvre, les organisateurs avaient mis fin aux combats. Ils retrouvèrent les parieurs dans le café, attablés par groupes d'affinité pour commenter le crime. C'était à qui émettrait la meilleure hypothèse. Avec de larges gestes pour convaincre l'auditoire, on reconstituait la scène, on bâtissait des théories, on avançait des noms et on rebuvait des bières. Las ! L'irruption des flics eut pour effet de refroidir l'ambiance. Puis, le temps de gêne évacué, on se mit à chuchoter. Une question brûla alors toutes les lèvres, sournoise et suspicieuse : pourquoi encadraient-ils Doudou ?...

— Monsieur le commissaire !

Réflexe pavlovien, Gallois pivota vers le comptoir. Atterré, il y vit une jeune femme qui sautait d'un tabouret. « Ah non, pas elle, se figea-t-il, pas cette furie, j'ai déjà plus que ma dose. »

Elle, c'était une journaliste d'un canard régional, parachutée dans le secteur depuis le printemps dernier. Mordante, formée dans un quotidien national, elle ne lâchait jamais le morceau sans en avoir quelques miettes. Elle s'appelait Julie Pilowski, avait vu le jour à Lille, ce qui, sans qu'elle le sache, corrodait ses relations avec Gallois : de Gaulle, funeste jour, y était né avant elle.

Si son contact défrisait le vieux flic, il n'était pas pour déplaire à son adjoint. À peu près du même âge que l'échotière, Davelot la trouvait séduisante avec sa frange à la Sylvie Vartan — ressemblance qui s'arrêtait là. Pour le reste, elle était brune et plus petite que son modèle.

— Bonjour messieurs, lança-t-elle avec charme.
— Mademoiselle Pilowski, railla Gallois, quel hasard ! Ou plutôt quel empressement !

— Vous savez ce qu'on dit : l'information n'attend pas.

— Ce qui est certain, c'est qu'elle vous est parvenue. Bizarre, j'ai dans l'idée que notre ami René vous a passé un coup de fil.

— Secret professionnel, je ne cite jamais mes sources.

— Vous pouvez les garder, je m'en fiche comme de ma première merguez.

— Voilà qui vous honore et me permet d'enchaîner.

— Bof ! Je suppose que vous savez l'essentiel, que voulez-vous que je vous raconte de plus ?

Sa question était pointue, délicate à poser près d'oreilles en orbite. Aussi, plutôt que de s'exprimer clairement, préféra-t-elle la pantomime. D'un geste vague, elle désigna Édouard : pourquoi l'embarquait-il ? Hilare, Gallois, à l'inverse de la curieuse, répondit haut et fort :

— Monsieur Thomas a la bonté d'aller soigner les bêtes de la victime ! Peut-être l'ignorez-vous, mais les poussins ne se nourrissent pas comme des piafs !…

Sur cette envolée, il recensa les clients qui tiraient une gueule de jour sans bistouille. Majoritaires, déçus de ne plus avoir à baver sur Doudou, les dépités, bourrés de ressources, trouvèrent *ipso facto* d'autres vies à flétrir.

L'arrogance de Gallois avait vexé Julie. Il méritait qu'elle lui rendît la monnaie de sa pièce. Or quoi de mieux pour le coincer qu'une question embarrassante ?

— Pour en revenir à Lefèvre, monsieur le commissaire, avez-vous déjà une idée sur le mobile du meurtre ou, mieux encore, sur l'identité du coupable ?

Après tout, pourquoi pas ?… Le vieux renard dégusta ce moment.

— Règlement de comptes entre primaires. Le choix est vaste dans le coin.

Son ostracisme avait pris le dessus – *volontairement* – ce dont il se moqua comme des accords d'Évian. À trois mois de la retraite, il ne craignait plus les remontrances. Surtout pour une insulte qui servirait son projet : partir sur des décombres.

… *On lui avait volé son pays, on lui avait menti…*

On lui avait juré qu'en France – mère patrie – il serait accueilli dans la fraternité d'une République unie.

Foutaises ! C'était tout juste si on ne lui avait pas craché dessus. En débarquant à Sète, Gallois n'avait ressenti que de l'inimitié. Dame ! Les pieds-noirs étaient la cause des maux qui frappaient l'Hexagone ! Avec leur invasion, les loyers augmentaient, les étiquettes flambaient, les fonds de commerce s'arrachaient à prix d'or ! Et, en prime, des emplois leur étaient réservés ! Non seulement « on » avait été se faire tuer pour eux, mais en plus ils piquaient le gagne-pain des « Français » !

Dans ce climat hostile, le vieux renard n'avait pas échappé au rejet. Depuis son arrivée à Calais, les notables lui tournaient résolument le dos. Qui donc était ce flic dont on ignorait tout ? Qu'avait-il fait en Algérie, synonyme de tortures, d'attentats et de putsch, pour finir sa carrière dans les brumes de cette ville ? Sûr qu'il avait dû en commettre de belles ! Et puis à quoi ressemblaient son jargon, son accent, ses manières ? Sinon à ceux d'un reître à l'origine obscure…

Alors, par peur de l'inconnu, les gens issus de « la bonne société » faisaient sentir au rastaquouère qu'il n'était pas des leurs.

Pour les gardiens des lieux il n'était qu'un métèque, une barbouze, un type louche…

Et, par-dessus tout, *un étranger* !

Toi, Paris, tu m'as pris dans tes bras, chantait Enrico Macias.

Gallois ne pouvait en dire autant sur Calais. Du moins sur ses bourgeois, car force lui était d'admettre que ses voisins, gens modestes, l'avaient chaudement accueilli comme on sait le faire dans le Nord.

Dans sa vie, il avait enduré mille épreuves, et il serait passé outre le mépris des notables si sa femme n'en avait souffert. Pour la première fois, il l'avait vue pleurer. Même à Alger, au plus fort de la tourmente, Martha ne s'était jamais plainte.

Ses pleurs avaient été de trop : de quel métal étaient faites ces ordures qui lui arrachaient des larmes ? Il avait sacrifié sa jeunesse pour se sortir de la misère, s'était battu dans l'armée de de Lattre, avait obéi à des ordres stupides pour en bout de course, et pour toute récompense, se faire virer de sa terre natale. Alors, en sus, pouvait-il accepter que celle qu'il aimait fût traitée en paria ?

Non ! La coupe débordait, son cœur criait vengeance ! Les notables devaient payer leur crime. Il ne leur laisserait que des ruines en partant à la retraite. Il en avait fait le serment sur l'âme de son père.

La mort de Pigeon allait lui servir de mèche. Et Harold Wyatt était la bombe qui leur péterait au nez...

M. Wyatt...

Vicieux mais bien pensé...

5

Le paquebot avance sur une mer d'huile. Les premiers froids le suivent depuis l'Irlande. Le soleil s'est lové dans un ciel pamplemousse. Il ne gèle pas encore, le baromètre permet aux passagers de se prélasser sur le pont, en direction de l'Ouest, là où il fait le plus chaud. Couvert d'un plaid, c'est un plaisir unique de s'allonger dans un transat, le regard fixé sur l'horizon, au milieu de l'infini.

Pour converser tranquillement, le vieil homme et l'enfant ont pris place dans deux d'entre eux, en retrait, à l'écart des indiscrets.

L'air est vif, sec comme un coup de trique, ils se sentent bien, le récit peut reprendre.

Au préalable, l'homme demande au petit garçon si son histoire l'embête. Souhaite-t-il qu'il arrête de la lui raconter ?

Non, le rassure le garçonnet, elle le passionne. Mais il y a une chose qu'il ne comprend pas : pourquoi, en ce temps-là, les policiers ne cherchaient-ils pas mieux des indices ? C'étaient des ânes, ils auraient dû faire comme *Les Experts*, des types très forts, capables de trouver un coupable à partir d'un poil de nez.

Nostalgique, le vieil homme sourit. C'était une autre époque, lui explique-t-il, où les deux seules chaînes de télé n'étaient pas en couleur, où le téléphone se méritait, où le circuit autoroutier s'étendait sur quelques kilomètres. Pour tout dire, on ignorait ce qu'était un four à micro-ondes, une carte bleue, un lecteur de CD ou un MP3. Et on n'imaginait pas qu'Internet, bien avant l'an 2000, débarquerait dans les foyers ! Bref, on était à des siècles des techniques d'aujourd'hui.

En 1965 ! s'exclame le garçonnet, mais c'était le Moyen Âge !

En quelque sorte, admet le vieil homme qui, sans en parler, songe aux mentalités de ce temps proche de celui de Zola. Il en a trop souffert, le sujet l'indispose.

Dans cet environnement, enchaîne-t-il en éclairant ses mots, la police n'était pas mieux avancée. Les spectromètres de masse, les logiciels de recherche lui étaient inconnus. L'ADN n'avait pas l'heur d'être à la mode puisqu'on savait à peine qu'il existait, les méthodes de profilage restaient à inventer et la psychanalyse était considérée comme un gadget pour riches.

Sur le terrain, pour enquêter de manière scientifique, les policiers disposaient de moyens limités – du reste pas toujours fiables. Aussi, n'ayant aucune confiance dans les poudres de perlimpinpin et autres paraffines, préféraient-ils s'en tenir aux témoignages, aux preuves matérielles et, au sommet de la liste, à leur intime conviction.

Parfois aussi à leur instinct.

— Tu vas voir, conclut l'homme, comme il est dangereux de ne se fier qu'à lui.

6

La nuit et le brouillard s'étaient emparés de la ville. Au loin, la vache meuglait, plaintive et lancinante, pour signaler aux marins qu'ils s'approchaient des côtes. La vache, ou vaque, désignait pour certains la sirène portuaire – un cor de brume puissant qu'on mettait en action pour s'épargner des naufrages. Du littoral aux terres, toute la région profitait de son chant, réduit à une note, répétitif et grave, qui empêchait les vieux de trouver le sommeil.

Près de la statue des *Six Bourgeois*, sculptée par Rodin, réparties sur la tour de l'hôtel de ville, quatre horloges synchrones affichèrent une heure du matin. Du coup, aux lamentos du cor se mêlèrent les croches d'un joyeux carillon. Toutes les quinze minutes, tradition nordiste, il jouait des bribes d'un morceau de Boieldieu – *Gentille Annette* – qu'il n'interprétait, dans son intégralité, que lorsque la grande aiguille se fixait sur le douze.

Ce concert, outre sa persistance à harceler les insomniaques, annonçait aux cafetiers l'extinction des feux. Par tolérance, on leur laissait le temps d'en servir une dernière, de saluer les clients, de baisser le rideau, d'ôter le bec de canne, puis, passé ce délai, aléatoire et arbitraire, les amendes pleuvaient sur les contrevenants.

Garants de cette règle, les policiers veillaient à ce qu'elle soit respectée. En patrouille, à minuit en semaine, à une heure le week-end, ils sillonnaient les rues, procès-verbaux en poche.

À quelques pas du phare, Gaston Bonfils avait toujours évité de s'en prendre un. Patron, depuis dix ans, d'un bistro que, sans sel original, il avait baptisé Café du Phare, ce sage sexagénaire, ventru et couperosé, savait préparer ses habitués à le quitter à l'heure dite.

Mais en l'occurrence, ce soir-là, l'un d'eux refusait de partir, rond comme un tonneau, rembougé de blanc doux, gavé de Picon bière. Vissé sur sa chaise, il s'accrochait à une table, décidé à se vider de son surplus de haine.

— Il est crevé, ch' cochon, vive le boudin ! Remets-en une Gaston !

— Je ferme, P'tit Bosco, il est temps de regagner ton pieu.

P'tit Bosco... Tout le monde, dans la ville, connaissait sa silhouette bombée, son nez busqué, son éternel pull bleu, sa casquette de marin.

Le pauvre homme était né avec une bosse dans le dos, hypertrophie qui, dès la maternelle, lui avait valu son surnom. Cependant, grâce à Dieu, sa vie affective n'en avait pas souffert. En 1939, âgé de vingt-deux ans, il s'était marié avec la fille d'un charbonnier, peu jolie mais robuste, qui, coup sur coup, lui avait donné quatre enfants. Des nénettes, pas de nénain, ce qu'il ne regrettait nullement. P'tit Bosco avait été un bon père, dur au travail pour nourrir sa famille, levé à l'aube pour courir vers le port en tirant sa charrette. Des journaux pliés sous son tricot pour combattre le froid, il achetait du poisson à l'arrivée des pêcheurs. Son métier était d'en vendre de rue en rue, à la criée, par tous les temps, sans jamais se plaindre. Avec les ans, ses filles étaient devenues des *demoiselles*. L'une après l'autre, elles avaient quitté la maison. Processus normal. Le drame était que sa femme les avait imitées, un sale matin, sur un mauvais coup de tête. Enfin, pas dans cet ordre ; des nœuds dans la pelote enchevêtraient son fil. Pour être exact, avant que Marinette ne l'abandonne, il y avait eu un précédent, un premier cocufiage que P'tit Bosco ne pouvait digérer. L'affaire remontait à une semaine. Classique et pitoyable, elle puisait son origine dans l'invention de la bave : un ami – *qui lui voulait du bien* – lui avait appris que sa femme le trompait…

Le départ de Marinette datait de samedi, sans qu'il sache avec qui puisque, pour l'avoir vérifié, elle ne s'était pas sauvée au bras de son amant. En avait-elle un autre ? Si la réponse était non, il ne comprenait pas la raison de sa fuite.

Comme il se doit, en homme de tradition, P'tit Bosco lui avait collé une trempe – c'était dans l'ordre des choses et des règles de l'honneur. Une peignée méritée, car à part réciter des *Ave* elle n'avait pipé mot. Alors pourquoi était-elle partie après cette correction ? Bah ! Pas la peine de chercher midi à quatorze heures : à cause de ce jouisseur qui lui avait tourné la tête, de ce briseur de ménage dont il fêtait la mort.

— Sois chic, Gaston, sers-moi un tiot bock.

— N'insiste pas, P'tit Bosco, je dois fermer.

— Oh ?… Ben laisse-moi pieuter ici, j'te payerai c' que j' boirai.

— Dis pas de bêtises, min fieu, j'ai déjà éteint. Allez, un bon geste, tout le monde s'en va, il faut que t'en fasses autant…. Si tu veux, on te raccompagne.

Autour d'eux, dans une semi-pénombre, les membres du dernier carré assuraient l'arrière-garde. Un peu pour soutenir Gaston, plus par curiosité.

À travers un nuage flou, par trop chargé d'alcool, le bossu fixa les murs blancs, les affiches à la gloire d'apéritifs de marque, le sol carrelé en jaune, les tables en Formica, les néons tremblotants, les gens qui l'entouraient. Tout tournait, tout tanguait dans une danse infernale. Le monde lui échappait, sa vie fichait le camp, il fallait qu'il boive pour la retenir. Pourquoi Gaston ne le comprenait-il pas ? Il était en danger, il se sentait mourir et ce plouc refusait de lui tendre la main ? Vachard de bistrotier ! Son manque de compassion méritait une leçon !

— Non ! J' m'in irai pas ! Aucun d'vous m'y forcera !

Hors de lui, il se leva d'un bond, saisit sa chope, la lança sur le bar où elle brisa une rangée de ballons. Dans un fracas assourdissant, ils volèrent en éclats.

— Vous êtes tous cont' moi !

D'abord surpris, Gaston se jeta sur le furieux pour l'immobiliser. Nerveux comme un chat de gouttière, P'tit Bosco se débattit sans rien céder, avec le désespoir d'un homme qui se sent pris au piège.

— Lâche-moi, salopard ! Fous-moi l' paix !

— Aidez-moi, vous autres ! hurla le cafetier, j'arrive pas à le maîtriser !

D'un même élan, tardif mais solidaire, chétifs, moyens et gros fondirent sur le bossu.

— Pas de violence ! ordonna Gaston, contentez-vous de le mettre dehors !

— Bande d'ordures ! fulmina l'enragé, j' vous ferai tous eul' pieau !

— C'est ça, min fieu, après que t'auras dessoûlé.

Malgré ce qu'il avait ingurgité, P'tit Bosco avait encore assez de force pour repousser la meute. Pour en venir à bout, Gaston dut le faire tomber. Dès qu'il fut à terre, les uns lui prirent les jambes, les autres saisirent ses bras et, cela fait, sans ménagement, coururent le balancer sur le trottoir. Sitôt libre, le bossu se releva, tituba, poings en avant, prêt à cogner.

— Allez, venez, bande de lopes ! J' vais vous choper vos gueules !

Et pour montrer comment, il envoya un swing qui rencontra le vide, en perdit l'équilibre, se rétablit, puis se mit à boxer la brume et la nuit froide.

Triste spectacle que les spectateurs n'osèrent interrompre. Mais puisqu'il fallait y mettre fin, d'autres allaient s'en charger. Au coin de la rue, un bruit de moteur fit contrepoint au chant de la vaque, des phares jaunâtres percèrent la purée de pois.

— Merde, les flics, marmonna un habitué, manquait plus qu'eux.

— Tu rigoles ? souffla Gaston. Moi, je suis content de les voir, ils vont me débarrasser de ce timbré.

À l'intérieur du fourgon la scène n'avait pas échappé au brigadier Dewavrin. Sur son ordre, le véhicule avança vers le café, ralentit, s'immobilisa à la hauteur du groupe. Moyen, trapu, costaud, Dewavrin en sortit furibard, pas commode pour un sou.

— Qu'est-ce qui se passe ici ?! C'est quoi, ce bazar ?!

— Bonsoir Robert, le salua Gaston qui le connaissait bien. T'inquiète pas, c'est P'tit Bosco qui nous joue *Ramona*. Il était déjà rond quand il est rentré chez moi.

Les yeux plissés, le brigadier découvrit le bossu qui, en déséquilibre, pantin fragile et ridicule, s'entêtait à maintenir sa garde. Que lui arrivait-il ? Depuis la maternelle où ils avaient été ensemble, jamais il ne l'avait vu bourré. Et encore moins agressif. Étrange. Son coup de folie méritait une explication.

— Du calme, tiot, raconte-moi tout… Pourquoi tu t'es beurré ?… C'est pas ton genre… Quelqu'un t'a fait des misères ?

— J' t'emmerde ! J'emmerde les cognes ! J'emmerde eul' terre entière !

Inutile d'insister, il n'était plus en état. D'un mouvement de l'index, Dewavrin ordonna de l'embarquer.

— Allez viens, je t'emmène, tu seras mieux chez nous que dehors. Je voudrais pas te ramasser gelé au milieu des poubelles.

Comme douché par son ton amical, le bossu s'adoucit tout à coup. Docile, il se laissa même porter comme un bébé.

— T'es un ami, Dewavrin, c'est pas vrai que j' t'emmerde, j' t'aime d'ailleurs beaucoup.

— Moi aussi, tiot, t'inquiète pas. N'empêche que si tu dégueules, tu nettoieras le car au savon noir.

L'incident était clos.

Gaston remercia la patrouille, les habitués rentrèrent chez eux, le fourgon démarra pour regagner le quartier sud.

Le blues de P'tit Bosco l'intriguait, Dewavrin s'était installé à côté de lui, à l'arrière du véhicule, pour lui tirer les vers du nez. Jamais il ne s'enivrait. Pour quelle raison avait-il bu ? Son attitude n'était pas normale.

— Maintenant qu'on est entre nous, dis-moi pourquoi tu t'es pinté… Je te promets que je le raconterai à personne.

Les yeux dans les nuages, un sourire béat aux lèvres, le bossu chantonna un air de sa composition :

— La, la, la !… Pour faire eul' fê-ê-te.

— C'est pourtant pas la ducasse… Tu fêtais quoi ?

— La mort d'un pourri, Dewavrin. J' me sens mieux, l' justice est faite. Y m' reste pu qu'à pisser sur son cercueil. Après, y pourra aller au diable.

— Y va y aller, min tiot, c'est certain.... Mais c'était qui, ce pourri ?

— Çui qui m'a fait cocu, à cause de qui Marinette a fichu l' camp.

Le brigadier respecta une pause, il ne fallait pas précipiter le mouvement.

— Tant mieux, je suis content que tu sois vengé... Et il avait un nom, ce type ?

— Ouais... Marcel Lefèvre... Tu sais, euch' volailleux qu'on appelot Pigeon...

7

Van Hecke faillit recracher son café. Manque de sucre. Il en mit un troisième morceau dans son bol. Voilà, ça c'était un jus qui avait du goût !

Du coup, détendu, au comble de la félicité, il le lampa en allongeant ses grosses jambes, paré à lire les journaux étalés devant lui.

Seul dans son bureau, de conception moderne, digne de son statut de rédacteur en chef, il jeta un œil à la pendule : 9 h 10.

À la demie, il arrêterait l'exercice. Depuis vingt ans qu'il œuvrait dans ce canard, il l'accomplissait tous les jours. Déjà au temps où il n'était qu'un débutant, après son retour du stalag, il y consacrait quelques minutes. Piger la concurrence était un espionnage riche d'enseignement.

Dans un rituel maintes fois accompli, il coinça sa cravate dans sa chemise, se redressa dans son fauteuil, haussa ses sourcils blonds, presque transparents, chaussa ses lunettes, étira sa bouille de bébé rose et, un crayon rouge en main, passa les titres en revue.

Édition du lundi. La veille, les compétitions en tout genre avaient mobilisé les foules, les lecteurs allaient se précipiter sur la rubrique sportive. Ce qu'il fit à leur exemple, non pour connaître les résultats, mais pour comparer ses articles avec ceux de ses confrères. Bien, apprécia-t-il, Pignot savait faire vivre un papier. Ses reportages étaient toujours ornés d'une légère interview, commentaires que ses concurrents négligeaient dans les leurs. Les gens adoraient découvrir l'aspect humain d'un champion. Parler de ses joies et de ses souffrances était un sérieux plus. Pignot l'avait compris et, outre ce talent, savait ménager les susceptibilités : côté football, Calais était partagé en deux. Ou plutôt, entre deux équipes locales. Comme à Lilliput, où s'affrontaient partisans du gros et du petit bout, la moitié de la ville supportait le Racing, tandis que l'autre prenait parti pour l'US. Dans ce combat fratricide non dénué d'arrière-pensée politicienne – d'aucuns prétendaient que *ceux* du Racing étaient à droite tandis que *ceux* de l'US votaient à gauche –, Pignot avait le don pour cultiver une exemplaire neutralité. Un bon travail de pro.

Euphorique, Van Hecke passa alors aux informations locales – les nationales et internationales n'étant qu'une mouture des dépêches reçues.

D'un cercle gras, il pointa les photos où, devant des jambons à gagner, souriaient des participants à des concours de manille, de tarot et de belote. Il fit de même avec celles qui montraient des gens plus âgés. Noces d'or, repas d'anciens, réunions de poilus étaient le socle de son fonds de commerce. Sur ce terrain il ne craignait personne, son canard dépassait de loin ses adversaires ; c'était encore le cas.

Le meilleur restait à piger. Il l'avait gardé pour la fin.

Comme il s'y attendait, *l'affaire* noircissait les colonnes de la presse régionale. L'assassinat de Lefèvre faisait recette. D'adjectifs en adverbes, puisqu'on en savait peu, ses confrères y avaient été de bon cœur : « Épouvantable », « Lâchement » se retrouvaient dans tous les titres pour rembourrer les creux.

Il y avait de quoi en rire, sauf qu'il ne rit pas en découvrant celui de son journal.

Décidément, il ne pouvait pas s'absenter, même un dimanche après-midi ! Le front plissé, il décrocha son combiné pour composer un numéro interne.

— Pilowski ?... Van Hecke. Venez tout de suite dans mon bureau.

Il raccrocha nerveusement et se remit à lire. Pas longtemps, Julie toqua peu après à sa porte.

— Entrez !

Ce qu'elle fit en serrant les dents, prête à recevoir un savon. Elle s'y était préparée, elle savait pourquoi.

— Dites-moi, Pilowski, est-ce que vous vous foutez du monde ?

— De quoi est-il question, monsieur ?

— De votre article sur l'assassinat de Lefèvre. Si j'avais été là hier je l'aurais censuré. C'est une mazarinade, un brûlot, une charge indigne d'une journaliste !

— Ce n'est pas mon avis, répliqua-t-elle, bras croisés, le regard arrimé à celui de son patron, j'y ai consigné l'exacte vérité, telle que je l'ai vue et entendue. Si vous n'êtes pas d'accord, prouvez-moi le contraire.

Ébranlé par son aplomb, Van Hecke faillit perdre pied. Mais l'âge aidant, il se ressaisit en pointant les journaux concurrents.

— Ah oui ? Alors expliquez-moi pourquoi vos confrères s'en tiennent à des généralités, tandis que vous, vous vous permettez d'écrire ceci – je vous lis : *Interrogé, le commissaire Gallois déclare privilégier la piste « d'un règlement de comptes entre primaires », ce qui, à son avis, « ne manque pas dans le coin ». Déduisons-en qu'il soupçonne la quasi-totalité des habitants de la ville. Et saluons, après vingt minutes d'enquête, son étonnante sagacité.*

Consterné, Van Hecke releva son visage poupin vers la coupable.

— Qu'avez-vous à répondre pour votre défense ?

— Que mot pour mot, c'est ce que Gallois a déclaré en public. Ce n'est pas ma faute s'il s'est mis dans la panade. Moi, je n'ai fait que reproduire les propos qu'il a tenus devant trente témoins. Ou je me trompe, ou c'est ce qu'on appelle du journalisme.

Trente témoins ! Vu leur nombre, admit-il, ce n'était plus une confidence.

— Êtes-vous sûre que tant de gens ont entendu son... « énormité » ?

— Catégorique, monsieur, sinon je n'aurais pas pondu ce papier.

— Mm... Avec un finale au vitriol.

— Non, monsieur, avec la conclusion qui s'imposait : le ton que j'ai employé n'est que l'écho de son arrogance. Qu'auriez-vous écrit à ma place ? Qu'il a raison de nous prendre pour des sous-merdes ? Ce gars est un facho, vous le savez bien. Ce n'est pas vous que je vais convaincre de lui rabattre son caquet.

En trois revers, Julie venait de remporter le match. Vaincu, honnête avec lui-même, Van Hecke l'approuva du menton, non sans corriger son jugement sur le bonhomme. Son déracinement lui valait des circonstances atténuantes.

— « Facho » n'est pas le terme qui qualifie Gallois. « Aigri » lui convient mieux.

Ce correctif établi, il s'enfonça dans le cuir noir de son fauteuil.

— D'accord, Pilowski... Puisqu'il s'agit d'une déclaration publique, on peut me téléphoner, je saurai quoi répondre... Et je vous assure que ça ne manquera pas de sonner.

— Merci, monsieur.

— Cela étant, arrondissez les angles. Nous ne sommes pas à Paris mais dans une ville où tout le monde se connaît… Et notre petit journal ne s'appelle pas *France-Soir*… Soyez gentille, pensez-y à l'avenir.

Tout était dit dans sa supplique : ni vagues ni scandale, il ne pouvait se le permettre. La survie du canard dépendait de sa ligne consensuelle. En sortir était le condamner. Qu'y pouvait-il si l'existence d'un journal de province, attaché à ses valeurs, dépendait d'un petit lot d'abonnés ? Rien ! Pour bousculer les mentalités, gagner de l'indépendance, il fallait une révolution culturelle qui n'était pas pour demain. Par conséquent, dans ce paysage amidonné, il convenait d'éviter de faire tomber la foudre.

Message subliminal que la jeune femme reçut cinq sur cinq.

— J'y penserai, monsieur. Je n'ai pas pour vocation de mettre le feu à cette maison.

Van Hecke en soupira d'aise puis saisit une enveloppe qu'il tendit en souriant.

— Tenez, c'est pour vous. Ramenez-moi une demi-page et une bonne photo.

— Qu'est-ce que c'est ?

— Une invitation à un cocktail dînatoire. Vous y êtes attendue à 20 heures, élégante et pomponnée. Il y aura du beau linge.

Si la mission était sympathique, Julie ne comprit pas son objet. Elle eut beau relire le bristol, les noms qui y étaient imprimés ne l'inspirèrent guère.

— Harold Wyatt, W&S Ltd… Vous pouvez m'expliquer ?

— Évidemment, éclata-t-il de rire, je ne vais pas vous envoyer au casse-pipe sans munitions…

Harold Wyatt, lui apprit-il, était l'héritier d'une puissante compagnie de transports fondée par son aïeul en 1875 : la W&S Ltd.

Fer, terre, mer, elle agissait sur tous les fronts. Surtout la mer à qui elle devait sa fortune depuis sa fondation. La présence de M. Wyatt était une formidable opportunité pour l'économie locale. Dans le cadre du développement de sa société, ce dernier cherchait un site portuaire capable de répondre à ses ambitions. En arrière-fond – était-il besoin de le préciser ? – le projet se traduisait par la création de centaines d'emplois. Si toutefois il voyait le jour à Calais : d'autres sites pesaient dans la balance. Mais le fait que M. Wyatt, le temps de boucler son dossier, ait décidé de résider près de la ville en compagnie de sa famille, montrait de quel côté penchait le plateau. C'était du moins ce que chuchotaient les gens dits bien placés.

— À mon avis, Pilowski, ils se mettent le doigt dans l'œil. Wyatt a pris pension chez nous pour une raison pratique : Calais est au centre de la ligne Boulogne-Dunkerque et à quelques heures de Londres. *Time is money*. J'espère que nos stratèges le comprendront.

— Mouais… Et où se trouve-t-il son pied-à-terre ?

— Sur la route d'Ardres, près du camp du Drap d'or. Il y a loué un manoir. Je vous y ai déjà envoyée.

8

Une ambiguïté, due aux dernières guerres, troublait les touristes qui se guidaient d'après un plan de la ville.

Calais Nord, situé côté mer, était le quartier historique. Or, à part le beffroi et quelques ruines, ils n'y découvraient que des maisons modernes, aux briques flambant neuves, dont le cachet tournait le dos à l'adjectif « ancien ».

En revanche, Calais Sud, situé côté terre, exhibait des demeures d'un caractère plus vieux. Mais relatif : leurs fondations dataient de peu. La fin du XIXe siècle les ayant vues sortir de terre, elles ne méritaient pas l'honneur d'une étoile dans le Michelin.

Les bombardements étaient la cause de ce méli-mélo. Calais Nord, trop proche du port, plate-forme stratégique, avait été rasé à quatre-vingt-dix-huit pour cent ; Calais Sud – ancien village communément appelé Saint-Pierre – s'en était tiré avec des écorchures.

En raison des risques encourus au nord, le commissariat se situait à Saint-Pierre, près de l'église du même nom, place Crèvecœur, dans un grand bâtiment gris qui servait par ailleurs de palais de justice.

Gallois y avait son bureau. Un espace terne, vieillot, qui le changeait cruellement de celui qu'il occupait à Alger. Sur les murs blanc cassé, la grisaille remplaçait le soleil et, deux fois par semaine, sous les barreaux de ses fenêtres, un grand marché se substituait aux vagues turquoise de la Méditerranée.

Ces variations n'arrangeaient pas son caractère. Plus que de l'amertume, Gallois en éprouvait de l'affliction. Pour quelle faute était-il au purgatoire ? De quoi avait-il été puni ? Tout allait pour le mieux, *là-bas*, les Arabes étaient même ses amis. Parmi eux, loi du nombre, il y avait des gens bien, cultivés, raffinés et polis, tout le contraire de ces buveurs de bière, rustiques et ignorants. Pourquoi avaient-ils voté *oui* à l'indépendance, eux qui connaissaient à peine les limites de leur département ?! Que savaient-ils de l'Algérie pour l'en avoir foutu dehors ?! Deux fois rien ! Sinon qu'on y mangeait du couscous – un plat qu'ils découvraient depuis peu.

Par dérision, les jours de grand spleen, Gallois s'amusait à inverser la situation. Il imaginait que les pieds-noirs – qui auraient eu du mal à situer les Flandres – aient eu à se prononcer pour le rattachement de Calais à l'Angleterre. Surréaliste mais logique au bout de l'absurdité : ses compatriotes n'auraient pas fait pire que ce que ces gougnafiers leur avaient fait endurer.

D'un œil blasé, il feuilleta le rapport posé sur son sous-main. Son contenu ne lui amenait rien de neuf. Dans un espéranto où s'entrelaçaient acromion, apophyse coracoïde et cavité pleurale, apprendre que Lefèvre était mort au dernier coup reçu ne l'avançait guère. Sans apporter la moindre solution, la science lui confirmait ce qu'il savait déjà : l'assassin avait poignardé Lefèvre dans le dos puis, après l'avoir neutralisé, s'était proprement acharné à lui trouer la peau.

Dos... Acharné... Ces mots résonnèrent dans sa tête. Pourquoi leur avait-il accordé aussi peu d'importance ? Pourtant, leur sémantique pesait ! Elle signifiait que le criminel avait eu peur des réactions de Lefèvre !

Sacré morceau, ce type ! De son vivant, avant de le provoquer, ses épaules de lutteur vous conseillaient d'y réfléchir à deux fois. D'autant que pendant la guerre il avait appris à se battre.

La conclusion coulait de source : pour l'avoir agressé par traîtrise, l'assassin ne pouvait être que plus frêle, plus petit, moins expérimenté que lui – par conséquent plus jeune, malingre ou physiquement diminué. Rapport de forces oblige, il s'était bien gardé de l'affronter de face, et sa trouille éclairait son acharnement trouble.

Le raisonnement était logique. Gallois s'en félicita. Mais si la synthèse tenait, l'on manquait de preuves pour l'étayer.

En fait, les certitudes de Gallois se résumaient à des bricoles : le tueur avait prémédité son coup et enfilé des gants – le manche du couteau était vierge d'empreintes.

Pour le reste, il papillonnait dans le coaltar.

Après la découverte du corps, une partie du public avait fui le gallodrome. Qui était parti ? Impossible de le savoir, la panique s'était emparée de la foule. Seuls quelques curieux, avides de ragots, étaient restés dans le café. Mais ces derniers n'avaient rien vu. Et pour cause ! Pendant que l'avaricieux se faisait poignarder, un combat mobilisait l'attention ; juges et spectateurs s'intéressaient plus aux coqs qu'à la porte du jardin. Et quand bien même, dans la pénombre, qu'auraient-ils pu remarquer d'anormal ? Un type chétif l'ouvrir ? La belle affaire ! Tant de coqueleux la poussaient qu'ils ne prenaient plus garde à eux.

La suite allait de pair.

L'enquête de proximité s'était soldée par un fiasco. À l'heure du crime, en plein après-midi, les voisins se promenaient ou regardaient la télé.

Chez Lefèvre, Gallois n'avait guère eu plus de chance. Aucun papier ne traînait, la maison respirait l'ordre et l'eau de Javel. Sans trop de conviction – question d'ondes personnelles –, il aurait volontiers fouillé dans les tiroirs, mais la présence de Davelot l'en avait dissuadé. Simple partie remise. Nanti d'une commission rogatoire, il venait de l'y renvoyer. Trouverait-il un indice ou une lettre de menace ? Son flair lui disait que non et ne le trompait jamais.

Mauvais départ, l'enquête se présentait sous de tristes auspices…

Dans ce cadre stérile, Gallois désespérait de trouver un suspect qui, par le profil qu'il venait de bâtir, correspondait à l'idée qu'il se faisait du coupable : un homme d'environ quarante ans, maigre, de moyenne taille, pas vigoureux et – il n'en démordait pas – issu des classes aisées. « La première impression est toujours la bonne », lui avait appris l'expérience.

On frappa à la porte. Arraché à ses cogitations, il tressaillit bêtement.

— Euh… Oui !

Un képi apparut. Sous sa visière noire, un visage épuisé tenta de se détendre.

— Bonjour, commissaire… Je peux vous parler ?

— Bien sûr, répondit-il, étonné, prenez place dans ce fauteuil.

Le visiteur obtempéra. Il traînait dans le regard un embarras visible.

— Que se passe-t-il, Dewavrin ? Je vous croyais de service de nuit.

— Justement, commissaire, c'est lié. Je ne vous cache pas que j'ai réfléchi avant de venir vous voir. Pour être franc, ma démarche me pose un problème de conscience.

— De quel genre ?

— Catégorie déloyale. Je risque de faire du tort à un copain d'enfance, un pauvre bougre que j'ai dû embarquer cette nuit.

— Pour quel motif ?

— Une cuite sans conséquence. En revanche, ce qu'il m'a confié est plus ennuyeux. Ça a un rapport avec le meurtre de Lefèvre.

— Grands dieux ! Pas moins que ça ?

Ravi que ça bouge enfin, Gallois se redressa, prêt à prendre des notes.

— Un rapport de très loin, le freina Dewavrin… Entre nous, j'ai l'impression de le trahir, mais vu les circonstances, je me dis que ses confidences peuvent vous mener sur la voie.

— Ce liminaire vous honore, je vous promets d'en tenir compte.

Rassuré par sa parole, d'une voix pétrie de fatigue, Dewavrin présenta P'tit Bosco, sa vie, sa profession, puis, ce portrait brossé, pesa chaque virgule pour rapporter ses propos.

— C'est un bon fieu, les modéra-t-il, mettons sa colère sur le crédit de l'alcool… À part ça, avec tout le respect que je vous dois, je tiens à mettre les choses au point : P'tit Bosco n'a jamais fait de mal à personne. Si je vous ai répété ce qu'il m'a dit, c'est parce qu'il y a peut-être d'autres cocus qui en voulaient à Lefèvre… Ce serait plutôt chez eux qu'il faudrait farfouiller.

Le message était clair : pas touche à mon ami.

— Très juste, Dewavrin, temporisa Gallois. Votre remarque ne manque pas de pertinence, je vais explorer cette piste.

Mais quoi qu'en pensât le brigadier, celle qui menait au bossu méritait la priorité.

— P'tit Bosco, dites-vous ? C'est quoi, son vrai nom ?

— Vous allez vous marrer : Omer Michel.

— Oh ! C'est une blague ?

— Non, Omer Michel « qui a perdu son chat » comme on le charriait à l'école. Ses parents l'ont pas loupé, le pauv' tiot en a entendu. Il faut dire qu'avant guerre, Omer était un prénom courant dans le pays. Avec le temps, il a fini par disparaître.

— Et on ne s'en plaindra pas... Bon ! Parlons peu mais parlons bien : il est où, votre pochard ? J'aimerais lui dire un mot.

Dewavrin grimaça, sa petite fée interne lui conseilla de se méfier.

— En bas, dans une cellule... Vous n'allez pas lui faire d'ennuis ?

— Bien sûr que non ! Ce qui m'intéresse, c'est de savoir où, quand et comment sa femme le trompait avec Lefèvre.

— Ah... Pour ma gouverne, ça vous servira à quoi ?

— À connaître les manies de notre Don Juan. Avec le lieu, les horaires et le rituel de ses rendez-vous, je trouverai peut-être les noms de ses conquêtes et ceux de leurs maris.

— ... Je comprends... Et je dois vous suivre pour l'interroger ?

— Non, je préfère être seul. Partez tranquille, cet entretien restera entre nous.

Outre pour son sale caractère, le vieux renard était réputé pour respecter sa parole. Ce fut pour cette raison que Dewavrin lui accorda sa confiance.

Il n'avait pas tort, Gallois allait la tenir, mais à sa façon, et sans témoin.

Ce fut donc d'un esprit apaisé que le Judas prit congé.

Les deux hommes sortirent du bureau aux murs privés de soleil.

L'un partit se coucher. L'autre dévala les escaliers.

9

Le Petit-Courgain était l'âme de la ville. Étiré au nord jusqu'aux dunes giboyeuses, il avait été pendant des siècles le quartier des marins. Les gens de la mer y avaient longtemps vécu, chichement, dignement, et entre eux.

Pour dire leur peu de fortune, incapables de s'offrir des maillots convenables, ils ne se mêlaient pas aux baigneurs de la plage municipale. Ils possédaient la leur, pleine de dangers, où les noyades étaient fréquentes, et que les riches, par méchanceté, appelaient « la plage aux pauvres ». Mais que leur importait les lazzis, le Petit Courgain était leur territoire, leur havre, leur paradis. Ils y cultivaient leurs traditions, leur code et leur dialecte. Et si, à cause des guerres, la plupart en avaient été chassés, les nouveaux locataires préservaient leur héritage.

C'était toujours ici que l'on confectionnait les robes de matelote, costume traditionnel que les femmes portent les jours de fête, avec sa coiffe en éventail cousue dans la dentelle.

C'était toujours ici que l'on maniait le patois, un français martyrisé, mâtiné de flamand, saupoudré d'espagnol – survivance linguistique du règne des Habsbourg –, où une chaise se dit *cayelle*, une serpillière *wassingue*, et vois ce chat qui se chauffe *guet eu'ch kâ ki ch' kôf*.

C'était toujours ici, dans les ruines du Camp anglais, l'ex-cantonnement des *tommies*, que les enfants jouaient et *cueillaient des calimuchons*, petits escargots gris.

Et c'était aussi ici que Davelot avait brûlé sa jeunesse, dans une fermette semblable à celle de Lefèvre, au milieu des poules et des lapins.

D'un regard triste, avant d'entrer, il contempla, amer, ce qui restait de son quartier. Il n'avait plus longtemps à vivre, les pelleteuses allaient le balayer, tondre ses dunes blondes, raser le Camp anglais. Des zones industrielles, des immeubles sociaux, des routes goudronnées allaient les remplacer. Son sort était scellé. L'avenir, implacable, en avait décidé.

Mais si l'économie a ses raisons, une ville a besoin d'une âme. Que deviendrait celle de Calais quand le défunt Petit-Courgain ne serait plus qu'un souvenir ? Une ville qui perd son âme, soupira Davelot, se coupe de ses racines.

Résigné, il se consola en se disant que, dans la course à l'emploi, c'était le lot de toutes les villes et, prêt à enquêter, franchit le seuil de la maison.

À l'intérieur, ses collègues passaient les affaires de Lefèvre au peigne fin. Comme lui-même, la veille, en avait été étonné, son fanatisme ménager les surprenait tous. Les couverts étaient alignés, les meubles luisaient, le sol resplendissait. Quant à ses papiers, qu'un inspecteur épluchait d'un air désabusé, leur classement méritait une médaille.

— Alors ? l'interrogea Davelot.
— Nul.

Limité à un adverbe et à un simple adjectif, un dialogue aussi pauvre que leurs découvertes. Depuis une heure qu'ils retournaient la maison, les flics faisaient chou blanc : ni reconnaissance de dette ni lettre de menaces. Et ils étaient quasi sûrs qu'ils n'en trouveraient pas.

Déçu, Davelot laissa aller ses yeux d'un pouf à une table, d'un bahut à une chaise, sans but, dans une errance totale. Curieux, constata-t-il, ce mobilier dépareillé. Et aussi démodé. Si tant est qu'un jour il ait été à la mode, à quel style le raccrocher ? À aucun. Sinon à celui de la brocante où on l'achetait au poids. Il sourit, amusé : l'avarice de Lefèvre s'exprimait tristement dans cette mosaïque. Même pour son cadre de vie il avait lésiné.

— Davelot ! Viens voir sur quoi je suis tombé.

À croupetons devant un vaisselier, un jeune inspecteur, rouquin et tavelé, lui montra deux coffrets qu'il en avait retirés. Ailleurs, leur présence n'aurait rien eu d'exceptionnel, mais dans ce décor digne d'un Thénardier, ils détonnaient par le luxe de leur capitonnage. Était-ce du galuchat ? Du cuir ? De la peau de crocodile ? Davelot n'y connaissait rien, tout ce qu'il put en dire se résuma à un sifflement.

— Pfutt ! Il y a quoi dedans ?
— Des couverts en argent.

Il ouvrit le premier. Couteaux et fourchettes apparurent, serrés dans des niches garance. Le cœur de Davelot fit un bond.

— Fais voir l'autre.

Le jeune inspecteur s'exécuta. La boîte était complète, il ne manquait aucun ustensile, au nombre desquels, au grand regret de Davelot, figurait un couteau à découper le gigot.

— Bel ensemble, apprécia le rouquin, ça doit valoir du fric. Tiens, regarde la gravure sur le manche, on dirait une tête de Minerve.

Dubitatif, Davelot l'examina. Pourquoi cette pièce ne comportait qu'un poinçon ? Il en avait relevé trois sur l'arme du crime.

— Pardon de vous déranger, messieurs, puis-je parler au responsable ?

Les deux flics se relevèrent. Dans l'encadrement de la porte, grassouillette, vêtue d'un manteau en imitation peau de panthère, une quinquagénaire attendait sagement que quelqu'un lui répondît. Le visage plus peint que maquillé, décolorée, le cheveu blond élevé en choucroute, elle promenait des yeux globuleux sur les membres de la troupe.

— C'est moi, madame, inspecteur divisionnaire Davelot.

Il s'avança vers elle sans l'autoriser à entrer.

— Charmée de vous rencontrer, inspecteur, vous allez pouvoir m'aider.

— Je ne sais pas encore, dites-moi tout.

— Mon nom est Hélène Basset, je suis... enfin, j'étais la sœur de Marcel.

— Désolé, se courba-t-il, je vous présente mes condoléances. Que puis-je faire pour vous ?

— Deux fois rien, inspecteur, j'ai besoin *du* costume de mon frère. C'est pour l'enterrement, il va falloir l'habiller pour la mise en bière.

Trop rapide ou prévoyante, la dame allait plus vite que la musique : le corps de Lefèvre était encore entre les mains du légiste.

— Bigre ! Vous vous y prenez tôt.

— Je sais, oui, mais je suis veuve et, sans enfant, je dois me débrouiller seule.

— Évidemment, je comprends mieux.

— Et avec mon commerce – une charcuterie aux Fontinettes –, je dois jongler avec le temps.

Lui rendre ce service ne bafouait pas les procédures, Davelot accepta de satisfaire à sa requête à condition, la prévint-il, de vérifier ce qu'elle emporterait. Heureuse de ne pas s'être déplacée en vain, Mme Basset répondit qu'elle comprenait ces précautions. La police devait faire son travail, et elle la respectait.

Elle entra donc, précédée par Davelot qui la mena à la chambre de son frère. Sombre, exposée au nord, la pièce était tristounette, garnie d'un lit en fer, d'une table de nuit en faux marbre, d'un tabouret bancal et d'une armoire grossière dont la grosse dame, sûre de son geste, ouvrit les portes.

— Vous connaissez bien les lieux, sourcilla Davelot.
— Comme ma poche, inspecteur : j'y suis née.
— Vous avez vécu ici ?
— Jusqu'à ce que je me marie, c'était la ferme de mes parents.
— Je l'ignorais… Vous n'avez pas été tentée de la reprendre ?
— Oh que non ! Quand ils sont morts, on s'est arrangés à l'amiable avec Marcel. Lui voulait continuer à l'exploiter ; moi, j'avais ma vie ailleurs.
— C'est bien que vous vous soyez entendus. En général, les héritages sont synonymes de conflits.
— Pas entre nous, nous étions proches, plutôt complices. Et puis Marcel m'a toujours écoutée : j'étais son aînée de quatre ans.

Tout en parlant, la charcutière avait décroché un vieux costume, d'un bleu extraterrestre, aux fibres parfumées de naphtalène impur.

— J'espère qu'il lui ira encore. De toute manière, il n'avait que celui-là.

Comme prévu, Davelot fouilla ses poches – par pur principe : il savait qu'elles ne contenaient pas de bijoux.

— Un costume et un seul ! C'était le genre homme des bois, votre frère.

— Vous ne croyez pas si bien dire, il adorait la chasse. On y allait ensemble avec des copains.

— Non ! Vous chassez ?

— Moi, une faible femme ? se ficha-t-elle de lui. Eh oui, inspecteur ! J'ai appris avec mon père, bien avant qu'il n'y emmène Marcel. J'ai même été la présidente de notre association de chasse.

Elle se figea, dirigea vers le flic un regard suppliant.

— À ce propos, puis-je vous demander un dernier service ?

— Ça ne vous coûte rien d'essayer.

— C'est rapport à ses fusils. Je pense que vous les avez vus dans le râtelier ?

— Oui, ce sont de belles pièces.

— Pour moi ce sont des souvenirs, ça me ferait de la peine qu'on les vole. Est-ce que je peux les emporter en vous signant des papiers ? Je vous jure que ce n'est pas pour les revendre : j'en fais la collection.

Non, refusa-t-il ; sa démarche, bien que compréhensible, sortait de la légalité.

Déçue, la dame n'insista pas, prit le costume, le plia sur son bras, trottina vers la sortie et, juste avant de partir, pivota sur le perron.

— Au fait, inspecteur, je me suis arrangée avec Doudou, il va s'occuper des bêtes.

— Parfait, voilà un point de réglé.

— Bon… Ben, je vous remercie encore… À bientôt, peut-être ?

— Fort possible, chère madame. En attendant, je vous souhaite bon courage.

Dehors, les nuages se rassemblaient, leur fusion annonçait un orage colossal. Inquiète, la charcutière hésita à traverser la cour. Pour l'instant, il ne tombait que quelques gouttes, c'était le moment d'y aller avant qu'il ne se mette à pleuvoir.

Davelot la regarda courir vers sa voiture, narquois autant que confondu.

Drôle de bonne femme : son frère avait été assassiné et, plutôt que de le pleurer, elle pensait à ses fusils.

10

Avachi sur une chaise, un planton lisait le journal. L'irruption de Gallois le stupéfia. Que venait-il faire ici ? Jamais il ne mettait les pieds dans le quartier des prisonniers. Mais plutôt que de s'en étonner, il se releva d'un bond, comme éjecté de son siège, rectifia sa tenue, salua à la va-vite.

— Monsieur le commissaire...

Que pouvait-il ajouter à cette civilité ? Il eut beau chercher, il ne trouva pas quoi y coller.

— Bonjour Vial. M. Michel, dit P'tit Bosco, est encore dans nos murs ?

— Oui, commissaire, il vient de se réveiller.

— Tant mieux, je désire m'entretenir avec lui.

Sans se poser de question, le planton le conduisit vers une cellule où, apathique, le bossu cherchait à comprendre ce qu'il fichait derrière des barreaux. Sa silhouette lui était familière, Gallois l'avait déjà vu dans les rues, tirant sa charrette en criant : « Anguilles ! Plies ! Limandes ! Vignots ! Conteux vivants ! »

A contrario, il découvrit sa puanteur. À ses fringues imprégnées d'une odeur de poisson, se mêlaient des relents de sueur, de vomi et d'alcool. C'était une infection hors concours, une épreuve que ses narines allaient devoir surmonter.

— Ouvrez, je vous prie, laissez-moi avec lui.

Toujours aux ordres, Vial fit jouer le pêne de la serrure, poussa la porte et, courbé comme un trappiste, regagna son poste.

Gallois entra dans la cellule. Aux deux tiers dans les vapes, P'tit Bosco mit du temps à comprendre qu'il avait de la visite. Le visage enfoui dans ses mains, la nuque penchée vers le sol, ce ne fut que lorsqu'il distingua une paire de chaussures qu'il releva la tête.

Ses traits étaient momifiés, des courbes noires creusaient ses yeux de tourteau cuit, un voile crémeux blanchissait les méplats de ses joues.

Avant de lui parler, Gallois estima sa carrure. Petit, physiquement diminué, P'tit Bosco correspondait à l'idée qu'il se faisait de l'assassin. À un point près, et des non moins négligeables : il venait d'un milieu pauvre. Mais, se dit le vieux flic, il n'y avait que les crétins, les bolcheviks et les curés qui refusaient de changer d'avis.

— Charmé de vous rencontrer, monsieur Michel, se présenta-t-il d'un ton douceâtre, je suis le commissaire Gallois.

Le statut du visiteur sortit le bossu de sa léthargie.

— Commissaire ? ! J'ai rien fait d'mal.

— Exact, vous vous êtes chargé le mufle, c'est tout ce qu'on vous reproche. Vous vous en souvenez ?

— Peuh !... Pas grinmin... Tout ce que j' m' rappelle, ch'ot que j' m'y suis mis tard... Après...

Son bras décrivit un cercle aux arcs incertains.

— Dommage, parce que j'aimerais savoir où vous vous trouviez hier vers 16 heures.

— Pourquoi ?

— Répondez, s'il vous plaît.

— À coup sûr din l'troquet d'un copain, mais ch' sos pu lequel.

— Vous l'avez oublié ?

— Ouais, se frappa-t-il le front, y a un gros trou din m' caboche.

Si son amnésie ne facilitait pas le dialogue, elle permit à Gallois de contourner Dewavrin. Omission appréciable, il n'eut pas à mentir.

— Je vais vous rafraîchir la mémoire, monsieur Michel. Cette nuit, vous avez déliré jusqu'à ce que vous tombiez comme une masse.

— J'ai dit quoi ?

— Que vous avez bu pour fêter la mort de Lefèvre.

Le nabot en cogna sa bosse contre le mur.

— Oh ! Pigeon est mort ?

— Comme on ne peut mieux l'être… Le plus navrant, c'est que vous avez raconté que votre femme vous trompait avec lui. Vous comprendrez, dans ces circonstances, que je me pose des questions.

— Mais pourquoi ? Y a pas de raison.

— Auriez-vous *aussi* oublié qu'il a été assassiné ?

Jamais stupeur ne fut si grande chez un homme. Sidéré, P'tit Bosco eut autant de peine à happer une bouffée d'air qu'un maquereau hors de l'eau.

— J' m'in souviens pas non pu.

— Mm… Mauvais pour vous… D'autant que, d'après ce que j'ai compris, vous vous êtes tardivement mis à boire pour fêter sa mort.

Les traits du bossu virèrent au vert, sous le coup de l'émotion sa langue retrouva les chemins du patois.

— Quand j' dis tard, ch'ot midi, pace' que j' me lève avant eul' jour… L' dernier bistro où j'avos encore eum' tête, ch'ot çui des Amis. À quelle heure ?… Pff !… Ch'sos pu, mi… Demandez au patron. Y vous l' dira, chti' lal.

— Comptez sur moi pour le mettre à contribution… Et avant le Café des Amis, vous êtes allé boire au Café du Canal ?

— Euh, non… P'têt ben ensuite… René doit s'in souvenir.

Bien que l'annonce de la mort de Pigeon se fût répandue comme le choléra, Gallois se promit de vérifier son parcours. En attendant d'interroger les bistrotiers, il poursuivit, doucereux :

— Parlez-moi de votre femme. Je sais qu'elle vous trompe et qu'elle vous a quitté sans un mot. Je trouve singulier que vous n'ayez pas signalé sa disparition.

— Bah ! Ch'ot pas min truc eu'd braire chez les flics.

— Admettons. Dites-moi au moins comment vous avez découvert votre… *infortune*.

— … Un ami m'a prévenu…

Ses réponses étaient de plus en plus floues, mais Gallois dut s'en contenter. Le planton réapparut, l'air navré, mal à l'aise.

— Excusez-moi, commissaire, j'ai un message pour vous.

— J'espère que c'est important ! De quoi s'agit-il ?

— D'un appel de la sous-préfecture. M. Percy vous y attend d'urgence.

D'urgence. Que le terme était joli pour annoncer une engueulade. Pas dupe, Gallois abandonna P'tit Bosco dans sa cellule.

— À bientôt, monsieur Michel, je crois que nous allons nous revoir.

Sur cette prédiction, il glissa à l'oreille de Vial :

— Attendez mes instructions avant de le relâcher.

Dans son for intérieur, le vieux renard ne soupçonnait pas P'tit Bosco d'avoir tué Lefèvre. Mais la machine était en marche, il ne pouvait plus la stopper. Avoir parlé à tort et à travers ne faisait pas du bossu un criminel. D'ailleurs, sauf erreur de jugement, il lui serait facile de prouver son innocence. Alors pourquoi le maintenait-il en cellule ? Par abus de pouvoir ? Grands dieux, non ! Car malgré son désir de libérer ce type, il était obligé de le garder sous les verrous. Sa hiérarchie l'avait en ligne de mire. Compte tenu de leurs rapports vérolés, il s'entourait de précautions, conscient qu'elle le flinguerait à la première boulette.

À malin, malin et demi, pensa-t-il, à si près de ruiner l'orgueil des notables, il tenait à conserver l'affaire. Procédures, procédures, il avait un suspect, il devait l'asticoter. Tant pis pour P'tit Bosco qui s'en remettrait vite.

Au moment où il s'apprêtait à quitter le commissariat, un agent lui remit une enveloppe. Jacques de Wicq, expert en œuvres d'art, venait de la déposer à son attention.

Négligemment, il la glissa dans sa veste sans l'ouvrir.

11

Il pleuvait. Le ciel était de suie. Un champ de vision restreint, quasi opaque, obligeait les conducteurs à lever le pied, codes allumés, essuie-glaces en action. On prenait ses distances, on évitait de freiner.

Aux Fontinettes, un faubourg retranché au sud de Calais, une DS 21, noire et anonyme, roula doucement devant la vitrine d'une charcuterie. Puis elle accéléra en direction du centre où, au carrefour du théâtre, elle bifurqua pour remonter le boulevard La Fayette. Elle le dépassa, franchit les limites de la ville, se dirigea vers l'est. Sur la route de Dunkerque, au bout d'une courte course, elle tourna avant d'atteindre l'hippodrome, à la hauteur du Beau Marais, un quartier ouvrier.

Là, sous une averse infernale, elle se mit à marauder, comme en quête d'une adresse. Ainsi, au ralenti, de maison en maison, de jardin en jardin, elle fit de longues pauses avant de disparaître. Curieusement, elle regagna le centre, vira cap au nord, rejoignit le port de pêche où elle parvint en quelques tours de roues.

Une fois sur place, elle sillonna les bassins. Soudain, bercée par un ballet de mouettes, elle planta ses jantes près de la proue d'un chalutier. Pas longtemps, une poignée de secondes – la valeur d'un quart de sablier. Puis elle repartit comme elle était venue.

Un orage gronda alors, des éclairs percèrent le plafond sombre et bas. Suivie par un tonnerre dantesque, elle fila vers l'ouest, au fond du Fort Nieulay, un lieu-dit situé à la périphérie de la ville, désert à l'infini, quasi inhabité, parsemé de blockhaus, de rails rubigineux et d'aires sablonneuses.

Et ce fut sous un déluge d'eau, dans une tempête effroyable, qu'elle s'arrêta enfin, près de la citadelle aux remparts délabrés, face aux grilles béantes d'un cimetière désert.

Drôle de parcours dans la rose des vents.

Le diable lui-même n'y comprit rien.

12

À la sous-préfecture, au sein d'un bureau de style Directoire, la tempête ne s'était pas tant fait attendre.

Assis dans un fauteuil beaucoup trop grand pour lui, le chargé de mission avait tout de suite donné le *la*, un *la* au diapason du temps où le fleuret moucheté se pratiquait couramment, le *Littré* au bout de la langue.

— Vous en faites de belles, commissaire ! M. le sous-préfet est très mécontent de vous. Il m'a confié le soin de vous transmettre le message.

Après un bref échange où le vieux renard avait simulé l'étonnement – « Au nom de quoi, grands dieux ? » –, les deux hommes s'étaient tus pour se peser. Prélude à la bataille, le silence prit fin sur un ton sarcastique.

— Je suppose que vous avez lu le journal ?
— Non, mentit Gallois, je n'en ai pas eu le temps.

Goguenard, il observa son juge qu'une moue défigura. Habitué à décoder les grimaces, Gallois en déduisit qu'il était mal dans sa peau. Il pouvait l'être, ce blanc-bec, il ne faisait pas le poids. Du haut de ses vingt-sept ans, avec son visage d'ange et sa carrure de mouche, ce n'était pas son diplôme de l'ENA qui allait l'intimider. Combien en avait-il vu des jeunes de son espèce, fiers de leur savoir, assurés d'accéder au faîte de l'État ? Des kilos, des quintaux, méprisants et sûrs d'eux, certains de détenir la science infuse en tout. Incisif, celui-là ne différait pas de ses compères. Aussi, à le jauger, le vieux flic se méfia. Il avait assez pratiqué ses congénères pour anticiper sa volte-face : même par procuration, ce gars avait le pouvoir, il lui était impensable de ne point en user.

— Mais soyez assuré, monsieur Percy, que je serais heureux de le lire si j'en avais un exemplaire.

Voilà qui était mieux, le jeune énarque apprécia sa soumission.

— Permettez que je m'en charge pour vous. Je tiens à vous prévenir qu'il n'est guère à votre avantage.

Il sortit le journal caché dans son sous-main. Pas la peine de l'ouvrir, il était à la bonne page, celle où se trouvait l'article de Julie.

— Écoutez cela je vous prie : « *Interrogé, le commissaire Gallois déclare privilégier la piste "d'un règlement de comptes entre primaires" ce qui, à son avis "ne manque pas dans le coin..."* »

Imperturbable, Gallois fit semblant de découvrir le texte qu'il connaissait par cœur. À la vérité, il se délectait de son fiel. Sauf pour sa conclusion. Pilowski exagérait, il avait consacré plus de vingt minutes à l'enquête. Mais pourquoi se fâcher pour si peu ? Ce n'était qu'une litote de journaliste, une formule à l'emporte-pièce.

— Alors, qu'en dites-vous ? en termina Percy.

— Que c'est fort bien écrit.

L'énarque n'apprécia que modérément.

— Je ne déteste pas l'humour, commissaire, il m'arrive d'honorer ses ressources. Cependant, en la circonstance, je n'ai pas envie de rire. M. le sous-préfet qui, soit dit au passage, est parti pour Arras, m'a chargé de vous demander des explications.

— En somme, vous tenez à savoir si j'ai tenu ces propos ?
— Ce qui me paraît être la plate-forme d'un dialogue positif.
— Oui.
— Comment cela, oui ?
— Tout est exact, j'ai bien prononcé ces mots.

Radieux, Gallois se détendit, comme si sa confession était sans importance. À l'inverse, stupéfait par sa désinvolture, Percy ne sut s'il devait condamner son aveu ou se choquer de son aplomb. Après mûre réflexion, il opta pour la première option.

— J'ose espérer que vous mesurez la gravité de vos déclarations ?
— Cela dépend.
— De quoi, s'il vous plaît ?
— Du sujet. Je doute que nous parlions de la même chose.
— Pour M. le sous-préfet, la cause est entendue : vous avez gravement insulté les gens de ce pays. D'ailleurs, m'a-t-il confié, il paraît que vous seriez coutumier du fait.
— *Seriez* est un conditionnel lié à sa liberté de m'en croire capable.
— En l'occurrence, il pencherait plutôt pour.
— Est-ce tout ce qu'il vous a dit ?
— Non… Il a ajouté que Calais est l'exutoire de vos ressentiments. À son sens, vous en voulez à tous les Français de France d'avoir dû quitter l'Algérie.

Le sous-préfet voyait juste. S'il avait été muté à Bastia, Gallois s'en serait pris aux Bastiais, à Nantes aux Nantais, à Grenoble aux Grenoblois – évidence qu'il n'était pas près de reconnaître. Et ce n'était pas ce fat qui l'obligerait à l'avouer. Surtout après son laïus imbécile. Quel bourricot ! Quel débutant ! Avait-on négligé de lui enseigner le prix du silence ? Oubliait-il que se taire est la clé de la réussite ? Apparemment oui, puisqu'il avait joué tous ses pions. Trop tard pour revenir en arrière ! Le vieux renard pelé, en champion des échecs, n'allait plus lui laisser l'occasion d'attaquer.

— Monsieur le chargé de mission, en tant qu'homme de loi au service de la justice j'aimerais que vous me donniez les preuves de ce que vous avancez : où, devant qui et quand ai-je *déjà* insulté la population ?

— Pardon, recula Percy, vous m'avez mal compris.

— Il ne me semble pas.

— Si ! Je n'ai rien affirmé de tel, je vous ai simplement restitué les propos de M. le sous-préfet.

— Propos, je suppose, que lui-même a tenus à partir de propos qu'on lui a rapportés ?

— Admettons que des gens se soient plaints.

— Sans que M. le sous-préfet ait demandé à ce que l'on vérifiât leurs accusations ?

— Le terme est excessif, ce ne sont que des mouvements d'humeur.

— Non, vous vous trompez de genre : ce sont des calomnies dignes du régime de Vichy. Mettez-moi en présence de ces corbeaux ou clouez-leur le bec.

Le renard sut dès lors qu'il avait l'avantage : les flics ne balançaient pas d'autres flics, aucun de ses hommes ne viendrait témoigner contre lui. Et les plaignants, trop pleutres, éviteraient une confrontation.

Mais si le rusé triomphait, Percy, débordé, détestait le virage que prenait l'entretien.

— Vichy ! Comme vous y allez… Je ne vois pas M. le sous-préfet prêtant l'oreille aux racontars.

— Soit ! Alors s'il est imperméable aux ragots, je n'ai qu'à en déduire qu'il cherche à me couper la tête.

— Vous délirez, commissaire, pourquoi aurait-il une dent contre vous ?

— Parce que je suis pied-noir.

Voilà, c'était lancé, Percy virait au vert.

— Dois-je vous apprendre, monsieur, que l'administration ne nous porte pas dans son cœur ? Surtout celle de la police qui se méfie toujours de nous.

— Seriez-vous sujet à la paranoïa ?

— Pas le moins du monde. L'OAS me colle aux chausses comme si j'avais un passé de putschiste... Quelle pitié ! Je vous rappelle que j'ai été légaliste, sinon je ne serais pas dans ce bureau.

Fidélité qu'il regrettait parfois : il s'en était fallu d'un cheveu qu'il rejoignît Salan. Mais, prisonnier de sa parole, il était resté dans le giron de la République, non sans en vouloir à ses valeurs profondes. Paradoxal en diable, l'homme était ainsi fait, loyaliste, rancunier et retors.

Il savait qu'il venait de gagner la partie. Percy était dans une impasse, battu par un sujet sensible, trop lourd pour ses épaules. Amère victoire, se dit Gallois, qui risquait de s'en faire un ennemi – ce qu'il ne souhaitait pas.

— Toute chose étant égale par ailleurs, reprit-il, diplomate, sachez que je ne pense pas que ce soit le cas. Je connais suffisamment M. le sous-préfet pour deviner sa position.

— Qui est ?

— Neutre... Si les ragots l'indisposent, je comprends son désir de vérifier leur fondement. Il y a tant de médisants qui détestent la police.

— Exactement, fit l'énarque, heureux de s'en tirer par une pirouette.

— Considérons alors que je suis lavé de tout soupçon.

— Certes, commissaire, certes... Il n'empêche qu'il reste cet article.

Alléluia ! jubila le roublard. À présent qu'il avait les mains libres, il pouvait amorcer sa bombe, un petit bijou du genre, incendiaire, dévastateur, qui n'allait épargner personne. À commencer par Percy. Il en saliva d'avance.

— En toute confidence, monsieur, ma déclaration obéit à une stratégie que vous apprécierez.

— Je ne demande pas mieux.

— Reconnaissez d'abord que je n'ai désigné aucun cercle social précis.

— Voui... Excepté la classe ouvrière en filigrane.

— Je l'ai fait par calcul. Un peu rudement, je l'admets, mais l'essentiel est que le message soit passé.

— Pour en venir où ?

— À un résultat immanquable : avec cet article, l'assassin ne se méfie plus, il croit que j'enquête dans d'autres sphères que la sienne.

— C'est-à-dire ?

— Ailleurs que dans son milieu. C'est pourquoi, tôt ou tard, il commettra une erreur... Classique et enfantin... Je l'attends au tournant.

Le discours du renard fit transpirer l'énarque. Par ses sous-entendus, il avait de quoi redouter l'apocalypse.

— Parce que vous pensez le trouver où, votre tueur ?

— Là où les premiers indices nous conduisent : dans les couches supérieures, parmi les gens aisés. Ou, si vous préférez, dans le cercle des notables.

— Les notables !... Rien que ça !... Et à quoi ressemblent-ils, ces indices ?

— Désolé, monsieur, secret de l'instruction. Tout ce que je peux vous confier c'est qu'il faut *nous* préparer, *hélas*, à un scandale énorme.

Assommé, étouffé, au bord de l'asphyxie, Percy faillit en desserrer sa cravate.

— C'est une catastrophe ! Surtout en ce moment !
— Pourquoi en ce moment ?
— Ignorez-vous que M. Wyatt séjourne dans notre ville ?
— Non, c'est mon travail, mais je ne vois pas le rapport avec cette affaire.
— Il est considérable ! Des intérêts phénoménaux sont en jeu !
— J'en suis conscient, et alors ?
— Imaginez que vous vous trompiez de piste, le mal serait fait !
— À l'heure actuelle, je vous garantis que c'est la bonne.
— Possible, mais si elle aboutissait à une impasse, que se passerait-il ? L'image que M. Wyatt aurait de nos dirigeants serait infecte. Il serait même à redouter qu'il choisisse un autre site !

Comédien jusqu'aux ongles, Gallois en parut affecté.

— Effectivement, monsieur, je n'y avais pas songé… Tant d'efforts anéantis à cause d'un cadavre… Ce serait un drame pour la région…
— Ou plutôt un cataclysme.
— Oui, le mot convient : un cataclysme… Mais que voulez-vous que j'y fasse ?
— Je ne sais pas, moi… Vous parlez de *premiers* indices, attendez au moins d'en relever plusieurs… Profitez-en pour sonder les milieux… *intermédiaires*… Et prenez votre temps pour avancer… *C'est un conseil d'ami.*

Et l'ami que Gallois venait de se découvrir lui dispensa un cours.

L'Europe était en marche, plus rien ne l'arrêterait, même pas de Gaulle qui, non sans raison, avait opposé son veto à l'entrée des Britanniques dans le Marché commun. Après son départ, le Royaume-Uni y adhérerait forcément, d'autres nations le suivraient, le paysage économique connaîtrait un *big bang*.

Or c'était maintenant que l'avenir se préparait. Calais y aurait une place de choix si on ne commettait pas d'erreur. Sa position géographique, ses infrastructures, le dynamisme de sa population faisaient de la ville un partenaire incontournable. M. Wyatt le savait, c'était un homme qui voyait loin. Et s'il retenait la ville pour développer ses activités, il était à prévoir que ses confrères lui emboîteraient le pas.

— Sans oublier, commissaire, que W&S attirera des sociétés qui ont recours à ses services. Dans ce contexte, vous comprendrez qu'il convient de marcher sur des œufs... De la discrétion, s'il vous plaît.... Ni nos dirigeants ni nos syndicats n'apprécieraient de voir M. Wyatt rejeter la candidature de Calais.

Gallois se bidonna : Percy, originaire de Châteauroux, défendait la ville comme s'il y était né. Un bon point pour l'ENA qui l'avait préparé à cette migration.

— Entendu, monsieur, dans l'intérêt général, je vais prendre le temps d'approfondir nos analyses... Après tout, l'arrestation du coupable ne fera pas ressusciter Lefèvre... Autant être sûr de ne pas se tromper de bonhomme...

Heureux de l'entendre, l'énarque se détendit sans complexe.

— J'en suis fort aise, commissaire. Je vous assure que M. le sous-préfet appréciera votre... *professionnalisme*.

Un sourire, tout était dit. Ils se serrèrent la main. Percy raccompagna Gallois jusqu'à la porte de son bureau où, sur un ton plus chaleureux qu'à son entrée, il le gratifia d'un : « Au revoir, cher ami. »

Quelle mascarade ! pensa le vieux renard en traversant les couloirs, ces gens étaient prêts à tout pour défendre leur caviar. Ils se fichaient bien de la mort de Lefèvre. Ce crime les dérangeait plus qu'il ne les indignait. L'enquête leur faisait peur. Mauvais pour le commerce. Mais ce qui les effrayait davantage, avait-il lu dans les yeux de Percy, c'était que l'un des leurs puisse être l'assassin.

Excellent, dégusta-t-il les retombées de sa bombe, elle avait explosé bien mieux que dans ses rêves. Les élites allaient s'épier, se soupçonner, en faire des cauchemars. À trois mois de la retraite, quelle magnifique revanche !

Et ce n'était qu'un début. Ralentir l'enquête, oublier les notables ? Et quoi encore ? ! Percy pouvait toujours courir, il n'allait pas se gêner pour affoler la fourmilière.

Réaction d'homme de gauche ? Certes non ! Les sympathies de Gallois avaient toujours penché ailleurs, un ailleurs radical où il ne se retrouvait plus. En amont de sa haine, c'était surtout une réaction de flic désabusé, de flic tout court aussi qui, par enchaînement d'idées, se souvint de la lettre qu'il avait mise dans sa poche.

Il s'arrêta pour l'ouvrir. La prose de Jacques de Wicq commençait par les formules d'usage. Il les sauta pour décrypter l'essentiel :

« *L'arme du crime que j'ai eue à expertiser est une pièce rare. Ce couteau, dit par convention "à couper le gigot", a été fabriqué au début du XIXe siècle, voire à la fin du XVIIIe. En effet, cet objet en argent, de fabrication* *française, est orné de trois poinçons, marquage abandonné après 1838, à savoir : poinçon "de titre" représentant la tête de Michel-Ange ; "de garantie" illustré par un profil de femme ; "du fabricant" identifié ici par un losange...* »

Gallois ne vit pas l'intérêt d'en lire davantage, sa conviction était faite. Un Mignot et un couteau de ce prix ne se trouvaient pas dans les tiroirs d'un gueux.

Avant de quitter la sous-préfecture, il demanda à une secrétaire la permission d'utiliser son téléphone...

— Allô Vial ? C'est Gallois... Relâchez M. Michel, j'en ai fini avec lui.

Ou presque : il se pouvait que P'tit Bosco ait des choses à lui apprendre.

13

Julie détestait conduire la nuit. Et plus encore sous la pluie. Pas de chance, elle avait droit à la totale en remontant le canal de Calais à Saint-Omer.

Pour ne rien arranger, le pare-brise de sa Simca était embué, le chauffage fonctionnait par saccades, les balais d'essuie-glaces jouaient les grands timides. Dans de telles conditions, il lui était difficile de se repérer. Toutes les vingt secondes, elle ralentissait pour nettoyer la vitre avec un vieux chiffon.

— Merde ! Manquait plus que ça !

Sa main venait de riper. Roulé en boule, le vieux chiffon était tombé sur sa belle robe – celle des grandes occasions –, qu'elle avait payée une fortune.

Mortifiée, elle voulut vérifier qu'elle n'était pas tachée, mais le plafonnier refusa de collaborer. Fichue mécanique, il était plus que temps qu'elle change de véhicule, son Ariane multipliait les signes de fatigue. Mais par quoi la remplacer ? Quoi de neuf sur le marché ? Sa préférence allait à la Peugeot 204. Avec ses 6 CV et sa traction avant, c'était le modèle idéal pour ses déplacements. Le problème était son prix. Même raisonnable, il dépassait le cadre de son budget. Journaliste en province rapportait des noisettes. Surtout à une débutante. Elle gagnait à peine plus qu'à Paris où elle avait fait ses classes, à *L'Aurore*, passage qui l'auréolait d'un prestige indéniable : avoir travaillé dans le journal où Zola avait écrit *J'accuse* était une référence.

Le tablier d'un pont se découpla sur sa gauche. Elle approchait enfin du but, il lui restait un kilomètre à couvrir, distance qu'elle grignota en plissant les yeux.

Voilà, elle y était, M. Wyatt habitait au bout de ce chemin, au creux d'un parc boisé qui, par ricochet, lui remémora une scène effarante. En juin dernier, elle y était venue en reportage. Les as de la cartouche s'y étaient réunis pour dégommer des pigeons, des vivants, qu'ils avaient massacrés en buvant du champagne. Combien en avaient-ils tué sous les applaudissements ? Julie ne les avait pas comptés. En revanche, le chiffre trois était resté gravé dans sa tête, associé à trois garçons d'une dizaine d'années. Elle les avait surpris derrière des cages, accroupis, occupés à torturer des pigeons blessés. Ils les faisaient mourir à petit feu, inventifs, dans des souffrances d'une cruauté sans nom. Julie se souvint de son indignation, de sa colère qu'elle n'avait pu exprimer, bloquée par l'arrivée de femmes endimanchées. Snobinardes et hautaines, elles étaient passées près des gamins sans leur accorder un regard. À part une, plus curieuse, qui, intriguée par leur manège, s'était approchée d'eux. Ses traits s'étaient durcis, sa main les avait menacés : « Attention, les enfants ! Vous allez vous salir ! » Puis elle était repartie…

La demeure où logeait Wyatt se voulait inclassable. Par défaut, on la qualifiait de manoir pour désigner son étrangeté. Entre folie et maison de maître, c'était une bâtisse de stature anarchique, patchwork de gothique, de baroque et d'Art nouveau. Son entretien coûtait les yeux de la tête. Une goutte d'eau pour celui qui, en 1896, l'avait fait construire. Le tonneau des Danaïdes pour ses tristes héritiers. Depuis seize ans qu'ils portaient ce fardeau, ils avaient beau baisser son prix, ils ne trouvaient pas d'acheteur. Alors, en attendant l'oiseau rare, ils la louaient à l'occasion.

Des lampadaires éclairaient le parc. Leur lumière évita à Julie de conduire au hasard. Détendue, elle roula sur une allée gravillonnée qui, de lacets en lignes droites, la conduisit jusqu'au manoir. Près de ses murs ornés de frises, une flopée de voitures était déjà garée. À part une Jaguar qui se distinguait de la masse et, fraîchement sortie d'usine, l'une des premières R 16, Julie ne compta que des DS 21 tamponnées 62. D'apparence anodine, ce recensement lui permit d'apprécier la qualité des visiteurs. En forte proportion, il y avait là des hauts fonctionnaires, des élus, des édiles, des représentants de la chambre de commerce, tous venus rendre hommage au futur investisseur. En témoignaient les cocardes sur les tableaux de bord. Excepté sur un pare-brise, un seul, qu'un caducée parait d'originalité.

Avant même qu'elle n'ouvrît la portière, un homme en frac se précipita vers elle, parapluie en main. Le crâne enveloppé d'un turban safrané, le teint bis, les moustaches en guidon de vélo, il l'accueillit d'un sourire de parade.

— *Good evening, madame, sorry for the weather. Do you accept to share this umbrella with me ?*

Dans les grandes lignes, à toute allure, Julie comprit que le bonhomme était hindou, qu'il exerçait la fonction de majordome, qu'il lui présentait des excuses pour le mauvais temps comme s'il en était responsable, et la priait de bien vouloir partager son parapluie avec lui.

— *With pleasure*, consentit-elle en mettant du jus dans son accent, *it's very kind of you.*

— *Pretty good ! May I ask you to follow me ? Mr Wyatt will be glad to welcome you.*

Elle ramassa son sac, sa sacoche de reportage, ferma la portière à clé sous le regard amusé de l'Hindou – si voleur il y avait, ce n'était pas son tas de boue qui l'attirerait en premier –, puis fonça, tête baissée, ratatinée sous le nylon du parapluie.

Un auvent, aux entrelacs inspirés par Guimard, protégeait le perron des intempéries. Le majordome y replia son parapluie, la précéda jusqu'à la porte, l'ouvrit, s'inclina sur son passage.

— *Please, after you, madame.*

14

À quelques éclairs de là, Hélène Basset s'adonnait au calcul. Dans son salon surchargé de trophées de chasse, elle refaisait ses comptes en écoutant les actualités télévisées. Le ronron du poste ne la gênait pas, elle avait l'habitude de travailler en le laissant ronfler. Avec un verre de guignolet pour couronner le tout.

C'était sa liturgie de tous les soirs avant de passer à table. Tant qu'elle n'était pas terminée, elle était incapable d'avaler un morceau. Jean-François, son mari, lui avait appris à en respecter la règle : « L'argent file. Il faut que tu saches où tu en es tous les jours, c'est le secret d'une bonne gestion. »

« Gouverner c'est prévoir », ajoutait-il doctement. En trente ans de mariage, combien de fois avait-il rabâché cette phrase ? Facilement des milliers. De toute manière, il ne connaissait que celle-là. Mais pourquoi s'en moquer puisqu'elle avait suffi à l'enrichir ? Du moins à son niveau de petit commerçant. À sa mort, Jean-François lui avait laissé la charcuterie, deux immeubles de rapport et un terrain constructible. Hélène n'était donc pas à plaindre. D'autant qu'en plus il lui avait légué un joli bas de laine. Oh ! Juste quelques bons du Trésor, de quoi faire face en cas de tempête.

Or le problème d'Hélène était d'avoir à taper dedans.

Désespérée, elle réaligna ses chiffres.

Pas d'erreur : la mort de son frère allait lui coûter chaud.

Entre le cercueil, le corbillard et les faire-part, la facture atteindrait des hauteurs astronomiques.

Prise de vertiges, elle traduisit ces dépenses en saucissons, pâtés et boyaux gras. Il y en avait pour des kilos ! Des montagnes de barbaque !

Enfin brin ! Pourquoi Marcel n'avait-il pas été plus prévoyant ? Quand on vit seul, on prend ses précautions. Bon d'accord, il n'avait pu présager sa fin, surtout de la façon dont elle s'était passée. Mais quand même ! À son âge, il aurait pu épargner de quoi financer ses funérailles !

Lasse, Hélène posa son crayon pour réfléchir.

Après tout, il n'y avait pas que du mauvais dans son départ. À part les ennuis qu'il lui causait, il faisait d'elle une héritière.

Héritière !... C'était vite dit, il convenait d'abord d'évaluer ses biens.

Pour son mobilier, elle ne se berçait pas d'illusions : son tas de bois ne valait pas tripette, on le lui achèterait au poids. Excepté ce vieux filou d'Hubert Dalquin. Brocanteur, aigrefin, Dalquin avait appartenu à son cercle de chasse. Il accepterait le marché puisqu'elle connaissait son secret ! Avec le mauvais tour qu'il lui avait joué, elle brûlait même de le faire chanter : des sous ou la prison ! Mais c'était prendre un trop grand risque. Faute de mieux, elle décida de négocier son silence contre les meubles de Marcel. Allez ! Une affaire de réglée, elle ne reviendrait plus dessus.

Restait la ferme du Petit-Courgain. Que devait-elle en faire ? La vendre, ça allait de soi, mais dans quelles conditions ? On disait que le quartier allait être rasé, qu'on allait y construire des usines et des logements sociaux. Mme Decoster, l'une de ses fidèles clientes, lui en avait fait la confidence. Son mari était « aux affaires », comme elle disait, chef de service à la mairie. Qu'importait sa fonction, de là où il travaillait, il entendait tout ce qui se racontait. Et il s'y chuchotait que la ville allait racheter des terrains pour mener son projet.

Cela valait peut-être la peine de patienter, pensa Hélène. Une ville a de l'argent. Quand elle veut quelque chose, elle se montre généreuse. Quoi qu'il en soit, elle demanderait conseil à son notaire. Marcel et elle avaient pris le même, cette précaution faciliterait les choses.

Détendue, elle se mit alors à envisager sa retraite. Dans le Sud, près de la Méditerranée, là où il faisait chaud. Mais subitement, inopinée, une bouffée d'angoisse ratatina d'un coup ses châteaux en Espagne. Et si la police ne découvrait pas l'assassin de Marcel, bloquerait-elle la succession pendant le temps de l'enquête ?

Hélène ne connaissait rien au droit. Le peu qu'elle en savait venait de ses habitués. Que d'histoires effroyables n'avait-elle entendues dans sa charcuterie ! D'abus de confiance en relaxes, d'agressions en non-lieux, c'était à croire que la justice défendait les escrocs et chérissait les blousons noirs !

Drôle d'époque. Les citoyens honnêtes n'étaient plus protégés. Dans ce climat incertain, il lui fallait une réponse ; demain elle appellerait maître Gaspard.

Mais le mal était fait ; le doute lui avait coupé l'appétit.

Ce fut par habitude qu'elle se traîna vers la cuisine. Dérangée, contrariée, une tranche de rosbif et quelques grains de riz lui parurent suffisants.

Même trop ! Elle était incapable d'avaler une bouchée.

Allez ! Un bon mouvement ! se reprit-elle. Tout ça n'était que des suppositions, il fallait qu'elle arrête de se faire des idées.

En attendant que son estomac se remette en place, elle s'installa dans un fauteuil en se reservant un guignolet. Sur le petit écran, le journal touchait à sa fin.

Hélène n'entendit pas les salutations du présentateur.

Sur les murs tapissés de scènes de chasse, les hures des sangliers, les pattes de biche, les bois des cerfs se mirent à onduler.

Terrassée par la fatigue, elle s'endormit sans la combattre.

15

Dès que Julie mit le pied dans le vestibule, son premier réflexe fut d'examiner sa robe. Par bonheur, elle était intacte. Rassurée, elle fit alors trois pas en regardant autour d'elle. Le décor intérieur valait celui de la façade. Surchargé de colonnettes, le stuc y avait été mis à contribution. De palmettes en oves fleuronnés, de lourdes moulures boursouflaient le plafond. Sculpté, démesuré, un escalier en marbre phagocytait l'espace. Quelques tableaux champêtres, d'un caractère pompier, couronnaient des bahuts plus imposants qu'utiles.

— Mademoiselle Pilowski, je présume ?

Elle tournoya. Tout sourire, un gentleman d'une trentaine d'années, vêtu avec élégance, s'avançait vers elle. Par habitude, elle le photographia mentalement. Châtain clair, svelte, grand, l'homme souffrait d'une incroyable laideur. Son visage émacié, son long nez de travers, ses lèvres négroïdes, son menton en galoche avaient fui les canons de la beauté. Mais il avait pour lui un regard pétillant qui masquait ses disgrâces.

— Oui, monsieur, pour vous servir.

— Enchanté, mademoiselle. Je suis Harold Wyatt, M. Van Hecke m'a prévenu de votre arrivée… Navré que vous ayez eu à affronter cet orage.

D'une manière naturelle, il lui fit un baisemain.

— Pour vous remettre de cette épreuve, permettez-moi de vous proposer d'aller vous restaurer... Je vous promets de ne pas m'enfuir avant votre interview.

Tout cela était dit sans l'ombre d'un accent. Sidérée par sa maîtrise du français, Julie ne put attendre plus pour en percer le mystère.

— À la condition, monsieur Wyatt, que vous me disiez où vous avez appris notre langue.

— Oh non, mademoiselle, pas vous... Vous êtes la dixième personne à me le demander ce soir.

— Raison de plus pour insister : si je le mets dans mon article, on ne vous cassera plus les pieds pour le savoir.

— En êtes-vous certaine ?

— Notre journal est le plus lu dans la région, c'est une garantie de résultat.

— Merveilleux, vous maîtrisez l'art de vendre un avantage.

L'œil brillant, Wyatt se pencha à son oreille.

— Ne le répétez qu'à vos lecteurs : avant de faire une partie de mes études à Paris, j'ai effectué toute ma scolarité en Suisse, du côté de Genève.

— Vous voulez dire dans une pension ?

— Du cours préparatoire jusqu'à mes dix-sept ans.

Ce cursus de reclus l'épouvanta. Julie l'imagina sanglotant, tout petit et fragile, livré à des adultes qui avaient pour mission d'endurcir son esprit.

— J'en déduis que vous avez peu vécu avec votre famille.

— N'exagérons rien, il m'arrivait de croiser mes parents pendant les vacances. Sauf quand j'allais perfectionner mon espagnol ou mon allemand.

— Quel isolement... Votre enfance a dû être terrible.

— Non, mademoiselle : prévoyante. On ne peut diriger une compagnie telle que W&S sans maîtriser plusieurs langues. C'est d'ailleurs ce que j'ai exigé des trois collaborateurs qui m'accompagnent. Ils sont parfaitement multilingues.

Son univers n'était pas le sien, Julie évita donc de le juger en s'inclinant sur une banalité :

— Il est vrai que votre destin était tracé dès le berceau.

— C'est le prix à payer quand on hérite d'un empire... Allez, trêve de bavardage, le buffet vous attend.

Galant, il la précéda dans la salle de réception vaste et circulaire. Avec *La Suite en ré* de Bach pour fond musical, l'atmosphère qui y régnait n'avait rien de folichon. Pour la circonstance, on l'avait débarrassée de son mobilier. De longs buffets, chargés de plats, y avaient pris place pour un soir. Autour d'eux, verre en main, guindés, amidonnés, une centaine d'invités discutaient gravement. La plupart exhibaient leurs décorations. Et si certains, minoritaires, n'en portaient pas, c'était parce qu'ils en attendaient une. Julie connaissait tous ces gens, et tous la connaissaient.

Son entrée attira les regards, non de méfiance mais d'intérêt. Personne ici ne craignait la presse régionale. Tous pensaient – à tort – que ces journaux étaient aux ordres, et figurer dans leurs pages était toujours valorisant. Surtout en pareille occasion : avoir sa photo aux côtés de Wyatt montrerait son importance dans les enjeux locaux. Ce fut donc à qui la gratifia de son plus beau salut.

Plus rapide que ses pairs, Roger Sergent se précipita au-devant d'elle. Quinqua, mafflu, grassouillet comme la majorité des présents, Sergent était un élu influent de la chambre de commerce. Anglophile, patron d'une entreprise d'import-export, tout l'avait désigné pour piloter Wyatt dans la jungle administrative. Il lui servait de sherpa, mission exempte de tout repos.

— Mademoiselle Pilowski, quelle joie de vous rencontrer.

— Laquelle est partagée, lui serra-t-elle la main.

Julie ne mentait pas, elle appréciait le bonhomme.

— À ce que je vois, chère amie, vous êtes venue pour la déclaration.

— Comment ça, la déclaration ? La décision de W&S est déjà prise ?

— Non, il faut encore attendre. Pour l'instant M. Wyatt va nous déclarer sa flamme.

— Dommage. Pendant une seconde, j'ai cru que nous en étions au mariage.

— Il se fera, croyez-moi, l'union est en bonne voie. Vous savez comment ça se passe dans un couple : on flirte, on s'apprécie et *ensuite* on convole.

Ravi de son adage à quatre francs six sous, Sergent lui adressa un clin d'œil. S'il ne lui avait rien dit, tout était dans la prunelle. À elle de traduire son signe.

— Mais pardon, s'excusa-t-il, je vous barre la route du buffet. Pour me faire pardonner, que voulez-vous que je vous apporte ? Champagne ? Whisky ? Porto ?

— Eau minérale, je dois travailler tard.

— Parfait, j'y ajouterai quelques canapés, s'esquiva-t-il.

Cependant qu'il lui composait une assiette, Julie en profita pour observer l'assistance. Les visages étaient austères, on parlait d'élections, sur un ton feutré, entre initiés qui redoutaient qu'on entende leurs propos. Les mines de ces messieurs en disaient long sur ce qu'ils savaient. Ou plutôt sur ce qu'ils subodoraient. Sauf un, isolé près d'une fenêtre, qui, apparemment, n'avait aucun secret à confier à quiconque. Aux confins de la trentaine, grand, un soupçon bedonnant, déjà à moitié chauve, il détonnait dans cet aréopage. Sa présence étonna Julie, qui se rapprocha de lui.

— Bonsoir, docteur Béhal, le sortit-elle de ses songes, je suis surprise de vous trouver ici.

Doucement, à la vitesse d'un aï, il tourna sa face rubiconde de nourrisson repu. Avec la même lenteur, il balada ses yeux clairs sur Julie, puis, son examen achevé, consentit enfin à lui renvoyer d'une voix caverneuse :

— J'adore faire des surprises.

— C'est presque réussi. Je m'attendais à voir un médecin, mais pas vous.

— Feriez-vous dans la boule de cristal ?

— Non, dans le pare-brise : j'ai vu un caducée sur une DS 21 toute neuve.

Contrarié, Béhal malmena ses babines dans un rictus hideux.

— Cette voiture est mon *white elephant* comme disent les Anglais. En toute confidence, un petit modèle aurait suffi à mon bonheur.

— Alors pourquoi l'avoir achetée ?

— *La province*, mademoiselle Pilowski... Un toubib se doit de respecter son rang, ça rassure sa clientèle.

— Mouais... Ben éléphant blanc ou pas, ce qui me convient, c'est que vous soyez un bon gynéco.

— Ah ! Si seulement toutes mes patientes pouvaient être de votre avis...

Le retour de Sergent mit fin à ses lamentations. Plus chargé qu'un mulet, ce dernier posa une assiette et un verre sur une desserte.

— Merci, monsieur Sergent, vous êtes un chou.

— Je sais, ma femme me le répète depuis vingt-huit ans.

— Après tant d'années, c'est que ce doit être vrai.

— Elle dit aussi que je suis un grand bavard. J'espère que je ne vous ai pas interrompu, docteur ?

— Non, j'en avais fini.

Julie lui sourit benoîtement en croquant un petit-four.

— Mais pas moi, j'avais à peine commencé : si ce n'est pas indiscret, que faites-vous dans une réunion à caractère commercial ?

Apparemment gêné, Béhal interrogea Sergent du regard. Avait-il le droit de répondre ou devait-il noyer le poisson ? L'élu, d'un revers de main, prit le parti de la transparence.

— Le sujet est délicat, mademoiselle Pilowski... Je souhaiterais que vous évitiez de l'imprimer, même si les Wyatt n'en font pas un mystère.

— Si c'est d'ordre privé...

— Ça l'est, l'interrompit Béhal... Mme Wyatt a accouché il y a deux mois. Elle a mis au monde une jolie petite Wanda qui se porte à merveille.

— C'est plutôt une belle histoire, je ne vois pas où est le problème.

— Il est que l'accouchement s'est mal passé.

Julie plissa le nez, retournée, en femme concernée par ce type d'épreuve.

— Mal passé comment ?

— Mm... Disons que Mme Wyatt en garde des séquelles qui nécessitent un suivi médical. De préférence assuré par un spécialiste, d'où ma présence à ses côtés.

Solidarité féminine, Julie, touchée par ses souffrances, n'écrirait rien sur elle.

— Entendu, je vous promets de le garder pour moi.

— Je n'en doute pas.

— ... C'est son premier enfant ?

— Non, les Wyatt ont déjà un fils de cinq ans.

Qui, l'an prochain, pensa Julie, partirait pour la Suisse.

Mais retour au présent – plutôt agréable apprécia la jeune femme –, avec l'arrivée d'un homme de l'âge de Béhal, séduisant à mourir, copie d'une statue grecque. Tel un messager royal, dès qu'il fut parmi eux, il salua Sergent d'une double révérence.

— Excusez-moi de vous interrompre, Roger, j'ai l'information que vous m'avez demandée.

— Ah ! se réjouit l'élu, alors ?

— Je vous confirme que vos chiffres sont les bons.

— Merci, Maxime, je vais pouvoir en remettre certains à leur place.

De quoi s'agissait-il ? Sergent se garda de le dire. D'ailleurs tout le monde s'en fichait. À l'inverse, savoir qui était ce nouveau venu intéressa Julie. Un peu trop : la lueur de ses yeux qui le déshabillaient n'échappa pas à Sergent.

— Avez-vous déjà eu le plaisir de rencontrer Maxime Van Weyer ?

— Non, minauda Julie, mais voilà qui est fait.

— Moi, en revanche, je sais qui vous êtes, mademoiselle Pilowski.

Tout en la saluant, Van Weyer cloua son regard dans le sien, un regard androgyne, animal et troublant, qu'elle se força à soutenir.

— ... Tiens donc ? Vous êtes bien renseigné.

Intarissable bavard, Sergent récupéra le fil.

— Maxime nous a rejoints en août. Il travaillait à Paris. Ça n'a pas été facile de le débaucher, mais nous y sommes parvenus. Son expérience nous sera précieuse pour développer nos activités. Déjà, M. Wyatt a beaucoup apprécié ses conseils, ce dont nous nous félicitons. N'est-ce pas, Maxime ?

— Évitez de me flatter, Roger, je vais m'y habituer.

Passer de la CCI de Paris à celle de Calais n'était pas un choix innocent. Était-il dû à un meilleur salaire, à un ras-le-bol de la capitale, à un réel intérêt pour la mission ou à des considérations plus personnelles ? Ce fut ce que Julie chercha à lui faire avouer, non sans nouer l'ombre d'une fiancée à la dernière hypothèse.

— Ma motivation est autre, mademoiselle, c'est un retour aux sources.

— À savoir ?

— Que je suis né ici... J'ai quitté Calais il y a des années et je suis heureux d'y revenir ; désolé de vous décevoir.

Sans plus se dévoiler, il la salua d'une pliure archaïque, très Grand Siècle, le verbe aussi poussiéreux que l'ambiance qui régnait.

— Le mystère de mon transfert étant élucidé, permettez-moi de vous abandonner. Je vois que notre président est enfin disponible, il faut que je lui parle.

— Je vous en prie, allez-y, puisque le devoir vous appelle.

— Merci, mademoiselle Pilowski, heureux d'avoir fait votre connaissance.

Sur cette banalité, Van Weyer s'éclipsa aussi vite qu'il était apparu.

À Bach succéda Vivaldi. L'entrain des *Quatre Saisons* ne modifia guère l'atmosphère. On continua à afficher un flegme de bon ton, les regards polirent la froideur de leur marbre, les conversations ne varièrent pas d'un décibel.

En retrait, cependant, un petit groupe devisait joyeusement – un îlot de femmes, un carré d'irréductibles que le sérieux de leurs maris n'atteignait pas. Ces joyeuses commères papotaient sans complexe, riaient de tout, sans se préoccuper du jugement des messieurs. À Julie qui les observait, Béhal désigna la cadette.

— Puisque nous parlons d'elle, autant que je vous la présente : Mme Wyatt est la jeune femme assise à gauche du guéridon.

— La blonde cendrée, en robe pervenche ?

— Celle-là même.

— Puis-je savoir son prénom ?

— Marie… Marie *i*, *e*, à la française. Mme Wyatt, d'origine parisienne, a connu son mari alors qu'elle étudiait le droit à la fac d'Assas.

— Très intéressant… C'était en quelle année ?

— Venez, elle vous le racontera mieux que moi.

Toujours prêt à rendre service, Sergent les suivit en portant l'assiette de Julie.

Autour de Marie Wyatt, ces dames se voulaient sympathiques, simplement, sans chercher à l'éblouir. La plupart avaient gravi les échelons sociaux par accident. Les carrières de leurs maris, sans qu'elles y fussent préparées, les avaient propulsées sous les feux de la rampe. À première vue, elles s'en fichaient royalement, naturelles et directes comme au temps de leurs vingt ans. À l'inverse de leurs conjoints, empesés par les honneurs, elles se moquaient du protocole et du qu'en-dira-t-on. De blagues en anecdotes, de recettes de cuisine en conseils pour maigrir, elles s'escrimaient à rire avec l'accent de leur enfance, gavé de *ôâ* et de *eû*, qu'elles jardinaient avec amour… ou par provocation.

À la vérité, leurs reparties étaient drôles, leurs propos pleins d'esprit.

Néanmoins, Marie ne semblait pas partager leur humeur. Si elle souriait, c'était par politesse. À l'évidence, son mental était ailleurs.

Deux choses frappèrent Julie quand elle s'approcha d'elle.

La première fut son teint hâve. Derrière son maquillage, au demeurant discret, Julie devina une femme à bout de nerfs, fatiguée moralement, épuisée physiquement.

La seconde fut son incroyable charme. Marie était une fée, une ondine, une princesse de conte. Menue, frêle, gracile, elle avait un visage de madone, des yeux d'un bleu volé au ciel, des bras aussi fins que des tiges de rose, des doigts d'une transparence cristalline et, surtout, une aura que les dieux n'accordent qu'aux élus.

Entre elle et son mari, pensa Julie, sinon un écart d'âge, il y avait autant de différences qu'entre *La Belle et la Bête*. La cravate en plus et les canines en moins.

— Madame Wyatt, se courba Béhal, permettez-moi de vous présenter mademoiselle Julie Pilowski.

— Enchantée de vous connaître.

— Tout le plaisir est pour moi.

— Mademoiselle est journaliste... Vous est-il possible de lui consacrer un instant ? Elle souhaiterait vous poser deux ou trois questions.

En termes masqués, Béhal lui demandait si elle s'en sentait la force. Sur le moment, Julie crut que Marie allait défaillir. Mais non, elle se reprit, pour répondre avec gentillesse :

— Je n'ai pas grand-chose à raconter.

— C'est pourquoi je me bornerai à des généralités.

— De quel type ?

— Où avez-vous connu votre mari, quelles études avez-vous faites ? Rien de bien méchant.

— Si vous vous limitez à trois questions, je suis d'accord. Ce n'est pas que je me défile, mais je me dois à nos invités.

— Alors, allons-y tout de suite, ça ne prendra que cinq minutes.

Sans attendre qu'elle l'en prie, Julie s'assit à ses côtés.

Et le miracle eut lieu, un formidable, un fabuleux miracle !

Ce fut entre les deux femmes un coup de foudre amical, un de ces contacts magiques que l'on a peu dans la vie. Il leur sembla qu'elles se connaissaient depuis toujours, qu'elles avaient partagé des milliers de secrets, qu'elles devinaient tout l'une de l'autre sans avoir besoin de se parler.

Dès les premières secondes, Julie sentit que Marie allait devenir son amie. Et Marie, subitement détendue, sut qu'elle venait de trouver une vraie confidente.

Peut-être que leur âge en fut la cause – elles étaient les seules jeunes femmes de la soirée. Peut-être même que leurs parcours les rapprochèrent : Paris, les études, les spectacles étaient de nature à alimenter leurs souvenirs.

Le fait est que Marie fut intarissable. Avec une pointe d'humour anglais, elle raconta son enfance à Montmartre, ses années à la fac de droit – elle voulait devenir avocate –, relata sa rencontre avec Harold, sept ans plus tôt, à Pleyel, où, en quête d'un billet, il lui avait proposé la place d'un ami qui s'était désisté.

Et elle aurait continué longtemps si son mari ne l'avait interrompue.

— Excuse-moi, *darling*, je viens juste m'assurer que tout va bien.

Elle lui prit la main avec tendresse.

— Oui, ne t'inquiète pas.

— Excellent... C'est l'heure... Je vais prononcer mon discours.

— Vas-y, ne t'occupe pas de moi.

Dans les yeux de Wyatt, Julie lut plus que de l'amour pour Marie : de la vénération ou de l'adulation. Jamais elle n'avait vu tant de passion dans le regard d'un homme. Il était indéniable que sa femme était toute sa vie.

Rassuré, Wyatt la laissa en compagnie de Julie. Et aux bons soins d'une Hindoue qui vint la rejoindre. D'un âge plus que mûr, assez forte, le visage empâté, cette dernière fit un signe à Marie qui le lui renvoya.

— C'est Nany, la nounou de nos enfants. Elle m'avertit qu'ils se sont enfin endormis.

— Formidable, fit Julie en éludant son accouchement, c'est rassurant d'avoir quelqu'un de confiance pour les surveiller.

— Nany fait partie de la famille, elle a été la nounou d'Harold.

— Non ?

— Et Sharad, son mari, qui a dû vous accueillir, le conduisait en voiture quand il était petit.

— Fichtre ! Leur dévouement remonte à loin.

— Une quarantaine d'années... C'est mon beau-père qui les a pris à son service – je devrais dire qui les a sauvés : tous les habitants de leur village ont été massacrés pendant les émeutes de 1926.

— Votre beau-père a vécu en Inde ?

— Non, il y a résidé deux mois, le temps d'y ouvrir des bureaux. C'est une habitude chez les Wyatt : avant d'investir dans une région, on s'y installe quelques semaines pour renifler le vent.

— Comme à Calais ?

— Vous connaissez les Anglais : pourquoi changer les traditions ?

Soudain, sans que rien l'annonçât, un incident modifia le cours de la soirée. Marie ferma les yeux. Ses lèvres se plissèrent. Son corps se mit à trembler. Sa main s'agrippa au guéridon.

— Ça ne va pas ? s'inquiéta Julie.

— Madame Wyatt, s'empressa Béhal, comment vous sentez-vous ?

Livide, frissonnante, le souffle court, elle peina à murmurer :

— Pas bien, docteur… Un vertige… J'ai l'impression de tomber dans le vide.

— Normal, vous avez fait trop d'efforts, il faut vous allonger. Levez-vous lentement, je vais vous conduire à votre chambre.

Autour d'eux, ces dames s'inquiétèrent.

— C'est grave, docteur ? s'enquit l'une d'elles.

— Non, juste un peu de fatigue. Je vais prendre sa tension.

Impassible, Nany se porta au secours de Marie.

— *Don't worry, madame, I'm there.*
— *Thanks, Nany, thanks.*

Avec toute la dignité dont elle put faire preuve, Marie s'appuya sur l'épaule de Béhal pour faire les premiers pas.

— Je suis désolée, mesdames, se tourna-t-elle vers les commères, j'espère vous revoir bientôt. Vous aussi, mademoiselle Pilowski, nous n'avions pas fini.

— Comptez sur moi pour revenir.

Julie la regarda partir, la démarche chaloupée, presque portée à bout de bras. Dès qu'elle eut disparu, ces dames y allèrent de leurs commentaires. Cette pauvre Marie était bien frêle. Elle devait prendre du poids pour s'en sortir. Il y avait des retours de couches qui se passaient mal. Septicémie et streptocoques en avaient emporté plus d'une !

Si leurs remarques frisaient le délire, leurs craintes étaient sincères. Et le secret de Marie, celui de Polichinelle…

À l'autre bout de la salle, Wyatt n'avait rien vu.

Il s'était installé devant un micro sur lequel il tapotait. Après les habituels effets de Larsen, le silence s'installa. Il put alors entamer son discours.

— Mesdames, messieurs... Sur son lit de mort, Marie Tudor, reine d'Angleterre, confia à ceux qui l'entouraient : « Si vous ouvrez mon cœur, vous y verrez Calais. » Sans attendre mon ultime soupir, permettez-moi d'ouvrir le mien à votre ville qui a si bien su m'accueillir...

De rires polis en hochements diplomatiques, chacun l'écouta avec l'espoir qu'il en dirait un peu plus sur les chances de la ville. Mais il s'en garda bien. Ce qui ne l'empêcha nullement d'être chaudement applaudi.

Stylo en main, Julie fit alors le tour des élus pour recueillir leurs impressions. Ce fut un concours de louanges. Quelques messieurs se hasardèrent à qualifier Wyatt de visionnaire – lequel lui confia qu'il ne se fiait qu'au présent.

Elle prit des photos, écouta ceux qu'elle n'avait pas interrogés, nota leurs propos par politesse et, rotatives obligent, regarda sa montre.

22 h 06. Il fallait qu'elle retourne au journal pour écrire son article.

Elle salua Wyatt, adressa un bref au revoir à la ronde, récupéra ses sacs et sortit.

Dehors, la pluie continuait de tomber.

Pas le temps d'attendre le parapluie de Sharad, elle fonça sous l'averse.

Au passage, en courant, elle remarqua que la voiture de Béhal n'était plus à sa place.

16

Mauvais réveil. Hélène Basset se redressa dans son fauteuil avec un poids sur l'estomac. Elle suffoqua, oppressée par le cauchemar qu'elle venait de faire.

Entouré de nuages rouges, son frère s'était levé de son cercueil en la pointant du doigt. « Tu n'auras rien, l'avait-il maudite en la fixant avec des yeux vitreux, tu m'as tué une seconde fois, tu dois payer ton crime. »

Quelle horreur ! Quelle abomination ! Comment Dieu pouvait-Il permettre que l'on fasse de tels rêves ? Mais pourquoi s'en prendre à Dieu ? C'était forcément le diable qui s'était glissé dans son sommeil.

En couleur, qui plus est ! Présage de malheur !

Funeste oracle, Hélène prit peur et se signa.

Puis avala le fond de guignolet qui traînait dans la bouteille.

Peu à peu, son cœur se remit à battre à une cadence régulière, sa respiration recouvrit un rythme normal. L'esprit au ralenti, elle regarda autour d'elle.

22 h 15 à la pendule.

Son repas avait refroidi. Sur l'écran de la télé défilait un générique. Charmante soirée ! Si elle l'avait voulu, elle n'aurait pu mieux la louper !

En rage contre elle, contre le monde, contre sa fatigue, elle se leva péniblement, le dos cassé par le fauteuil. Ses premiers pas furent douloureux. La démarche hésitante, elle mit un pied devant l'autre en étouffant des cris, la mâchoire serrée, le moral dans les bas, son cauchemar à ses trousses.

Même éveillée, il ne cessait de la poursuivre.

Tout rêve était un signe. Elle y croyait. Alors, que signifiait celui-là ?

Qu'avait voulu dire Marcel dans son message d'outre-tombe ? Elle s'occupait de lui, de ses funérailles, il n'avait pas à se plaindre. Il aurait même une belle messe d'enterrement, avec chanteurs et harmonium.

À ce propos, sourcilla-t-elle, pourquoi Bécaud chantait-il près de son caveau ? Ça non plus n'était pas normal, personne n'entendait de musique dans ses songes. Du moins, pas une de ce genre. Surtout d'une manière si claire :

« *Et maintenant, que vais-je faire, de tout ce temps, que sera ma vie…* »

Épouvantée, Hélène se statufia.

Ce n'était pas un rêve.

Elle entendait *vraiment* la voix de Bécaud.

La chanson venait d'en bas.

Du coup, une trouille immense la réveilla pour de bon. Très vite, elle repassa mentalement ses moindres gestes. La grille était baissée, la porte de la charcuterie bloquée. De ce côté tout baignait, il n'y avait pas à revenir dessus. Que restait-il ? Ah oui ! La petite porte de derrière, celle qui donnait sur la cour. Elle n'avait pas vérifié, c'était son employé, Patrick, qui se chargeait de la refermer. Patrick gardait les clés, il lui arrivait de travailler tôt. C'était quelqu'un de confiance, il avait été l'apprenti de son mari. Pour le prix de son attachement, Hélène lui avait promis de lui céder le fonds. Les papiers étaient faits : quand elle prendrait sa retraite, il deviendrait le patron.

En seize ans de présence, Patrick n'avait eu qu'une seule exigence : installer la radio dans le labo. Bah ! s'était dit Hélène, on pouvait le comprendre. Après la mort de Jean-François, le pauvre ne causait plus pendant des heures. Se retrouver seul face aux jambons n'était pas rigolo. C'était donc de bonne grâce qu'elle lui avait accordé cette compagnie.

Alors pourquoi s'affoler, cruche qu'elle était ?!

La radio ! Patrick avait oublié d'éteindre la radio !

C'était aussi simple que cela.

Rassérénée, Hélène se détendit. Enfin presque, une énigme la taraudait : comment se faisait-il qu'elle n'ait rien entendu plus tôt ? À cause de la fatigue, pardi ! Se souvenait-elle de son état avant de s'endormir ? Elle n'avait plus d'oreilles, plus de vision, plus d'appétit. Il ne fallait pas qu'elle cherche plus loin : son coup de barre l'avait mise hors circuit.

Bécaud en termina. Trenet le remplaça.

Ce fut sur *Que reste-t-il de nos amours ?* qu'elle descendit les marches.

Pas de bruit suspect dans la boutique. Elle alluma par précaution. Rien n'avait été dérangé. Si des voleurs s'étaient introduits dans la charcuterie, ils auraient commencé par forcer le tiroir-caisse. Or il était intact. Ce qui la rassura.

En revanche, elle tiqua en voyant de la lumière dans le labo.

« *Que reste-t-il de nos amours ? Que reste-t-il de ces beaux jours ?* »

Qu'arrivait-il à Patrick ? Après la radio, le plafonnier ! Ce n'était pas son genre d'avoir la tête en l'air. Surtout à ce point : il avait même oublié de ranger une gamelle, une énorme, pleine de sang destiné à devenir du boudin.

Hélène eut du mal à comprendre sa distraction, Patrick l'avait habituée à plus de rigueur. Pour l'expliquer, elle caressa deux hypothèses : ou il souffrait secrètement ou il était tombé amoureux.

Mais, quelle qu'en fût la raison, son étourderie était inadmissible. D'autant que la gamelle trônait sur la table centrale. Quelle idée de l'avoir mise là ! Elle pesait des kilos, il fallait être costaud pour la porter. Or c'était ce qui lui incombait de faire : pas question de laisser ce sang précieux à l'air libre, elle devait le ranger dans une chambre froide.

En plusieurs fois, bien sûr, après l'avoir transvasé dans d'autres récipients.

« *Bonheur fané... Cheveux au vent...* »

Foutue soirée, elle en avait connu de meilleures. Lasse, découragée, Hélène s'avança vers la table en soupirant.

Et pila, surprise, en découvrant un soldat de plomb posé près de la gamelle.

Un poilu, en uniforme bleu, qui chargeait, baïonnette au canon.

Que fichait-il dans le labo ?

Qui l'avait apporté là ?

Elle le prit pour le détailler de près, plus intriguée qu'une poule devant un œuf d'autruche. Ce n'était pas Dieu possible ! À quoi jouait donc Patrick ? Retombait-il en enfance ou virait-il neuneu ?

« *Baisers volés... Rêves mouvants...* »

Elle n'eut pas le temps d'en rire, son os occipital craqua comme une noix, d'un coup porté avec une rage folle. L'agresseur s'était approché d'elle à pas de loup, par-derrière, sans qu'elle l'entendît venir.

« *Que reste-t-il de tout cela ?* »

À demi évanouie, elle n'eut pas la force de se défendre. Tout ce qu'elle comprit, c'est qu'elle allait mourir noyée dans du sang de cochon : l'homme lui avait saisi la nuque et lui maintenait la tête dans la gamelle.

Finalement, non, ce n'était pas ainsi qu'elle partirait. L'homme la tira par les cheveux *in extremis* et la tourna vers lui.

Suffocante, chancelante, Hélène sentit le sang couler sur ses joues, dans son cou, dans son dos, sur ses jambes, partout.

« *Et dans un nuage...* »

Elle avait mal, elle défaillait, son crâne était en feu.

Réflexe naturel, elle s'essuya les yeux pour découvrir son agresseur. Mais ce qu'elle vit, ce fut le double canon d'un fusil de chasse.

Pas longtemps, le coup partit dès qu'elle ouvrit les paupières.

« *Le cher visage, de mon passé.* »

Sa face explosa. Sa chair, son sang, sa cervelle se répandirent sur les murs émaillés. Son corps mutilé s'effondra sur le carrelage.

Curieusement, comme son frère, Hélène avait gardé le soldat de plomb dans le creux de sa main.

17

Un regard.

L'enfant n'était plus qu'un regard, un insoutenable regard que les regards des grands n'osaient pas affronter.

Aucun d'eux n'avait eu le courage de lui dire la vérité.

L'enfant l'avait devinée.

Les chuchotis, les messes basses, les voix feutrées sur son passage lui avaient fait tout comprendre.

Méchanceté, cupidité et maintenant, lâcheté ; les adultes étaient des monstres.

Qu'ils crèvent, s'était dit l'enfant, qu'ils crèvent comme des cafards ! Ils n'étaient que des bêtes nuisibles, des bêtes qu'on écrase d'un simple coup de talon !

Sans un mot, l'enfant avait fui avec son chien vers la mer grise...

Sangatte était déserte, sauvage et hors du siècle.

Le ciel se couvrait, il faisait froid, le vent courbait les tiges des oyats.

Pourtant l'enfant se sentait bien dans les dunes malmenées, libre et solitaire, loin des hypocrites, des profiteurs et des menteurs.

Les yeux noués aux vagues, l'enfant se mit à parler haut, pour expulser, pour maudire, pour promettre.

Et confia à Gamin, son labrador, qu'aucun de ces salauds n'obtiendrait son pardon.

Le pardon était bon pour les faibles.

Le temps s'était arrêté. Sa révolte l'éloignait pour toujours des petits et jamais, non jamais, il ne rejoindrait les adultes. Son corps grandirait mais son esprit resterait le même ; il ne serait pas comme ceux des autres, c'était devenu impossible. Désormais, l'enfant ne serait qu'un regard, un regard sans concession.

L'enfant dit aussi à son chien que sa différence serait une force.

Que dans un monde impitoyable, elle servirait les justes.

Qu'elle punirait les méchants.

Et qu'elle lui permettrait d'accomplir une œuvre grandiose.

Solennel, l'enfant en fit le serment au vent et aux oyats, aux dunes et à la mer, à son pays diapré que ses yeux trouvaient beau.

Les seules puissances auxquelles l'enfant croyait encore.

Puis, en compagnie de Gamin, après avoir rêvé en contemplant les flots, l'enfant partit courir dans le sable doré gravé de coquillages.

Nul ne vit ses larmes.

Excepté Lariflette.

Au « caté », dans un coin du préau, son ami les surprit.

Il s'en émut, insista pour savoir ce qui lui arrivait. Lariflette était une tombe, l'enfant lui parla donc sans retenue, d'une voix blanche, pour lui apprendre que ses parents venaient de se tuer.

Un accident de voiture, un accident idiot, comme tous les accidents.

Le plus terrible était qu'on ne le lui avait pas dit, il lui avait fallu le comprendre !

Les grands lui avaient volé son chagrin !

Les grands lui avaient volé ses cris !

Les grands lui avaient volé ses larmes !

Les grands avaient refusé de lui ouvrir leurs bras !

Alors, pour se venger, l'enfant jura de leur cacher sa peine...

À l'enterrement, on s'interrogea sur sa sécheresse.

De quoi était fait ce bout de vie qui ne montrait pas sa douleur ?

Un cœur battait-il dans ce petit corps rigide ?

Sa grand-mère paternelle en eut les sangs glacés.

Ses tantes et ses oncles en furent mortifiés.

On lui chercha des excuses, on parla de choc psychique.

Et, par-dessus tout, on s'en épouvanta.

Les adultes se posèrent des questions. Ils suivirent le corbillard, tiré par un cheval épargné par la guerre, en s'interrogeant sur son indifférence. Mais mal à l'aise, barbouillés d'un semblant de remords, ils n'osèrent lui parler.

L'un après l'autre, le regard de l'enfant se ficha dans les leurs.

Ils l'évitèrent. Surtout ceux qui avaient trahi son père. Car ils étaient là, ces tartuffes, faussement recueillis, comme s'ils avaient de la peine, incapables de soutenir le froid de ses pupilles.

L'enfant en éprouva une joie infinie.

Ses yeux étaient une arme.

La peur venait de changer de camp.

18

Bien qu'il en eût envie, Gallois évita de jubiler. La bouillie collée sur les murs ne prêtait guère à rire. Certes, il était dans le labo d'une charcuterie, mais cette triperie venait d'un être humain. Le crâne d'Hélène Basset, dont le corps recouvert gisait sur le carrelage, avait éclaté en mille confettis, pisseux, gris et rosâtres.

Dans ce cadre morbide, la décence imposait un peu de dignité. Elle n'avait pas à se forcer pour solliciter Gallois : au catalogue de ses contradictions, le vieux flic affichait un respect pour les morts, quels qu'ils fussent, convaincu que leurs âmes observaient les vivants. Résidu de croyance, ou de superstition, il redoutait leur ire, comme au temps où sa mère craignait le mauvais œil.

Pourtant le Machiavel avait de quoi sourire. Dans un coin, effacé, blême et décomposé, Percy, le jeune énarque, assistait au constat. Monsieur le sous-préfet le lui avait ordonné. Ce second meurtre sentait mauvais pour les affaires. Il fallait empêcher que les journalistes s'en emparent ; ou que Gallois, avec sa verve acide, se mette à choquer le public au nom d'une tactique injurieuse. Il comptait sur le zèle de Percy pour museler le bavard. Et puis Wyatt hésitait, discrétion avant tout, avait-il insisté, le succès du projet dépendait du silence.

Pas dupe, Gallois savait pertinemment ce que Percy fichait là. Son patron n'avait pas pour habitude de se mêler d'un crime, même par collaborateur interposé. La mort d'Hélène Basset épouvantait les satrapes. Ces beaux messieurs tremblaient de trouille, d'une peur qu'ils devaient à son comportement, souvent imprévisible, et non aux impulsions d'un tueur en série.

Dans le labo, çà et là, les flics décollaient des bouts de chair, des morceaux de cervelle qu'ils déposaient dans une vulgaire bassine. Ils n'avaient pas trouvé de récipient plus convenable pour ces restes humains. Ni, pour s'en saisir, d'outils mieux adaptés que des pinces à épiler. L'un d'eux découvrit une oreille qu'il exhiba sous le nez de Percy. Le jeune homme se retint de vomir, effort que Gallois remarqua. Percy était à point ; il s'approcha de lui.

— Beau carnage, n'est-ce pas ?

L'énarque desserra les dents.

— Beau, dites-vous ? À votre place, j'emploierais un autre adjectif.

— La beauté n'est que subjective. Quand vous aurez vu autant d'horreurs que j'en ai vues, vous les classerez forcément.

— Parce que vous les référencez ?

— Avec soin. Chacune obéit à des codes d'univers distinctifs.

— Curieux distinguo ; il vous apporte quoi ?

— De disposer d'un dictionnaire de l'inhumain. C'est utile dans ce métier. Le public croit que nous sommes blindés – légende imbécile : un flic n'est jamais insensible au sang, nous avons tous un truc pour surmonter l'horreur. Moi, je trie ses composantes pour cerner ses motifs.

À deux pas d'eux, un inspecteur s'appuyait sur une paillasse, fatigué, écœuré, les mains sur ses carreaux.

Outré par sa désinvolture, Gallois abandonna Percy pour lui remonter les bretelles : cet idiot ajoutait des empreintes ! Le flic piqua un fard, bredouilla des excuses et se remit au travail.

Cet intermède permit à l'énarque de réfléchir. Dès que Gallois eut remis de l'ordre dans son équipe, il reprit la conversation là où il l'avait laissée.

— Votre dictionnaire de l'inhumain, que contient-il au juste ?

— Un florilège des cruautés.

— Mais encore ?

Puisqu'il insistait tant, Gallois se vit forcé d'en révéler un pan.

— Si vous y tenez, cher ami, honneur au pire, celle à laquelle on ne se fait jamais : la cruauté insoutenable du meurtre d'un enfant. Citons à part la cruauté exemplaire – qu'on applaudirait presque –, de l'exécution d'un gangster par l'un de ses rivaux. Mais retenons surtout la cruauté aveugle, la plus terrible de toutes... J'étais à El-Halia en 1955, je sais de quoi je parle.

D'une roulade de la main, il lui fit comprendre qu'il devrait se contenter de ces catégories. Démonstration trop courte pour Percy, qui poursuivit :

— Je saisis l'essentiel... Mais comment justifiez-vous le terme « beau » en la circonstance ?

Le vieux flic le toisa avec la componction d'un maître d'une confrérie secrète.

— En cela que l'assassin a réussi l'œuvre qu'il voulait accomplir, tout en la condamnant. Il faut être flic pour en apprécier les formes.

— Comme je ne le suis pas, pouvez-vous me guider ?

— Rien de plus facile : ce dingue a voulu faire de la mort de Basset un monument d'horreur. Avouons que le résultat est celui qu'il escomptait, c'est un chef-d'œuvre du genre.

Il désigna du doigt la marmite de sang de porc, de ce sang répandu jusque sur les chaussons de la victime.

— Il n'y a qu'en la plongeant dans ce jus qu'il a improvisé. Ce n'était pas dans son plan initial. Notre artiste s'est offert un extra, comme on dit aujourd'hui.

— Comment en êtes-vous sûr ?

— Je vais vous le montrer.

D'une main ferme, Gallois l'entraîna vers la dépouille d'Hélène, s'accroupit et, en lisant dans les yeux de Percy la répulsion qu'il surmontait, découvrit le visage de la morte, ou plutôt ce qui en restait : un trou sanglant, énucléé, où pendaient des fragments de nerfs, de cartilages éclatés et de peau gris ambré.

Il la retourna doucement, découvrit la base de sa nuque.

— Regardez cette trace. Basset a été frappée par-derrière. L'assassin l'a eue par surprise avant de lui coller la tête dans la marmite.

Livide, Percy respira à fond pour supporter le spectacle.

— Oui, je la vois. Pourquoi n'a-t-il pas été au bout de son geste ?

— Parce qu'il avait un message à faire passer. Ce qu'il voulait, c'était la tuer avec un fusil de chasse. Comme il a tué son frère avec un couteau en argent. Pour ce fou, chaque arme est un symbole, une manière de nous indiquer qu'il ne les choisit pas au hasard... Pour se venger, peut-être ?

Ce discours changeait tout. À l'affût du moindre accroc, Percy vit une brèche dans la muraille.

— Si je vous suis bien, cela signifie que l'assassinat d'Hélène Basset s'oppose en moyens à celui de son frère. D'un côté un couteau à couper le gigot, d'un autre un vieux tromblon... Admettez que le *modus operandi* est totalement différent.

— Si l'on s'en tient aux faits.

— Alors, en toute logique, leurs morts ne sont pas liées.

— Si, détrompez-vous.

Agacé par son obstination, Percy l'affronta avec un brin d'ironie.

— Enfin, commissaire, un paysan, une charcutière... Qui voyez-vous, dans le gratin local, fréquenter et haïr ces gens au point de les massacrer par vengeance ?

— Je l'ignore, mais je le découvrirai.

La conviction de Gallois l'exaspéra, Percy était là pour la broyer – ou la mettre en sommeil –, l'intérêt de la région en dépendait. Déterminé, il analysa ses arguments, décortiqua ses réponses, les tritura, les désassembla, et trouva une faille :

— Pour vous, *in abrupto*, l'assassin est le même ?

— Absolument.

— Que vous soupçonnez d'appartenir à un milieu aisé ?

— Nul n'est parfait.

— Soit ! Cela dit, c'est bien avant minuit que cette pauvre femme a été tuée ?

— On peut logiquement le penser. Basset était encore en tenue de ville, n'avait pas soupé et sa télé marchait. Sans attendre le rapport du légiste, disons que le crime a eu lieu entre 20 h 30 et 23 heures.

— Dans ce cas, votre enquête va changer de cap. Je vais vous adresser la liste des personnes qui étaient hier soir chez Wyatt. Il donnait une réception qui s'est achevée vers minuit, aucun des principaux dirigeants de la région ne s'est permis de la manquer... Désolé, mais vous devrez chercher le coupable ailleurs que dans leurs rangs.

Satisfait de lui, Percy décompressa ; les notables pouvaient dormir tranquilles. Avec cette preuve irréfutable, Gallois devait revoir sa théorie : ce n'était pas l'un des leurs qui avait commis ces crimes.

Démonstration boiteuse, le vieux renard s'en délecta. Sa bombe était à retardement, ce jeune imbécile allait sentir son souffle. Un délice, une gourmandise. Sans se presser, le geste lent, il recouvrit le corps de Basset, se releva, s'approcha d'une table, déplia un torchon qui dissimulait un antique fusil de chasse.

— Ai-je parlé de vos élus, mon cher ? Non, rassurez-vous, ils sont hors course. Toutefois, le cercle de la bourgeoisie locale est large ; je n'ai pas fini de l'explorer.

— Mais enfin ! Pourquoi vous acharner sur elle ?

— Parce qu'il y a un problème, et que ce problème est justement ce « vieux tromblon » que l'assassin a laissé derrière lui.

— C'est-à-dire ?

— Que c'est un Granger, de Saint-Étienne, un modèle ancien.

— Et alors ? En quoi son origine modifie-t-elle les prédicats ?

— Ce fusil coûte une fortune. Mon salaire ne suffirait pas à l'acheter. Je suis donc loin d'imaginer qu'un gagne-petit ait pu se l'offrir.

Estomaqué, Percy fixa le Granger comme s'il l'hypnotisait. Coopérant pendant son service national, il ne connaissait rien aux armes.

— Un fusil de chasse vaut tant que ça ?

— Celui-là oui. Il y en a même des plus chers. Leur cote a explosé depuis que collectionner est devenu un placement.

— Mais vu son âge, on trouve encore des balles dans le commerce ?

— Des cartouches, rectifia Gallois. Bien sûr qu'on en trouve si on est incapable de les bourrer soi-même, ce qui n'est pas le cas de celles-ci.

— Vous voulez dire que l'assassin a fabriqué ses munitions ?

— Sans grande difficulté, c'est du 1, efficace jusqu'à trois cent cinquante mètres. Et le 1, comme vous avez pu l'apprécier, cause de sacrés dégâts à vingt centimètres d'un visage.

Ces considérations techniques dépassaient Percy qui évita de les mémoriser, concentré sur sa mission : épargner les patriciens d'un scandale. Or la partie n'était pas terminée, il lui restait un joli coup à jouer.

— À défaut du nom d'un vendeur de cartouches, je suppose que vous avez les moyens de remonter jusqu'à celui du propriétaire de ce fusil ?

— D'après un fichier ?

— Ou d'un registre qui recense les armes.

Apparemment, on n'enseignait pas tout à l'ENA, Gallois lui apprit que la chasse était libre et que nul n'était tenu de déclarer ses fusils. L'information ne fit que secouer le têtu qui ne s'avouait pas battu.

— Bon ! Méthode artisanale ou pas, pour moi rien ne démontre que ces crimes ont été perpétrés par un haut dirigeant. Ce n'est pas le prix de l'arme qui importe – une arme peut être héritée –, c'est le motif du geste.

— Sur ce dernier point nous sommes d'accord.

— Nous le serons totalement après que vous aurez vu la liste des personnalités présentes chez M. Wyatt. Je vous promets que vous l'aurez avant midi.

— Ce dont je vous remercie par avance, elle me permettra d'éliminer quelques notables de celle des suspects.

L'énarque fut à deux doigts de s'emporter. Non seulement Gallois le baladait, mais il usait d'une politesse qui fleurait l'affront.

— Vous persistez à croire que le coupable est l'un d'eux ?

— J'en suis navré, hélas.

— Et qu'il a commis ces deux crimes ?

— Non sans raison, monsieur Percy…

Le grand moment était enfin arrivé. Gallois le retarda, histoire de le déguster, comme on savoure un plat des yeux avant de le manger.

Invariable, toujours humble et modéré, il sortit un soldat de plomb d'une poche de son veston.

— Voilà pourquoi j'en suis persuadé.

— Qu'est-ce que c'est ? Un poilu ?

— C'en est un, copie conforme de celui que nous avons trouvé dans la main de Lefèvre. Hélène Basset serrait celui-ci dans la sienne.

— Vous ne me l'aviez pas dit…

Percy se liquéfia. Il venait de comprendre que son combat était perdu.

— Ni à vous ni à personne, monsieur, pour le bien de l'enquête. Sur la base de cette répétition, que cela me plaise ou non, je suis dans l'obligation de certifier que les deux crimes portent la même signature.

Il ne resta à Gallois qu'à avancer son roi : cette figurine était un Mignot, un objet de collection, rare et recherché, pas vraiment à la portée de toutes les bourses.

— En conclusion, si je dresse l'inventaire des pièces à conviction, à savoir un couteau en argent du début du

XIXᵉ, un Granger et deux Mignot, je constate que l'assassin a mis le prix pour tuer.

Conclusion… Percy détesta ce mot auquel il ne pouvait plus rien opposer. Fin du jeu. Grand prince, Gallois le laissa s'en remettre. D'autant qu'il devait superviser le travail de ses hommes.

Défait, l'énarque le regarda vaquer de l'un à l'autre. Ce vieux flic était lisse – visqueux, pensa-t-il, d'une huile qui n'offrait aucune prise. Il se trompait de sport, Gallois pratiquait les échecs, subtilement, avec dix coups d'avance. Où qu'il dirigeât ses pions, l'adversaire était déjà mat avant le début de la partie.

19

P'tit Bosco crevait de rage. Le champignon était vide. Plus un rond dans la lessiveuse, Marinette avait filé avec la caisse. La tête dans le trou, il n'avait pas flairé le coup. D'autant que sa femme, économe jusqu'aux cils, n'avait jamais détourné un centime. Ce n'était que ce matin, au moment de partir pour le port, qu'il s'était rendu compte qu'elle avait tout raflé.

Plus moyen d'acheter un tiot peu de pichon.

La lessiveuse, c'était sa banque, le coffre-fort où il cachait ses sous. Les banquiers ne s'intéressaient pas aux petits. À l'instar des gens modestes, P'tit Bosco le croyait dur comme fer. Dans l'esprit des obscurs, il fallait être riche pour posséder un chéquier. Alors, faute de millions, ils planquaient leur pécule dans des caches insolites.

Pourquoi s'en plaindre au fond ? Aucune loi ne vous obligeait « d'être à une banque », on se passait très bien de ses services. Toute chose se payait en liquide, y compris les salaires ; rares étaient ceux qui réglaient par chèque – pratique peu appréciée. Ce bout de papier était moins sûr que des billets, sans oublier qu'il attirait la curiosité du fisc.

Dans ce contexte, la plupart des achats se faisaient de la main à la main. Pas de trace, pas de ticket, c'était toujours ça de pris sur les impôts.

Chez les pêcheurs, comme partout, chaque fois qu'on le pouvait, on s'arrangeait à l'amiable. Au minck, *a contrario*, aucune transaction n'échappait aux contrôles. À la criée, on vendait, on facturait, on notait tout. Pas de marchandage, pas de crédit. Mais à bord des chalutiers, loin des cours officiels, à l'abri des regards, on négociait entre gens discrets. À l'ancienne mode – la meilleure –, les billets glissaient d'une poche à l'autre. Ni vu ni connu, le poisson s'éclipsait étrangement des cales. Les marins y gagnaient et leurs clients aussi.

À condition, toutefois, qu'ils aient montré patte blanche.

N'entraient dans la combine que les privilégiés, autrement dit les amis, les parents et quelques professionnels.

Par chance, Yvon Chaussois, beau-frère du bossu, était patron pêcheur, propriétaire d'un splendide chalutier baptisé *Delphine*, en hommage à sa filleule, l'aînée de P'tit Bosco. Malgré son désir d'avoir des enfants, la vie lui avait refusé ce bonheur. Il s'était consolé avec Delphine qu'il aimait comme un père, sans négliger ses sœurs qu'il adorait autant.

Quand, à la suite d'un coup dur, P'tit Bosco tirait la langue, Yvon lui faisait crédit en dehors du marché. Il y avait toujours des maquereaux qui traînaient sur le pont, des plies, des tourteaux, jetés dans des caisses qu'on négligeait d'apporter au minck. « Part de l'équipage », se justifiait Yvon. Et à ceux qui jugeaient que ça en faisait trop, il répliquait que le grand large creusait l'appétit.

P'tit Bosco comptait sur lui pour le sortir du pétrin. Il fallait qu'il travaille, qu'il gagne sa vie. Or sans argent, pas de marchandise. Sauf chez Yvon, le seul péqueux capable de le dépanner. Dans une semaine, comme d'habitude, il le rembourserait. Cette échéance lui suffisait pour se remettre à flot.

Le moral aussi noir qu'un ciel de novembre, le bossu poussait sa charrette le long de la rue Royale. S'il y avait une ville propre, c'était bien Calais, et cette rue dépassait les autres en propreté. Un leurre. En réalité, l'alignement de ses demeures – longue file de maisons rouges construites à l'identique – contribuait à en donner l'impression. À part la tour du Guet, épargnée par les bombes, tout le quartier avait été rasé. La brique avait remplacé la pierre moyenâgeuse. L'architecture urbaine se voulait moderniste, résolument contraire au style du passé. P'tit Bosco ne l'aimait guère. Autrefois, Calais Nord était un labyrinthe, un dédale étriqué de ruelles étroites où, d'une fenêtre à l'autre, au-dessus des pavés, on se serrait la main. Les flammes de la guerre l'avaient réduit en cendres. De même que l'admirable hôtel des ducs de Guise. N'en restait que des croquis. Quant à l'église Notre-Dame – où les de Gaulle s'étaient mariés – ne subsistaient de sa splendeur que ruines et moignons. On parlait de la reconstruire. Travail titanesque. L'entreprise prendrait des siècles.

Pour P'tit Bosco, tout ce neuf n'était que du « Picasso », le pire des jugements pour ceux qui abhorraient l'art baptisé moderne. « Picasso », donc, la statue de la sirène qui faisait face à l'arrière-port, une œuvre controversée, installée au bas d'un immeuble avant-gardiste, le plus haut de la ville. La rumeur disait que les loyers y tutoyaient les mille francs. Une hérésie ! P'tit Bosco ne pouvait le croire. Lui payait soixante-dix francs par mois pour habiter une « vraie » maison, solide, traditionnelle, pourvue d'un jardinet. En comparaison, loger dans ce machin ne pouvait coûter aussi cher qu'on le prétendait, même s'il y avait un ascenseur – l'un des rares que comptait la cité.

Tout en réfléchissant, il avait rejoint le bassin du Paradis. Jadis, une fois par an, lui avait raconté sa grand-mère, on y jetait des cochons enduits de savon noir. Les jeunes gens plongeaient pour les attraper, aidés par leurs familles qui leur lançaient des cordes. Ceux qui les ramenaient à terre gagnaient le droit de les garder. C'était un concours où on se couvrait de gloire. Les plus habiles étaient ovationnés. Mais, au-delà des lauriers, ils remportaient de quoi améliorer l'ordinaire. La viande, à cette époque, coûtait une fortune.

Passé, souvenirs, nostalgie, Calais ne cessait de bouger, comme bougeait le monde. Peut-être un peu trop vite pour le commun des mortels, des gens comme P'tit Bosco qui, pensif, observait le quai Auguste-Delpierre. C'était à cet endroit que débarquaient les *No Passport*. Du printemps à l'été, les sujets de sa Gracieuse Majesté, filon de la ville, coulaient dans les rues, telles les paillettes d'or dans le Pactole. Plusieurs fois par semaine, à bord d'un ferry, ils venaient d'Angleterre pour à peine quelques heures, histoire de découvrir un bout de France typique. Munis d'un titre de séjour temporaire, ils dévalisaient les boutiques, envahissaient les cafés, remplissaient les restaurants. Puis le soir, à demi éméchés, regagnaient leur ferry, toujours accompagnés par une foule en liesse. L'anglophilie n'avait aucune place dans cette cérémonie. En fait, dès que les marins larguaient les amarres, par tradition – et par amusement – les touristes se débarrassaient de leur petite monnaie. Ils jetaient les pièces sur le quai où, en jouant des coudes, les gens les ramassaient. Les gnons pleuvaient, les insultes fusaient et les Anglais chantaient *Ce n'est qu'un au revoir*, morts de rire, enchantés de l'empoignade.

Cette coutume était-elle condamnée ? La modernité la ferait-elle disparaître ? P'tit Bosco, comme la plupart des Calaisiens, ne croyait pas au tunnel sous la Manche. C'était une utopie, jamais il ne verrait le jour. Il n'en existerait que ce qu'on en voyait depuis Mathusalem : une vague plaque dans les dunes, entre Sangatte et le Gris-Nez, gravée d'une inscription grignotée par le sable, le vent et les embruns, qui affirmait qu'on le creuserait là, à cet endroit précis. Du pur Jules Verne. Le quai Auguste-Delpierre n'avait pas à s'en faire ; pendant longtemps encore, il accueillerait les *No Passport*, leurs chants, leurs rires et leurs largesses.

Mais pour l'instant il recevait les pêcheurs. La marée était haute, les chalutiers rentraient au port. P'tit Bosco distingua le *Delphine*, déjà à quai, autour duquel, en quête de tripaille, les mouettes exécutaient un ballet sans fin. Yvon était de retour, Yvon allait le sauver.

À toute allure, la casquette de travers, il contourna le bassin pour courir à sa rencontre. Préoccupé, il en oublia de tirer la langue à la colonne Louis XVIII – ce qu'il faisait toujours : il haïssait les rois, celui-là plus qu'un autre qui, en 1814, avait débarqué là pour soumettre le peuple –, poussa sa charrette comme un forcené et, en sueur jusqu'aux os, se planta devant la coque du *Delphine*.

Son beau-frère était à bord, apparemment de mauvais poil. De ce qu'en comprit le bossu, il avait dû rentrer plus tôt à cause d'un problème de diesel. D'une humeur massacrante, il houspillait ses hommes qu'il accusait de lambiner. Ce n'était pas son genre, la panne devait être sérieuse pour qu'il soit survolté.

Jamais P'tit Bosco ne l'avait vu en colère, ce qui ne l'empêcha pas de se manifester.

— Yvon ! J' peux t' causer une seconde ? !

Le marin se retourna, découvrit le bossu, grilla son assurance d'un regard lance-flammes. Bien plus âgé que P'tit Bosco, trapu, ridé, blanchi, il usait de son ancienneté comme d'un privilège.

— Commence par dire bonjour ! On verra après !

Le dialogue démarrait mal, P'tit Bosco en perdit ses moyens.

— Euh… Salut biau-frère… Est-ce que j'peux t'voir en privé ?

— Pas le temps ! Dis-moi ce qui t'amène, mes gars peuvent tout entendre.

Ce que les intéressés prouvèrent en s'arrêtant de travailler. Mal dans ses galoches, P'tit Bosco chercha ses mots dans le peu qu'il en possédait.

— J'ai besoin d' marchandise.

— Y en a au minck.

— Déconne pas, Yvon, t'as compris c' que j' veux dire.

— T'as de quoi payer ?

Le bossu souffla, humilié devant l'équipage.

— Si j' te demande un coup d' main, tu penses bien qu'à ch't' heure j'ai pas un rond.

— Pourquoi ça ?

— Marinette… Elle ch'ot barrée avec eul' caisse…

Sur le pont, les marins se retinrent à peine de rire. Nabot, cocu, ratiboisé, ce gars avait la panoplie de la parfaite tête de limande. Excepté pour Yvon que la situation n'amusa pas.

— La ferme ! hurla-t-il à ses hommes. Vous feriez mieux de bosser !

Son coup de gueule ramena le silence et fit fuir les mouettes. Il abandonna le treuil qu'il rafistolait, s'approcha d'une potence, s'agrippa à un palan puis, d'une voix dure, sans ambages, envoya proprement le bossu se faire frire.

— Elle t'a foutue dans le brin ? Eh ben tant mieux ! T'avais qu'à réfléchir avant de la cogner.

— Ch'ot pas vrai, ch'ot qu'une minteuse ! J' lui ai juste filé un tiot pataouin !

— Raconte ça à d'autres ! Tu sais comment ma femme a récupéré sa sœur ? La bouche en sang et les yeux au beurre noir ! T'y as été de bon cœur, mon salaud !

— Ouais ! Ben, elle avait qu'à pas m' tromper !

— Et toi t'avais pas à la taper comme un marteau ! Germaine m'a dit qu'elle avait des bleus dans le ventre !… Tu devrais avoir honte !

— T'aurais fait quoi à m' place ?

— T'es bouché, min fieu ? On frappe pas une femme quand on est un homme ! On la renvoie chez sa mère, on la met pas en charpie !

Hébété, P'tit Bosco ne sut quoi répliquer. Enfin brin ! C'était lui la victime ! Elle l'avait fait cocu ! Il y allait de son honneur et, dans l'immédiat, de l'argent qu'elle lui avait pris.

— Marinette est chez toi ?

— Non ! J'ignore où elle se planque et, même si je le savais, je le garderai pour moi.

Yvon ne racontait pas de blagues, P'tit Bosco le sentit au son de sa voix. Bon, se dit-il, à défaut de l'aider à retrouver sa femme, il pouvait au moins lui filer un coup de pouce.

— Tant pis, j' l'attendrai, elle retrouvera ben son chemin.

— Faudra être patient, tiot, elle t'en veut à mort.

— J' l'ai vu avec eul' fric qu'elle m'a volé. Alors, tu décides quoi pour l' pichon ? Tu sos bien que j'ai toujours payé eum' dettes.

Yvon ne le niait pas, P'tit Bosco n'avait qu'une parole. Mais le problème était sa femme. Jamais Germaine ne lui pardonnerait d'avoir rendu service à son beau-frère.

Après ce qu'il avait fait subir à Marinette, elle ne rêvait que de l'écarteler. Et lui-même, indigné, partageait sa colère. La violence du bossu méritait une sanction.

— Non, tiot, je te ferai pas crédit d'un hareng.

D'une ronde stridente, une mouette sembla rire du psychodrame. P'tit Bosco, lui, en devint pâle : Yvon le condamnait à crever de faim.

— Tu m'charries ?

— Je crois pas en avoir l'air. Barre-toi de ce quai, t'as plus rien à foutre ici.

— Mais tu m' tues si tu m'aides pas ! J'ai plus d' quoi travailler !

— M'en fiche ! T'avais qu'à réfléchir avant de frapper Marinette.

Anéanti, le bossu comprit qu'il était inutile de le supplier. Alors monta en lui un sentiment inconnu, une sensation énorme qui surpassait la rage. Il venait de découvrir la haine, la vraie, celle qui donne envie de tuer pour soulager son corps.

— T'es qu'une ordure, Yvon ! Une chiure de rat !

— Fous le camp avant que je me fâche !

— Ben viens-y ! J' demande pas mieux d' t'en coller une !

— C'est moi qui vais te mettre à la baille ! Tu veux que je débarque avec mes gars où tu te barres vite fait ?

Yvon ne plaisantait pas. Déjà ses hommes se rapprochaient des panneaux. Seul contre tous, le bossu évalua ses chances à zéro. Pas la peine de poursuivre, il était battu d'avance. Livide, l'écume aux lèvres, il récupéra sa charrette en se jurant de prendre sa revanche. Et il le fit savoir à Yvon, à l'équipage, aux passants, au ciel et aux mouettes :

— J'aurai eut' pieau, min cochon ! J' t' la ferai quand tu t'y attendras l' moins !

20

Aux Fontinettes, les flics achevaient leur besogne. Gallois revint vers Percy qui digérait sa défaite. Après tout, ce n'était qu'une bataille, la guerre n'était pas perdue.

— Vous avez trouvé du nouveau, commissaire ?
— Non, nous en resterons là pour l'instant.
— Dans ce cas, je me contenterai de faire part à monsieur le sous-préfet des éléments dont vous m'avez parlé.
— J'espère qu'il les appréciera.
— Il appréciera davantage votre tact pour conduire cette affaire. Si près de votre retraite, il serait bête qu'on vous la retire pour un problème de *tactique*.
— Rassurez-vous, mon cher, je vais m'empresser d'en changer.

Dans l'immédiat, c'était une bonne nouvelle, mais Percy avait appris à se méfier.

— À quoi devons-nous ce revirement ?
— Au cerveau de l'assassin... Ce type n'est pas stupide, les précautions qu'il prend nous le prouvent : pas d'empreintes, pas d'indices, il connaît ses classiques. Et puis...

Gallois laissa sa phrase en suspens. Il tenait à ce que Percy suât avant de lâcher son complément.

— Et puis ?

— Avec ce qu'il a abandonné derrière lui, *il sait* que *nous savons* de quel milieu il vient. Il ne sert donc plus à rien de choquer – comment dire ? – les masses laborieuses.

Par intuition, Percy discerna une menace dans sa promesse. Gallois renonçait à provoquer la base, mais pas le haut de la pyramide. Vide ô combien dangereux ! Ce foutraque était incontrôlable, il fallait le neutraliser avant qu'il n'ébranle l'édifice. À toute vitesse, mentalement, il réunit des arguments pour le cadenasser, les classa dans un ordre convenable, ouvrit la bouche, et remit leur livraison à plus tard, dérangé par l'arrivée inopinée de Davelot.

Le jeune flic tenait un fusil, plutôt fier de sa trouvaille.

— Voyez ce que j'ai trouvé, patron. Curieuse coïncidence, non ?

Intrigué, Gallois s'avança vers lui, prit l'arme, l'examina de la crosse au canon, puis s'exclama, ravi :

— Po, po, po !... Découverte passionnante. Où l'avez-vous dégoté ?

— Dans la salle à manger. Hélène Basset en faisait collection, ce qu'elle m'avait d'ailleurs confié. Il y a quelques pièces intéressantes.

— Peu importe les autres, celle-ci est la plus belle.

— Pourquoi cela ? demanda Percy, resté en retrait d'eux.

Plutôt que de lui répondre, Gallois posa l'arme à côté de celle du crime. Nul n'était besoin d'être fin spécialiste pour comprendre sa joie : les deux fusils étaient en tous points identiques.

— Un Granger, susurra le vieux flic, même modèle au vernis près.

— C'est ce que je vois, commissaire... Vous en déduisez quoi ?

— Que la thèse de la vengeance se confirme. Si nous parvenons à savoir comment Basset a acquis le sien, nous nous rapprocherons *peut-être* de la vérité.

D'un signe de tête, Davelot l'approuva sans réserve.

— À part ça, mon garçon, le relança Gallois, qu'avez-vous de beau à me dire ?

— Pas grand-chose, patron. L'employé de Basset est effondré. Il ne comprend pas pourquoi sa patronne a été assassinée. À l'entendre, rien n'a été volé et elle n'avait pas d'ennemis.

— A-t-il un alibi pour l'heure du crime ?

— En acier : il était au cinéma avec des copains… Au Pax, c'est loin des Fontinettes. Même en faisant vite, il n'a pas pu la tuer pendant l'entracte.

— Non, mais après la séance ?

— Pareil : il est allé écluser cinq ou six chopes. Le taulier affirme qu'il a quitté le bar vers minuit.

Que de bières ! songea le pied-noir qui en détestait le goût, combien de litres ces gens en buvaient-ils au cours de leur vie ? Trop, infiniment trop, à en devenir obèse avant d'avoir des cheveux blancs.

— C'est tout ce qu'il vous a raconté ?

— Non. Il jure que la bassine de sang était rangée dans la chambre froide. C'est lui qui l'y a mise avant de partir hier soir.

— Seul ?

— Vous avez vu le morceau ? Ce gars est un géant, il vous la porte d'un doigt.

Mauvais. Ce témoignage bousculait les théories de Gallois. Combien pesait cette bassine ? Des dizaines de kilos. Il fallait de la force pour la déplacer seul sans en renverser une goutte. Lui-même n'était pas certain d'y parvenir. Qu'il le voulût ou non, l'assassin était donc moins frêle qu'il ne l'imaginait, doté d'une stature revue à la hausse. En revanche, se confirmait son besoin de mettre l'horreur en scène. En s'assurant que le labo était vide, cette bassine pleine de sang avait dû l'inspirer. Ce gars était un fou ! Un malade ! Mais surtout un type qui se vengeait suivant un scénario précis, écrit à la virgule près ; le vieux renard en était convaincu.

— Bon ! Et à part ça ?
— Mlle Pilowski vous attend dehors.
— Déjà !… Cette fouineuse doit avoir des antennes.
— Je sais que vous l'avez dans le nez, patron, mais si je peux vous donner un conseil, faites un effort pour la rencontrer ; c'est une journaliste influente sur le plan régional.

Ce que redoutait Percy lui tombait dessus, brutalement, avant qu'il n'ait pu canaliser l'électron. Plus question de stratégie, il devait agir dans l'urgence.

— De grâce, commissaire, évitez de lui en dire trop. Pensez aux enjeux, il sera toujours temps de lui en révéler un peu plus.
— Et si je ne lui disais rien ? Cela arrangerait tout.
— Elle interpréterait, ce qui serait pire. Contentez-vous des faits, invoquez le secret de l'instruction. Vous connaissez le métier, je ne vais pas vous l'apprendre.

Il n'aurait plus manqué qu'il essayât de le faire ! À trois mois de la retraite, il ne se serait pas gêné pour le remettre à sa place – ce qui n'aurait pas bousculé le plan qu'il avait concocté pour partir sur des ruines.

Pourquoi cet honnête homme, sensible, cultivé, passionné de musique, fou de littérature, admirateur de Jacob qu'il récitait par cœur, était-il devenu aigri ? Comme *L'Étranger* de Camus, qu'il avait lu cent fois, Gallois errait, indifférent, dans un monde qui ne le concernait plus. Sa rancœur occupait ses pensées. Elle était son rocher, son mythe de Sisyphe qui insufflait du sens à son restant de vie. Il en avait oublié les palmiers de Timimoun, les parfums de la Mitidja et les vagues luttant contre le cap Carbon. Bien qu'il s'en défendît, le chagrin de Martha n'était pas la seule cause de sa métamorphose. D'autres lui venaient de loin, de son enfance meurtrie…

— Rentrez tranquille, mon cher, *on* va la bichonner.

Rassuré, Percy ne se méfia pas. Pourtant, le pronom employé aurait dû l'alerter. Indéfini, il ne présageait rien de bon.

Des brancardiers entrèrent dans le labo. Insensibles à la mort et au sang, ils posèrent leur civière près de la dépouille d'Hélène. L'un d'eux, épais comme un taureau, interpella Gallois :

— On peut l'emmener commissaire ? Vous n'en n'avez plus besoin ?

Le vieux flic faillit en rire, comme s'il avait « besoin » d'un cadavre !

— Non, se borna-t-il à répondre, vous pouvez l'emporter.

Pendant qu'ils l'emportaient, Percy inspecta le labo, l'œil inquiet.

— La porte qui donne sur la cour est ouverte ?

— Oui, pourquoi cela ?

— Pour me retirer discrètement, commissaire. Je ne souhaite pas que Mlle Pilowski me voie avec vous.

— Effectivement, elle s'imaginerait des choses.

— Dans ce cas, puisque tout est dit, permettez-moi de prendre congé.

C'est ce qu'attendait Gallois pour passer à la seconde phase de son plan : mettre le feu aux institutions.

Sans se douter du sort qu'il leur réservait, Percy lui serra la main, salua Davelot, et sortit par la porte de derrière.

Dès qu'il l'eut refermée, Gallois prit son adjoint par l'épaule. Le visage plus morne qu'à l'accoutumée, le ton qu'il employa frisa la solennité.

— Dites-moi, Davelot, êtes-vous en bons termes avec Pilowski ?

— Bonjour, bonsoir, sans plus.

— J'aimerais que ce soit vous qui la rencontriez.

— Moi ? Parler à une journaliste ?

— Il faut bien commencer un jour.

— C'est plutôt votre rôle.

— Dans le climat actuel, je préfère l'éviter.

— Vous lui en voulez à ce point ?

— Non, mon garçon, et ce pour la raison simple qu'elle a écrit ce que je voulais qu'elle écrive.

— Eh bé !... Vous n'y avez pas été avec le dos de la cuiller !

— Pour le bien de l'enquête, rassurez-vous, je ne pensais pas un mot sur ce que je lui ai balancé sur les gens de ce pays.

— Vous m'en voyez ravi, patron, ce qui ne sera pas le cas de Pilowski.

— Je me doute qu'elle me haïra un peu plus quand elle l'apprendra. Mais ce n'est pas parce que je l'ai manipulée que je refuse de la voir. La raison est plus grave.

— Plus grave ?... C'est quoi l'embrouille ?

— Il y a que ces messieurs me tiennent : je leur ai juré que je manierai la langue de bois. Tandis que vous, vous n'avez rien promis... La vérité a besoin de vous.

D'un naturel sceptique, Davelot le regarda de travers.

— Sauf votre respect, patron, vous n'exagérez pas un poil ?

— Vous avez entendu Percy ? Je ne peux rien révéler à Pilowski.

— Pour ce que nous savons, ils n'ont pas lieu de s'en faire.

— Justement, nous savons de quel milieu vient le coupable. Eux aussi, c'est ça qu'ils veulent que je taise.

— Ça les gêne tant que ça que l'assassin soit un notable ?

— À un degré que vous n'imaginez pas... Le fric de Wyatt les subjugue, il n'y a plus que son projet qui compte... Ils m'en mettent des bâtons dans les roues... *On* m'a même prié d'attendre son départ pour boucler mon enquête... Époustouflant mais véridique. *Vous avez ma parole*.

Le vieux renard n'avait pas pour habitude de donner de tels gages. Le roi était nu. Le roi était seul. Les princes tiraient les ficelles. Outré, Davelot en rua dans les brancards.

— C'est de l'ingérence à l'état pur ! La hiérarchie doit en être informée.

— À quoi bon ? Comment croyez-vous que marche le système ?

— La France est une démocratie. Entre le KGB et nous, il y a le mur de Berlin.

— Entre Franco et nous, il y a le Canigou.

— C'est toute notre différence : ici, on a le droit de l'ouvrir.

— Vous rêvez, Davelot, c'est partout pareil. Dès qu'il y a des intérêts en jeu, on la ferme ou on dégage.

— Et si notre dingue frappe une troisième fois, ils diront quoi ces fumiers ?

— Rien, ils s'en foutent.

Le hasard n'avait pas conduit Davelot dans la police. Un père résistant, fusillé par les nazis, se trouvait à l'étiage de son engagement. Il croyait au drapeau, à sa mission, aux valeurs républicaines, au premier rang desquelles primaient la protection du citoyen, le respect de la loi et l'indépendance des flics. Ces pressions lui donnaient la nausée. Il ne pouvait rester sans rien faire, par esprit de corps, par devoir, par volonté de défendre le droit et la justice.

— C'est bon, patron, je marche... Dites-moi comment tout balancer en douce.

Gallois respira, l'accord de Davelot allait servir ses plans.

— Avec intelligence, mon garçon. Les journalistes ont besoin de nous comme on a besoin d'eux. Donnant donnant, info contre info, ils vous le rendront toujours à condition d'être discret. N'oubliez pas qu'eux aussi jouent leur carrière en pratiquant ce jeu.

— Autrement exprimé, c'est une partie de poker où personne ne doit perdre.

— Vous comprenez vite... Le discours officiel se prononce sur la scène, les confidences se font dans les coulisses. À vous de choisir les coulisses.

— Lumineux... L'exercice me convient.

Ils se sourirent – d'un sourire jaune –, puis, en se retournant, Gallois signifia au jeune flic qu'il lui laissait le champ libre.

— Alors, il n'y a plus qu'à... Bon courage, inspecteur.

Ainsi adoubé, Davelot quitta le labo où ses collègues achevaient leur travail. Plus de triperie humaine, il ne restait que quelques taches sur les murs.

D'un pas lent, songeur, il traversa la boutique. Un brigadier lui ouvrit la porte. Toujours pensif, il se retrouva dans la rue, face à des badauds qui, le cou tendu, cherchaient à voir ce qui se passait à l'intérieur. Au milieu d'eux, couettes en bataille, Julie Pilowski sautilla en le hélant.

— Inspecteur ! Puis-je vous parler un instant ? !

Sa frimousse juvénile, son dynamisme perpétuel, son charme et sa fraîcheur le ramenèrent sur le plancher des vaches.

— Tant que vous le voudrez, mademoiselle. À condition que l'on se mette dans un coin calme… Là, par exemple, ça vous convient ?

— Le mieux du monde.

Aussitôt dit, elle se détacha des curieux pour le rejoindre sous une porte cochère.

— Votre patron refuserait-il de me voir ? attaqua-t-elle, cinglante

— Le commissaire Gallois est très pris, il m'a prié de le remplacer.

Julie le détailla. Après tout, ce jeune flic était plus séduisant que le vieux, elle n'y perdait pas au change. D'un geste vif, elle ouvrit son sac, en sortit un bloc, un stylo, s'apprêta à écrire.

— Commençons, si vous le voulez bien, par l'état civil de la victime.

— Hélène Basset, veuve, née en 1908 à Calais…

Sans se presser, aimable, le débit mesuré, dans les clous des généralités, Davelot répondit avec rigueur à toutes ses questions. Ainsi fait, il lui accorda une dizaine de minutes au bout desquelles, chiffonnée, elle résuma ses notes.

— Tuée à bout portant entre 20 h 30 et 23 heures, peu d'indices… En somme, vous pataugez. À moins que vous ne me cachiez l'essentiel.

— Qu'est-ce qui vous permet de le penser ?

— Basset était la sœur de Lefèvre. Or vous n'avez pas évoqué cette relation. Est-ce un oubli ou volontaire ?

À sa stupéfaction, Davelot fit un geste qui la paralysa. Doucement, un sourire d'ange aux lèvres, il lui prit des mains son carnet, son stylo, les rangea dans son sac sans qu'elle s'y opposât, puis brancha son regard au sien avant de murmurer, énigmatique :

— S'il vous plaît, Julie, mettez un mouchoir sur ce sujet. Vous avez déjà de quoi écrire un bel article. La suite mérite qu'on en parle plus tard... En privé.

Elle ne se choqua pas qu'il employât son prénom. Bien qu'ils fussent jeunes, du même âge à quatre ans près, ce n'était pas dans les usages du temps – aussi y vit-elle une invitation à s'exprimer à demi-mot.

— Entendu, si vous me dites combien de jours je devrai patienter.

Il s'approcha tout près de son visage. Elle ne recula pas.

— Dimanche, près du Gris-Nez, au Cran aux Œufs. Il y a un petit restaurant en bord de mer. J'y serai à midi. Venez-y sans votre matériel de journaliste, juste avec vos oreilles et votre discrétion.

Les coulisses qu'il venait de choisir étaient réputées pour leur cadre et leurs fourneaux. Julie ne put qu'accepter sa proposition.

21

Le pont n'est plus assemblé, comme jadis, en pitchpin d'Amérique, mais en matériaux modernes. Pour le reste, les plaisirs sont identiques. Il fait froid. Un garçon leur apporte des tasses de chocolat. C'est une rare délectation d'en boire en admirant les premiers icebergs. L'enfant ne se tient plus de joie, il n'en a jamais vu qu'à la télévision.

Est-ce vrai, demande-t-il à l'homme, qu'ils fondent et disparaissent ?

Hélas oui, lui répond celui-ci, leur présence dans ces eaux en est la triste preuve. Autrefois, sur la même ligne, il fallait attendre plusieurs jours avant d'en rencontrer un. Ceux-là partent à la dérive, arrachés à la banquise par l'âpreté des hommes. Ici, comme partout, la planète est en danger, et si certaines voix s'élèvent pour prévenir du péril, on les écoute peu ou on les contredit.

Le danger est pourtant évident, s'indigne l'enfant. Même dans *Mon Quotidien* on dit que la Terre va mal. Il ne faut pas se moquer des savants, insiste-t-il, ils ont fait des tas d'études, ils en ont des cheveux blancs, ils savent de quoi ils parlent.

L'homme l'approuve en l'invitant à boire. Son chocolat refroidit.

L'enfant hausse les épaules. Son chocolat n'est pas le sujet. Il veut savoir pourquoi on en est là, pourquoi il doit hériter d'une terre malade ?

Le ventre barbouillé, l'homme se sent coupable. Qu'a-t-il fait pour empêcher ce désastre ? Rien, avoue-t-il humblement. Comme la majorité, il n'a pas cru aux oracles des prophètes.

Pour quelle raison ? Il n'y en a pas de bonne, sinon un contexte imbécile qu'il décrit à l'enfant. Exercice difficile. Les phrases qui lui viennent sont celles d'un adulte. L'homme doit les traduire pour les mettre à son niveau…

Dans les années soixante, les premiers écologistes passaient pour des farceurs. Ou pour des empêcheurs de produire. Ces gusses étaient des fous, des ennemis du progrès, de dangereux gauchistes. D'ailleurs « écologie » ça signifiait quoi au juste ? Le grand public l'ignorait. Le mot ne figurait même pas dans certains dictionnaires. Quelques rares personnes, prétendues cultivées, expliquaient que c'était un avatar de l'agronomie ou de la météorologie. Bref, un machin inutile. On ne comprenait ni ces gens ni leur science, et encore moins leur message. Ce qui était certain, c'est qu'ils emmerdaient le monde avec leurs théories. D'ailleurs, à force de les entendre prédire l'apocalypse, d'aucuns les qualifiaient de doux illuminés…

Il explique à l'enfant que la situation ne date pas d'hier, qu'elle puise son origine dans l'inculture collective… En 1965, par exemple, année de son histoire, pourquoi aurait-on changé les règles d'une société repue ? La Terre était un filon pas près de s'épuiser. L'économie se portait à merveille. Les marchés juteux ne faisaient que s'ouvrir. On se fichait des diplômes, la volonté primait. Pour les plus dynamiques l'argent coulait à flots.

Les dirigeants de ce temps étaient donc sourds et aveugles. Pour eux – parodie de la chanson –, la croissance durerait un million d'années. Rien ne pouvait l'arrêter. Et surtout pas les « écolos » ! Les usines tournaient à plein régime, l'artisanat était au mieux de sa forme, le commerce de quartier enrichissait son homme. Pas de concurrence asiatique, pas de boîtes franchisées, pas d'hypermarchés en périphérie des villes, il suffisait de se baisser pour gagner quelques sous. Les chômeurs, à savoir les feignants, n'étaient qu'un microcosme. Si nul ne manquait de travail, on manquait de travailleurs. La pénurie était telle qu'on allait en Afrique en remplir des cargos.

C'était un âge qui se croyait d'or alors qu'il était de plomb.

Oh oui, qu'il était de plomb ! Pesant et étouffant.

Entre autres stupidités, on assenait que la fonction créait l'organe. Or peu d'organes, *à cette époque charnière*, s'harmonisaient avec leur temps.

Personnage sacré, un instituteur s'autorisait le droit de frapper un élève. Voire de l'humilier en le déculottant. Dans nombre d'entreprises, une secrétaire sortait à reculons du bureau présidentiel, comme si le PDG était un roi divin. Dans la fonction publique, les cadres supérieurs étaient inaccessibles. L'administration, labyrinthe mystérieux, était un temple opaque interdit aux mortels. Quant aux élus – du moins certains, et de tous bords –, leur orgueil était tel qu'ils ne toléraient aucune critique. Les urnes étaient faites pour qu'on les réélise, non pour qu'on les conspue… La confrontation médiatique restait à inventer…

Mais le pays évoluait, des leaders d'opinion dénonçaient ces abus. L'ennui est qu'aucun d'eux n'expliquait clairement par quoi les remplacer.

Pour être franc, on piétinait. On ne savait plus où on était. On ignorait où on allait. D'un côté, sans solution de rechange, les jeunes bousculaient les principes et, de l'autre, engoncés dans leur conservatisme, les anciens s'agrippaient à leurs prérogatives.

De la modernité, la France avait l'image mais lui manquait le son. En attendant les décibels, la vieille garde sévissait, vigilante, répressive.

On renvoyait de l'école les enfants qui écrivaient au stylo bille.

On licenciait les femmes qui travaillaient en pantalon.

On censurait les films qui déplaisaient aux bien-pensants.

Bref, pour algébriser cette société de petits chefs, on se fondait sur un parfait trinôme : *autorité, discipline, suffisance*.

Ces mots, surannés, n'avaient plus que trois ans à vivre avant d'être écrasés par les pavés de Mai… Sous lesquels, *nil novi sub sole*, pousseraient, dans l'utopie, des fleurs de rhétorique condamnées, à leur tour, à se faner un jour…

Son histoire, enchaîne l'homme, s'ancre dans ce climat lourd, avec ses non-dits, ses relations amidonnées et la trouille viscérale de se faire remarquer. L'enfant veut-il écouter sa suite ? Il n'y est pas obligé, elle l'ennuie peut-être ?

Pas du tout, hoche-t-il, il tient à savoir qui était l'assassin.

L'homme sourit. Pour que l'enfant comprenne, il faut qu'il sache encore deux ou trois choses…

Sur les bancs de la communale, adultes et ados de 1965 avaient appris que la France était un empire. Tous avaient mémorisé AOF, AEF, Algérie et autres parties du monde où, éperdus de reconnaissance, les *indigènes* chantaient *La Marseillaise*. Pas peu fiers de ce succès, les instits – pourtant réputés de gauche – leur avaient enseigné les bienfaits de la colonisation.

Or depuis cinq ans, à tour de bras, de Gaulle accordait l'indépendance aux peuples qui la demandaient. Et ils la demandaient tous.

Adieu l'empire, plus de colonies ; certains même dénonçaient le système colonial.

Les valeurs de la France s'écroulaient.

D'autres les remplaçaient, forcément différentes, diversement appréciées par les générations qui se côtoyaient alors. Incroyable panel ! Au bout de l'éventail, on recensait des citoyens nés sous la présidence de Mac-Mahon ! Comment aurait-on pu concilier leurs points de vue avec ceux des *baby-boomers* ? La machine allait trop vite pour les accorder tous.

Pêle-mêle, depuis 1958, s'étaient succédé l'Europe agricole, le crédit à tout crin, le nouveau franc, la révolution culturelle de Malraux, les yé-yé, le poids de la jeunesse, la montée des mouvements féministes, l'émergence de l'informatique, le pouvoir de la télévision, la Caravelle, la force de frappe atomique, les institutions de la Ve, l'élection du président au suffrage universel…

En moins de sept ans, la France était passée du siècle de Balzac à celui de Johnny. Plus rien n'était comme « avant », la société « moderne » s'engageait sur une voie que la plupart des gens refusaient de prendre. Beaucoup peinaient à s'adapter, au nom, prétendaient-ils, de leurs combats d'antan. Pour eux, l'avenir n'avait aucun sens si on bradait leur sueur. Et leurs foutues valeurs identitaires : rester à sa place, se taire face aux chefs, honorer les anciens, respecter les traditions.

Logomachie ! Misonéisme ! En réalité, ils ne parvenaient pas à tourner la page.

Ce qui était le cas de Gallois. Mais qui sut profiter de l'immobilisme ambiant. Tout comme l'assassin…

22

À midi, de retour au commissariat, Gallois eut la surprise d'y retrouver Dewavrin. Le brigadier, en tenue civile, l'attendait sur un banc. À son arrivée, il replia son journal, se leva, le salua comme s'il était en uniforme puis, d'un air de conjuré, lui demanda à voix basse :

— Bonjour, commissaire. Est-ce que je peux vous parler ?

Étonné, Gallois se retourna vers Davelot pour l'interroger des yeux : savait-il ce que Dewavrin fichait là ? Non, lui répondit-il d'une mimique, sa présence le surprenait autant que lui.

— J'ai peu de temps, Dewavrin, de quoi s'agit-il ?

— Tout d'abord de P'tit Bosco : merci d'avoir tenu parole.

— C'est pour me remercier que vous êtes encore debout ? Vous devriez être dans votre lit en train de dormir.

— Ne vous bilez pas pour moi, je fais la sieste l'après-midi.

— Je suis heureux de l'apprendre.

— Plaisanteries mises à part, commissaire, j'ai mieux à vous raconter que ma façon de récupérer.

— Est-ce urgent ? J'ai une enquête sur le feu.

— Justement, ça a un rapport avec elle. Vous connaissez la ville depuis peu, tandis que moi j'y suis flic depuis des années. Il y a des choses que je sais qui pourraient vous aider à pincer le meurtrier.

Sur l'instant, Gallois fut ravi de sa collaboration. Mais en réfléchissant, il se dit qu'il la devait à un retour d'ascenseur. L'aurait-il obtenue s'il avait maintenu le bossu en détention ? Peut-être pas. Néanmoins, il se rappela le dicton : « Quand on vous offre un cheval, on ne regarde pas s'il est borgne. » Sagement, il remisa donc ses remarques.

— J'apprécie, Dewavrin... Venez, on va s'installer chez moi... Vous aussi, Davelot, vous prendrez des notes.

Les deux hommes le suivirent dans son bureau. Diplomate, le vieux renard leur proposa un doigt de whisky – il en cachait une bouteille pour ses visiteurs de marque –, proposition qu'ils déclinèrent, plus portés sur le Picon que sur ce jus exotique. Le pur malt n'était pas à la mode dans le Nord, il avait du chemin à faire pour séduire les Ch'timis. Gallois se garda d'insister.

— Bien, Dewavrin, reprit-il, doucereux, que pouvez-vous m'apprendre qui orienterait l'enquête ?

Un peu gêné, le brigadier se tortilla sur son fauteuil.

— Pour commencer, commissaire, que je sais tout d'elle, y compris pour Basset et les cartouches de 1.

— Voyez-vous ça ! Comment se fait-il que vous soyez au courant ? Vous n'êtes pourtant pas de jour, cette semaine.

— Je vous l'ai dit : je dors l'après-midi quand c'est mon tour de nuit. J'ai pris ce pli à cause de ma femme. Huguette travaille à la maternité, elle embauche à 14 heures.

— Mm... Vous vous aménagez donc des plages de rencontre.

Dewavrin dut se creuser la cervelle pour traduire le mot « plages ».

— Euh, oui, c'est ça, on s'arrange pour être un peu ensemble.

— Ce qui fait que le matin vous êtes disponible.

— Exactement, commissaire, et que les jeunes viennent me parler... Il y en a un, tout à l'heure, qui a débarqué chez moi. Pas longtemps, cinq minutes, histoire de décompresser avec un bon café.

— Pourquoi cela ?

— Le visage de Basset l'avait retourné. Paraît que c'était à gerber.

— On peut le dire.

— En l'écoutant, certains détails m'ont rappelé de vieilles histoires. Elles sont peut-être idiotes, mais on ne sait jamais...

Enfin il entrait dans le cœur du sujet ! D'un coup d'œil discret, Gallois prévint Davelot de se tenir prêt à prendre des notes.

— Je suis tout ouïe, Dewavrin, sortez le lot en vrac, je m'occuperai du tri.

Pas la peine, signifia le brigadier d'un signe de la main, il savait parfaitement ce qu'il devait raconter.

— Pour commencer, est-ce que le nom d'Hubert Dalquin vous dit quelque chose ?

— À moi oui, s'insinua Davelot. C'est un vieux brocanteur qui tient une sorte d'entrepôt-vente en centre-ville.

— Exact, inspecteur, mais c'est surtout un filou, pas très recommandable.

— *Brocanteur*, saliva Gallois, profession intéressante... Et pour quelle raison ce citoyen est-il infréquentable ?

— Il y en a plus d'une, commissaire, la liste est longue, et vous allez devoir vous la farcir... Obligé, sinon vous n'y comprendrez rien.

... Poilu en 14-18, territorial en 39, blessé aux tympans dans la Somme, démobilisé à moitié sourd, Dalquin ne s'était pas gêné pour traficoter avec les Boches. À la Libération, comme de bien entendu, on lui avait demandé des comptes. L'ennui était que nul n'avait pu prouver ses sympathies. En revanche, puisqu'il avait tondu des juifs, on s'était rabattu sur ce dossier. Et là, au-delà des soupçons, les preuves pullulaient ! À pleines malles, Dalquin leur avait acheté des objets de valeur à des prix « imbattables », biens qu'il avait revendus avec des marges somptueuses. Faux ! s'était-il défendu. D'abord il ne s'était pas enrichi, sinon ça se serait vu, et en tant qu'ancien combattant il avait pris des risques pour les aider de son mieux. D'ailleurs aucun d'eux n'avait été forcé d'accepter son offre ; il suffisait de les interroger pour se convaincre de sa bonne foi. Hélas, ces pauvres gens étaient dans une fosse ou avaient disparu. Alors, faute de fortune et faute de témoins, on s'était résolu à le laisser tranquille...

— Ça va, je cadre le personnage, le coupa Gallois. Le problème est que je ne vois pas la relation entre votre Dalquin et nos victimes.

— J'y viens, commissaire, il m'a paru utile que vous sentiez la bête... Et la bête aime la chasse.

— Po, po, po !... Mais c'est que votre récit devient passionnant.

— N'est-ce pas ? Et pendant des années, la bête a chassé avec Lefèvre et Basset. Dalquin était membre de leur petit club de chasse avant de s'en faire éjecter.

— Là, votre histoire devient palpitante... Quand et pourquoi ?

— L'affaire remonte à 1954. Dalquin leur créait des misères. Je le sais parce que j'y étais.

— Vous chassez, Dewavrin ?

— Seulement quand on m'invite, je n'ai pas les moyens de louer des terres.

Il évita de préciser que ces invitations avaient une contrepartie – ce que Gallois devina aisément : ici un PV effacé, là une embrouille arrangée.

— C'est vrai qu'il y a peu de millionnaires dans les rangs de la police... Mais je vous ai interrompu... Dalquin, disiez-vous, leur créait des misères...

— Affirmatif, commissaire, pour des questions d'argent... Chacun payait la même part, les coûts étaient divisés par le nombre d'adhérents – ce qui convenait à tout le monde. Jusqu'au jour où Dalquin a remis ce principe en cause.

— Pour proposer quoi ?

— Un système indexé sur le tableau de chasse. Sous le prétexte qu'il ramenait peu de gibier, il voulait payer moins que ceux qui en tuaient beaucoup. Vu l'âpreté du type, sa démarche n'a étonné personne.

Déconcertés, Gallois et Davelot se dévisagèrent. En quoi une banale histoire de sous pouvait être à l'origine de deux meurtres ? Surtout onze ans après ?

— Excusez-moi, Dewavrin, s'agaça un tantinet Gallois, je ne saisis pas très bien où ce conflit nous mène.

— En cela, commissaire, que sur ces entrefaites, Marcel Lefèvre a surpris Dalquin en train de chasser en semaine. Et pas qu'un tiot peu ! Ce qui était contraire au règlement du club. Non seulement il mettait le brin dans le système, mais en plus il tirait en douce comme un timbré.

— Voilà qui est beaucoup mieux. Et il s'est passé quoi ?

— Marcel lui a fichu une rouste maison et Hélène, en tant que présidente du club, l'a viré *illico*. Suite à quoi, Dalquin a été tricard dans toutes les sociétés de chasse de la région. Pour ça, Lefèvre et sa sœur lui ont fait de la réclame.

Après tant de temps, se pouvait-il qu'un homme cherchât à se venger pour si peu ? Qui plus est dans le sang ? Gallois en avait vu des assassins et il était sceptique. À part les fous, tous avaient pu lui expliquer le pourquoi de leur geste. Et même si leurs motifs étaient parfois chétifs, aucun d'eux n'avait tant attendu pour supprimer leur homme. Bref, ça ne collait pas. Le récit de Dewavrin souffrait d'une maigreur excessive. Il en critiqua l'épaisseur. Mais avec diplomatie.

— Merci Dewavrin, votre témoignage est précieux, on va vérifier l'emploi du temps de ce Dalquin.

Davelot reposa son stylo. Lui non plus ne croyait pas à cette piste.

— Pardon, commissaire, je n'ai pas fini...

Gallois sourcilla, l'entretien s'éternisait, des rapports attendaient...

— Rapidement, Dewavrin. Qu'avez-vous d'important à ajouter ?

— Deux faits qui vont vous plaire. Le premier, c'est que quelques jours après son éviction du club, Dalquin s'est soi-disant fait cambrioler.

— Sur quoi fondez-vous ce « soi-disant » ?

— Sur ce qu'on lui avait volé, une bagatelle dans ce qu'on aurait pu lui prendre : un tas d'objets divers, mais surtout des couverts en argent et un fusil de chasse... Un Granger... Que dites-vous de ça ?

Gallois en fut *à quia*. Davelot en laissa son stylo de côté. L'enquête prenait-elle un virage décisif ou n'était-ce qu'une coïncidence ?

— Poursuivez, Dewavrin, se redressa le vieux flic.

— Le problème pour Dalquin est qu'il a vite orienté nos soupçons. Ça sentait le coup foireux, votre collègue de l'époque ne l'a pas apprécié.

— Pourquoi ? Que lui a raconté ce brave Dalquin ?

— Qu'Hélène Basset et Marcel Lefèvre avaient manifesté de l'intérêt pour les couverts et le fusil et que, vu leur brouille, il les soupçonnait de l'avoir « puni » en le cambriolant.

— Eût-il encore fallu qu'ils aient une bonne raison de le « punir ».

— Il y en avait une, commissaire : Dalquin leur devait une cotisation de retard – une habitude, chez lui, il souffre pour les sortir. Après son départ forcé, vous pensez bien qu'il a refusé de la régler.

— C'est sur ce prétexte imbécile qu'il a fondé ses accusations ?

— À fond les manettes !

— J'espère que vous lui avez remis les idées en place.

— Oui, mais après avoir perquisitionné chez Basset et Lefèvre. On a bien trouvé chez eux un Granger et des couverts en argent, mais très différents des descriptions que Dalquin en avait faites. L'affaire s'est donc arrêtée là. Les objets n'ont jamais reparu et on a bouclé le dossier.

Gallois n'eut pas besoin de le lui demander, Davelot savait déjà ce qu'il avait à faire.

— Je m'occupe de récupérer les minutes, patron. Nous saurons vite si les descriptions de Dalquin correspondent aux armes des crimes.

— Parfait, mon garçon, apportez-moi ça rapidement... Quant à vous, Dewavrin, vous souvenez-vous de soldats de plomb dans ce prétendu vol ?

— Mm... Je vois à quoi vous faites allusion... Non, je suis désolé.

— Tant pis, ça m'aurait arrangé.
— Je m'en doute. Mais le second fait va vous consoler de leur absence.

D'un ton plus assuré, Dewavrin débita sa tirade en souriant. Il avait de quoi sourire.

— Ça date de l'an dernier, de septembre 64. Le terrain de chasse que louait le club a été mis en vente. Le propriétaire venait de mourir, ses héritiers ne souhaitaient pas le garder. Le problème est que le club a trop tardé pour l'acheter. Quand Basset a contacté le notaire, le terrain avait déjà trouvé acquéreur.

Gallois comprit la suite sans grande difficulté.

— Qui, comme par hasard, n'était, je présume, que cet excellent Dalquin ?

— En chair, en os, et bien content de son coup. Je vous laisse imaginer la déconvenue de ses ex-compagnons… Ils ont sacrément fait la gueule.

— La gueule, pas plus que ça ?

— Si, les insultes se sont mises à pleuvoir. Un soir, on a même dû intervenir en ville. Dalquin s'était barricadé dans des WC publics. Lefèvre voulait lui foutre une raclée. Le Pigeon manquait pas de force, il a fallu qu'on s'y mette à plusieurs pour le fourrer dans le panier.

Dubitatif, Gallois se demanda si Dalquin lui en avait gardé rancune. Au point de le tuer, évidemment. Mais non, impossible ! Pourquoi aurait-il voulu se venger de cet affront ? En achetant les terres, il avait eu sa vengeance. Les membres du club n'en décoléraient pas. En pure logique, c'eût été à ces derniers de lui retourner le compliment.

— Dalquin a porté plainte ?

— Non, commissaire, il s'en est bien gardé, des fois que ça lui aurait coûté. Mais je pense qu'il l'a regretté avec ce qui lui est tombé dessus... Et ça, c'est le plus important.

Dewavrin s'en humecta les lèvres.

— Au printemps, Dalquin s'est fait coincer en train de dégommer des biches. Chasse hors période, saison des amours, bêtes protégées, ça lui a valu le maximum : une amende record et un retrait de permis.

— Tarif normal, il n'y a pas de quoi le plaindre.

— Rassurez-vous, je ne le plains pas, je constate seulement qu'il l'a eue mauvaise, très mauvaise, et à tort...

Le meilleur arrivait, il le retint encore un peu.

— Dalquin a cru que Basset et Lefèvre l'avaient dénoncé – et il le croit encore. Ce qui est faux : il doit à sa réputation d'avoir été surveillé de près. Dans ces conditions, puisqu'il refuse toujours de l'admettre, je vous suggère d'aller voir s'il a pété un plomb.

Gallois excusa l'injonction de Dewavrin. Son histoire méritait le quart d'heure qu'il lui avait accordé. Une trame qui modifiait son approche. Il y avait urgence à l'analyser doucement. Pour Davelot, plus sanguin, la cause était déjà entendue : Dalquin enfilait le dossard de suspect numéro un.

— Qu'en pensez-vous, patron ? On lui rend une petite visite ?

— Ça va de soi, mon garçon, nous irons lui causer en fin d'après-midi.

— Pourquoi si tard ?

— Les minutes... Rapportez-moi d'abord ces fichues descriptions. Qui sait ? Elles nous permettront peut-être de mieux taquiner ce savoureux Dalquin.

Davelot acquiesça, son patron parlait d'or, leur descente punitive méritait préparation. Par manque d'expérience – ou de psychologie –, il n'imaginait pas ce qui s'agitait dans la tête du vieux flic. Contrairement à lui, Gallois ne croyait pas à la culpabilité du brocanteur. Dans son schéma interne, en dépit des révélations de Dewavrin, le profil de l'assassin n'avait pas varié d'un pouce. Le fou qu'il cherchait était un notable, et ce notable, lui disait son instinct, était celui qui avait récupéré les objets « dérobés ». Du coup, il n'avait plus qu'une obsession : découvrir à qui Dalquin les avait fourgués. À un bon prix, dont celui du silence, mais contre argent comptant ; sa rapacité devait lui interdire de brader la marchandise.

L'entrevue s'achevait. Dewavrin se leva sur une dernière précision.

— Quand vous serez chez Dalquin, ne prenez pas peur avec son fils.

— Tiens donc ! C'est un monstre ?

— Non, commissaire, un pauvre gars... Ou plutôt un pauvre homme, il a plus de trente ans... Vous verrez, il est « spécial ».

— Mais encore ?

— Un tiot peu dérangé et surtout mal foutu... Une grenade dans les dunes à la fin de 44... Plus de gingin, un panard déglingué.

— Merci de nous prévenir, nous œuvrerons dans la délicatesse.

L'entretien était terminé. Gallois, toujours diplomate, raccompagna Dewavrin qu'il remercia chaudement. Il lui ouvrit la porte, le gratifia de salamalecs qu'il réservait aux membres de sa hiérarchie, lui serra longuement la main puis, en le saluant une dernière fois, l'exhorta à se reposer au plus vite.

Rouge de confusion, le brigadier ne sut comment lui rendre ces attentions.

— Oh ! Avant de partir, se retourna-t-il, j'ai une dernière information à vous communiquer. Je l'ai consignée dans la main courante.

— Dites-moi…

— Ça n'a sans doute rien à voir avec la tuerie de cette nuit, mais je la trouve quand même bizarre.

— À savoir ?

— Un incident banal. Aux environs de 5 h 30, un des voisins de Basset nous a appelés après avoir trouvé l'aile avant gauche de sa Peugeot emboutie.

— À 5 h 30 ! Il fait quoi ce lève-tôt ?

— Contrôleur à la gare maritime, il embauche à 6 heures.

— Régulier… Et alors ?

— Son véhicule stationnait à l'angle d'une rue, juste derrière la charcuterie. Tout ce qu'on a pu faire, c'est un constat pour l'assurance.

— Encore un élégant parti sans laisser d'adresse.

— Oui, sauf qu'il a laissé une marque : une longue rayure noire sur la tôle. M'est d'avis que sa voiture est repérable de loin… Je vous dis ça à tout hasard.

— J'en prends bonne note, Dewavrin, nous ouvrirons l'œil.

Le brigadier en fut ravi. Devoir accompli. Il pouvait aller se coucher.

23

Comme Paris et ses Champs-Élysées, chaque ville possède sa vitrine. À Marseille on flâne sur la Canebière, à Lyon le long de la rue de la République, à Strasbourg autour de la place Kléber. À Calais, c'était – et c'est toujours – sur le boulevard Jacquard que l'on badaudait, une artère classique, large, active, sans cachet autre que le bilinguisme de ses pancartes, coincée côté terre entre le théâtre et la mairie.

C'était là qu'il fallait être quand on avait un nom. Le journal de Julie y possédait ses bureaux. À part son enseigne, s'y étalaient celles de nombreuses boutiques, de banques, de bars, de restaurants et, depuis le début de la décennie, celle d'une moyenne surface. Dieu qu'elle avait fait grand bruit en s'implantant ici ! L'ouverture d'un Prisunic avait été un événement considérable. C'était le premier magasin de ce type à s'installer dans la ville. Objet de toutes les conversations, il avait très vite incité chacun à aller flâner dans ses rayons. Les Calaisiens s'y rendaient en famille, les gamins s'y précipitaient à la sortie des classes. Sans exagération, Prisunic était la fierté des habitants, une marque de reconnaissance, la preuve que la région se développait. Avec ses multiples produits, c'était l'Amérique à la portée de tous !

À 16 h 48, la tête en feu, Julie quitta la rédaction. Sitôt sur le trottoir, elle respira à pleins poumons. Van Hecke lui avait pris le chou. À juste titre, il s'était emporté en lisant son papier. Trop neutre, pas assez incisif. Une fois n'est pas coutume, avec ce second meurtre elle aurait pu l'écrire au vitriol. Que lui arrivait-il ? Où était son talent ? Que faisait-elle de son style, de son impertinence qui l'avait convaincu de l'engager ? De guerre lasse, Julie s'était contentée de noter sur le tableau de bord : « *Réservez-moi la une pour lundi.* » Intrigué, pas né de la dernière pluie, Van Hecke avait flairé le scoop. Qu'avait-elle découvert ? Qui étaient ses contacts ? Prenait-elle des risques ? Julie avait tenu bon. Sur une œillade complice, elle s'en était sortie avec des mots sacrés, des mots qu'un journaliste ne peut que respecter, « secret professionnel » et « déontologie ». Il n'en avait pas fallu plus pour que Van Hecke se calmât. Entendu, il lui faisait confiance, il attendrait dimanche jusqu'à 21 heures. Expiré ce délai, il accorderait la une à l'un de ses confrères. Le contrat était clair, il ne transigerait pas.

Songeuse, indécise, Julie descendit le boulevard sans prêter attention aux passants qui la croisaient. Le seul risque, au fond, était qu'elle se soit trompée sur les intentions de Davelot. Son invitation à dîner – à midi, on dîne dans le Nord – avait-elle pour but de la draguer ? Possible. Elle avait remarqué son regard qui la dévorait nue. Il était pétillant, bourré de signaux, de flashs sans équivoque. Bon, d'accord, ce garçon avait du charme, il ne lui déplaisait pas – bien au contraire –, elle acceptait même de lui consacrer un peu de temps… mais pas en ces circonstances !… Si son rendez-vous n'était que galant, elle se jura de lui arracher les yeux. Son air mystérieux, le velouté de sa voix et ses sous-entendus lui avaient promis quelques belles confidences. En échange, elle s'était engagée à adoucir sa plume jusqu'à ce qu'il les lui fasse. Van Hecke, en professionnel averti, l'avait fort bien compris. Dans ce contexte, le jeune flic, tout mignon qu'il était, devait tenir parole ou s'attendre à souffrir. Cinq lignes dans un canard mettent une carrière à mal. Au figuré, plaisanta-t-elle, il sentirait le poids de ses caractères : n'étaient-ils pas forgés dans le plus lourd des plombs ?

La Simca de Julie était garée de l'autre côté du boulevard. Elle s'extirpa de ses pensées, s'apprêta à traverser, jeta un œil à gauche, à droite, et s'immobilisa. À quelques mètres d'elle, d'une démarche d'ursidé, le docteur Béhal venait de surgir d'un salon de thé. Sur une autre planète, le front moutonné, pressé, il descendit du trottoir sans se soucier de la circulation, s'engagea sur la chaussée, slaloma entre les véhicules puis, accompagné par un concert d'avertisseurs, s'engouffra dans sa DS du côté passager.

Bizarre, se dit Julie, qu'il ait besoin d'un chauffeur. Elle plissa les yeux pour distinguer l'homme au volant, les ferma, sûre de s'être trompée, les rouvrit et balaya ses doutes :

— Maxime Van Weyer... Qu'est-ce qu'il fiche avec Béhal ?

Non sans danger pour autrui, au mépris de toute règle, Van Weyer déboîta en trombe au nez d'une Vespa, freina, la laissa passer, puis fonça comme un fou dans un crissement de pneus.

Pendant cet intermède, Julie, navrée, avait observé la DS : l'avant gauche était cabossé, le phare pendouillait, la peinture se craquelait. Au cours de ces dernières heures, Béhal devait avoir eu un accident, sans gravité corporelle, mais dommageable pour l'esthétique de sa voiture.

Ce qui n'expliquait pas ce que Van Weyer faisait à ses côtés...

De fil en aiguille, d'une curiosité exacerbée, elle se tourna vers le salon de thé. Pourquoi y avait-il mis les pieds ? Béhal n'était pas du genre à siffler de l'*earl grey* ou, le petit doigt en l'air, à croquer des biscuits en récitant des vers. Chez les Wyatt, en moins de temps qu'il n'en faut pour le dire, elle l'avait vu descendre une demie Venoge – non sans engloutir au passage une vingtaine de canapés. Ce toubib était de la race des ogres. Pas des précieux. Partisan du bon vin, plus salé que sucré, ses goûts ne flirtaient guère avec la bergamote.

Alors, qu'avait-il été traîner ses guêtres dans ce boudoir ? Fouineuse dans le sang, elle voulut le savoir, pivota, s'avança, sans oser reconnaître que la gourmandise participait à l'aventure. Après tout, au diable les kilos et les grandes résolutions ! C'était l'heure des douceurs, et elle les méritait bien.

La conscience muselée elle entra donc dans le salon. Ambiance feutrée, son cadre s'inspirait de l'époque romantique. Une tenture céladon couvrait les murs ornés de chandeliers. Des gravures du XIXe, consacrées à la mode, les égayaient avec charme. Dans un cocon discret, au fond de l'établissement, des clientes dégustaient leurs gâteaux. À l'entrée, un long tombereau regorgeait de pâtisseries. Derrière lui, une jeune serveuse en bavolet et tablier blancs, pelle à gâteau en main, attendait que ces dames s'exprimassent : il n'y avait que des dames, dans cet antre du plaisir, pour hésiter entre choux, éclairs et tartelettes aux fruits.

Après les salutations d'usage, Julie ne faillit pas à la règle. Choisir, c'est rejeter. Devait-elle repousser opéras et religieuses au profit d'un baba ? Dilemme cornélien. Peu disposée à trancher, elle prit les trois et une tasse de Ceylan.

La serveuse enregistra sa commande, puis l'invita à s'asseoir, ce qu'elle entreprit de faire en se dirigeant vers la salle.

Avec l'entrée de Julie, la moyenne d'âge des pies chuta brutalement. De même que le niveau de leurs jacasseries. Ce fut à qui examina ses vêtements, ses bijoux, son maquillage – revue de paquetage qui la mit mal à l'aise. Par réflexe, autant que par agacement, elle leur tourna le dos.

Et c'est là qu'elle la vit, diaphane et déliée, assise en marge des bavardes. Seule, absente, le regard dans les nues, elle ne voyait personne, absorbée par des pensées que l'on devinait grises. Plus la peine de chercher, Julie comprit sur-le-champ ce que Béhal était venu faire entre ces murs. À pas de biche, elle s'approcha de la jeune femme.

— Bonjour, madame Wyatt... Vous souvenez-vous de moi ?

Marie tressauta comme quelqu'un qu'on réveille. Hébétée, elle leva un visage fatigué vers Julie. À première vue, elle avait peu ou mal dormi. Ses pommettes souffraient d'un pâle lactescent, des cernes d'un khôl bleuâtre creusaient les dessous de ses yeux, ses lèvres minces manquaient cruellement de rose.

— Bien sûr, mademoiselle Pilowski, c'est une joie de vous revoir.

— Laquelle est partagée.

— Seriez-vous une adepte du *five o'clock* ?

— Quand mon agenda le permet.

— Moi, depuis que je suis mariée à un Anglais, je le pratique tous les jours – dévotion incompatible avec la rigueur de mon régime.

Sa réflexion amusa Julie : Marie était plus fine qu'une gazelle.

— À contempler votre ligne, vous n'avez aucun souci à vous faire.

— Merci du compliment... Vous êtes seule ?

— Avec ma gourmandise.

— Alors, prenez place à ma table... Du moins, si cela ne vous dérange pas.

Au contraire ! Julie ne demandait qu'à lui tenir compagnie. Elle ne se le fit donc pas répéter, prit un fauteuil, s'assit face à Marie.

— Vous venez souvent ici ?

Question embarrassante. Julie préféra dire la vérité.

— C'est la première fois.

— Tiens ! Vous êtes pourtant calaisienne.

— Depuis seulement quelques mois. En fait, ce qui m'a poussée à entrer dans ce salon, c'est d'avoir vu le docteur Béhal en sortir... Par enchaînement d'idées, j'ai eu envie de me goinfrer.

L'aveu de la journaliste fit presque rire Marie.

— Pauvre docteur Béhal, je lui ai infligé une torture en lui demandant de me rejoindre ici. Il déteste comme personne le thé et les sucreries.

— Pourquoi l'y avoir invité ? Il vous a fait des misères, vous vouliez vous venger ?

— Non, Béhal est un homme charmant... Et dévoué... Regardez discrètement...

Elle ouvrit un sac en papier d'une blancheur anonyme.

— Il tenait à m'apporter ces boîtes.

— Qu'est-ce que c'est ?

— Des pilules introuvables en France. Elles viennent de Belgique, Béhal s'est débrouillé pour en avoir.

— Ah ! La fameuse filière belge.

— Pourquoi « la fameuse » ?

— Si vous étiez du Nord, vous me comprendriez. Il y a belle lurette que les Ch'timis passent la frontière pour acheter des médicaments. Le protocole belge est moins long que le français pour en introduire de nouveaux sur le marché.

— Vous me l'apprenez, je l'ignorais.

Aérienne, effacée, la serveuse apporta la commande de Julie. Dès qu'elle se fut retirée, Marie scruta son regard. Au début, Julie crut que c'était pour y lire son plaisir mais, très vite, réalisa qu'elle y cherchait autre chose. Son insistance la troubla. Marie s'en aperçut et, contre la loi du genre, persista à la dévisager.

— Étrange... Vous ne me demandez pas de quel mal je souffre.

— Si vous aviez voulu me le dire ce serait déjà fait.

— Vous êtes journaliste, la question doit vous brûler la langue.

— Je suis aussi une femme, or en tant que femme je sais ce que c'est de consulter un gynéco. Par parenthèse, sachez que le docteur Béhal est le mien.

Sans remuer un cil, Marie continua à la fixer avec une rare impudeur.

— Soyez franche : quelqu'un vous a-t-il parlé de ma « maladie » ?

— Vous êtes vexante, madame Wyatt, se rebiffa Julie, je suis toujours franche, qualité personnelle, indissociable de mon métier.

Marie accusa le coup, non sans apprécier la fermeté de son caractère.

— Pardonnez-moi, je ne vous connais que peu.

— Et vous vous méfiez des journalistes.

— Autant que des microbes... Vous voyez que je suis honnête.

— De même que brutale. Alors je vais l'être aussi : oui, je sais pour votre accouchement – je ne suis d'ailleurs pas la seule. La différence avec les autres, c'est que j'ai le pouvoir d'en informer le public… et que ça me dégoûterait d'y consacrer une ligne. Ce n'est pas sur vos blessures que je bâtirai ma carrière.

Le ton de la sincérité souligna sa réplique, son credo résonna comme un acte de foi qui, au contraire de l'effet attendu, plongea Marie dans une prostration inquiétante. Son regard devint fuyant, ses lèvres tremblotèrent, le timbre de sa voix révéla une fêlure – brisure inavouable, indécente et honteuse.

— Blessures, dites-vous ?… Touché ! J'en porte les cicatrices dans mon intimité.

— Excusez-moi de vous interrompre, s'empressa Julie, gênée, ma réponse était dénuée d'arrière-pensée ; je n'ai pas l'intention de vous forcer aux confidences.

— Je m'en doute, et vous confier que j'ai mis seize heures pour accoucher n'en est pas une. Combien de femmes ont connu pire ? Des millions, certainement.

— Probable. En tant que célibataire, je suis étrangère au club.

— Ah ! Vous ignorez donc le bonheur de donner la vie dans la souffrance. Je vais vous dire ce que c'est : une épreuve que je n'oublierai jamais.

— Vraiment ?

Virevolte des doigts, plongée dans l'inconscient, Marie ne chercha pas à la convaincre.

— Tout est relatif… Pour mon fils… pas de problème… C'est la naissance de ma fille qui a été un cauchemar. L'obstétricien a tenté l'impossible. Il tenait à ce que je la mette au monde dans de bonnes conditions… Rien n'y a fait… Un supplice… Il a dû se résoudre à pratiquer une césarienne.

Bouleversée, Julie tenta d'imaginer ses cris, sa peur, ses douleurs. L'image qu'elle en eut lui fit oublier d'entamer son baba.

— Je comprends que vous ayez du mal à vous en remettre.

— Bof ! La nature me reconstruit. Le physique reprend le dessus, mes chairs se ressoudent, mes jambes me portent à nouveau.

— La guérison est donc en vue.

— Non…

Marie secoua la tête, nerveusement, comme une folle en pleine crise.

— Mon mental est en miettes… J'aime mon mari, éperdument, il est toute ma vie, et vous savez quoi ? Je redoute le moment où il me demandera de faire l'amour. Je hais mes cicatrices, Harold ne les a pas encore vues.

Abréaction violente, pourquoi se confiait-elle ? Pourquoi ouvrait-elle son âme à une parfaite inconnue ? Sidérée par son aveu, d'un genre qu'aucune femme n'osait faire à une autre, Julie réagit en citant Freud. Si elle n'avait lu de Sigmund que *Introduction à la psychanalyse* – thème étranger au sujet –, il lui sembla pertinent de se servir de sa science. Dans un laïus digne de *Bouvard et Pécuchet*, elle réconforta Marie. Après ce qu'elle avait subi, sa réaction était normale. Quant à la « bagatelle », question d'hormones, pourquoi s'en inquiéter ? Avec le temps, ses craintes s'apaiseraient, son désir reviendrait, c'était l'affaire de quelques semaines.

Mais Marie s'obstina à hocher la tête.

— La libido n'est pas le problème, mademoiselle. C'est ma fille qui en est un : depuis qu'elle est née, j'ai du mal à la prendre dans mes bras… Ce n'est pas un rejet, c'est un blocage… Je vous choque, n'est-ce pas ?

La société n'admettait pas les fractures d'une mère – une société de mâles, bâtie pour leur plaisir, où une femme était un ventre et devait être amour. Foutre des psychologues ! Celles qui sortaient de ce schéma étaient de vraies salopes. Mais par chance pour Marie, la morale machiste faisait bouillir Julie.

— Non, madame, je vous plains, ce ne doit pas être facile à supporter.

— C'est même épouvantable, j'ai l'impression d'être un monstre… Les spécialistes ont beau m'affirmer que ce mal est commun, qu'en Amérique on l'appelle *baby blues*, je m'en veux profondément… Et je ne peux rien y changer.

Sur ce, elle sortit les pilules que Béhal lui avait apportées.

— Regardez… Anxiolytiques… Plus j'en avale et plus je m'enfonce. Parfois, j'en deviens incapable de me tenir à table. Je suis si épuisée qu'il faut qu'on me porte dans ma chambre… Vous avez d'ailleurs pu le constater hier soir.

À l'écouter, le sentiment qu'aurait dû ressentir Julie était de la compassion. Voire de la tristesse. Mais, logiquement, l'inquiétude prima.

— Est-ce la première fois que vous parlez de vos « souffrances » à quelqu'un ?

— À part à mes médecins ? Oui, mademoiselle, c'est le cas.

— Hum !… Je suis honorée de votre confiance, madame Wyatt. L'ennui est que nous nous connaissons à peine et que je suis journaliste… Imprudent, non ?… Qu'est-ce qui vous garantit que je ne vais pas tout écrire ?

Enfantine, sans calcul, Marie lui décocha un sourire innocent.

— L'amitié, Julie… On va se tutoyer.

24

À demi éclairé, croulant sous la poussière, l'entrepôt de Dalquin ressemblait à un souk. Pagaille indescriptible, s'y entassaient des meubles de tout bois, de tous styles, des pianos, des phonos et, parmi des causeuses, des baignoires sabots. Sur les murs caca d'oie, des croûtes peintes à l'huile pendaient dans de vieux cadres. Sur des tables clivées par l'usure et les ans, s'amoncelaient en vrac des services de vaisselle. Ici traînait un cor, là une figurine, ailleurs un bourdalou. Pas de classement thématique, il fallait farfouiller pour trouver son bonheur.

Accordées à l'ensemble, les lattes du plancher s'enfonçaient par endroits, des lézardes couraient des chevêtres au fruit. Où qu'on posât les yeux, tout n'était que désordre et saleté. Point d'orgue à ce bazar, le silence régnait : il n'y avait personne. Ni client ni vendeur, la désertion totale.

Soufflés par ce vide, Gallois et Davelot échangèrent un regard surpris. À l'évidence, Dalquin ne craignait pas les voleurs. Confiance dangereuse, l'absence du brocanteur avait de quoi susciter des vocations coupables.

Sans un mot, Davelot s'installa devant un piano droit, ouvrit le clavier, mit ses doigts en position et, d'un signe de la tête, demanda à Gallois la permission de jouer. Amusé, le vieux flic l'y invita d'un arrondi de la main. Tel un virtuose au début d'un concert, Davelot salua un public imaginaire, puis, métalliques, retentirent les mesures d'une valse de Chopin. Ou d'une mélodie qui tenta de lui ressembler. La faute n'était pas imputable à l'artiste, car s'il se débrouillait bien, sans trop de fausses notes, le problème venait de l'instrument. Désaccordé, grippé, dès les premières notes il livra des bécarres à la place des dièses. Version cacophonique, ou dodécaphonique, plus proche du sériel que de l'art romantique, son interprétation vira à la torture. Et énerva un type.

— C'est cassé ! On touche pas !

Aussitôt, Davelot arrêta le massacre. De conserve avec Gallois, il scruta la pénombre. La voix venait de derrière un buffet – une voix de fausset, aiguë et constrictive. Les deux flics s'approchèrent du meuble, le contournèrent et, assis dans un fauteuil, découvrirent un homme qui, caché dans un réduit, les observait en douce. Au mitan de la trentaine, peu épais, d'une taille standard, la langue pendante comme celle d'un veau, une tête ovale inclinée à vingt-cinq degrés, il bavait comme un bébé. En un quart de seconde, Gallois comprit que l'inconnu souffrait d'un handicap, et que par malheur pour lui, il en supportait d'autres.

— Bonjour. Commissaire Gallois. Mon adjoint, inspecteur principal Davelot. Nous aimerions parler à M. Hubert Dalquin. Vous est-il possible de l'appeler ?

Les lèvres du bonhomme remuèrent en vain. Mutité, aucun son ne sortit de sa gorge. Il s'énerva, s'acharna à libérer les muscles de son pharynx et, au prix d'un formidable effort, hurla comme un damné en *si* bémol crissant :

— Je suis son fils ! Je vais le chercher !

Il se leva en crachotant, posa brutalement le pied gauche sur le sol puis, ainsi prêt à avancer, traîna le droit en claudiquant, la tête penchée sur une épaule atrophiée.

— Il y en a que la chance n'a pas gâtés, murmura Davelot, mal à l'aise.

Gallois se tut. Les blagues de la nature le révoltaient, son cœur se soulevait devant l'infirmité. Non sans motif : la déchéance de son père, simple ouvrier maçon, hantait souvent ses nuits. Un accident de chantier l'avait cloué dans un fauteuil, sans ressources, dépendant et détruit, paraplégique à vie. Gallois avait onze ans. Il entrait au collège. Pour qu'il suive ses études, sa mère avait fait la boniche chez des bourgeois hautains. Du haut de leur morgue, certains la traitaient de souillon quand ce n'était pas de moins que rien... De cette époque terrible datait sa défiance des riches et des notables...

Pour chasser ce souvenir, indifférent en apparence au sort du boiteux, il changea de sujet en caressant un bronze.

— J'ignorais que vous jouiez du piano. Où avez-vous appris ?

— Comme tous les gamins du coin : au conservatoire municipal.

— Le pluriel me semble excessif.

— Erreur, patron. Depuis le temps que vous habitez le pays, vous devriez savoir que la musique est dans nos gènes.

— Détrompez-vous : j'ai la tête gavée d'accordéon.

Gallois passait les bornes, Davelot en avait marre de ses piques. Il s'apprêtait à lui répliquer sèchement, mais l'arrivée de Dalquin, accompagné par son fils, l'empêcha de balancer que jamais d'un rebab, à l'inverse d'un accordéon, n'avait été tiré *Le Chant des Africains*. Ce qui le sauva *in extremis* ; le vieux renard lui en aurait voulu à mort.

Le dos en arc de cercle, la démarche hésitante, Dalquin les salua en effleurant sa casquette – un antique galurin qu'il refusait de quitter. Elle faisait corps avec le personnage, de même qu'une cravate noire et un jacquard troué. De son visage chafouin, jauni, émacié, mal rasé, pignoché par la vérole, pointaient des yeux chassieux submergés d'inquiétude. Servie par un timbre rocailleux, sa peur se manifesta dans une question unique :

— Qu'est-ce que la police vient faire chez moi ?

— Deux fois rien, juste vous poser quelques questions, le tranquillisa Gallois.

— Mes papiers sont en ordre.

— J'en suis certain, monsieur. L'objet de notre visite n'est d'ailleurs pas de vérifier vos livres. Nous venons vous demander votre aide.

À demi rassuré, toujours sur la défensive, Dalquin souleva sa casquette pour se gratter le crâne.

— Sur quoi ? Je bouge presque plus de ma boutique.

— Mais vous lisez le journal ?

— Ouais… Et alors ?

— Vous devez donc être au courant de la mort de Marcel Lefèvre ?

Aux écorchures qu'il se fit aux mains, Dalquin montra imprudemment qu'il détestait la question.

— Euh… Évidemment, je peux pas dire le contraire.

— De même que prétendre que c'était le grand amour entre vous…

— Où voulez-vous en venir, se braqua-t-il, que c'est moi qui l'ai tué ?

— Non… Comme je ne crois pas que vous ayez assassiné sa sœur.

En recevant ces mots, Dalquin redressa sa carcasse, subitement, nerveusement, comme un serpent prêt à mordre.

— Hein ? !... Hélène est morte ?

— Hier soir, chez elle, abattue comme une bête. Le meurtrier y a été de bon cœur, ce n'était pas beau à voir.

— Hélène ?... Oh non...

Sa réaction stupéfia les deux flics. Visiblement touché, son visage de jaune devint tout à coup pâle. Le choc fut si rude qu'il dut s'asseoir, comme brisé par la nouvelle. À n'en pas douter, ce vieux magouilleur était maître ès grimaces, mais Gallois, habitué aux singeries des menteurs, vit que sa peine était sincère. Douleur qui l'intrigua.

— Après ce qu'elle vous a fait subir, vous n'allez pas la pleurer ?

À des années-lumière du présent, hagard, plongé dans ses souvenirs, Dalquin n'eut plus envie de tricher.

— C'est du passé, commissaire... Hélène va me manquer...

— Malgré vos divergences ?

— Pff ! Des bêtises... Je vais vous faire une confidence : j'ai été amoureux d'elle. Hélène venait d'avoir dix-huit ans quand je lui ai demandé sa main. Je vous parle de ça... C'était avant de rencontrer la mère de mon fils... Elle est bête, mon histoire, hein ?

— Non, les sentiments ne se commandent pas.

— La preuve, elle m'a refusé.

— Et préféré M. Basset.

— Ouais... Pourtant, j'avais plus d'argent que lui... Hélène aussi avec la ferme de ses parents... On aurait fait un riche mariage.

— Vous lui en avez voulu ?

Hésitant, Dalquin sortit du puits des ans la réponse correcte.

— Pas mal sur le moment. Moins ensuite... Vous savez peut-être ce que c'est ? On a beau faire sa vie avec une femme, on n'oublie jamais celle qui vous a dit non.

— Je l'ignore. Pour moi, la première a été la bonne.

— Tant mieux pour vous, vous n'avez pas souffert... Enfin, de cette façon...

Dalquin ferma les yeux, les rouvrit, examina Gallois.

— Je vois que vous portez une alliance... Votre épouse est toujours de ce monde ?

— Grâce à Dieu oui. Si je ne me trompe pas, la vôtre vous a quitté en 48 ?

Le matois se releva, de nouveau en ordre de marche.

— Vous êtes bien renseigné, commissaire : le 19 novembre, pour être précis, emportée par la jaunisse... Saloperie de maladie... Deux bras en moins dans la boutique, je suis resté seul avec Francis...

Il souffla, leva les yeux vers un ciel qu'il semblait peu aimer.

— Pauv' tiot, je sais pas ce qu'il va devenir après ma mort.

Jusque-là attentif, Francis se manifesta en entendant son père. Assorti de postillons, son propos se limita à des râles intraduisibles. Sauf pour Dalquin qui, rodé à son laïus, le calma en lui frottant la nuque.

— T'énerve pas, min fieu, je suis encore solide, je te jure que j'y passerai pas avant cent ans. Allez, va boire un coup dans la cuisine, tu te sentiras mieux après.

Ses crachats se raréfièrent, Francis secoua la tête puis, apaisé par la promesse de son père, le quitta d'un pas désordonné. Sitôt qu'il eut franchi la porte, Dalquin écacha une larme, révolté par ce que la vie avait infligé à son fils.

— Ah, mon nénain… Si vous l'aviez vu tout gosse… Quel beau garçon c'était.

— Je le suppose… C'est bien l'explosion d'une grenade qui l'a rendu impotent ?

— Ouais, comme des tas de gamins à la Libération. On pouvait plus les tenir, ça faisait quatre ans qu'on leur barrait l'accès à la mer, ils y couraient tous les jours. Le malheur, c'est que les Boches y avaient laissé leurs saletés. Les tiots jouaient avec, ça en a fait des dégâts !… Et ça n'est pas fini : y en a encore dans le sable.

Il leva le bras, fit un mouvement incertain, signe de résignation.

— Après tout, ce qui est fait est fait, il faut accepter son destin. Et limiter la casse. Moi, je me suis battu pour que Francis soit reconnu blessé de guerre. Ça n'a pas été facile, mais j'y suis arrivé. Je peux partir tranquille, il touche une petite pension et tous ses soins sont pris en charge.

De ce long fatalisme, une particule infime interpella Gallois.

— Pourquoi dites-vous que « ça n'a pas été facile » ?

— Bof ! À cause d'un toubib qui chipotait sur son invalidité. Question de gros sous, il avait reçu des ordres pour en donner le moins. Enfin, le principal est que ça se soit arrangé, Francis est à l'abri pour le restant de sa vie.

La conversation s'éternisait, sur un sujet grave, certes, mais étranger à celui de leur visite. Détour auquel Davelot jugea bon de mettre fin.

— Hum, hum ! Pour en revenir à notre démarche, je pense qu'il est temps que nous vous posions quelques questions.

Interloqué, Gallois lui jeta un œil noir. Comment se permettait-il de l'interrompre ? Ce jeune blanc-bec ne comprenait rien à ce métier. Bien sûr, les confidences de Dalquin ne concernaient pas directement l'enquête, mais elles lui permettaient de sonder le bonhomme. Et celui-ci sonnait faux de la langue et du bide. Et si le vieux renard le jugeait durement, c'était parce que son intérêt pour Hélène avait eu l'argent pour moteur, parce que dans la mort de son épouse il ne pleurait que ses bras, parce que les souffrances de son fils se résumaient à des problèmes de pension... Ses drames et ses échecs ne se mesuraient pas à l'aune de ses larmes : ils s'évaluaient en francs.

Mais l'ambiance était cassée, impossible de la recoller. Gallois prit les minutes que lui tendaient Davelot.

— Je suppose, cher monsieur, que vous n'avez pas oublié cette plainte que vous avez déposée il y a onze ans ?

Les yeux plissés, Dalquin parcourut les cursives à demi effacées.

— Bien sûr que non. Pourquoi me demandez-vous ça ?

— Pour comprendre la suite : deux de ces objets volés ont peut-être servi à tuer les victimes.

Par précaution, il se garda de préciser lesquels. La ruse était grossière : si Dalquin les désignait, il aurait du souci à se faire.

— Eh ben, nous v'là beaux ! J'en crois pas mes oreilles.

— Il le faut, c'est la pure vérité. Vous souvenez-vous d'eux ?

— Couci-couça, l'histoire date pas d'hier.

— Faites un effort, remontez dans le passé.

Plus concentré qu'un notaire, Dalquin relut la liste.

— C'est vieux, commissaire... Très vieux... Si vous me disiez quels sont ceux qui vous intéressent, ça m'aiderait un tiot peu.

Ou il avait flairé le piège, ou il était blanc comme neige. Ni l'un ni l'autre, pensa Gallois, ce charognard se situait au milieu. Ce sentiment n'était pas gratuit : plusieurs fois de suite il l'avait vu buter, ou plutôt s'attarder sur le même passage. Par instinct, le vieux flic sentit que le bonhomme savait quelque chose, un « quelque chose » qu'il garderait pour lui. Ses yeux fuyants renforcèrent cette impression. Ainsi que le débit de ses phrases brutalement ralenti. Pour quelle raison, avant de s'exprimer, prenait-il tout à coup le soin de réfléchir ? Couvrait-il quelqu'un ? Avait-il monnayé son silence ? Étrange attitude, sournoisement calculée.

Incapable d'en décrypter les signes, Gallois se borna à désigner les deux armes. En 1954, Dalquin les avait décrites sommairement. L'argenterie dérobée, dont un couteau à découper le gigot, était tri-poinçonnée. De quelles figures ? Le rapport ne le mentionnait pas. Quant au fusil – un Granger –, rien ne permettait de l'identifier. Pas de couleur précise, sinon un vague marron sans numéro de série. Que d'oublis ! Que d'erreurs ! Beaucoup trop au goût de Gallois à qui le brocanteur resservit ces maigreurs.

— Je sais qu'il y a prescription, monsieur Dalquin, s'énerva-t-il, mais quand même ! Dans votre métier, on fait attention à ces détails.

— Vous oubliez que je suis brocanteur, commissaire, pas antiquaire. J'ai pas fait d'études, je me suis formé sur le terrain. C'est avec le temps que j'ai appris à connaître *à peu près* la valeur de la marchandise.

— Admettons... Il n'empêche que vous avez dû acheter ces objets, et que pour ce faire, il a fallu que vous les évaluiez.

Pour une fois, Dalquin se rebiffa.

— Pour qui me prenez-vous ? Je suis le contraire d'un âne, on ne m'a jamais roulé. Mais puisqu'on parle de mémoire, l'hiver 54 ne vous rappelle rien ? Foutue période ! Ça défilait, ici, les gens vendaient n'importe quoi pour bouffer ou se chauffer. À n'importe quel prix ! Le plus vite possible ! De la main à la main !... J'avais pas une minute pour noter ce qui rentrait, ce qui sortait... J'achetais, je rangeais, j'étiquetais, je vendais, et j'oubliais les visages.

Autres temps, autres mœurs. Depuis, l'activité des brocanteurs était mieux contrôlée. Mais ce laisser-aller déboussola Gallois. En évoquant cette période, Dalquin, mine de rien, venait de couper les ponts. Pas de reçu, pas de facture, impossible de remonter à la source. Qui étaient les vendeurs ? D'où sortaient les acheteurs ? Mystère et dessous de table. À cause de ce flou, le vieux flic révisa son approche.

— Je veux bien vous croire, monsieur. Néanmoins, il y a un truc qui m'échappe : sur quelles bases avez-vous accusé Hélène Basset et son frère ?

En renfort, Davelot précisa les termes de la plainte d'alors.

— Seulement pour le fusil et l'argenterie. C'est écrit dans les minutes. Vous ne désignez personne pour le reste, à savoir une copie d'un buste de Titi siffleur, un jeu d'échecs, une soupière, un vase en cristal et une serpette.

— Vous l'avez dit : il y a prescription... Je me suis peut-être trompé.

— Trompé ou... un peu plus que trompé ? reprit Gallois, chat face à la souris.

— Il se peut que je me sois fait des idées. La veille de notre dispute, Hélène et Marcel s'étaient intéressés à ce que j'ai dit... J'ai eu un doute.

— Qui a été balayé par la police. Cela étant, n'avez-vous pas été surpris par la *diversité* de ce vol ? Pour moi, un service en argent, un Granger, passe encore. Mais dérober du même coup un fourbi à deux sous confine à l'hérésie... Ai-je tort ou ai-je raison ?

Nullement embarrassé, Dalquin campa sur ses positions.

— Tort, commissaire, je vais vous expliquer pourquoi... Quand ils sont venus me voir pour causer gros sous, Hélène et Marcel étaient accompagnés par les membres du club. Il se trouve que dans le tas, j'en ai vu qui lorgnaient ces objets.

— Et alors ?

— Je me suis dit qu'Hélène et Marcel leur en avaient fait cadeau. Mais comme ces gars n'y étaient pour rien, j'ai pas mentionné leurs noms.

Jamais, au grand jamais, Gallois n'avait entendu de pareilles sornettes ! Le verbiage du matois battait celui de Pinocchio. Un monument ! Une rareté ! Sinon que son nez ne s'allongeait pas.

— Embêtant, monsieur Dalquin, vous allez devoir le faire maintenant. Qui sait ? L'un d'eux est peut-être le coupable.

— Ça me surprendrait, commissaire : la plupart sont morts, les autres ont un pied dans la tombe.

— Quel malheur de perdre ainsi tous ses amis.

— Eh oui ! Avec l'âge, y en a plus grinmin de frais...

— Les as de la gâchette s'éteignent, le gibier va pouvoir dormir tranquille.

— Ben c'est justement pour ça que j'ai acheté leur terrain de chasse. C'est pas de la vengeance, c'est un placement pour min fieu. Quand je partirai, la boutique lui rapportera rien puisqu'il pourra pas la gérer.

Épuisé par ces mensonges, Gallois se retint d'évoquer ses coups de feu sauvages ; il aurait répliqué que les gardes avaient eu la berlue.

L'entrevue s'éternisait en vain, le vieux flic n'avait plus de questions à lui poser. Sauf une, imprévue, qui lui vint à l'esprit en regardant une photo – une ancienne vue du port, gondolée, écornée, d'un sépia suranné.

— Dans un autre registre, vous qui fréquentez tout le monde, connaîtriez-vous un certain Omer Michel, surnommé P'tit Bosco ?

Dalquin le dévisagea pour tenter de deviner où il voulait en venir.

— Deux fois plutôt qu'une, j'étais au Chemin des Dames avec Eugène, le père de P'tit Bosco. Classe 1916 ! Purée de bataille ! Purée de chef ! Avec Nivelle, on a « nivelé »…

Il regarda Gallois avec un air finaud.

— Vous me parlez de lui à cause de sa femme ?

— Vous êtes au courant de sa disparition ?

— Oh que oui ! Il est venu braire sur mon épaule. Mais ne me demandez pas où elle se cache, j'en sais rien, sinon je lui aurais dit.

— J'en conclus que vous êtes intimes.

— Assez pour affirmer que c'est un bon tiot.

Qu'ajouter à cela ? Gallois le remercia, Davelot l'imita, ils lui serrèrent la main puis sortirent en silence.

Dès qu'ils furent dans la rue, la bruine, toujours elle, leur tomba sur le dos. En remontant le col de son imper, Davelot rompit la première lance.

— Que pensez-vous de Dalquin, patron ?

— Que c'est un fieffé menteur. Doublé d'un idiot qui nous a mis sur la voie.

— Vous parlez sérieusement ?

— Plus que jamais ! D'ailleurs, je vais vous confier une mission : vous allez m'éplucher les faits divers de l'hiver 1954. Vous relèverez les plus marquants.

— Entendu, ce sera fait dès demain... Mais puis-je savoir pourquoi ?

— Le pif... J'ai l'impression que notre affaire a commencé cette année-là.

25

Le mercredi fut calme.
À la surprise de Gallois, il n'y eut pas de nouveau meurtre. Pourtant, toujours à cause de son instinct, il s'attendait à ce qu'il y en ait un troisième. Il consacra donc sa journée à lire des rapports, à téléphoner, à fouiller dans de vieux dossiers, à prendre des notes et, troublé par une intuition folle, à se promener pour réfléchir…

De son côté, Davelot passa en revue les articles de la presse locale. Il y en avait peu de remarquables dans le journal, excepté le vol chez Dalquin. À tout hasard, il éplucha la rubrique nécrologique où il releva un faire-part de décès. Puis, avec le sentiment du devoir accompli, il rentra chez lui où son chat l'attendait.

Le soir était tombé quand il mit les pieds dehors…

Noire comme la nuit, une voiture se gara sur le quai noyé de pluie. Noir comme le Styx, le gasoil dégoba, brûlant, épais, incontrôlable. Le moteur, cacochyme, toussa par saccades, puis ralentit dans un bruit de cafetière.

Pas moyen de trouver la panne. De rage, Yvon jeta une clé de douze contre la coque du *Delphine*. Pourtant, il s'y connaissait en diesel. Mais, dans le cas présent, il y perdait son patois. La raison de sa surchauffe lui échappait. Le réchauffeur fonctionnait, l'injecteur de combustible remplissait parfaitement son rôle, la machine démarrait au quart de tour, c'était après que les choses se compliquaient. Comme gagné par la danse de saint Quirin, le piston était pris de convulsions, le liquide bouillonnait et la mécanique faiblissait. Le cylindre aspirait bien l'air, les phases suivantes se succédaient normalement, mais, très vite, un ronron de chat malade succédait aux pétarades de l'explosion.

Jamais Yvon ne s'était frotté à ce type de problème. Diéséliste averti, il en avait résolu des mauvais, mais pas de cette ampleur : dans la journée, après un calme plat, le moteur avait refait des siennes en regagnant le port. De justesse. C'était incompréhensible. Et il n'y comprenait rien.

À bout, découragé, il baissa les bras en espérant que Julius, son mécanicien attitré, accepterait de le dépanner. Plus de minuit à sa montre. Depuis vingt-huit minutes, on était le 11 novembre, jour férié, donc chômé. Si Julius refusait de se pencher sur cette maudite machine, il pourrait dire adieu à sa pêche de vendredi. Entre les frais de réparation, le manque à gagner et l'équipage qu'il paierait pour des prunes, sa trésorerie en pâtirait. Ce n'était pas le moment que les emmerdes lui tombent dessus. Les temps étaient difficiles, du genre à tirer le diable par la queue. Et aussi par les cornes vu les nombreux emprunts qu'il avait contractés.

Prostré dans le ventre de son chalutier, Yvon fit une croix sur la balade qu'il avait promise à Germaine. Adieu la forêt d'Ardelot, l'auberge du Grand Cerf, leur dîner d'amoureux. Il passerait le 11 novembre au chevet de son diesel…

À l'extérieur, sous une pluie battante, Benoît Ridal rentrait chez lui. Personne ne l'y attendait. L'homme était célibataire. Pour toute compagnie, il n'avait que sa télé. Alors, les veilles de fête et les week-ends, il allait en chercher dans les troquets du port. Là, il y retrouvait des paumés de son acabit, des types qui avaient fui la chance de bâtir une famille. Pas de femme, pas d'enfants, rien que le vide de la solitude. Et la bière pour les aider à croire qu'ils avaient fait le bon choix.

Brusquement, l'averse tripla de violence. Des cordes marines succédèrent aux fils d'eau qui tombaient sans vigueur. Pour les éviter, Ridal réfugia sa bedaine sous un portail. Non sans pester tout son soûl : il habitait à deux pas, quai Auguste-Delpierre. Le ciel manquait de charité : il aurait pu attendre avant de se déchaîner…

Toujours accroupi, plongé dans ses pensées, Yvon entendit la pluie frapper le pont. Toc ! Toc ! Toc !… Ce n'était pas le moment de mettre le nez dehors. Toc ! Toc ! Toc !… Fichtre ! Pour y aller, elle y allait franco. Toc ! Toc ! Toc !… Il dressa l'oreille, soudainement intrigué. Toc ! Toc ! Toc !… Non, ça, ce n'était pas la pluie, ce bruit venait d'ailleurs. Toc ! Toc ! Toc !… Il se releva, angoissé à l'idée qu'un palan ait cédé sous la pression du vent. Toc ! Toc ! Toc !… Bizarre, ces trois coups réguliers, comme martelés par un brigadier de théâtre. Toc ! Toc ! Toc !… Décidément, la guigne le poursuivait, ce cognement ne lui disait rien de bon. Toc ! Toc ! Toc !… Pourvu, pria-t-il Neptune en se levant, qu'il ne soit rien arrivé de grave.

Dès que sa tête dépassa de l'écoutille, Yvon constata, soulagé, que du côté de la proue tout paraissait en ordre. Malmenée par l'averse, la caliorne se balançait mais tenait. C'était toujours ça de pris sur le sort, souffla-t-il, restait à examiner la poupe.

Pour se hisser sur le pont, Yvon plaqua ses mains sur les panneaux, durcit ses bras, fléchit ses jambes et, réaction naturelle, inclina son visage pour se concentrer dans l'effort.

Ce fut à cet instant qu'il le vit, posé devant lui, surréaliste en diable dans ce décor d'orage.

Un poilu, un soldat de plomb, qui semblait le charger baïonnette au canon.

Qui l'avait posé là, sur le bord de l'écoutille ? Yvon revint mentalement quelques heures en arrière. Il eut beau chercher, sa mémoire lui certifia que ce poilu ne s'y trouvait pas.

Hébété, stupéfait, il bloqua son mouvement, se redressa, tendit la main vers la figurine, s'en saisit, la contempla, indifférent à la pluie qui transperçait son pull. À quoi rimait cette blague, si toutefois c'en était une ?

Pour toute réponse il reçut un coup sur le crâne, puissant, mortel, asséné dans son dos, par surprise, sans qu'il eût entendu le moindre bruit de semelles.

À lui seul, ce coup suffit pour l'expédier dans l'autre monde, ne laissant ici-bas que sa dépouille inerte, courbée sur le pont, ensanglantée, couverte de bouts de cervelle qui avaient fui de son cortex.

L'assassin aurait dû s'en contenter. Mais non, il s'acharna sur son crâne, frappa, frappa encore et encore plus fort. Jusqu'à ce que la tête d'Yvon ne soit plus qu'une odieuse marmelade.

Alors, satisfait du résultat, il arrêta de la réduire en bouillie. Puis, sous la pluie qui se calmait, il posa près de son corps l'arme dont il venait de se servir : un petit buste en bronze.

L'œuvre représentait la bouille siffleuse d'un Titi parisien…

Toujours niché sous son portail, Benoît Ridal s'en voulait de ne pas avoir pris un parapluie. Il grelottait, ses cheveux étaient mouillés, ses souliers prenaient l'eau. Demain, sûr qu'un gros rhume lui brûlerait les bronches.

Cependant, lentement, l'averse migrait à l'ouest. Par réflexe, Ridal tendit la main pour mesurer sa force. À quoi bon ? se dit-il, puisqu'il fallait qu'il rentre.

Dans ce but, il sollicita son courage qui, pour le peu qu'il en avait, l'autorisa à courir sous les gouttes.

Il courba donc le dos, sortit de son abri en regardant le sol. Attitude dangereuse, car cette heure de la nuit attirait les fous du volant. Ce dont se souvint Ridal au moment de rejoindre le quai Auguste-Delpierre. Vide à gauche, rien à droite, la chaussée était propre. Aucun timbré en vue. Il baissa le menton, descendit du trottoir et traversa, serein.

Mais pourquoi, à cet instant, eut-il le sentiment que sa vie était en danger ? Jamais il ne parvint à s'expliquer ce flash. Longtemps après cet incident – restant de catéchisme –, il ne put qu'en déduire que son ange gardien avait veillé sur lui.

Le fait est que, juste à temps, il redressa la tête pour voir une voiture qui, feux éteints, silencieuse, fonçait sur lui à toute allure. Dans la nuit, sous la pluie dense, privé de la lumière de ses phares, le conducteur ne l'avait pas remarqué. Ridal se jeta à terre à la dernière seconde. Un miracle. À un poil près, sans un signal divin, il aurait dû mourir. Mais, furieux, étalé dans une flaque, plutôt que de louer Dieu, il montra le poing, jura, insulta le chauffard. Et nota le numéro de sa voiture qui filait sous les réverbères.

26

Ça ripaillait, ça se goinfrait.
Ça éclusait aussi – beaucoup, beaucoup trop.
Les adultes sont des bêtes, se dit l'enfant en les voyant mastiquer sans retenue, qui se gavent comme des hyènes, sans respect pour eux-mêmes.
Après tout non, les animaux sont meilleurs qu'eux. La preuve est qu'ils ne se soûlent jamais, pas plus qu'ils ne s'empiffrent. D'ailleurs a-t-on déjà vu un renard ivre ? Certes pas. Et un loup, contrairement aux légendes, ne tue que pour manger.
Comparaison injuste, les bêtes étaient hors sujet. L'enfant, confus de les avoir injuriées, en demanda pardon à une mouche à merde et, d'un œil implacable, observa les orgiaques.
Triste tableau flamand.
Ah ! Pour être belle elle était belle cette blondasse, maquillée comme Constance la géante en carton, protectrice de la ville, que la bière et le vin faisaient rire aux éclats. À quoi ressemblait-elle, sinon à une goule ?

Braves soldats de plomb
Qui allez à la guerre
Rira rirou riron

Et le barbu à ses côtés, avec ses crocs jaunis d'où dépassaient, hideux, des filaments de moules, qui racontait des blagues sorties de sa braguette, comment s'arrangeait-il pour ne pas en rougir ?

Menez avec aplomb
Le drapeau de vos pères
Rira rirou rirère

Et cet autre imbécile, et ce tas de saindoux, tous deux pliés en quatre à chaque calembour, connaissaient-ils le sens du mot recueillement ?

Sur des champs victorieux
Où vos armes vaillantes
Rira rirou rireux

Non. Pas plus ces gros baveux que les autres raclures. Ils étaient tous semblables, vautrés dans le plaisir, privés de compassion.

Alors, à les voir s'amuser, se gorger, s'enivrer, l'enfant refoula une envie de hurler.

Les grands lui avaient volé son chagrin.

Et maintenant ils lui volaient son deuil.

Sitôt bâclées les funérailles de ses parents, ils s'étaient retrouvés dans le café de sa grand-mère – un tout petit bistro situé rue de Vic. Comme l'exige la coutume, porte close aux clients, elle y avait fait préparer un repas d'enterrement.

Germaine, sa bonne, une fille solide, aînée d'une fratrie de sept, s'était surpassée pour régaler ces monstres. Simplement – elle n'avait rien d'un cordon-bleu –, mais copieusement et de manière variée. À croire que les restrictions n'étaient que pure foutaise. Comme le martelait grand-mère : « Crève de faim celui qui le veut bien, le marché noir n'est pas fait pour les chiens. »

Ce qui stupéfia l'enfant, ce fut de voir les prisonniers revenus d'Allemagne se jeter sur une omelette au lard. Pendant leur captivité, expliquèrent-ils, c'était le plat auquel ils avaient le plus rêvé. Moules, kippers et poulardes les faisaient saliver mais, sans qu'ils sachent pourquoi, pas autant qu'une omelette.

Leur confession permit au barbu de placer une histoire salace.

Plus stupide que les précédentes, elle servit de prétexte pour libérer un fou rire gras, contenu jusqu'ici dans un brouillard bachique.

L'enfant serra les dents en caressant son chien.

Se souvenaient-ils qu'ils étaient réunis pour partager sa peine ?

Pas du tout ! La jouissance et l'alcool les rendaient amnésiques.

Racines d'excréments, les adultes poussaient dans le jus du fumier.

Soudain, Gamin se mit à gémir comme s'il partageait sa révolte. C'étaient aussi ses maîtres qu'on venait d'enterrer. Il faisait peur, ce chien. La nuit de leur accident, il avait hurlé à la mort. Et maintenant, en bavant, il refusait les os qu'on lui offrait. Ce n'était pas normal, ce cabot couvait la rage, il convenait de le surveiller de près.

Ses gémissements attirèrent l'attention. Les regards convergèrent vers sa truffe. Puis remontèrent vers le visage de l'enfant. Ce fut un regard de trop. Ses yeux glaciaux refroidirent l'ambiance.

On s'en détacha vite et on but pour se donner contenance.

Aux rires succéda un silence angoissant ponctué de glouglous.

L'embarras fut si grand que nul n'osa détacher le nez de son assiette.

La grand-mère de l'enfant, consciente du malaise, faillit lui demander d'aller jouer dans la cour. Elle était fatiguée, épuisée par les deuils, les combats et deux guerres.

Mais si elle n'avait plus de larmes, sa volonté restait intacte.

En maîtresse femme qui savait commander, elle finit par se lever pour prendre la parole. Ce qu'elle avait à dire, tous devaient l'entendre.

D'une voix ferme, elle s'adressa à l'enfant.

Son grand âge, annonça-t-elle, ne lui permettait plus de l'élever seule. Il lui avait fallu prendre une décision, et cette décision était la bonne : dans huit jours, l'enfant quitterait Calais. Sa tante et son oncle lui préparaient déjà sa chambre. C'était la meilleure des solutions pour assurer son avenir. Conseil de famille, le bon sens guidait ce choix. Et puis il y avait des trains pour revenir aux vacances.

Autour de la table, les hypocrites l'approuvèrent.

Les couvriront des feux
D'une gloire éclatante
Rira rirou rirante

Partir de Calais, laisser Lariflette, abandonner son chien, ne plus voir les dunes, les oyats et la mer...

L'enfant refusa de céder à la colère et au chagrin.

Les salauds qui l'observaient en auraient été trop heureux.

Ils ignoraient qu'ils avaient devant eux un soldat, avec un cœur en plomb, baïonnette au canon, prêt à les embrocher.

27

La madeleine de Proust. Étrange référence, songea Gallois en examinant le cadavre. Pourquoi, à cet instant, se rappelait-il Alger ? Il n'avait pourtant pas mangé de dattes ni de fruits susceptibles de raviver ses souvenirs.

À quoi devait-il ces réminiscences où, au-delà de ce qui l'entourait, il voyait, toute blanche, la Kasbah surplomber le bassin de l'Agha ?

L'odeur ! C'était à une odeur, mélange d'effluves salins et de fétidité, que sa mémoire s'ouvrait. Les images revinrent, les sensations aussi.

1948. Un semblable matin. Ça se passait sur un bateau, pareil à celui-ci. Le clapotis des vagues était le même, énervant, irrégulier, comme les cris des mouettes qui survolaient le pont. La grande différence venait du bleu de l'eau. La Méditerranée ne connaît pas le gris. Mais à part les couleurs, la chaleur, le soleil, l'histoire se répétait : un chalutier à quai, une victime innocente, des coulures de sang, des flics déboussolés et une foule houleuse.

La mer, la mort et l'amertume.

Et, constante, la puanteur d'un corps qui se vide de son chyle.

Pour Davelot, un problème se posait. La tête d'Yvon était méconnaissable. Plus de crâne, plus de nez, plus de dents, une cassure immonde distendait sa mâchoire. Inquiet, il se pencha vers Gallois. Comment faire, lui demanda-t-il, pour le rendre présentable ? Sa femme devrait l'identifier ; en voyant cette bouillie, il était à prévoir qu'elle tournerait de l'œil.

Entre humanisme et procédures, le vieux flic trancha net.

— Pas question d'y toucher, trouvons-nous quelqu'un d'autre.

Du menton, il désigna un homme à demi écroulé à la proue du bateau.

— Ce type, là-bas, c'est bien lui qui a découvert la victime ?

— Affirmatif.

— Que savez-vous sur lui ?

— Tout...

Davelot sortit ses notes.

— Julien Joly, demeurant à Calais, trente-sept ans, marié, trois enfants, second du *Delphine*, employé par la victime depuis 1952.

— Parfait, gagnons du temps. Allez le chercher, il va identifier Chaussois.

Sans discuter, Davelot se dirigea vers l'homme. Tout en marchant, d'un mouvement machinal, il jeta un œil sur le quai. Les curieux étaient de plus en plus nombreux. Normal, on était le 11 novembre, ils ne travaillaient pas. Sauf une jeune femme, chargée comme une mule, qui le héla de loin.

— Bonjour, inspecteur ! Je peux vous parler ? !

Julie était déjà sur le front, sac au dos, Leica en bandoulière. Impossible de l'éviter, Davelot fit un signe à Gallois qui, du bout des doigts, lui en renvoya un en forme d'encouragement. Ne l'avait-il pas poussé à informer la presse ?

— Bonjour, mademoiselle Pilowski, se pencha-t-il au bastingage, vous êtes bien matinale.

Prudent devant ses hommes, il remit de la distance dans leurs rapports. Précaution que Julie partagea en s'approchant de la coque.

— Par obligation, inspecteur, l'information m'a réveillée de bonne heure.

— Et je présume qu'elle vous a demandé de venir me poser des questions ?

— Gagné ! Mais puisque vous avez certainement préparé les réponses, je présume que l'exercice est superflu ?

— Finement deviné : la victime s'appelle Yvon Chaussois, 57 ans, patron pêcheur, propriétaire de ce chalutier.

— Moins vite, par pitié, prit-elle des notes.

— Sa mort remonte aux alentours de minuit... Fracture du crâne... Tué avec un objet contondant... C'est tout ce que je peux vous raconter pour l'instant.

— Il ressemble à quoi cet objet contondant ?

À un Titi siffleur, un buste en bronze de prix, décrit par Dalquin en 1954 – secret de l'instruction qu'il ne pouvait révéler. Mutine, Julie fronça le nez, grimace qui fit fondre le jeune flic.

— C'est léger, inspecteur, de quoi remplir deux lignes. En compensation, puis-je monter à bord pour prendre des photos ?

— Oh que non, interdit !... Et même si c'était permis, je vous en empêcherais : ce n'est pas beau à voir.

— Tant que ça ?

— Une horreur... Mais évitez de l'écrire : songez à sa famille.

Sa supplique plut à Julie : ce flic, en plus d'être mignon, avait l'élégance du cœur.

— D'accord, je n'ai rien entendu.

À son tour, Davelot apprécia son tact.

— Merci, mademoiselle... Et désolé de vous lâcher, l'enquête commence à peine, j'ai du pain sur la planche.

— Je comprends, inspecteur... Pensez à moi si vous avez du nouveau.

À une seconde près, il réprima l'envie de lui répliquer que, pour penser à elle, il n'avait nul besoin d'attendre du nouveau.

Sur un semblant d'œillade, il se dégagea du bastingage, la salua, puis, frôlé par les mouettes qui quémandaient de la nourriture, tourna les talons pour rejoindre Joly.

Morfondu, anéanti, le marin lui fit répéter ce qu'il attendait de lui. Parler au commissaire ? Pour quoi faire ? Il avait déjà tout dit. Ah ! Il fallait recommencer. Bon, puisque c'était nécessaire, il voulait bien s'y remettre.

Voûté, nonchalant, il se traîna vers Gallois. En un regard, le vieux flic l'estima. Grand, buriné, maigre, ce type était de ceux que l'on commande. Avait-il des qualités de second ? Possible. Mais pas de patron : ses grands yeux délavés traînaient une bonté contraire à la fonction.

Ce qui frappa surtout Gallois, ce fut son habillement. Costumé, cravaté, Joly était vêtu comme pour aller à la messe. Ce détail le sidéra : le bonhomme avait appelé le commissariat à 7 h 39. Or, un 11 novembre, plutôt que d'être dans son lit, que faisait-il sur le *Delphine*, tiré à quatre épingles à une heure encore sombre ? Ce fut tout de go la première question qu'il lui posa.

— Ben, je venais voir ce que fichait Yvon, répondit-il d'une voix morne.

— Comment saviez-vous qu'il était à bord ?

— Germaine me l'avait dit au téléphone. Elle s'inquiétait de ne pas le voir revenir. Yvon réparait le moteur, elle croyait qu'il s'était endormi dans la cale... Ça lui arrivait parfois.

— À quelle heure vous a-t-elle passé ce coup de fil ?

— Un poil avant 7 heures.

— C'est tôt, dites-moi.

— Jour de fête ou pas, je suis toujours debout avant l'aube. Tout le monde sait que je suis insomniaque. C'est pour ça que Germaine m'a téléphoné de bonne heure.

— Hum... Germaine, c'est la femme de votre patron ?

— Affirmatif, commissaire

Gallois tiqua. Cette familiarité lui paraissait louche.

— Vous l'appelez par son prénom ?

— Germaine ? Oh que oui ! Depuis des années, bien avant son mariage.

— Qui remonte à quand ?

— Un peu après la fin de la guerre. Je l'ai connue quand elle était bonne dans un bistro de la rue de Vic. Non : bonne, cuisinière et serveuse... Elle rechignait pas devant le travail... C'est dans ce troquet qu'Yvon l'a rencontrée.

Le ton étant sincère, Gallois modifia le sien dans un registre aimable.

— Vous avez donc le téléphone.

— Depuis septembre, je l'ai attendu vingt-trois mois.

— Comme quoi tout arrive.

— Pour ça oui, pareil que le brin : c'est pour mes parents que j'ai demandé à l'avoir. Mon père est paralysé. Ma mère est seule pour s'occuper de lui.

— Je l'ignorais... Désolé pour eux.

— C'est la vie, commissaire… Mais pour en finir avec vos questions, c'est pour mon père que j'ai mis une cravate. Je dois l'amener au monument aux morts où il doit retrouver ses frères d'armes.

— Votre père est un ancien poilu ?

— Oui, classe 1916. Verdun, Chemin des Dames, la Somme.

Décidément, s'en délecta Gallois, 1916 était l'un des bons crus de l'enquête.

— Mais, s'il vous plaît, évitez de dire « poilu », mon père déteste ce mot autant que ses copains : c'est le surnom que leur donnaient les planqués. Entre eux, les soldats s'appelaient « les bonhommes »… Ils préfèrent…

Gallois lui fit signe qu'il retiendrait la leçon, puis sortit de sa poche le Mignot trouvé dans la main de Chaussois.

— À propos de la Grande Guerre, avez-vous déjà vu cette figurine ?

— Ce joujou ?… Non, jamais… Pourquoi ça ?

— Rien, oubliez-le.

Pour couper court à ses interrogations, sous le prétexte d'avoir à se moucher, il invita Davelot à prendre la suite. Ce que fit ce dernier en mordant dans le sujet.

— Dites-moi, monsieur Joly, est-ce que votre père fréquente des anciens de sa classe ?

— Dans son état, seulement aux anniversaires.

— Je suppose que vous les connaissez tous ?

— À peu près.

— Hubert Dalquin, par exemple ?

— Ce vieux maquereau puant ? Et comment ! Il ne perd jamais une occasion de boire gratos.

— D'accord, je vois que vous le connaissez… Et Eugène Michel, ça vous dit quelque chose ?

— Le père de P'tit Bosco ? Ça va de soi, c'était un brave homme. Son fils, c'est différent... D'ailleurs, sans vouloir médire, je vous conseille d'aller lui dire un mot.

Par instinct – toujours son instinct animal –, le vieux renard reprit les commandes, convaincu que l'enquête amorçait un virage.

— Pourquoi cela, monsieur Joly ?

— Ben à cause de l'engueulade qu'il a eue mardi avec son beau-frère... Je suis témoin, tout l'équipage aussi... P'tit Bosco a juré de lui faire la peau parce qu'il refusait de lui filer du poisson à crédit.

— Po, po, po !... Doucement... C'est qui le beau-frère de P'tit Bosco ?

— Yvon, cette bonne blague... Vous ne le saviez pas ?

Les deux flics en furent sur les genoux, Gallois dut se concentrer pour classer ses idées.

— Refus... Engueulade... Menaces... Ils étaient beaux-frères par leurs femmes ?

— Oui, par les sœurs Quevrin, Germaine et Marinette.

— Vous connaissez Marinette ?

— Évidemment, la pauvre.

— La pauvre ?

Joly changea de tonalité, il s'agissait quand même d'une épouse infidèle.

— Manière de parler, je dis pas que je lui donne raison, mais y avait de quoi la plaindre : P'tit Bosco l'a cognée comme un sourd.

— Vous savez où elle se trouve ?

— Plus maintenant. Dimanche matin, elle était encore chez Germaine. Depuis, on sait pas où elle crèche, elle s'est barrée un peu après midi.

— Ah... Elle s'était donc réfugiée chez sa sœur...

— Ouais, c'est là que l'ai vue samedi, et dans un triste état. Elle pleurait, elle récitait des *Ave*... Pour vous dire : même Dalquin en était tout retourné.

— Dalquin ? ! Vous en êtes certain ?

— Sur mon honneur, commissaire ! J'aime pas Dalquin, mais il a de bons côtés. C'est lui qui l'a amenée en voiture chez Germaine. Avec les gnons qu'elle avait reçus, elle pouvait plus arquer.

Dalquin ! Dalquin avait menti, il savait où était Marinette ! Son nom, comme celui de Caïn dans l'esprit du Créateur, résonna dans la tête des deux flics. Déjà pingre, collabo, profiteur, il ajoutait un rôle à son registre : dissimulateur ! Performance qu'ils apprécièrent. Dalquin méritait qu'ils se penchent sur son art. D'autant que le motif du buste qui avait servi à tuer Yvon – un Titi siffleur – ne lui était pas inconnu. Mais avant de prouver que c'était celui qu'on lui avait « volé », ils devaient remonter dans son passé brumeux. Voyage sinueux...

Quant à P'tit Bosco, il devenait soudain le favori de l'épreuve. Parti en queue de peloton, le cocu coléreux prenait une place de choix au bas de l'échafaud.

Plus une minute à perdre, Gallois donna ses ordres. Tout bien réfléchi, Dalquin pouvait attendre, il s'en chargerait lui-même. D'autant, aux yeux du droit, que ses mensonges ne valaient qu'une amende. Et encore ! Rien de moins sûr. En regard de quoi, la priorité revenait au bossu. S'il était l'assassin, ce dont, insista-t-il, *il doutait fortement*, il convenait de le neutraliser. Dans ce but, il pria Davelot d'aller le cuisiner et, le cas échéant, de le mettre en garde à vue. De son côté, pendant ce temps, mission ingrate, il irait voir Mme Chaussois pour lui apprendre la mort de son mari.

Les charges étant distribuées, il ne resta à Gallois qu'à procéder à l'identification de la victime. Comme prévu, il requit le témoignage de Joly à qui il précisa qu'il voulait épargner ce supplice à Germaine.

C'en était un, terrible, même pour un marin aux nerfs solides.

— Quelle boucherie... Il est pas beau à voir... Mais c'est bien Yvon... Vous devriez l'allonger et le recouvrir d'un drap.

— Impossible, monsieur Joly, nous attendons le médecin légiste. Tant qu'il ne l'a pas examiné, la procédure nous oblige à le laisser dans cette position.

Joly le comprit ; obéir était un verbe qu'il pratiquait.

Le brigadier Lebœuf également, excepté quand un impératif lui imposait de contourner les ordres. Ce qu'il avait fait au gallodrome en présentant Doudou.

La consigne, sur le quai, était d'éloigner les curieux. Mais, dans le tas, l'un d'eux, bigrement enrhumé, vint lui parler d'un incident bizarre. Mieux, même : d'une histoire qu'il jugea ne pouvoir garder pour lui.

— Vous êtes sûr de ce que vous avancez, monsieur ?

— Je suis prêt à le jurer devant un tribunal.

— Bon, attendez-moi ici, je vais en parler au commissaire.

Sans hésiter, il laissa le bonhomme sous haute surveillance.

Et grimpa sur le pont pour informer Gallois.

— Quoi encore, Lebœuf ?

— Un témoin, commissaire.

— Un témoin ? C'est trop beau.

— Enfin, presque. Il n'a pas vu l'assassin.

— Alors, qu'est-ce qu'il a vu ?

— Un chauffard. Ce monsieur s'appelle Benoît Ridal, il habite dans l'immeuble situé en face du *Delphine*.

— Oui, et après ?

— En rentrant chez lui à l'heure du crime, il a failli se faire écraser par une voiture. Le chauffard a déboulé du quai Auguste-Delpierre, tous feux éteints, sans s'arrêter après l'avoir contraint de se jeter à terre.

— Non ?

— Si. M. Ridal a relevé le numéro... Tenez, le voici.

Gallois prit le billet que Lebœuf lui tendait.

Et jubila... Si ce qu'il lisait correspondait à ce qu'il subodorait, ce n'était plus de la dynamite qu'il allait faire exploser, mais une bombe atomique.

28

Julie s'emporta.
— Non ! Je refuse de supposer, d'imaginer ou *de faire croire que* !

En principe, Van Hecke aurait dû taper du poing sur la table – c'était lui le patron, on ne discutait pas ses ordres –, mais dans ce cas de figure il transpirait dans ses chaussettes.

— Je vous comprends, Pilowski, je déteste ça autant que vous, il n'empêche qu'on me réclame des comptes… On veut des résultats.

— Qui ça « on » ? Les actionnaires ?

— C'est grâce à eux que vous bouffez. De temps en temps, il faut savoir faire des concessions.

Découragé, il s'enfonça dans son fauteuil, jeta une pile de journaux sur son bureau.

— Lisez la concurrence, Pilowski, elle nous taille des croupières.

— En racontant n'importe quoi ! Ce n'est pas l'idée que je me fais de ce métier.

— Moi non plus, n'en doutez pas. Le problème est que ces cons ne racontent pas n'importe quoi, c'est pire : ils gonflent le trait, et ça marche… Le public en redemande.

Au hasard, il prit un journal qui titrait : « Peur sur la ville. » Dans son article, écrit sur une enclume, à grand renfort de termes lourds, tels qu'*angoisse* et *insécurité*, l'auteur détaillait une situation qui n'existait pas mais, que par exagération, il contribuait à créer. À le lire, les habitants se barricadaient le soir. Un monstre rôdait dans Calais. Le sang coulait dans les rues. Nul n'était à l'abri. La police pataugeait.

— Affligeant, c'est du *Tintin chez Dracula*.

— Je sais, Pilowski, mais ça se vend… Et beaucoup plus que notre canard… La vérité n'est pas vendeuse.

Consterné, Van Hecke lui montra un autre titre.

— Celui-là est bien aussi : « Jamais deux sans trois ? » J'en rirais si un fou n'avait tué Chaussois cette nuit. Sa mort va déchaîner nos créateurs de sensations.

— Que voulez-vous que j'y fasse ? Que j'écrive que le tueur est un zombi ? Tenez ! Un monstre venu de l'espace serait bien dans le genre, les Martiens font toujours recette.

Non, Van Hecke se défendait de tomber si bas. Ce qu'il souhaitait, c'est qu'elle mette plus de férocité dans son stylo. Bien sûr, il se doutait qu'elle préparait un gros coup mais, après ce que lui avait asséné le conseil d'administration, il devait resserrer les boulons.

— J'ignore avec qui, quand et en échange de quoi vous avez signé un pacte moral, Pilowski. Et je ne tiens pas à le savoir. Ce que je veux, ce que la direction exige, ce sont des articles saignants sur ces assassinats.

— Je rêve, j'hallucine ! N'est-ce pas vous qui, pas plus tard que lundi, me parliez de consensus ? ! Beau retournement de veste ! Qu'est-ce qui a modifié la ligne du parti ?

— Le fric, Pilowski : on commence à en perdre.

— Pff ! Combien ?

— Assez pour que nos patrons actionnent les sirènes.

Fi de la langue de bois ! Il procéda, sans concession, à l'analyse de leurs erreurs ...

Comme dans tout secteur d'activité, un journal obéissait à la dure loi des chiffres. Et ceux-ci, impitoyables, disaient qu'il ne leur suffisait plus de vendre, qu'il fallait également qu'ils optimisent les coûts : le bilan du canard s'encrassait dans le rouge.

Trop vieilles, dépassées, ses techniques d'impression étaient à revoir. Version plomb, ses machines à composer étaient bonnes pour la casse.

Ailleurs, c'était déjà chose faite. Chez leurs grands concurrents, des photocomposeuses électroniques, guidées par ordinateur, avaient remplacé ces antiquités. Dernière en date de la série, la Photon ZIP leur permettait d'imprimer à une vitesse grand V – et à bien moindres frais.

C'était l'avenir, ceux qui ne le comprenaient pas étaient voués à disparaître. Maîtriser ces technologies permettait, sans surcoût, d'augmenter la pagination et, par conséquence profitable, de gonfler l'espace publicitaire.

Sur ces considérations *marketing*, terme que Van Hecke expliqua à Julie, d'aucuns préparaient la nouvelle vague du journalisme. Des groupes allaient se créer. Par économie d'échelle, ils inonderaient le marché. Peu leur résisteraient. C'était maintenant ou jamais qu'il fallait se battre.

Attentive à son discours, Julie n'y vit pas de relation entre la haute finance et le style du journal.

— C'est une question de gros sous, sans rapport avec notre ligne éditoriale.

— Détrompez-vous, Pilowski, les deux sont connectés.

— Alors expliquez-moi ? Je ne demande qu'à être convaincue.

Van Hecke soupira.

— Savez-vous, Pilowski, quand a été fondé notre journal ?

— À la Libération.

— Exact, comme beaucoup de titres en kiosque. Il a eu du succès, et il en a toujours. Mais son tort est de ne pas avoir su évoluer. Pourquoi ? me demanderez-vous. Parce que notre public était captif et qu'un canard local suffisait à son bonheur.

— Seriez-vous en train d'avouer que vous vous êtes encroûtés ?

— Terriblement...

Certes, lui et les siens étaient coupables, mais ils avaient des circonstances atténuantes. L'époque était différente, les mentalités aussi.

— La guerre venait de finir, on bâtissait un monde nouveau. Sans esprit mercantile, chacun avait marqué son territoire : lui à Dunkerque, toi à Béthune, moi à Calais. C'était une sorte d'accord tacite, personne n'imaginait qu'un concurrent oserait s'y attaquer. Grave erreur ! Aujourd'hui, ils sont légion à piétiner nos plates-bandes. Et l'invasion ne fait que commencer.

Pour preuve du danger, il étala des journaux.

— Regardez ça, les Huns de la une sanglante déferlent sur nos dunes.

— Peut-être, mais nous avons l'avantage du terrain. Comme vous le dites, il suffit de modifier nos techniques pour les renvoyer chez eux.

— Bien sûr, Pilowski, *il n'y a qu'à...* L'embêtant est que ces belles machines ne sont pas gratuites... Il faut de la trésorerie... Calculer le seuil de rentabilité... Mesurer le retour sur investissement... Vérifier plein de chiffres...

Les atermoiements de Van Hecke finirent par l'exaspérer, Julie voulut savoir où en était réellement le canard.

— Bon ! Ben si c'est la grande panade, on n'est pas près de s'offrir ces bécanes.

— Du calme... Les chiffres vont vers la vase mais on ne l'a pas encore atteinte.

— Alors qu'attendez-vous pour réagir ?

— D'avoir un peu plus de fonds propres pour parler aux banquiers.

— C'est quoi cette reculade ?

— De la logique, Pilowski : avant de les solliciter, nous devons redresser la barre. Et ce n'est pas en restant consensuels que nous y parviendrons.

Retour à la case départ, Julie comprit le but de sa palinodie.

— Que de baratin pour en arriver là... C'est donc pour des problèmes de pognon que vous me demandez de revoir ma copie ?

— Oui, Pilowski, j'en suis désolé. Question de survie : ou on devient féroces ou on dégage... Sur les crimes précédents, nos concurrents ont vendu plus de papier que nous.

— Charmant... Et avec Chaussois, jusqu'où dois-je porter la férocité ?

— Restez classique : sang, mystère, suspects... Le tout assaisonné d'un bon soupçon de frisson. Vous savez muscler une phrase, je ne me fais pas de souci.

Accepter. Démissionner. Avait-elle une autre option ?

Non. Aucune. Piégée, puisqu'elle ne se voyait pas chômeuse, elle promit donc à Van Hecke de réécrire son article. Il l'aurait après les cérémonies de l'Armistice qu'elle devait couvrir.

Van Hecke en fut ravi. Il ignorait, en lui donnant cette inflexion, que son journal allait contribuer à embourber l'affaire.

Et il ne le sut jamais.

29

Depuis l'enfance, P'tit Bosco, à l'heure du goûter, avait coutume de manger une tartine de cassonade en buvant du coco.

En ce jeudi, sur les coups de 16 heures, c'était à ce rituel qu'il se consacrait, assis dans sa cuisine carrelée de guingois, les pieds calés contre une cuisinière à charbon. Sans s'occuper de ce que fichait Davelot.

Le jeune flic inspectait sa demeure, décidé à cerner sa personnalité. Pourquoi Gallois s'obstinait-il à le croire innocent ? Pourtant, un faisceau de présomptions pesait lourd sur sa bosse. Alors quoi ? Pour quelle raison l'écartait-il des suspects ? Qu'avait-il vu chez lui que personne ne voyait ? Mis à part ses défauts, le vieux renard avait du flair. Davelot, sans réserve, saluait son talent. Sauf dans cette enquête, où il violait les règles ! Si Gallois, d'aventure, avait pété un câble, deux options s'imposaient : ou, fatigué, en dépit des indices, il s'entêtait à soupçonner les notables ; ou, pour un motif personnel, il réglait ses comptes avec l'un d'eux... Ses confidences lui avaient mis le doute – léger mais persistant.

Restait une troisième hypothèse, à savoir qu'il ne se trompait pas. Dans ce bouillon fumant, quelle était la réponse ? Davelot espérait que ce soit la dernière. Car, s'il aimait peu l'homme, par pur esprit de corps, il défendait le flic.

Alors, au nom de quoi épargnait-il P'tit Bosco ?

Il avait beau humer, chercher, sonder, rien dans ce qu'il voyait ne l'inspirait vraiment.

Perchée au sud de la ville – où les loyers étaient bas –, en brique rouge, de plain-pied, onduleuse, la maison du bossu affleurait le canal. À l'arrière de la bicoque, des objets pourrissaient dans un petit jardin. Usée jusqu'à la corde, une balançoire rappelait que des enfants y avaient grandi.

À l'intérieur, vides de tout souvenir, craquelées, les chambres des filles ne contenaient plus que des sommiers. Celle de leurs parents, sommairement peinturée en bleu, ne se distinguait que par un crucifix. Attaché sur son bois, un brin de buis bénit séchait contre le Christ.

Logis rudimentaire, apprécia Davelot, où, entre de vilains meubles achetés à vil prix, quelques cartes postales égayaient ses lézardes.

Enfin, pas tout à fait. Dans un recoin de la cuisine, adossé au buffet, une sorte d'autel, dédié à la Vierge, avait été dressé. Entourée d'images pieuses, une statuette de Marie la représentait priant le ciel. Un flacon d'eau miraculeuse, étiqueté Lourdes, lui tenait compagnie. Sa présence l'étonna.

— Vous êtes croyant ? demanda-t-il au bossu en montrant le laraire.

— Ch'ot m' femme qui l'est.

— Mm... Le contraire m'aurait surpris...

Cinglante, agressive, une voix féminine coupa court à son interrogatoire.

— Ça va, hein ! Y a aucune loi qui oblige mon père à croire en Dieu.

Furieuse, prête à mordre, Delphine entra dans la cuisine.

— C'est bon, p'pa, j'ai étendu ton linge, il sera sec demain.

— T'es bellotte, j'en avos pu d' propre.

L'aînée du P'tit Bosco était venue faire son ménage. Sans la moindre équivoque, Davelot détailla son physique. Grande, brune, carrée, elle était presque jolie. Il ne lui manquait qu'un peu d'argent pour l'être. Avec ses longs cheveux parés d'un élastique, une robe cousue de ses doigts abîmés et, pour unique bijou, une alliance à deux sous, Delphine n'était pas de ces femmes sur lesquelles on se retourne. L'insistance de Davelot l'agaça. Elle posa son panier pour se camper devant lui.

— Pourquoi vous me regardez avec tant d'insistance ?

— Habitude du métier, on observe les gens.

— Et on leur casse les pieds… Vous avez le droit de fouiller comme vous le faites ?

— Erreur, madame, je ne fouille pas. Ai-je ouvert un placard ?

Non, dut-elle reconnaître. Depuis dix minutes qu'il était dans la place, il s'était contenté d'errer de pièce en pièce.

— Alors pourquoi vous êtes venu accompagné de vos gars ? Avec deux flics devant la porte, les langues vont aller bon train.

— C'est le règlement, je m'y plie.

Réponse diplomatique, ses hommes étaient là pour embarquer son père. Du moins s'il jugeait opportun de le placer en garde à vue.

L'envie l'en démangeait, mais aucun rebondissement ne l'y autorisait. Situation provisoire qui n'allait plus durer : la présence de l'autel dénotait. Ou, bien mieux, mettait en lumière une contradiction.

— À ce que je vois, votre mère est pratiquante.
— Du genre dévote, commissaire, grenouille de bénitier.
— Inspecteur, madame, je suis inspecteur principal.
Il observa de près les images pieuses.
— Lourdes, Fatima, Albert, Saintes-Maries-de-la-Mer… C'est bien, il ne lui en manque aucune. Et vous, ça vous arrive de prier ? Vous pouvez me le dire, je suis moi-même croyant.
Pour le prouver, il sortit des médailles cachées sous sa chemise – geste spontané qui rassura Delphine.
— Ah ! Vous êtes bigot… Ben pas nous, c'est m'man qui a la foi. Elle croit en Dieu malgré la vie qu'on mène. Pour parler franc, s'Il existe, je lui dis pas merci.
— Votre mère semble plutôt vouer un culte à la Vierge Marie.
— Peuh ! C'est du pareil au même.
Cet échange fut suffisant pour Davelot qui, avec humour, se dit que sa religion était faite. Il se tourna vers P'tit Bosco. Toujours indifférent à sa présence, ce dernier, avachi, se léchait les doigts.
— D'après ce que j'en déduis, monsieur Michel, votre femme doit craindre l'enfer.
Sa remarque – inattendue – fit marrer le bossu.
— Ch'ot une timbrée, elle voit l' diable partout.
— Elle croit donc à la vie éternelle et à la damnation ?
— Je veux, oui ! Elle a qu'une trouille : finir din l' fond d'un chaudron.
Voilà, il y était. Davelot attendit qu'il cesse de rire pour porter l'estocade.
— Et avec cette peur de Satan chevillée au corps, vous pensez réellement qu'elle vous a trompé ?
Changement de ton, P'tit Bosco se crispa.

— Quelqu'un m' l'a dit, quelqu'un d' sûr...
— Sa parole vous a suffi pour la croire coupable ?
— Elle ch'ot pas défendue... Elle a juré sur l' croix, pas plus...
— Sur la croix... Et vous ne l'avez pas crue ?
— Des bondieuseries, ça vaut qu' dalle.
— Vous êtes unique, monsieur Michel.
— Pourquoi vous m'traitez d' ça ?
— Parce que vous êtes l'homme le plus stupide du monde... Mais enfin, réveillez-vous ! Ouvrez les yeux ! Votre femme est incapable de trahir un serment prêté sur la croix. Ce « quelqu'un » vous a raconté des salades.

Comme giflé à tour de bras, P'tit Bosco en bascula sur sa chaise.

— Vous m' charriez, là ?
— Pas du tout, il n'y a pas pire aveugle que celui qui refuse de voir... Regardez cet autel : est-ce l'œuvre d'une traînée ou d'une femme qui protège son âme ?

Sa conviction fit blêmir Delphine. Apparemment, elle n'avait pas l'habitude de contredire son père ; ce fut d'une voix blanche qu'elle s'adressa à lui :

— Il a raison, p'pa, ça colle pas à m'man ; j'y ai jamais cru à cette histoire.
— Toi, eul' ferme, hein ! On t'a pas sonnée, on s' fout d' ton avis.
— À la différence de moi, monsieur Michel, reprit Davelot, je suis même payé pour ça. Alors reprenons : la foi de votre femme, son rejet du péché plus sa peur de l'enfer prouvent qu'elle vous est restée fidèle... Vous êtes d'accord avec moi ?
— Non ! Ch'ot des minteries !
— Ah bon ? Parce qu'à son âge, après vingt-cinq ans de mariage, vous l'imaginez réellement en train de faire des galipettes avec Lefèvre ?

P'tit Bosco serra les dents, il n'en démordait pas.

— J'ai m' conscience : Pigeon, jeunot, ch'tot un coureur eud' jupons.

— Peut-être quand il avait vingt ans, mais il n'était plus très jeune.

Une pause, un silence. Venait le temps de conclure.

— Allez, monsieur Michel, lâchez tout : dites-moi le nom de l'ordure qui vous a raconté ces conneries.

Jusque-là, Davelot avait été parfait. La partie était presque gagnée. Hélas, un mot malheureux venait de gâcher ses efforts. Trop tard pour l'effacer, P'tit Bosco le lui renvoyait déjà.

— Y s'est p't 'ête gouré, mais ch'ot pas une ordure.

— Je retire ordure, disons qu'il a eu des soupçons.

— M'in fous... Ch'ot privé, ça vous regarde pas.

— Eh si, monsieur Michel, de même que ce que vous faisiez cette nuit entre minuit et une heure du matin.

Le bossu se redressa, inquiet. Son expérience des flics l'avait rendu méfiant.

— J'étos din m' lit, j' dormais...

— Seul ?

— Ben ouais, ch'te question... Pourquoi vous m' demandez ça ?

— Parce que c'est l'heure à laquelle Yvon Chaussois a été assassiné.

La nouvelle fit plus de dégâts qu'un tremblement de terre. La fille et le père s'effondrèrent. Delphine éclata en sanglots en faisant tomber un verre, les joues de P'tit Bosco virèrent dans des couleurs inconnues.

— Parrain ! C'est pas possible ! C'est un cauchemar !

— Min biau-frère ?... Pauv' fieu... Ch'ot qui qu'a fait l' coup ?

— Vous vous fichez de moi, monsieur Michel ?

— Non, pourquoi ?
— Parce que son équipage a témoigné contre vous. Ses hommes ont assisté à l'engueulade que vous avez eue avec Chaussois. D'après eux, vous l'avez menacé de lui faire la peau.

Bien que terrassée par le chagrin, Delphine trouva assez d'énergie pour s'emporter contre son père :

— C'est pas vrai, p'pa, t'as pas dit ça à parrain ?!
— Oh ! Ch' tot juste un coup d' chaud !... Mais j'y suis pour rien, j'ai pas tué Yvon !
— Ce qui reste à prouver, monsieur Michel, vous êtes mal parti : des menaces, une victime, pas d'alibi et, pour bouquet final, une dissimulation en forme d'obstruction.
— Eud' quoi vous m' causez, là ?
— De cet *ami* qui vous a appris que votre femme vous trompait. Je veux son nom, c'est important.
— J'chus pas une mouche, vous pouvez toujours courir pour l'avoir.
— Attention, je vous préviens : dans l'affaire Lefèvre, c'est peut-être un complice.
— Lui ? Ça m'étonnerait.
— Ce n'est pas à vous d'en juger.
— Eh ben j' min fous ! Vous saurez rien !

La cause était entendue, Davelot fit signe à ses hommes de le rejoindre.

— Tant pis pour vous, monsieur Michel, je vous place en garde à vue. Veuillez tendre vos poignets s'il vous plaît.

Les flics en uniforme entrèrent avec un air gêné. Tous deux connaissaient bien le bossu, ils redoutaient d'avoir à le maîtriser. Mais leurs craintes furent vaines ; asthénique, P'tit Bosco n'eut plus la force de se débattre ; seules les protestations de Delphine condamnèrent leur travail.

Dehors, quelques voisins s'étaient approchés de la maison. Dès qu'ils virent le bossu menotté, un murmure stupéfait filtra entre leurs lèvres. Pourquoi l'emmenait-on ? Quel crime avait-il commis ? Ce ne pouvait être qu'une erreur, cet homme était honnête. La police, comme d'habitude, faisait n'importe quoi.

Dans cette ambiance délétère, l'arrivée d'une Peugeot 403 fit tourner toutes les têtes. Qui était ce nouveau venu ? Que venait-il faire ici ? La voiture se gara le long du canal. La portière s'ouvrit, Dalquin sortit de l'habitacle. Déçus, les curieux détachèrent leurs regards de sa face ictérique pour les pointer vers le bossu.

À l'inverse de la foule, Davelot prit le soin de l'examiner. Le vieux roublard trembla en voyant P'tit Bosco encadré par les flics. Sonné, pris d'un malaise, il dut même s'appuyer contre son véhicule. Pendant un court instant, Davelot eut envie d'aller le titiller. Mais à quoi bon ? Gallois avait raison : les mensonges de Dalquin n'étaient que secondaires. Convaincu qu'il lui ferait perdre son temps, il le laissa tranquille.

Au moment de monter dans le panier à salade, P'tit Bosco aperçut le matois. Il se tourna vers lui en donnant de la voix :

— Hubert ! Occupe-toi d'eum'baraque ! J'compte sur ti !

Le brocanteur fit oui de la tête.

Puis les portes de la fourgonnette claquèrent.

30

Édition de vendredi. Un remords indicible nouait la gorge de Julie. Clouée dans sa Simca, elle lisait sa prose imprimée à la une : « La série noire continue ! Un troisième assassinat ensanglante Calais. » Comment en était-elle arrivée là ? Elle en voulait à sa faiblesse, jamais elle n'aurait dû céder. Trop tard pour revenir en arrière, Van Hecke exigerait d'elle de poursuivre dans cette voie – une impasse sordide, pavée de détritus.

Certes, son style était enlevé, des mots claquants le nourrissaient, précis et tricotés, mais au service d'un genre contraire à son éthique.

Pour Julie, le journalisme était un sacerdoce, sa pratique hiératique, la vérité sacrée.

Or ce qu'elle avait écrit bafouait son credo. À quoi, par exemple, rimait cette chute imbécile ? « En conclusion, aucun lien ne relie la dernière victime aux précédentes. Le criminel les choisirait-il au hasard ? La police n'a pas la réponse. Mais si c'est la bonne, chaque Calaisien peut redouter sa folie. »

Julie avait honte, son article flattait les bas instincts populistes. Après ce coup de Jarnac, Davelot annulerait son invitation. C'était couru d'avance. Et surtout affligeant. Elle se promit de l'appeler. Il fallait l'adoucir, le rassurer, lui expliquer la genèse de ce papier.

9 h 46. Son rendez-vous chez Béhal était fixé à 10 heures.

Elle sortit de sa Simca garée rue de Thermes, quartier chic, près du port, à deux pas de son cabinet. L'objet de sa visite était d'ordre privé. « Révision des 5000 ». Ainsi désignait-elle le contrôle de son stérilet. Contrairement à ce que croyait sa maman, à presque vingt-sept ans, Julie n'était plus une gamine. Et ce depuis longtemps. Elle avait eu des amours, des amants, des conquêtes, bref des joies, des chagrins et des rêves. Jamais elle n'en avait parlé à sa Polonaise de mère, fervente catholique, pour qui un rapport libre conduisait en enfer. Hors du mariage, point de salut ! Ainsi avait-elle élevé sa fille qu'elle supposait, suivant la formule officielle, toujours dotée de son « petit bagage ». Sans lui, professait-elle, comme des millions de femmes, il lui serait impossible de trouver un mari : les hommes, c'était connu, n'épousaient que des jeunes filles « intactes ».

Éducation pesante, même pas sentimentale, et encore moins sexuelle. Elle était si pesante qu'un beau jour, excédée, Julie avait failli lui offrir *Le Deuxième Sexe*. Son puritanisme méritait une sanction. Simone de Beauvoir allait la lui infliger. Le crime valait cette peine : écriture sans tabou, ouvrage condamné par les tarés du bulbe... Au point que sa meilleure copine, pour l'avoir lu à la récré, s'était fait renvoyer du lycée – la morale publique haïssait la franchise, les trublions et les poètes... Brassens, au début de sa carrière, avait été banni de plusieurs salles de province pour l'effarant motif qu'il chantait « des gros mots »... Dont celles de Sète, sa ville natale... Mais pour en revenir à ce livre, après avoir anticipé les retombées de son geste, Julie s'était sagement ravisée : sa mère en aurait eu une brusque embolie...

Béhal avait installé son cabinet dans l'aile gauche de sa maison. En briques rouges et blanches, celle-ci était bordée par un rosier immense.

Non sans surprise, stationnée le long du trottoir, Julie découvrit sa DS 21 entièrement réparée. Comme sortie d'usine, plus aucune rayure ne rappelait ses malheurs. Soufflée, Julie compta sur ses doigts : mardi soir, mercredi – pas jeudi 11 novembre –, vendredi... Il avait fallu moins de deux jours pour la remettre en état ? Chapeau ! Rapide ! Bel exploit ! Elle demanderait à Béhal l'adresse du magicien.

— Bonjour, mademoiselle Pilowski. Vous allez bien ?

Elle se retourna pour se heurter à des yeux de loup, des yeux de prédateur, fixes, marbrés, insondables.

— Monsieur Van Weyer ! Quel heureux hasard.

Plus troublant en plein jour que sous les lustres du manoir, Van Weyer la gratifia d'un sourire de demi-dieu.

— Votre présence n'est pas due au hasard, tandis que la mienne...

— Oui... ce qui veut dire ?

— Que vous allez chez un gynéco, démarche normale pour une femme, tandis que moi j'en sors.

Hypnotisée par son regard, Julie s'en détacha brusquement. Le résultat fut bénéfique. Ses facultés recouvrées, elle se souvint de l'avoir vu conduire la DS de Béhal et s'être interrogée sur ce qu'ils fichaient ensemble...

— C'est ma foi vrai, je n'avais pas percuté... Alors, comme ça, vous consultez un gynéco ?

— Non, mademoiselle, je viens le dépanner : Béhal est un ami, je lui ai rendu un petit service.

Il n'en confia pas plus en jetant un œil sur sa montre.

— Déjà ?... Wah ! Il faut que je me dépêche, j'ai une réunion à 10 heures à la chambre consulaire.
— 9 h 51, vérifia-t-elle. Ça va, c'est tout proche, vous serez à l'heure.

Van Weyer l'approuva et, une main sur le cœur, la pria de l'excuser de devoir la quitter. Aussi pressée que lui, elle lui rendit son salut et, politesses bâclées, chacun partit de son côté...

Place Crèvecœur, dans une voiture de police, installé à la place du mort, Gallois scruta Davelot qui serrait le volant.

— Vous me semblez vanné, mon garçon ; avez-vous eu du bon temps avec M. Michel ?

Épuisé par une nuit blanche, le jeune flic crachota de dépit.

— C'est un mur, il n'y a rien à en tirer.
— Vous espériez quoi ? Qu'il avoue avoir tué trois personnes ?
— Non... Qu'il me donne le nom de son « aimable informateur ».
— La belle affaire ! Qu'en auriez-vous fait ?
— Rien de plus qu'un indicateur qui m'aiderait à retrouver Marinette.

Le sentiment qu'il frôlait la vérité l'empêchait de dormir. La fuite de Marinette lui causait des insomnies. Elle avait disparu dimanche midi, sans un mot, dans un état d'excitation maladive. Pigeon, son soi-disant amant, était mort peu après. Puis Basset, puis Chaussois. Curieux choix ce dernier : qu'avait-il fait pour mériter une fin si tragique ? Ou, supposition émergeante, *que lui avait-il fait* ? Car maintenant la question méritait d'être posée : Marinette était-elle l'assassin ?... Davelot ne l'excluait pas, même si les armes des crimes plaidaient pour sa défense : comment auraient-elles échoué entre ses mains ? Mais ce mystère n'avait rien de compliqué, P'tit Bosco était un proche d'Hubert Dalquin, et c'est à ce dernier qu'elle avait demandé du secours. Vu leurs rapports, il était fort probable que Marinette se soit « servie » discrètement dans sa boutique. Pourquoi chercher ailleurs ? Toutes les pièces s'assemblaient, la thèse était solide, avec une certitude en prime : il n'y a pas plus enragé qu'une brebis furieuse.

Cette piste méritait donc un détour, Davelot brûla d'envie d'en parler à Gallois. Mais avant même qu'il n'ouvrît la bouche, celui-ci l'en dissuada d'un arrêt dédaigneux.

— Pas la peine, mon garçon, je sais ce que vous allez me dire.

— Sur les Michel ?

— Oui... Ces gens sont des prolos, oubliez-les... Je vous répète que l'assassin est un notable. Un salopard de notable.

— Eh bé ! Vous ne les portez pas dans votre cœur.

— J'ai mes raisons... Je vous en ai déjà parlé, vous les connaissez.

Pas totalement, songea Davelot qui remisa ses convictions pendant que son patron dépliait le journal.

— Vous avez lu l'article de Pilowski ?

— Évidemment. Contre qui croyez-vous que je sois en rogne ?

— La presse est libre, vous avez tort de vous mettre en colère.

— Ah bon ! Parce que vous approuvez sa bave ?

Le vieux renard allongea ses jambes, plus zen que jamais.

— Pff !... Petit papier... Si elle l'avait voulu, Pilowski nous aurait démolis... Je ne l'aime pas mais je lui reconnais du talent.

— Elle a surtout celui de trahir, nous avions conclu un accord.

Leur véhicule remonta la rue La Fayette. Gallois attendit qu'ils fussent à la hauteur du théâtre pour affranchir l'incorruptible.

— Vous êtes niais, mon garçon, il n'y a pas de principe avec un journaliste, il n'y a que des règles à respecter… Leçon numéro un, ne vous offusquez pas de ses écrits. Quoi qu'il publie, sa plume est son casse-croûte.

Ils filèrent devant le Prisunic déjà pris d'assaut pas la foule.

— Leçon numéro deux, sa férocité est votre meilleure garantie : on ne peut pas l'accuser de vous servir la soupe.

Le boulevard Jacquard se remplissait. Massés devant le journal de Julie, des badauds lisaient les petites annonces affichées sur ses vitrines.

— Leçon numéro trois – la dernière –, gardez à l'esprit que, tout comme vous, il a des chefs et des contraintes. En décodé : il ne fait pas toujours ce qu'il veut.

Leur voiture abordait la place de l'Hôtel de Ville. Cet enseignement hors école tarauda Davelot. Tout bien considéré, Julie ne l'avait pas tant trahi. Certes, elle avait fait monter la pression mais, à sa décharge, elle s'était gardée d'évoquer l'état du cadavre. Force, sur ce point, lui était de reconnaître qu'elle avait tenu parole. Indécis, d'une voix de basse, comme si un capodastre coinçait ses cordes vocales, il revint à la charge :

— Vous croyez franchement que Pilowski a été obligée d'écrire cet article ?

— Quasi certain.

— Je peux donc lui faire confiance ?

— Contre des garanties… C'est une journaliste.

Il hoqueta, se reprit.

— Blague à part, laissez-lui une chance.

Conseil inattendu chez quelqu'un de prudent. Davelot en balança la tête, ce qui, entre deux hochements, lui permit de jeter un œil dans le rétroviseur.

— En parlant de foncer, patron, vous ne pensez pas y aller trop fort ?

Du pouce, il désigna la voiture de police qui les suivait. Quatre hommes en uniforme les accompagnaient.

— Non, mon garçon, je sais ce que je fais. Un bon électrochoc vaut mieux que dix torgnoles. Et j'ai un témoignage qui ne se discute pas.

Sur le fond il était même irréfutable. Mais sur le moyen de s'en servir, Davelot critiqua la méthode. Plus grave encore : il se mit à douter de l'intégrité de Gallois…

Julie venait au cabinet de Béhal pour la troisième fois. Au cours de ses visites précédentes, elle avait été étonnée par la rigueur de son décor. Pour le peu qu'on en voyait, celui de sa demeure semblait plus chaleureux. Mais sur son lieu d'exercice il n'admettait qu'un blanc hospitalier.

Sans qu'il le lui demandât, elle s'était dévêtue et, sacrément mal à l'aise, attendait qu'il l'ausculte. En soupirant, Béhal referma un dossier puis, aussi froid qu'à l'accoutumée, quitta son bureau pour s'occuper d'elle. Vieux truc de journaliste, Julie prit les devants pour surmonter sa gêne.

— Paperasse ?
— Trop.

Décidément, le regretta-t-elle, Béhal détestait bavarder. Muet comme un carrelet, il enfila des gants, s'approcha de la table où elle était allongée et, d'un geste docte, se mit à la palper. Bien que préparée à cet examen, Julie se mordit les joues. Dieu que parfois il était dur d'être une femme ! Bien sûr, elle ne souffrait pas, mais cette fouille intime lui paraissait dégradante. Qui plus est opérée par un homme... Un homme... Bizarre, jusqu'à cette seconde, elle n'avait vu dans Béhal qu'un gynéco asexué. Pourtant, à l'évidence, il représentait le sexe fort. Par ricochet, songea-t-elle, plus curieuse qu'une souris, ce bon docteur devait avoir une vie amoureuse, une compagne ou une petite amie. Sujet intéressant : comment un gynéco, qui en voyait tant, pouvait-il être attiré par une femme plutôt qu'une autre ? Ce mystère méritait qu'elle fasse le forcing.

— Je peux vous poser une question ?
— Essayez toujours.
— Pourquoi avez-vous choisi cette spécialité ?
— Gynécologie ? Un peu par hasard.
— Ah ? Je croyais que c'était par amour des femmes.
— Ne soyez pas déçue : il faut vous adorer pour pratiquer ce métier.
— Wah !... Vous en aimez donc une ?

Béhal se redressa, hilare.

— Bien essayé, mademoiselle Pilowski, mais c'est mon jardin secret.

Il se recourba en la laissant sur cet échec. Vexée, Julie se jura de lui extirper une confidence. Même minime. Son honneur de journaliste en dépendait.

— Ce qui n'est pas secret, d'après votre plaque, c'est que vous avez fait vos études à Paris. Pourquoi avoir évité la fac de Lille ?
— Encore le hasard, mademoiselle Pilowski, un douloureux hasard : j'ai dû vivre à Paris, chez mon oncle, après la mort de mes parents.
— Pardon, je n'étais pas au courant.
— Ne vous excusez pas, il y a prescription.

Un froid prolongea son aveu, embarras que Julie écrasa avec persévérance.

— Enfin, l'essentiel est que vous soyez revenu dans la ville de votre enfance.

— Oui, l'an dernier... Calais m'a beaucoup manqué.

— Tout comme à M. Van Weyer que j'ai croisé en arrivant.

Pas dupe de son manège, Béhal cira ses gros sabots d'un air goguenard.

— Félicitations, rien ne vous échappe.

— Sans plus, je ne vois que deux hommes qui retrouvent leur pays.

— C'est d'ailleurs ce qui nous a rapprochés. Ça et les régates : Maxime est un excellent barreur... Êtes-vous satisfaite, madame la fouineuse ?

Que faire d'autre que d'en plaisanter ? Ce fut sa porte de sortie.

— Tout à fait, docteur, la presse est comblée.

— Vous m'en voyez enchanté.

— Enfin presque.

— Quoi encore ?

— Votre voiture... Mardi, je l'ai aperçue dans un sale état.

Le ton et la musique changèrent, Béhal s'en frappa la poitrine.

— *Mea culpa ! Mea maxima culpa !...* Je l'ai bousillée dans mon garage... Une fausse manœuvre... Le mur est abîmé, il faut que j'appelle un maçon.

— Mais la voiture, elle, est déjà réparée.

— De ce matin, oui ; le garagiste n'a pas compté ses heures.

— C'est pourquoi j'aimerais que vous me donniez son adresse : j'en cherche un de rapide pour retaper ma Titine.

Béhal la lui promit, mais plus tard, pour l'excellente raison qu'il ne la connaissait pas. Van Weyer s'en était occupé : le garagiste était l'un de ses amis qui ne pouvait rien lui refuser. C'était donc ça le petit service qu'il lui avait rendu...

Le sucrier fit le tour de la table. Sergent mit deux sucres dans son café, Van Weyer un, Wyatt aucun ; il le buvait toujours nature.

Depuis douze minutes, la conversation se limitait à des généralités. Les choses sérieuses allaient commencer après ce *warm up* – instant de mise en route auquel tenait l'Anglais. Ce prélude lui permettait de réviser ses notes, d'ordonner ses questions et, *last but not least*, de respirer l'atmosphère. Or celle-ci était détendue. Sergent avait profité du 11 novembre pour affûter ses arguments. Confiant dans les avantages qu'il allait énoncer, il ne voyait pas ses concurrents en proposer de meilleurs. Van Weyer, quant à lui, serrait entre ses mains un dossier en béton. Pour chaque pourcentage, pour chaque statistique, il avait revérifié ses calculs une bonne dizaine de fois.

Les deux hommes étaient donc prêts à convaincre Wyatt.

Et Wyatt, d'une ouverture des bras, fit comprendre qu'il était disposé à les écouter.

Dans un scénario préparé à l'avance, Sergent se leva pour commenter des tableaux. Le premier représentait un histogramme. Du bout d'une baguette, il pointa un nombre, respira, ouvrit la bouche et, d'une manière imprévue, n'en sortit aucun son.

En dépit des consignes, sans frapper, sans prévenir, une hôtesse venait d'entrer en trombe. Exsangue, choquée, la jeune femme ne chercha même pas à s'excuser. Ce fut tout juste si elle parvint à bredouiller une phrase où, plus clairement que les autres, revint le mot « police ».

Pris de court, Sergent la somma de s'expliquer clairement, effort que deux individus, déjà sur ses talons, ne lui laissèrent pas le temps d'accomplir.

Derrière eux, Van Weyer aperçut des flics en uniforme. Que fichaient-ils dans les locaux de la chambre consulaire ? Et ces duettistes, de quel droit osaient-ils interrompre leur réunion ? Ce fut ce que le plus vieux leur révéla en exhibant sa carte.

— Messieurs, bonjour. Commissaire Gallois. Et voici mon collègue et bras droit, l'inspecteur principal Davelot.

— Oui, se domina Sergent, c'est à quel sujet ?

— Un assassinat, cher monsieur... Lequel de vous est Harold Wyatt ? Sa secrétaire m'a dit que je le trouverai ici.

Gallois avait identifié sa laideur mais tenait à faire durer le plaisir.

— C'est moi, se courba l'Anglais. Qu'ai-je à voir dans un assassinat ?

La voix de Wyatt s'était durcie, ses yeux fusillaient le vieux flic.

— Votre voiture.

— Quelle voiture ?

— Une Austin noire dont voici l'immatriculation... Elle est bien à vous ?

Wyatt lut le numéro sur le papier qu'il lui tendait.

— Je vous le confirme, commissaire, avec un léger hiatus.

— Qui est ?

— Qu'on me l'a volée... Je m'en suis aperçu ce matin, elle n'était plus dans le garage.

Volée, pas volée, Gallois s'en fichait carrément ; rien ne modifierait le plan qu'il avait concocté.

— Admettons... Qu'avez-vous fait après ce constat ?

— J'ai contacté mon assureur, commissaire. Ce *gentleman* est payé assez cher pour s'occuper d'une plainte. Ensuite, j'ai commandé une autre Austin : ce n'est pas avec ma limousine que mes gens obtiendront des prix en faisant leurs courses.

La réponse, toute britannique, avait coulé avec humour. Hésitant, Sergent ne sut s'il devait en rire ou se morfondre. Ce vol était une catastrophe, une tache sur l'image de la ville, un dérapage dont il se serait passé.

Sous son masque sévère, Gallois, lui, se régalait. Quelle belle première bombe !

— Il n'empêche, monsieur Wyatt, que votre Austin, hier soir, a failli tuer un piéton.

— Failli ? Je croyais qu'il était question d'un assassinat.

— Le conducteur fuyait le lieu du crime. La victime s'appelle Yvon Chaussois.

— Chaussois ?... Désolé, commissaire, ce nom ne me dit rien. Et puis hier j'étais à Paris pour affaires.

— Un 11 novembre ?

— Quand on a des responsabilités, s'interposa Sergent, il n'y a pas de jour férié.

Message filigrané sur l'immobilisme des fonctionnaires, un dérivé d'insulte que Gallois savoura avec délice : affolés, les grands sachems perdaient leurs plumes.

— À quelle heure êtes-vous rentré chez vous, monsieur Wyatt ?

— Vers 3 heures du matin.

— Seul ?

— Sharad, mon chauffeur, me conduisait.

— Il peut en témoigner ?

— Dès qu'il sera réveillé. À son âge, il doit récupérer.

— Quel âge a-t-il ?

— Presque soixante-cinq ans.

— Diantre ! À deux doigts de la retraite... Il est à votre service depuis quand ?

— 1926. Il servait déjà mon père avant ma naissance.

— Sacré bail... Je suppose que ce brave homme doit vous être dévoué.

Inutile de jouer plus longtemps au poker menteur, Gallois tenait toutes les bonnes cartes en main, Wyatt ne pouvait pas l'emporter. Il mit donc fin à la partie.

— Dans cette affaire, monsieur Wyatt, certaines zones grises me tracassent. Il y a un crime – le troisième d'une série – où votre voiture est impliquée. Or vous m'annoncez qu'on vous l'a volée, ce qui me paraît être une coïncidence bizarre. D'autant plus que vous étiez à Paris, ou sur la route du retour, à l'heure où Chaussois se faisait tuer... Je le croirais volontiers si le témoin de votre déplacement n'était un de vos fidèles serviteurs.

— Où voulez-vous en venir, commissaire ?

— À ce que le temps d'éclaircir la situation, vous êtes un sujet britannique que je souhaite garder en France... Je vais vous prier de me suivre au poste, monsieur Wyatt, nous allons vérifier votre agenda.

— Vous m'arrêtez ?

— Disons que je vous invite à aider la justice.

Il eut beau atténuer son propos, dès qu'il saisit la main de Wyatt – qui se laissa curieusement mener –, Gallois eut droit à tous les noms d'oiseaux. La vulgarité étant bannie de la chambre consulaire, Sergent le qualifia, entre autres politesses, de vautour sans cervelle. Mais plus il lui en balança, et plus le roué s'en délecta. Jusqu'à ce que Van Weyer décidât de s'en mêler. À l'entendre, ils allaient appeler en haut lieu, il abusait de son pouvoir, il allait le payer cher ! Son numéro fut parfait, le vieux flic l'apprécia, mais pas devant ses hommes à qui il ordonna d'approcher.

— Savez-vous ce que coûte de menacer un officier de police dans l'exercice de ses fonctions ? Surtout devant sa brigade qui peut en témoigner ?

Atteint de plein fouet, Van Weyer en eut la langue coupée. Sans attendre, Sergent lui succéda, à la recherche d'un compromis.

— Enfin, commissaire, ne peut-on s'arranger ?
— Après ce que vous venez de me balancer ?
— Je vous prie d'excuser mon emportement, je suis un peu soupe au lait.
— Ne vous inquiétez pas, j'ai l'habitude, l'incident est déjà oublié.
— Alors, dans ce cas, repartons sur de bonnes bases... Entre gens intelligents... Si vous désirez vous entretenir avec M. Wyatt, nous avons d'autres salles de réunion.

Par conviction cette fois, et non par jeu, Gallois lui ôta brutalement ses illusions.

— Avec trois innocents massacrés, monsieur, j'ai beau être à Calais, je n'ai plus les moyens de faire dans la dentelle.

Tout était dit, plié, rangé. Avant de quitter le bâtiment, Wyatt se retourna vers Sergent. Et celui-ci lut dans ses yeux la fin d'une belle histoire...

Julie s'était rhabillée.
En l'absence de sa secrétaire qui s'occupait des règlements, Béhal éprouva des scrupules à prendre son argent. Il détestait encaisser le prix d'une consultation. Dans son esprit, c'était un geste marchand, peu médical, qui rabaissait la science au rang de l'épicerie. Et ce

qu'il haïssait encore plus, c'était de rendre la monnaie. Or comme Julie lui avait donné un billet, il suait sang et eau pour trouver quelques pièces dans le fond de ses poches.

Son téléphone sonna pendant qu'il malmenait sa veste.

— Vous permettez ?
— Faites, docteur, je ne suis pas pressée.

Il la remercia, décrocha, s'assit, porta l'écouteur à son oreille et, à une vitesse foudroyante, devint aussi blanc que les murs de son cabinet.

— Calmez-vous, madame Wyatt, calmez-vous, je vous en supplie...

Ce fut plus fort qu'elle, Julie se mêla aussitôt de ce qui ne la regardait pas.

— Marie Wyatt !... Que lui arrive-t-il ?
— Chut ! lui jeta-t-il avec un regard scandalisé... Pas à vous, madame, à une cliente.

Une main sur le cœur, repentante, Julie lui promit de se taire.

— C'est épouvantable... Une bavure... Une incroyable erreur...

Leur entretien dura peu, du moins le monologue de Marie qui s'acheva, à ce que comprit Julie, par un appel au secours.

— Comptez sur moi, madame, je vais venir... Après mes consultations... En attendant, prenez bien vos cachets... Oui... À tout de suite.

Leur conversation prit fin sur cette promesse. Le laconisme de Béhal n'avait rien laissé filtrer de ce qu'elle lui avait dit – froideur qui mit Julie hors d'elle.

— Que se passe-t-il, docteur ? Mme Wyatt a des ennuis ?

Soumis à son serment, à sa réserve, fidèle à Hippocrate, il tenta de l'embrouiller. Mais Julie ne lâcha pas son os, et, pour ce faire, déploya des arguments solides : Marie était devenue son amie, elles se tutoyaient, elle savait de quoi elle souffrait, il pouvait lui faire confiance.

— Ah... Vous avez sympathisé... Tant mieux si elle s'est confiée à vous, Mme Wyatt a besoin d'une amicale complicité.

— Oui, le *baby blues* n'est pas un « mal » qu'on avoue au premier venu.

— Le *baby blues* ? S'il n'y avait que cela... Son état est hélas plus critique.

— À savoir ?

— Secret médical... Disons qu'il faut lui éviter les émotions. Malheureusement, elle vient d'en recevoir une forte dose.

Sans fioritures – c'était son style –, Béhal lui rapporta que Van Weyer l'avait informée de l'arrestation de son mari. Il était question d'une voiture volée, d'un crime, d'un témoignage, d'une histoire farfelue qui l'avait mise à plat.

— C'est le commissaire Gallois qui a arrêté Wyatt ?

— Je crois bien que c'est ce nom-là. Vous connaissez ce flic ?

— Assez pour dire que c'est un con.

— Dans votre bouche, mademoiselle, ce jugement doit être pesé.

— Il l'est... Calais peut dire adieu à W&S.

La vie avant le *business*, la recentra Béhal.

— Et moi je risque de dire adieu à ma patiente ; ce coup pourrait la tuer.

— Vous avez raison, se reprit Julie, priorité à Marie. Je dois d'abord passer au journal. Si vous en êtes d'accord, j'irai la voir cet après-midi.

— Pourquoi m'y opposerais-je ? Au contraire, votre présence près de Mme Wyatt ne peut qu'être bénéfique...

Julie, pensive, oublia de récupérer sa monnaie et sortit du cabinet.

Elle avait changé de philosophie. Finalement, elle ne regrettait plus d'avoir écrit son article. La société, dans sa majorité, n'était qu'une poubelle, un vaste dépotoir avide de déchets. Les journaux à sensation l'avaient compris. Et certains flics aussi. Gallois était du nombre. Pour ça, son coup d'éclat allait faire parler de lui. Des imbéciles, déjà, devaient l'en féliciter. Pour l'opinion publique, toujours pusillanime, il avait arrêté un richard – un écorcheur du peuple – soupçonné d'avoir commis une série de meurtres. Bravo l'artiste ! Ce type avait des couilles, il méritait qu'on l'applaudisse. Mais pas Julie. Désormais, entre elle et lui, il y aurait ce qu'il venait de faire subir à Marie. Et s'il lui arrivait malheur, Gallois n'oserait plus ouvrir un quotidien. Elle avait les moyens de lui pourrir la vie, et elle ne s'en priverait pas.

En regagnant sa voiture, Julie ralentit devant le garage de Béhal. Ce qu'il lui avait décrit minimisait la réalité : en plus du mur éraflé, la porte était pliée en deux. Diable ! Derrière sa retenue légendaire, ce bon docteur cachait un gros paquet de nerfs...

31

Une pendule Louis XVI à cadran tournant, une bergère Directoire, des natures mortes peintes à l'eau et, charme Ancien Régime de l'administration française, un silence qui sied au recul nécessaire de ses hauts serviteurs.

Cloîtré dans son bureau, Percy passait au crible différentes stratégies. Il ne pouvait se défiler, le coup de fil de Van Weyer l'obligeait à réagir.

Pas trop vite, cependant. La hâte, aimait-il répéter, est le microbe du danger. Or, s'il fonçait tête baissée, sa carrière en pâtirait. Aussi prenait-il le temps de la réflexion. D'autant que M. le sous-préfet l'avait enjoint à la prudence. Avec les indices relevés par Gallois, il n'était plus question de se mêler de son enquête. Depuis la mort d'Hélène Basset, l'empêcher de soupçonner un ponte était devenu une faute. Et faire obstruction à la justice se payait très cher – à un prix surtaxé chez des fonctionnaires de leur rang.

Adieu donc pressions et conseils occultes, Gallois avait conquis ses galons d'intouchable ; il pouvait arrêter qui lui semblait bon. Mais de là à cravater Wyatt, il y avait un pas qu'il n'aurait dû franchir.

Impardonnable faute !

À moins, se dit Percy, qu'il ne l'ait fait exprès. En quelques heures passées à ses côtés, le jeune énarque avait appris à se méfier. Le vieux renard était madré, secret, intelligent. Bref, il possédait les qualités d'un très grand policier. Adversaire redoutable, c'eût été une erreur de le mésestimer.

Pourquoi avait-il embarqué Wyatt ? Certain des conséquences, Gallois ne pouvait avoir agi à la légère. C'était même indéniable. Son coup de force n'était donc qu'un nouveau piège. Restait à comprendre sa mécanique. Et essayer de deviner sur qui il dirigeait son tir. L'expérience aidant, Percy se glissa dans sa peau…

Il savait qu'en arrêtant Wyatt il ne craignait pas grand-chose. C'était gagné d'avance. Dans une affaire sanglante qui les terrorisait, les citoyens prendraient parti pour lui. Surtout contre un étranger, un type riche à millions, un de ces profiteurs qui se croit au-dessus des lois.

Fort du principe qu'il n'y a pas de fumée sans feu, si Gallois tenait Wyatt, le *vulgum pecus* penserait qu'il avait ses raisons et, faute d'autres suspects à se mettre sous la dent, qu'il avait intérêt à le garder en prison. Pauvre Wyatt, se dit Percy à qui il dédia la phrase de Rousseau : « Jamais on ne corrompt le peuple, mais souvent on le trompe. »

Son développement, du coup, l'amena à cette conclusion : Gallois manipulait les foules ! Mais ne lui dit pas qui il visait *précisément*. Car la situation lui paraissait limpide : Gallois ne pouvait que se ficher de Wyatt puisqu'il le savait innocent. Dans ce schéma, en déduisit l'énarque, toute prise de tête était superflue : le vieux flic se moquait bien d'arrêter le coupable ! À ses yeux, ce n'était que secondaire. Son but était de partir en fanfare, en héros, en justicier du peuple !… Et pour ses adieux à la scène, de colorer de boue la concupiscence des notables.

Autrement exprimé, de transformer cette affaire en scandale politique.

Pas mal. Bien joué. Mais déjoué. Gallois allait être déçu, Percy savait comment contrecarrer ses plans. L'un de ses copains de promotion travaillait Place Beauvau.

12 h 16. Il décrocha son combiné…

À l'autre bout de la ville, derrière la fenêtre de son bureau, Davelot regardait P'tit Bosco partir avec Delphine. Le père et la fille, bras dessus, bras dessous, se tordaient les pieds sur la chaussée pavée de la place Crèvecœur.

Au centre de celle-ci, sur la dalle bitumée où se tenait le marché, des gosses traçaient des traits à la craie blanche. Ils dessinaient des routes et y fonçaient à vélo ou en patins à roulettes.

P'tit Bosco n'avait rien dit. Et il ne dirait rien.

Mais de quoi pouvait-on justement l'accuser ? D'avoir dormi seul dans la nuit de jeudi ? Ça ne tiendrait pas devant un juge. Et que voulait-on qu'il livre ? Le nom de cet *ami* qui lui avait raconté que sa femme le trompait ? ? Bof ! Information sans intérêt, étrangère aux trois crimes.

Au regard de la loi, sa garde à vue ne se justifiait pas.

Alors, puisque aucune charge ne pesait contre lui, Davelot, résigné, l'avait relâché plus tôt que prévu.

Quel gâchis, maugréa-t-il en se cognant le front contre un mur. Son amertume n'était pas due au bossu. Il la devait à Gallois qui se foutait de lui. Le vieux renard le baladait. Il ne dirigeait pas l'enquête : il la menait sur les flots gris de ses rancunes. Ne lui avait-il pas avoué qu'il haïssait les notables ? Si, ce matin même encore, sans chercher à écouter sa théorie sur Marinette. C'était à leurs châteaux qu'il voulait mettre le feu. Au détriment de la justice. Au bénéfice du coupable.

Bien sûr, les hommes de pouvoir lui menaient la vie dure, sa réaction pouvait se comprendre. Mais entre les combattre et s'acharner sur eux, la différence était inacceptable. Davelot en était convaincu : au mépris de la vérité, Gallois se vengeait d'eux. Ou peut-être d'un seul. Il en avait la preuve : pourquoi, face à Wyatt, avait-il fait mine d'apprendre que son Austin avait été volée ?

Il le savait avant de partir pour la chambre de commerce.

32

Ce fut Nany qui, en milieu de journée, accueillit Julie au manoir.

Un peu avant midi, des policiers étaient venus chercher Sharad. Depuis, elle n'avait plus de nouvelles de son mari. Ni de M. Wyatt. Mais, par une sorte de miracle voulu par Dharma, ce désordre cosmique ne l'émouvait pas. Comme si le Nyâya allait tout arranger, elle souriait de toutes ses dents, confiante en l'avenir que maîtrisaient les dieux.

À l'intérieur, dans une pièce transformée en QG militaire, son optimisme religieux n'était guère partagé. De tempérament plus WASP que brahmanique, les collaborateurs de Wyatt affichaient des allures guerrières. Ils étaient trois, une femme et deux hommes, qui s'activaient comme trente, peu soucieux de se conformer aux traditions britanniques. À la froideur d'un flegme londonien, ils préféraient la fièvre d'une fougue latine.

Grignotée par la quarantaine, la femme, rousse, pomponnée, plate à en faire pâlir une limande, était la secrétaire de Wyatt. D'habitude réservée, elle tapait à la machine en tirant sur un mégot. Par moments, quand elle revenait à la ligne, on l'entendait marmonner des *fucking froggies*, *rubish country*, et autres exécrations contre la France et les Français.

Habillés avec élégance, les deux hommes partageaient le même âge qu'elle. Le premier, aux trois quarts chauve, assis à part, face à un téléscripteur, tapotait sur un clavier en clamant ce qu'il écrivait. Il s'exprimait en allemand, langue que Julie ne maniait qu'avec un dictionnaire. Néanmoins, en percevant *Polizeï, inkompetent* et *blödsinnig*, elle comprit que sa prose démolissait Gallois.

Le second, bedonnant, aussi blond qu'un pur malt, téléphonait en marchant de long en large. Pour ne pas s'y prendre les jambes, il donnait rageusement des coups de pied dans le fil. Lundi soir, à la réception de Wyatt, c'était le seul des trois qu'elle avait rencontré. Écossais jusqu'aux sourcils, il s'appelait Malcom MacFinsh et, comme son *chairman*, n'avait aucun accent. Dans un français sans faille, il conversait avec un avocat. Julie, par discrétion, se replia vers l'entrée.

Bizarre ! Alors que la fois précédente elle lui avait trouvé du charme, le vestibule, à la lumière du jour, lui parut délabré. Privé de l'éclairage d'un gigantesque lustre, le gris de ses colonnes n'avait plus de cachet. Ce n'étaient que des taches qui réclamaient d'urgence un sérieux coup d'éponge. Les tableaux des rapins, atteints par des chancis, se microfissuraient et les bahuts cirés nourrissaient les cirons.

Elle ne resta pas longtemps seule. La mine renfrognée, main tendue, MacFinsh vint la rejoindre à grandes enjambées.

— Excusez-moi, mademoiselle Pilowski, j'étais au téléphone.

— Avec un avocat à ce que j'ai compris. Mais je vous rassure, je n'ai pas écouté.

Sans chercher à la vexer, l'Écossais se moqua d'elle en l'entraînant dans la salle de réception.

— Pour une Française, qui plus est journaliste, vous me semblez peu curieuse.

— La curiosité mal placée, m'a-t-on appris, est un vilain défaut.

— Dommage, votre tact m'oblige à vous répéter les arguments de maître Glanz.

— « Répéter », tiens donc ! Et au nom de quoi me feriez-vous des confidences ?

— Du droit bafoué, mademoiselle, de l'*Habeas corpus* que votre cher Gallois a l'air de mépriser. Puisqu'elle défend le pré républicain, la presse française devrait être sensible aux conditions arbitraires de l'arrestation de M. Wyatt.

— Ce n'est pas « mon cher Gallois », monsieur... Mais puisqu'elle n'est plus soumise à une censure royale, vous avez raison de lui faire confiance, la presse républicaine va dénoncer ces abus.

Avec ce joli point, elle prit l'avantage. Essai que MacFinsh, ancien pilier du XV de Kilmarnock, apprécia en connaisseur.

— J'en prends acte avec joie, s'inclina-t-il.

— Cela étant, plutôt que brandir nos drapeaux, j'aimerais que vous me disiez où en est M. Wyatt.

Son recentrage fit grincer l'Écossais.

— Dans le flou, nous sommes toujours sans nouvelles.

— Est-il placé en garde à vue ?

— Même ça, on ne le sait pas. Pour l'instant, nos avocats prétendent qu'il y a vice de forme. Fenwick, mon collègue, est en contact avec ceux de Zurich. Pour ma part, j'ai remué ceux de Londres et de Paris. Tous semblent confiants, il ne nous reste plus qu'à attendre sa libération... Et à nous préparer.

Bien que diplomatique, sa dernière phrase était brutale, et Julie, peu disposée aux joutes, tint à ce qu'il la traduisît sans fard.

— Vous préparer à quoi *exactement* ?

— À votre avis, mademoiselle Pilowski ? À notre départ, bien sûr. Après cet affront, je doute que M. Wyatt souhaite encore demeurer à Calais.

— C'est dans l'ordre des choses... Et qui lui en voudra ?

— Peut-être les hôteliers que nous allons quitter plus tôt que prévu. Nos valises sont déjà prêtes, M. Wyatt n'a plus qu'à ordonner.

Si MacFinsh éluda le sujet, Julie comprit que le projet W&S s'en irait avec eux. Adieu plates-formes, expansion et emplois. Par la faute d'un flic, ils partaient en fumée – un sale con de flic qu'elle allait dégommer.

Dans ce tableau sinistre, il y eut au moins une étincelle, un bout de soleil qui fit fondre sa colère : Marie, appuyée sur le bras de Béhal, entra dans la pièce. Plus pâle que d'habitude, elle marchait lentement, comme si elle redoutait de se désagréger au moindre pas de travers.

— Nany m'a dit que tu étais ici, tendit-elle les mains à Julie, j'ai tenu à descendre pour te saluer.

— Tu n'aurais pas dû, je pouvais monter.

— La barbe les précautions ! Il faut que je bouge ou je vais devenir folle.

— Ce n'est pas à exclure si vous restez debout, grogna Béhal. Allez, installez-vous sur ce canapé, relaxez-vous, il n'y a pas de meilleur remède.

À bout de forces, Marie s'assit sans qu'il ait besoin d'insister, sitôt imitée par Julie qui prit place à ses côtés.

À les voir si complices, les deux hommes, gênés, devinèrent qu'ils devaient les laisser. Sous le prétexte d'avoir à téléphoner, MacFinsh regagna son bureau et Béhal, plus sobrement, annonça qu'il partait faire un tour dans le parc.

— Tu tiens le choc ? s'enquit sitôt Julie quand ils se furent éclipsés.

— J'ai l'impression de flotter mais, à part ça, ça va.

— Ne t'en fais pas, Gallois n'a rien contre ton mari, il va devoir le relâcher.

— Par pitié, ne me parle pas de ce sale type.

— Ce n'est pas un sale type, c'est un gros con.

Marie toussota, étranglée par un rire qui refusait de sortir.

— Pardonne-moi, mais dans l'entourage d'Harold je n'ai plus l'occasion d'entendre des insultes françaises.

— Tu la condamnes ?

— Oh non ! Elle me convient parfaitement.

Enfin détendue, Marie décida de poursuivre dans ce registre, sans chichi, comme au temps où elle étudiait à Assas et fréquentait le Tabou. Dans cette mouvance, pour échapper au présent, avec un soupçon de tendresse, elle évoqua ce passé. Ah, le Tabou !... Entre ses pierres médiévales, elle y avait côtoyé Boris Vian qu'elle admirait sans borne, applaudi Claude Luther, Sidney Bechet, bu du whisky et même, à sa grande honte, fumé des « égyptiennes ».

Julie, à son tour, parla de sa folle jeunesse. De presque quatre ans la cadette de Marie, plutôt que le Tabou, en perte de vitesse, elle avait connu la mini-scène du Golf Drouot, le démarrage du rock and roll avec Danyel Gérard – dont, apprit-elle à Marie, le texte du premier tube était de Boris Vian –, les débuts d'un inconnu nommé Johnny Hallyday, et l'ascension de groupes tels que Les Chaussettes Noires.

Deux galaxies opposées et étonnamment proches...

Ce préambule épuisé, toujours décontractées, les jeunes femmes entamèrent des sujets plus brûlants. Après sa libération, Marie ne savait pas où Harold l'emmènerait. Son unique certitude était qu'elle regretterait Julie. Bien entendu, elle resterait en contact, mais jamais plus elle ne reviendrait à Calais. Certes, la région méritait le détour, sa côte était magnifique, ses habitants accueillants, tout allait pour le mieux et tout aurait fonctionné s'il n'y avait eu Gallois. Et le climat, soupira-t-elle, un climat qu'elle supportait mal.

Cette référence à sa santé poussa Julie à prendre un risque.

— Bon ! Tant pis si tu m'en veux : ce matin, j'ai parlé de toi avec Béhal.

— Ah...

— Il m'a dit que ton mal était plus grave que le *baby blues*.

— Et ?

— Rien de plus, tu le connais, c'est une tombe.

— Tu comprends donc pourquoi je lui fais confiance.

— À moi aussi tu peux faire confiance. Tu souffres de quoi précisément ? Remarque que je ne t'oblige pas à me le dire ; si tu tiens à le garder, je respecterai ton silence.

Les paupières de Marie se fermèrent. Ainsi repliée, à l'intérieur d'elle-même, Julie devina qu'elle hésitait à se confier.

— Anémie.

— Comment ça, anémie ?

— Tu voulais le savoir, eh bien je souffre d'anémie.

— Oh ! C'est tout ? ! irradia-t-elle, soulagée que ce ne soit qu'une broutille. Rassure-toi, j'en ai eu quand j'étais gosse. Une bonne cure de fortifiants, et tagada boum boum, je suis repartie de plus belle !

Son optimisme forcé ne fit pas sourire Marie.

— L'ennui, vois-tu, c'est que l'anémie est mortelle chez une femme enceinte.

— Mortelle ! Tu rigoles ?

— Pas du tout, une banale perte de sang peut lui être fatale. Mon *baby blues* et sa déprime associée ne sont que ses conséquences : il y a deux mois, j'ai failli y rester pendant mon accouchement.

— Non ? C'est si méchant que ça l'anémie ?

— À ce stade, oui. Des milliers de femmes en meurent tous les ans.

Ça, c'était le côté noir, or Julie s'obstinait à ne voir que le bleu.

— Mais c'est du passé, ce machin, tu es sortie d'affaire.

— Pas si simple, je traîne un taux d'hémoglobine très bas.

Le diagnostic se compliquait, Julie dut réviser ses cours de science.

— Attends… Hémoglobine… Égale globules rouges… Égale oxygène… C'est un problème de sang qui explique ta pâleur ?

— Bingo ! Manque de fer, de protéines, c'est loin d'être gagné.

— Merde…

Elles n'en étaient plus à un « merde » près, surtout Marie qui, libérée de sa réserve anglaise, évacua son ras-le-bol.

— Et il y a cette chierie de trouble qui s'en est mêlé… Saloperie de maladie… Quand j'ai une crise d'anxiété, je ne peux plus respirer.

— D'accord, comprit Julie… C'est ce qui t'est arrivé l'autre soir.

— Oui, sans prévenir – ça vient toujours sans prévenir… J'en ai ma claque… Et ça fait mal… Et ça m'oppresse... Je suffoque tellement que j'ai l'impression de mourir.

— Tu prends des médicaments ?
— Par kilos.
— Ils te font du bien ?
— Depuis peu... Ça s'arrange lentement...

En signe d'espoir, elle fit tournoyer ses mains graciles.

— Qui vivra verra... Je suis sur la bonne voie... Croisons les doigts...

Un drôle de bruit résonna dans le vestibule. On courait. Les deux femmes se tournèrent vers la porte où, rouge comme un homard, Mac Finsh apparut sous le chambranle. Sitôt après, Béhal l'y rejoignit avec son éternel air sombre.

— Que se passe-t-il ? s'inquiéta Marie d'une voix flutée.
— Maître Glanz a appelé. Votre mari a quitté le commissariat.
— Gallois l'a relâché ?
— Pour être franc, il ne le sait pas. Tout ce qu'il a pu apprendre, c'est qu'ils sont partis ensemble dans une voiture de police.
— Ensemble ? Ça signifie quoi, ensemble ?
— Impossible à dire... Glanz espère que Gallois ne l'emmène pas devant le juge d'instruction.

Ce fut un mot de trop, une précision malheureuse que Marie, juriste de formation, interpréta avec angoisse : le juge, le procureur, le mandat de dépôt... Insupportable enchaînement ! Elle s'en étouffa, frissonna, tourna de l'œil.

— Bravo ! C'est malin ! s'emporta Béhal contre le volubile.

Déjà, il s'occupait de Marie que Julie serrait dans ses bras.

— C'est une de ses crises ? chuchota-t-elle à son oreille.

— De quoi parlez-vous ?

— Elle m'a tout dit, docteur : anémie, anxiété.

Délié de son serment, il traduisit son mal en termes scientifiques.

— Anxiété épisodique paroxystique... S'il vous plaît, allez chercher Nany, il faut la porter dans sa chambre, je vais lui faire une piqûre.

Sans écouter MacFinsh qui se confondait en excuses, Julie fonça dans le jardin où se reposait Nany. Elle n'eut pas besoin de trier le prétérit, au peu d'anglais qu'elle massacra, l'Indienne comprit que Marie avait rechuté.

Vingt secondes après elle s'activait à son chevet. L'anglais n'était pas non plus le fort de Béhal. Mais lui n'avait pas à s'exprimer, Nany savait ce qu'il attendait d'elle. Chacun d'eux prit un bras de la jeune femme et, ainsi qu'ils l'avaient fait pendant la réception, la portèrent doucement dans sa chambre. Julie voulut les aider, aide que Béhal refusa poliment – il avait l'habitude –, dans dix minutes, au plus, sa patiente s'endormirait.

Désœuvrés, inquiets, Julie et MacFinsh s'observèrent sans parler. L'Écossais culpabilisait, se cherchait des excuses.

— Si j'avais su, commença-t-il.

— Eh ben vous ne saviez pas, l'interrompit Julie. Ce n'est pas votre faute, et elle se remettra sur pied.

— Je suis quand même un peu coupable, mademoiselle Pilowski. Depuis que nous sommes à Calais, il m'arrive souvent de voir Mme Wyatt ne pas se sentir... bien.

Elle sourcilla, circonspecte ; ce n'était pas ce que lui avait dit Marie.

— *Souvent* ? Avec des crises aussi dures ?

— Hum ! Vous me confirmez que vous êtes intimes ?

— Amies de fraîche date mais sincères.

— Alors je peux vous le confier : ses crises ne s'arrangent pas, elles sont même de plus en plus violentes... Mme Wyatt tient à peine debout depuis quelques jours.

D'un geste malhabile, comme pour partager le calumet de la paix, il lui offrit une cigarette qu'elle accepta. Il était rare qu'elle fumât mais, avec ses nerfs à vif, elle ressentit le besoin d'en griller une.

Ainsi paumée dans ses pensées, elle n'eut plus qu'à attendre le retour de Béhal.

Pas longtemps, celui-ci revint plus vite que prévu.

— Alors ? lui demanda Julie. Comment va-t-elle ?

D'une main tendue, paume ouverte, il l'intima de se taire. Sa bouille de bébé repu se plissait de colère. Il bouillait, fulminait, ce n'était pas le moment de l'embêter. Julie et Mac Finsh, abasourdis, le virent se diriger vers un téléphone. Emporté, écumant, rubicond, il décrocha le combiné et, plus sombre que de coutume, pria sèchement l'opératrice de lui passer un numéro...

— Allô ! Le commissariat ?... Docteur Béhal, à l'appareil... Veuillez prendre un message, je vous prie... À l'attention du commissaire Gallois, je sais qu'il est absent... Dites de ma part à ce *fumier* qu'il est en train de tuer une femme... Parfaitement : *i, e, r,* je persiste et je signe... Ajoutez que s'il continue ses conneries il aura sa mort sur la conscience... Oui, Béhal, je suis dans le Bottin, et vous souhaite le bonsoir.

Sur cette envolée, il raccrocha en soufflant, comme soulagé d'un poids.

Sidérée par son coup de gueule, rongée par son contenu, Julie, plus prompte que MacFinsh, s'apprêta à lui demander si Marie se portait aussi mal qu'il venait de le dire.

Mais le bruit d'un moteur modifia l'ordonnance de ses priorités.

Une voiture de police pénétrait dans le parc.

Aussitôt, suivie par Béhal et MacFinsh, elle courut vers le perron où, en un pouillème de seconde, la rejoignirent Nany, la secrétaire et Fenwick.

Derrière le pare-brise, près du conducteur, Julie parvint à distinguer Gallois. Celui-ci, le visage fermé, parlait à des passagers qu'elle ne pouvait voir.

La Renault s'arrêta à quelques mètres du manoir. Les portières arrière s'ouvrirent. Deux hommes descendirent.

— Sharad !
— Mister Wyatt !

Pendant que tous s'exclamaient, la voiture redémarra à fond de train, comme si Gallois redoutait de se faire agresser.

Nany, alors, se jeta dans les bras de son mari. Plus réservés, mais follement heureux de retrouver leur *boss*, les collaborateurs de Wyatt lui serrèrent la main. Puis Julie et Béhal participèrent aux retrouvailles.

— Mademoiselle Pilowski ! s'écria joyeusement Wyatt, quelle délicieuse surprise.

— J'eus aimé vous la faire en d'autres circonstances.

— Tout va bien qui finit bien, et c'est toujours un plaisir de vous recevoir.

En revanche, il fut moins chaleureux à l'égard de Béhal.

— Vous, docteur ? Que se passe-t-il ? Où est ma femme ?

— Dans sa chambre, montra-t-il une fenêtre du doigt, je lui ai fait une piqûre.

— Ah, se glaça-t-il, je comprends... Je monte tout de suite l'embrasser.

Cependant, avant de la rejoindre, il dut remettre de l'ordre dans sa boutique. L'émotion retombée, ses adjoints le mitraillaient de questions dont une, plus pressante, revenait sur le tapis : quelle suite comptait-il donner à ce *casus belli* ?

D'un geste victorien, il les ramena au calme.

— Un peu de sang-froid, je vous prie, mesurez vos propos.

— Excusez-moi, *sir*, mais Gallois, dans cette affaire, n'a guère eu le sens de la mesure.

— De quelle affaire parlez-vous, Fenwick ?

— *By jove !* De votre arrestation.

— Tt... Je n'ai jamais été arrêté, mon cher, ni placé en garde à vue. Je n'ai fait que contribuer à la recherche de la vérité.

Son explication dérangea Julie, du moins la journaliste qui sommeillait en elle.

— La vérité, monsieur, est qu'il vous a embarqué de manière arbitraire. Vous ne pouvez le nier, des témoins le confirment.

Habitué à la presse, en vieux routier des formules, Wyatt inversa la tendance.

— Il est vrai que d'aucuns se sont émus de la forme. Pour ma part, je comprends que M. Gallois ait tenu à m'interroger loin des clameurs.

— Ah bon ? Vous le comprenez ?

— Oui, mademoiselle, à sa place j'aurais agi de même. Je vous rappelle qu'il enquête sur trois crimes et non un simple vol de poules.

Le mot crimes assomma tous les autres. Radieux, positif, Wyatt continua sur sa lancée.

— L'essentiel est que tout soit rentré dans l'ordre. Le secrétaire d'État avec qui j'ai dîné hier soir a confirmé mon alibi et, bonne nouvelle, mon Austin a été retrouvée intacte. La petite histoire retiendra que les « emprunteurs », faute d'essence et, probablement, faute d'argent, l'ont abandonnée au Touquet.

Point final, l'incident était déjà oublié, Wyatt se tournait à nouveau vers l'avenir.

— Alors, puisque tout me paraît arrangé, conclut l'Écossais, défaisons nos valises !

— Absolument, MacFinsh, ne mélangeons pas les ressentiments et les affaires. Nos actionnaires m'en voudraient. Et Calais mérite notre attention.

Le *business* reprenait ses droits, avec ses codes, ses amnésies, ses silences.

— Il serait dommage d'oublier les atouts de cette ville pour un stupide fait divers. Qu'en dites-vous, mademoiselle Pilowski ?

— Que Gallois s'en tire bien.

Plus réservé, Wyatt lui prit les mains, pencha sa laideur près de son visage.

— Vous avez peut-être raison, murmura-t-il, mais je pense d'abord à ma femme : ce scandale a trop duré, elle n'en supporterait pas davantage.

Manière, tout anglaise, de la prier d'éviter de lui consacrer une ligne.

33

Wambrechies, Queue de Pelle ou Barrique.

Paul Quilus ne manquait pas de surnoms.

Dans tous les cafés de la côte, on faisait montre d'invention pour le rebaptiser.

Son incroyable descente était phénoménale. Même les marins de passage n'en revenaient pas. De Copenhague au Cap ils en voyaient des sévères, mais une de ce calibre battait toutes les autres.

Chacune de ses journées était rythmée par le bruit des bouchons.

Au saut du lit, déjà, Paul avalait trois bistouilles – plus schiedam que café, recette personnelle. Toutefois, en Ch'timi bien élevé, il trempait dans son jus des tartines de fromage. Ce qui, forcément, lui donnait soif. Alors, pour dissiper le goût du salé, il éclusait trois bières puis, ainsi paré à affronter le monde, à 7 h 30 tapantes s'en allait travailler.

Rien qu'en ouvrant la bouche certains prétendaient qu'il faisait fuir les mouches. Pure légende, aucun de ses clients ne s'était plaint de son haleine.

Paul était fossoyeur et travaillait au grand air.

L'été, contre le chaud, il se rafraîchissait au blanc doux. L'hiver, contre le froid, il se réchauffait au genièvre. Et entre deux pelletées se requinquait au rouge. Le midi, Paul se contentait de trois canettes. Ce n'était que le soir, son ouvrage achevé, qu'il amorçait sa virée quotidienne. Une petite pour commencer, sorte de mise en route. Toujours droit comme un *i*, le béret enfoncé sur son crâne ovoïde, moustache au vent, à 17 h 31, poivrot mais ponctuel, il promenait sa maigreur sur un vélo antique.

De café en café, peu loquace, il respectait ainsi un strict pèlerinage. Pour commencer, chez Bébert, il descendait trois Picon bière, pas davantage. Et toujours en silence. Ensuite, à 18 h 30 précises, il partait chez Ginette attaquer son bergerac. Trois ballons, jamais plus, avant de rentrer chez lui, à 19 h 15, pour grignoter un morceau. Dans sa cuisine, à l'abri des regards, plus détendu, il s'autorisait à dépasser la triade. Cinq ou six baquets de n'importe quoi accompagnaient ses conserves.

Puis, son repas expédié, il amorçait enfin la tournée des grands-ducs.

À 20 h 30 sonnantes, Paul partait alors à l'assaut des comptoirs, sans plan précis, au hasard, guidé par ses envies, ses mollets fatigués et le temps qu'il faisait.

Ce n'était qu'à la fermeture des cafés qu'il s'arrêtait de boire. Une sorte de discipline. À 23 h 55, il saluait poliment clients et cafetiers, sortait sans discuter et, comme s'il n'avait bu que de l'eau, réenfourchait son vélo à l'étonnement général.

Pas une seule fois on ne l'avait vu ivre. C'était presque un modèle de citoyen tranquille, un homme sans histoire. Ce qui était faux comme chez tous les alcooliques. L'histoire de Paul était tragique, mais plus personne ne s'en souvenait – et il ne la racontait pas. 1944. Un bombardement. Une bombe. Plus de femme, plus d'enfants. Il les avait enterrés et, pour rester près d'eux, s'était fait fossoyeur…

0 h 15, annonça le carillon de l'hôtel de ville.

Les bars avaient baissé leurs grilles, Paul regagnait sa maison en pédalant sans se presser. Il détestait le vide qui lui servait de demeure. Pas de femme à étreindre, pas d'enfants à embrasser. Dès qu'il errait entre ses murs, il buvait pour supporter son silence. Et aussitôt dehors, il buvait pour se donner le courage de l'affronter à nouveau.

Paul habitait au Fort Nieulay, vers le canal des Crabes, dans un secteur puant – ou plutôt un terrain vague. Mais il y était attaché : de ses fenêtres, seul avantage de son bagne, il apercevait le cimetière où reposaient les siens, ce cimetière où il travaillait en finissant de mourir : depuis la guerre il était à moitié mort.

La nuit lui parut plus noire que la veille. C'était ce qu'il se disait toutes les nuits. Plus il vieillissait, plus la terre était sombre.

Passé la Citadelle, il aborda une zone désertique. Dans ce secteur de Calais Nord tout était à reconstruire. Au-delà du bassin de la Marne, la loupiote de sa bécane n'éclaira pas grand-chose. Avant cette limite, les lampadaires signalaient au moins sa présence. Mais dans ce coin perdu, risquait-il de croiser une voiture roulant à toute allure ? Non. Aucune. Alors que craindre ? Pourquoi se plaindre ? La route était sans danger.

Pas d'éclairage. Pas de maisons. Ce fut par habitude qu'il s'engagea sur un chemin cailloux.

L'esprit gelé, catatonique, il pédala comme un robot.

Longtemps. Lentement. À l'aveuglette.

Et, dans l'amorce d'un virage, faillit tomber de son vélo.

Ce qu'il venait de voir le dessoûla d'un coup. Le choc fut plus efficace qu'une cellule de dégrisement. Par scepticisme, Paul se frotta les yeux. Précaution inutile, car, dès qu'il les rouvrit, il dut admettre qu'il ne rêvait pas.

Un ballet de lampes torches sillonnait le cimetière. *Son* cimetière ! Celui de *sa* famille, un sanctuaire privé, consacré et bénit, que nul n'avait le droit de fouler quand *ses* morts se reposaient.

L'indignation l'emporta, il fut à deux doigts de hurler de colère.

Mais se ravisa. Crier n'aurait servi à rien. Il était préférable, se calma-t-il, d'identifier les profanateurs. Ensuite il irait trouver la police qui se chargerait d'eux.

Pour ne pas qu'ils le repèrent, Paul cacha son vélo dans un fourré, puis, courbé, s'approcha de l'entrée principale. En cheminant, il se posa cent questions. Qui osait profaner *sa* nécropole ? Et pourquoi ? Il avait entendu parler de pratiques étranges, de rites sataniques, de sacrifices humains, mais ça se passait au Brésil ou dans des pays de timbrés – et il n'était même pas sûr que ce soient des histoires vraies. En tout cas, dans le Calaisis, jamais personne n'avait franchi ce pas. On y respectait les morts. Et on ne croyait pas aux monstres. Vampires et loups-garous s'étaient arrêtés dans le Sud. Ici, au nord de tout, il faisait bien trop froid pour qu'ils se sentent à l'aise.

Les lumières s'éteignirent. Les violateurs rebroussaient chemin.

Plaqué dans un fossé, le cœur en marmelade, Paul allait enfin découvrir leurs visages.

C'était sans compter avec la nuit, cette nuit plus noire que la veille.

Dépité, il ne vit que deux silhouettes qui franchissaient le mur. L'une d'elles, remarqua-t-il, était plus souple que l'autre. Homme ou femme ? Il fut incapable de se déterminer, d'autant que ces sagouins évitaient de parler.

Les ombres filèrent. Paul, révolté, décida de les suivre. Ils n'allaient quand même pas s'en tirer, il fallait qu'il les identifie ! Par prudence, il leur laissa un peu d'avance, sortit de son fossé, trottina à demi baissé, comme on le lui avait appris quand il était bidasse, puis, arrivé à l'angle du mur, passa la tête pour voir où ils partaient.

Ils n'allaient pas bien loin. Leur expédition était organisée. Une voiture les attendait dans un sentier sablonneux. Vite fait, ils se rencognèrent à l'intérieur sans que le plafonnier s'allume. Même ça ils l'avaient prévu !

Mais ce à quoi ils n'avaient pas pensé, c'était qu'un fossoyeur alcoolique reconnaîtrait leur véhicule.

Et Paul, écroulé, se dit qu'il ne pouvait pas se tromper.

Cette DS 21, il la connaissait bien : c'était celle du docteur Béhal.

34

Le courant ne passait plus entre Gallois et Davelot. Depuis l'arrestation de Wyatt, le jeune flic gardait ses distances. Il se disait que son patron se fichait de tout. Il se disait qu'il n'avait plus de repères. Il se disait qu'il les conduisait droit dans le mur. Sciemment. Consciemment. Sans vergogne.

Les décisions du vieux ne reposaient sur rien. Sauf sur son dédain pour les gens de la région. Au nom de son mépris pour une société qu'il n'avait pas voulue, dépassé, désabusé, Gallois en faisait ses boucs émissaires.

Et, plus dramatique encore, semait le brin dans cette affaire. À quelques semaines de la retraite, y prenait-il du plaisir ? C'était certain ! Sinon pourquoi aurait-il embarqué Wyatt ? Il avait même refusé qu'un tiers assiste à son audition. Hors procédure, leur confrontation était restée secrète. Personne ne savait ce qu'ils s'étaient dit. Tout cela pour en arriver à un coup de fil rageur, un appel ulcéré d'un secrétaire d'État – engueulade que Gallois avait tournée en dérision. De nouveau ce matin, en entrant dans le cimetière, il l'avait imité d'une voix pointue : « Je vous prie, séance tenante, de reconduire M. Wyatt avec les égards qui lui sont dus. »

Gallois était irrécupérable.

Et devenait dangereux.

Sur ce constat, Davelot se rembrunit ; il lui en voulait pour P'tit Bosco. Pourtant, cela crevait les yeux qu'il fallait creuser de son côté ! *A priori*, le bossu n'était pas l'assassin, mais « l'ami » qu'il protégeait avait des chances de les conduire à lui. Ou à Marinette, qu'il continuait de suspecter. Même le plus idiot des flics, le plus incapable, le plus minable des débutants aurait exploité cette piste !

Quel but poursuivait-il ?

Le blondinet était perplexe. Il ignorait que Julie soupçonnait « ce vieux con » de rechercher la gloire. Et ne pouvait deviner que Percy, catégorie jésuite, pensait que Gallois transformait cette affaire en scandale politique.

D'un esprit plus terre à terre, Davelot campait sur ses positions. Pour lui, cet imbroglio était une histoire d'hommes : Gallois mettait le souk pour se venger d'un notable, si ce n'était de plusieurs. Son mobile relevait de la psychose et vérolait l'enquête… Ça passerait ou ça casserait, mais il fallait qu'ils s'expliquent…

Le ciel était d'argent en ce samedi matin, le soleil tentait une percée. Dans les allées gravillonnées, des cheveux blancs entretenaient des tombes. En habitués des lieux, ils avaient sorti leur arrosoir, leurs outils, leurs chiffons. En dépit de leur arthrose, certains sarclaient la terre, d'autres taillaient des chrysanthèmes plantés à la Toussaint. Mais tous, en Flamands virussés par le savon, lavaient, frottaient, lustraient tombeaux, pierres et marbres.

Pas partout : une parcelle du cimetière leur était interdite. Du moins provisoirement, le temps que les policiers accomplissent leur mission.

Pour une fois le mort dont ils s'occupaient était un mort de longue date. Un mort bien mort et enterré. C'était à son caveau que des connards s'en étaient pris.

Ils l'avaient barbouillé, flétri, couvert de dessins et d'injures. Jamais, de mémoire d'ancien, on n'avait vu de telles souillures. Les plus vieux se souvenaient que dans les années 1920, un soir de ribouldingue, des jeunes avaient chié sur la statue des *Six Bourgeois* ; mais leurs déjections avaient fait rire. Or cette merde-là ne prêtait pas à sourire, même si la « victime », de son vivant, avait été haïe par la moitié de la ville.

Suivant son habitude, pendant que ses hommes s'escrimaient à trouver des indices, Gallois s'était retiré pour rouspéter au calme.

Enveloppé dans un duffel-coat, le cou serré par une écharpe en laine, il flânait au fond du cimetière, dans l'enclos des *soldats étrangers*. La plupart étaient des Allemands, c'est-à-dire des Boches, des Chleuhs, des Frisés, des salopards sur les ventres desquels, pour les punir d'avoir porté le mauvais uniforme, on avait planté des croix noires. Des croix noires ! Mais qui, s'indigna Gallois, avait pu, ici-bas, se prendre pour le Très-Haut ? Qui donc s'était permis de salir le message du Christ, de décider que sa croix était double, une blanche pour les bons, une noire pour les méchants ? Comme si l'éternité n'était pas la même pour tous !

Dans sa complexité, Gallois était croyant, profondément, sinon que sa foi divergeait de celle de Rome. Au fil des ans, guerre après guerre, blessure après blessure, il avait fondé sa propre religion.

Dans son Église on se moquait des textes. Quel esprit humaniste, raillait-il, pouvait encore accorder du crédit à la Bible ? À quoi ressemblait ce Dieu infiniment bon qui – on se demandait comment ? – avait dit aux prophètes – dont on ne savait rien – qu'un père avait le droit de tuer femme et enfants ? C'était tout bonnement à pleurer ! Alors à ce Dieu officiel il préférait le sien, le Grand Architecte, avec lequel, par ailleurs, il était en froid. Depuis son départ d'Algérie, il ne lui parlait plus. Lui aussi l'avait abandonné, comme Jésus sur sa croix, un Jésus dont le corps, contrairement à ce que l'on croyait, n'avait pas dû être offert à la multitude. Ce cimetière le prouvait. Les uns avaient eu du pain blanc et les autres du noir.

Pauvres bougres, pensa-t-il en regardant les mottes de terre qui leur servaient de tombes. Ils avaient eu le tort de naître à l'est du Rhin. Et de mourir à l'ouest où ils n'auraient pas dû se trouver. Mais avaient-ils souhaité y venir en soldats ? Lui-même n'avait pas demandé à être flic à Calais.

À deux tombes de lui, il remarqua que Davelot l'observait d'un œil critique. Pas la peine qu'il s'exprime ; pourvu d'un sixième sens, le vieux renard savait qu'il le désavouait.

— Vous avez déjà tué un homme, mon garçon ?

Interloqué, Davelot prit le temps de tisser sa réponse.

— Vingt-deux mois dans les Aurès.

Ce n'était pas un scoop, Gallois avait lu son dossier.

— Et moi deux ans en France et en Allemagne. 1re Armée, Rhin et Danube. J'en ai flingué plus d'un.

— Moi aussi pour défendre ma peau, *et je n'étais pas chez moi*.

— Moi non plus *je n'étais pas chez moi*, mais je vous ai libérés.

— C'est toute la différence avec l'Algérie : *nous*, en 44, nous étions *chez nous*.

— Et aujourd'hui, vous pouvez me dire où je suis ? Chez moi ou bien chez vous ?

Piégé sur un terrain miné, Davelot préféra battre en retraite.

— Il est où notre pays, mon garçon ? De quel coin de France sommes-nous originaires ? Où poser nos valises sans qu'on nous traite d'envahisseurs ? Vaste question…

Il lui montra les tombes des Allemands.

— Pour les Français de France, nous ne sommes pas des pieds-noirs, nous sommes leurs croix noires, des croix qu'ils supportent depuis le rapatriement.

— Là, vous exagérez.

— Ce « là » donne raison à ce qui le précédait.

— Traduisez-le comme ça vous chante, je n'ai pas d'opinion.

— Ah bon ? Alors je vais vous aider à en avoir une… Qui m'a accueilli à la brigade ? Qui m'a invité à boire un pot ? Personne… Je suis le représentant de votre mauvaise conscience.

Puisqu'ils en étaient à vider leur sac, Davelot sortit le paquet qu'il avait sur le cœur.

— Ce qui nous donnait mauvaise conscience, c'était ce qui se passait en Algérie.

— Vu de votre fauteuil dans « Cinq Colonnes à la Une » ? En vidant bière sur bière devant votre télé ?

— Changez de ton, s'il vous plaît, je ne vous permets pas de nous traiter d'abrutis !… Vous savez combien de mes copains sont revenus du Djebel dans une boîte en sapin ? Des gosses qui ne savaient même pas situer Alger sur une carte ?… Trop ! Beaucoup trop !… Ils vous ont largement rendu le sang que vous avez versé.

— Et en 44, vous croyez que nos jeunes savaient situer Calais ? Ils avaient déjà du mal avec l'Alsace et la Lorraine.

— Mais Hitler savait où était l'Afrique. Vous n'auriez pas pris les armes, il vous aurait massacrés.

— La faute à qui ? Aucun pied-noir ne dirigeait l'armée. La ligne Maginot était une connerie.

— C'est ce qu'avait dit de Gaulle avant la guerre.

— Ah ! Je vous en prie, ne me parlez pas de celui-là !

— Parce qu'il a toujours dit la vérité ?

— Ne me faites pas rire, vous me comprenez très bien.

— Je comprends surtout que vous refusez l'évidence : c'était à votre génération de régler le problème algérien, la mienne n'avait pas à crever pour vos erreurs.

Gallois le savait, comme il savait que l'histoire se répétait.

— En 1943, c'est exactement ce que j'ai balancé à un politicard qui avait approuvé les accords de Munich. On est quand même parti se faire tuer en Europe. Et on n'a pas eu de référendum pour mettre fin à la boucherie.

— J'enregistre que l'autodétermination vous est restée sur l'estomac.

— Non, mon garçon, elle a confisqué mon âme… C'est vous qui avez décidé que je devais l'abandonner en Algérie.

La vindicte de Davelot recula. Il ne s'était pas préparé à cette accusation. Mais il se reprit vite, il en avait des tonnes à expulser.

— Ça se sent que vous êtes dégoûté de tout, que vous détestez ma région. Je me demande pourquoi vous avez accepté d'y être flic.

— Parce que j'aime ce métier quel que soit l'endroit où je l'exerce.

— Pff ! Quand on aime ce métier on aime la justice. Désolé, mais pour bien la servir on n'y mêle pas ses rancœurs.

— Seriez-vous en train de me dire que je la bafoue ?
— Un peu trop dans cette affaire. Pourquoi l'embrouiller ? À quoi jouez-vous ? Dites-le-moi, j'aimerais ne pas mourir idiot.

Le vieux renard sourit. Davelot avait posé son fou là où il l'avait attiré.

— Entendu, mon garçon... Mais d'abord sachez que j'apprécie votre franchise. Il faut du courage pour s'opposer à un supérieur.
— Vous croyez quoi ? Qu'avec trente ans d'écart et un titre de commissaire vous allez m'impressionner ? J'ai fait la guerre comme vous, je n'en ai plus rien à battre des gradés qui dévissent.
— Nous sommes bien d'accord.

Sur ses gardes, Davelot redoubla de méfiance.

— D'accord sur quoi ?
— Sur ce métier, la justice et les chefs incapables. Je vais même plus loin : vous ne vous trompez pas sur mon compte. Sauf sur un point.
— Qui est ?
— Le jeu, mon garçon. Quoi que je pense, quoi que je ressente – ce qui ne vous regarde pas –, je n'embrouille pas la partie, je remets les pions sur les bonnes cases. Mais cette subtilité a l'air de vous échapper.
— Totalement, elle manque de résultat.
— Pourtant il est bien là : *je crois savoir qui est l'assassin*.

Au ton employé, à l'assurance de sa voix, à ses petits tics qu'il connaissait par cœur, Davelot sut qu'il disait la vérité.

— Vraiment ?
— Vraiment.
— Depuis quand ?
— Jeudi soir, après ma visite chez Mme Chaussois.

— Qu'est-ce qui vous a mis sur la voie ?

— Le buste du Titi siffleur : elle a le même dans son salon.

Le renard savoura sa victoire avant de compléter :

— Ajoutez-y un bout de dossier que j'avais lu la veille. Il suffisait de faire le rapprochement.

Gallois ne trichait pas, Davelot en était persuadé.

— C'est qui, patron ?

Le fait qu'il lui redonnât du « patron » inonda le vieux flic d'un plaisir ineffable.

— Laissez-moi un peu de temps avant de vous donner son nom.

— Ce n'est quand même pas Wyatt ?

— Non, je vous donne ma parole qu'il n'a tué personne. Son entourage non plus.

— S'il est innocent, pour quelle raison l'avez-vous embarqué ? Vous saviez que son Austin avait été volée.

— Vous aussi, apparemment.

— Il m'arrive faire mon boulot. Alors, pourquoi l'avoir inquiété ?

— Pour le mettre à l'abri, lui et les siens, ce qu'il a fort bien compris.

— Parce qu'il est en danger ?

— Oui… Mais n'en demandez pas plus, il faut que je vérifie des choses.

C'était trop exiger de Davelot.

— Dites-moi au moins si c'est un notable.

— Mm… C'est plus compliqué que je ne l'imaginais… Je tâtonne sur le mobile… Celui que j'ai trouvé me paraît effarant, il doit y en avoir un plus simple.

— Et d'après ce qui s'est passé ici, vous croyez que l'assassin a un complice ?

— Je n'en sais rien… Je peux juste vous confirmer que cette affaire a démarré en 1954 autour d'un vol imaginaire.

En veine de confidences, le vieux renard lui confia qu'Yvon Chaussois, cette année-là, avait quitté le club de chasse de Basset.

— Sa veuve me l'a appris. C'est curieux, non, comme on retrouve nos chasseurs à chaque rebondissement ?

À l'autre bout du cimetière, les inspecteurs chargés de relever des indices en avaient terminé. L'un d'eux leur fit signe d'approcher. Les deux flics opérèrent un demi-tour en marchant côte à côte. Plus question de s'opposer, l'abcès était crevé, ils reformaient une équipe, un tandem disparate mais plus solide qu'avant.

— À propos de 54, patron, je suis tombé sur un fait divers... rigolo.

— Qui concerne ?

— Le type dont on a profané la tombe. Vous avez relevé la date de son décès ?

— Oui, 1954... Toujours 1954... Simon Pruvost, 1895-1954... Encore un classe 1916, ex-poilu, ex-officier, famille influente... Ses enfants ont déjà téléphoné au préfet. Le fils aîné est membre du Conseil de l'ordre des médecins.

— Et son père était huissier de justice.

— Po, po, po !... Les chiens ne font pas que des chiens.

— Si ce n'est que Pruvost faisait partie de la race qui mordait. Je l'ai un peu connu, c'était un enragé, les gens le détestaient.

— C'est ça qui est marrant ?

— Non, c'est son départ : il est mort d'une crise cardiaque au cours d'une saisie.

— En plein travail, comme Molière... Rigolo, en effet.

Le jeune flic ralentit, pris d'une intuition.

— Pigeon, Basset, Chaussois et à présent Pruvost. Le saccage de sa tombe serait-il lié aux crimes ? Avec Dalquin pour fil d'Ariane ? Il s'engueulait parfois avec Pruvost.

— Peut-être... J'ai lu dans un rapport qu'ils travaillaient ensemble... Il faut tout envisager... Si ce n'est que je ne vois pas Dalquin commettre *ça*.

Ça, le désigna-t-il, c'était le caveau de l'huissier taché de peinture rouge. Des svastikas y avaient été dessinés. « Sale nazi » et « va pourrir en enfer » souillaient sa blancheur. Mais plus ignoble encore que ces écrits, les profanateurs avaient détruit la croix qui recouvrait son marbre.

Pendant que Gallois examinait les dégâts, un inspecteur vint lui faire son rapport. Les investigations se soldaient par un bide. Sinon des graviers remués sans traces de semelles exploitables, les salopards n'avaient laissé aucun indice. En revanche, le têtu espérait trouver leurs empreintes sur les pots de peinture. Ces imbéciles, ricana-t-il, les avaient abandonnés près du caveau.

À quoi servirait cette analyse ? le rembarra le vieux flic. À rien d'autre qu'à noircir une page de plus dans un rapport débile. Ces pots, il en mettait sa main au feu, avaient dû être achetés à l'autre bout de la France, et ces barbares, loin d'être primaires, devaient porter des gants.

Pragmatique, il se tourna alors vers Quilus.

Le fossoyeur, flavescent, imbibé jusqu'au cou, se tenait droit comme un piquet.

À part son haleine qui le trahissait, nul ne pouvait deviner qu'il était déjà plein.

En arrivant, Gallois l'avait interrogé mais tenait à le réentendre.

— Reprenons tout de zéro, monsieur Quilus : vous me confirmez que ces sagouins se sont enfuis quinze minutes après minuit ?

Tel un radar rotatif, le vieil ivrogne chercha à localiser son interlocuteur, puis, quand il l'eut enfin trouvé, lui répondit avec parcimonie :

— Oui… Minuit quinze… Horloge de la mairie.

— Vous êtes sûr qu'ils étaient deux ?

— … Un grand… Un moyen…

— Les avez-vous distingués ?

— Non… Homme… Femme… Sais pas.

— Vous maintenez toutefois avoir reconnu la voiture du docteur Béhal ?

— Certain… Vient souvent… Tombe de ses parents… Me file la pièce.

— Comment pouvez-vous affirmer que c'était sa bagnole ?

— L'habitude…

Gallois se lissa la moustache. Le témoignage du bonhomme ne valait rien.

— Ce que vous avez vu, c'est une DS 21. Ce qui nous aurait été utile, c'est que vous releviez son numéro.

— Trop loin… Trop flou… Trop noir…

Et surtout trop d'alcool, regretta le vieux flic.

Mais au diable le flacon ! Il devait une réponse à cet excellent docteur.

35

Les accros de la voile se retrouvaient au pied du Fort Risban, dans les eaux de l'arrière-port. Les scouts marins s'y initiaient aux joies du grand large, les louveteaux à celles de la rame et les plus confirmés s'y entraînaient pour les régates.

Leur virée achevée, la plupart regagnaient le bassin ouest en longeant le mémorial du *Pluviôse* – un sous-marin disparu en 1910 au large de Calais –, puis accostaient devant ce qui leur servait de yacht club.

C'était à cet endroit, à l'écart des marées, qu'ils procédaient à l'entretien de leurs bateaux. Et c'était dans sa vase que Gallois savait trouver Béhal.

Béhal ! Le vieux renard avait une fiche sur lui. Sans états d'âme, il comptait s'en servir. Mais avec discrétion. Ce qu'il avait appris sur lui ne regardait personne.

Biiou !... cria une mouette dès qu'il sortit de sa voiture. À sa demande, Davelot le laissa aller seul. Le jeune flic s'était garé au bout de la darse, face aux dunes qui séparaient la ville de la plage. Ces dunes, à l'infini, étirées jusqu'à Blériot-Plage, étaient un immense terrain de jeu, un paradis pour les gosses. Pouvait-il imaginer qu'on les raserait un jour, que le béton y remplacerait les oyats ? Non, elles faisaient partie du décor, éternelles, indestructibles, comme les deux jetées du chenal à la pointe desquelles, si on en croyait les instits, se séparaient la Manche et la mer du Nord.

En gagnant le yacht club, Gallois s'en voulut d'avoir gardé ses mocassins. La terre était spongieuse. Pour éviter de s'enliser, il progressa en allongeant les jambes, bras écartés, surveillé par des vaches qui broutaient dans un pré mitoyen, survolé par une nuée de mouettes dérangées dans leur quête de poissons.

Biiou !… s'énerva la même : « Tu n'as rien à faire là ! Dépêche-toi d'en finir ! »

À son hostilité s'ajouta le déplaisir de l'odeur. La vase était la reine des lieux et le faisait sentir. Flaques, boue, fondrières, où qu'il posât les yeux, il ne voyait que des pièges, et ce fut soulagé qu'il atteignit son but.

Si Béhal ne le connaissait pas, Gallois pouvait l'identifier. Agrafé à une note, il avait sa photo dans l'une de ses poches. L'endroit était peu fréquenté, il ne lui fallut qu'un bref instant pour le localiser.

En pantalon de velours et pull à col roulé, Béhal repeignait la coque d'un voilier. Il aperçut Gallois en esquissant un sourire. Que fichait ce vieux fou dans ce coin bourbeux ? Il avait dû se tromper d'adresse. On ne venait ici qu'en bottes et en ciré.

À l'inverse, l'homme qui travaillait avec lui détesta sa présence. Elle la fit même grigner. Alerté par ses tics, Béhal l'interrogea du regard. Le visage tourmenté, tendu, l'homme marmonna une phrase à son oreille, suite à quoi, en roulant des épaules, Béhal s'avança vers le vieux renard.

— Vous êtes le commissaire Gallois ? lui demanda-t-il abruptement.

— Et vous le docteur Béhal ?

— Je suppose que vous avez eu mon message.

— Un de mes adjoints me l'a transmis.

— Et vous venez dans cette fange me donner la réponse ? Il a dû vous choquer.

— J'en entends des plus durs. Votre patois est à peine en division d'honneur.

Biiou !... La mouette le frôla, histoire de lui faire comprendre qu'il perdait son temps en escarmouches.

— Enfin, si ce coup de gueule a pu vous soulager, j'en suis heureux.

— Ce qui m'a soulagé, c'est que M. Wyatt rentre chez lui.

— Vous vous en faisiez pour ce brave homme ?

— Non, pour sa femme : c'est d'elle que je parlais dans mon message.

— Ah ! C'est vrai qu'elle est gravement malade. J'espère qu'elle va mieux.

— Un peu, sans plus... Mais comment êtes-vous au courant pour sa santé ? Wyatt vous a confié ce qu'elle avait ?

— Il n'en a pas eu la peine. En province, docteur, la police est *presque* aussi bien renseignée qu'à Paris.

D'un mouvement de la tête, il montra l'homme qui travaillait avec lui à l'entretien du bateau.

— C'est ainsi que je sais que vous avez acheté ce youyou avec M. Van Weyer.

— Ce que vous traitez de youyou, commissaire, est un splendide quillard.

— J'ai dit *presque*... *Presque* est notre ennemi, nous ne savons pas tout.

— Alors vous ignorez que Maxime Van Weyer est un as de la voile.

— Détrompez-vous, son palmarès m'a beaucoup impressionné.

Fin de la première mi-temps. Gallois fit quelques pas dans le varech, main dans le dos, nez en l'air.

— En revanche, docteur, ce qui me reste à savoir, c'est où vous vous trouviez cette nuit à minuit quinze...

Büou !... ponctua la mouette, comme satisfaite qu'il tape enfin dans le bois dur. Béhal le regarda, regarda Van Weyer, tangua entre répondre et se mettre en colère.

— Pourquoi ?

— Dites-moi d'abord où vous étiez.

— Minuit quinze ?... Chez les Wyatt. Je suis resté chez eux pour souper.

— Vous êtes parti à quelle heure ?

— Aux environs de 1 h 30 après avoir fait une dernière piqûre à Mme Wyatt.

— Je présume que les Wyatt peuvent en témoigner ?

— Formellement, ainsi que leur personnel.

Gallois n'en fut pas étonné. Par principe, il se tourna vers Van Weyer.

— Et vous, monsieur, vous étiez où à minuit quinze ?

Le bellâtre continua de peindre sans détacher ses yeux de la coque.

— À table... Précisément à une table de bridge que j'ai quittée aux alentours de 2 heures du matin.

— En compagnie de ?

— M. Sergent et des chefs d'entreprise... Vous jouez au bridge, commissaire ?

— Non, aux échecs.

— Moyennement ou bien ?

— Je suis redoutable.

Ces aigres civilités agacèrent Béhal.

— Où voulez-vous en venir ? durcit-il le ton. Vous cherchez à vous venger ?

— De votre coup de fil ? Non, docteur, sinon vous seriez dans mon bureau.

— Parce que je suis soupçonné d'avoir commis un délit ?

— Vous n'êtes pas soupçonné, vous êtes accusé.

— Hein ? ! fit-il mine de tomber à la renverse. De quoi ?

— De la profanation d'une tombe.

— D'une tombe ? ! Où ça ?

— Au cimetière Nord, à minuit quinze. Un témoin a vu deux individus s'enfuir dans une voiture. D'après ses déclarations, vous et votre coéquipier correspondez à la description qu'il en a faite.

— Et ça suffit pour que vous nous accusiez ? s'empourpra Van Weyer.

— Non, il y a une limite à l'erreur judiciaire. Le problème, voyez-vous, est que notre témoin jure avoir reconnu la DS 21 du docteur Béhal.

— Ma DS ?... Formidable ! J'ignorais que j'avais le don d'ubiquité ! Ou que ma voiture fuguait dès que j'avais le dos tourné !

— Calmez-vous, docteur, je ne fais que procéder à une vérification. Le préfet en personne a pris les choses en main : la tombe profanée est celle d'un dénommé Simon Pruvost... Un personnage... Vous l'avez peut-être connu ?

En entendant ce nom, Béhal postillonna de dégoût.

— Pouh !... L'huissier ?... Foutre oui ! J'ai eu l'occasion de croiser ce charognard. Et aujourd'hui je me fade son fils, membre de l'Ordre à Lille. Pas marrant, le gars ; je vous souhaite bien du plaisir si vous l'avez devant vous.

Les régatiers se détendirent. La démarche de Gallois devenait lumineuse : en dignes héritiers du siècle de Balzac, les Pruvost étaient des bourgeois imbuvables, sans pitié pour les petits, qui se feraient une joie de démolir le vieux flic s'il commettait un impair.

— Soit ! Terminons-en, céda Gallois. Vos alibis sont en acier, je ne vois pas l'intérêt de vous ennuyer davantage. Avec mes regrets pour vous avoir dérangés, il ne me reste plus qu'à aller recadrer la mémoire de M. Quilus.

Béhal sursauta.

— Le fossoyeur ! C'est lui votre témoin ?

— Hélas.

— Mais c'est un ivrogne permanent, il n'a pas dessoûlé depuis la guerre ! Vous avez vu sa trogne ? Il a quarante-neuf ans ! On dirait un vieillard !

— Je sais, oui, j'ai appris son histoire : une bombe, plus de femme, plus d'enfants.

— Heureux pour vous qu'il n'ait pas affirmé avoir vu des Zoulous.

— C'est bien pour ça que je ne vous ai pas convoqués.

Et même si Quilus avait relevé le numéro de sa DS, le premier avocaillon venu aurait démontré qu'il le connaissait par cœur.

Biiou !... La mouette revint comme pour lui demander de conclure.

Gallois l'écouta.

D'un air condescendant, il prit le bras de Béhal, l'entraîna à l'écart de Van Weyer, s'arrêta près d'un canot rongé par le sel où, sans préliminaire, il lui tendit sa photo agrafée à une note.

Intrigué, celui-ci fit peu de cas de son portrait pour lire le texte qui l'accompagnait.

— Vous n'avez rien de mieux sur moi, commissaire ? recouvra-t-il son sourire.

— C'est déjà pas mal.

— La personne était majeure.

— L'ennuyeux est que sa famille a tenté de vous poursuivre.

— Je suis gynéco ! éclata-t-il de rire. Je peux vous assurer qu'il n'y avait aucune chance pour que nous ayons un enfant.

— Le problème est que ses parents ne l'ont pas entendu de cette oreille.

Serein, Béhal pointa leur nom sur le rapport.

— Vous avez vu qui sont ces gens ? Des célébrités, des gens riches à millions, plus bigots que le pape. Je comprends qu'ils aient fait la gueule. Et j'en ai entendu : la prunelle de leurs yeux dans les bras d'un sans-le-sou !... Ils ont crié au viol.

— Tt... Le délit dépassait le cadre de la lutte des classes.

— Admettons qu'un jardin public, même la nuit, ne soit pas un endroit pour folâtrer.

— Vous reconnaissez au moins ce point, c'est bien... Et l'essentiel est que votre partenaire vous ait blanchi, c'est écrit en toutes lettres.

L'affaire était classée, alors pourquoi la ressortait-il ?

— Parce que mon cher docteur, si j'étais un fumier – *i, e, r* –, je pourrais vous emmerder avec ce beau dossier. Vos clientes n'aimeraient pas découvrir vos frasques... Mais ce n'est pas mon genre, je me moque de savoir avec qui vous vous envoyez en l'air.

— Vous m'en parlez quand même.

— À dessein, pour que vous vous enfonciez ça dans le crâne : à l'avenir, faites votre métier et laissez-moi faire le mien. Mon boulot n'est pas de m'occuper des histoires de cul ni de faire chier le monde, il est de protéger les gens.

Il rangea la note dans son duffel-coat.

— Et en emmenant Wyatt, je l'ai protégé, lui, sa femme et ses enfants. Vous avez du mal à le comprendre, c'est certain, et, pour être franc, je m'en fous.

Biiou !... le félicita la mouette.

Plutôt content de lui, le vieux renard regagna sa voiture.

À la pointe de la darse, il se retourna pour voir si Béhal digérait son discours. Apparemment, le docteur en discutait avec Van Weyer. Tout en parlant, les deux hommes s'étaient remis à peindre leur quillard. Gallois, qui en avait fait peu de cas, nota qu'ils l'avaient baptisé *Lariflette*.

36

À peine eut-il franchi le seuil du commissariat que Vial se précipita à sa rencontre. Peu à l'aise, il avait l'allure d'un gamin pris en faute.

— Commissaire ! Quelqu'un est arrivé de Paris pour vous.
— Quelqu'un ?
— Un directeur de la Place Beauvau. Pas commode, entre nous. J'ai vu sa carte sans qu'il me laisse le temps de retenir son nom.
— Il est où ?
— Dans votre bureau. J'ai dû l'y conduire. Il vous attend depuis une heure.

En habitué de la maison, Gallois comprit qu'il n'avait pu l'empêcher d'en prendre possession.

— Merci, Vial, vous avez bien fait.

Un compliment, pas de remontrances ? Le planton respira et, en faisant mine de chercher un stylo, s'épongea le front derrière le comptoir. Avec la sueur qui noyait son marcel, il se serait bien tapé une bière.

Un directeur ! De la Place Beauvau ! La hiérarchie le soignait. D'un pas de légionnaire, amusé par la situation, Gallois se sépara de Davelot. Cette inspection était programmée, le rassura-t-il, il s'y attendait depuis des jours.

En quelque sorte il disait vrai. Le vieux renard savait que ses méthodes dérangeaient le haut du cocotier et que, tôt ou tard, il devrait s'en expliquer. Il s'y était préparé. Pas d'affolement, donc. En l'occurrence, les seules questions qu'il se posait étaient banales. Elles visaient les clowns de cette farce : qui, à Calais, avait lancé un SOS, et qui, de Paris, avait-on dépêché ? Le reste, il s'en fichait, prêt à faire front, y compris aux imprévus.

D'une poussée mollassonne, décontracté, il ouvrit la porte de son bureau. Et ne dépassa pas son cadre, autant surpris que ravi.

— Bonjour Achille, tu vas bien ?

Événement rarissime, Gallois sourit à son visiteur qui referma un livre.

— Po, po, po !… André ! Je ne m'attendais pas à te voir là.

— Ni moi à venir à Calais. La décision date d'hier soir.

Les deux hommes lurent l'un chez l'autre les dégâts causés par les ans. André Mangeloup n'avait pas trop changé : juste moins filiforme, mais élégant comme avant, avec une touche d'argent sur ses cheveux en brosse. Gallois, lui, avait maigri et, curiosité de la nature, refusait toujours de blanchir.

— Ça remonte à quand ?

— La dernière fois qu'on s'est vus ? À trois ans. Je t'ai laissé à Alger pour remonter à Paris. Ce qui ne m'a pas empêché de suivre ta carrière.

— Moi de même… Directeur Place Beauvau… Pas mal pour un Lyonnais.

— Un petit directeur : il y a du monde au-dessus de moi.

Mangeloup lui ouvrit les bras, les deux hommes s'étreignirent virilement, heureux de se retrouver.

— Tu vois, Achille, qu'on s'en est bien sortis. Je te l'avais prédit.

— La baraka, vieux frère, elle nous a été utile.

— Alors puisqu'on est encore vivants, offre un whisky à un vieux frère. C'est l'heure de l'apéro, je suis certain que tu en planques dans un tiroir.

— Si ce n'est que ce sera sans *ketmias*.

En un tour de main, Gallois sortit la bouteille qu'il cachait dans une armoire, remplit des verres, trinqua debout à leurs retrouvailles.

À la seconde tournée, les deux hommes s'assirent pour échanger des nouvelles, politesses aux orties, sans barrage de langage.

Ils parlèrent de leurs familles. Leurs épouses allaient bien. Des enfants s'étaient mariés, des petits-enfants avaient grandi, d'autres étaient nés.

Puis, avec pudeur, ils évoquèrent l'Algérie, leur collaboration, leurs combats, leurs peurs, leurs morts, en prenant garde de ne pas y mêler la politique. Chacun avait son opinion, différente de celle de l'autre, ce qui, malgré ces clivages, ne les empêchait pas d'être amis.

Enfin ils abordèrent le présent, franchement, directement, surtout Gallois, conscient que Mangeloup n'était pas là par hasard.

— Allez ! Débarrasse-toi du déplaisant : qu'as-tu à m'annoncer de terrible ?

— Rien, Achille, rien.

— Tu n'es quand même pas venu à Calais pour évoquer le passé ?

— J'ai évidemment des choses à te dire, mais rien de fâcheux, bien au contraire.

Les yeux de Mangeloup pétillèrent, il caressa le ruban rouge qui ornait sa boutonnière.

— Tu vois ce bout de tissu, Achille, tu sais ce que c'est ?

— Si je te réponds la Légion d'honneur, je gagne quoi ?

— La même... J'ai le plaisir de t'annoncer que tu es de la prochaine promotion.

— Quoi ?!

— Et je n'en ai pas terminé : tu passes divisionnaire. À si peu de la retraite, il était temps, non ?

Sidéré, le vieux flic faillit s'en resservir un whisky. Au long de sa carrière il avait assisté à des retournements de situation, mais ce petit dernier relevait de la cascade. Que d'honneurs, tout à coup ! Pas fou, rompu aux négociations de couloir, il sut aussitôt qu'il devrait les payer. À qui ? À quel prix ? Ce qu'il tint à savoir.

— À quelle fripouille dois-je ce paquet-cadeau ?

— Achille, je t'en prie...

— Pas entre nous, André, on a juré de ne jamais se mentir.

— C'est vrai... *Solennellement*.

— Je suis heureux que tu t'en souviennes.

Embarrassé, Mangeloup se tortura les méninges. D'un côté, il ne pouvait trahir ses supérieurs et, d'un autre, il était *obligé* de lui dire la vérité. Alors, pour se sortir de l'impasse, il prit sur lui de l'enjoliver.

L'idée de le promouvoir était partie de Calais. À ce qu'il en savait, un dénommé Percy avait contacté l'un de ses amis de la Place Beauvau. Énarque comme lui, ce dernier gravitait dans les hautes sphères, à un poste d'exécutant, mais proche des dignitaires. Percy lui avait parlé de Gallois, de ses grandes qualités, de ses services rendus à la nation, de sa fin de carrière, de l'injustice qui lui serait faite si on ne le récompensait pas. Sensible à son intervention, l'ami de Percy en avait touché un mot à son patron qui, aussitôt, avait examiné son dossier. Choqué qu'il soit encore au bas de l'échelle, le brave homme, après avoir vu le ministre, avait ordonné qu'on lui fasse réparation et désigné Mangeloup pour lui porter la nouvelle...

Consterné par ce verbiage, Gallois refusa d'en entendre davantage.

— Assez de boniments, André, viens-en au vrai motif de ta visite.

— Tu n'aimes pas mon histoire ?

— Elle est merdique... Il n'y a que pour Percy que j'y ai pris du plaisir. Ce garçon a du bourrichon, je l'ai mal évalué.

— Un énarque... Plus on les prend pour des andouilles et plus ils nous baisent la gueule. On n'est pas de force, ils sont formés pour ça.

Mangeloup s'accorda une seconde pour en rire avant de reprendre, plus sérieux :

— Entendu, le but de la manœuvre est de te neutraliser.

— Me quoi ?

— T'empêcher de foutre le boxon avec ton enquête. Percy te soupçonne de vouloir la transformer en scandale politique.

— Po, po, po !... Il est malade !

— J'ai lu le dossier. Reconnais que tu n'as pas ménagé ses notables.

Sur ce chapitre, Mangeloup avait raison. Non par peur, Gallois évita de lui confier qu'il voulait leur infliger une leçon, mais par honte d'avouer qu'à sa joie l'assassin s'en chargeait mieux que lui. Excepté s'il se trompait – *il avait encore des doutes* – à la minute où il avait deviné son nom, le vieux renard avait compris sa haine, une haine qu'il pardonnait mieux que quiconque : il éprouvait la même depuis son départ d'Algérie. Curieux transfert. L'assassin était devenu sa main, son justicier, sa dynamite... Jusqu'au jour où le flic qu'il était lui mettrait les menottes.

— Tu n'as pas tort, je l'admets.
— Qu'est-ce qui t'a pris d'emmerder les grands chefs ?
— Il fallait que je le fasse : le coupable gravite dans leur milieu.
— Tu en es sûr ?
— Enfin, André, on a bossé ensemble.
— Pardon… C'était juste pour parler.
Mangeloup s'en voulut, ce n'était pas la bonne question.
— Bon… Tu peux me dire qui tu soupçonnes ?
— Tu plaisantes ? Pas de nom avant d'avoir des preuves. Et puis cette affaire se passe chez les friqués. Tu sais comme moi que ce sont les plus délicates.
— Mm… Wyatt, pourquoi l'as-tu embarqué ?
Le vieux renard le fixa avec un naturel désarmant.
— Pour faire sortir le loup du bois : Wyatt est l'élément déclencheur de sa vendetta.
— Hein ? Là, il faut que tu t'expliques.
— Sans problème, vieux frère…
Pas tout à fait. L'histoire méritait qu'il verrouillât ses séquences.
— Avant de tout balancer, puisque tu as lu le dossier, es-tu d'accord pour dire que l'arrivée de Wyatt correspond au démarrage de la série ?
— Mouais… Les dates collent… Où est la relation ?
— Dans l'aura de Wyatt : l'assassin se sert de sa présence pour régler ses comptes.
— Admettons… Ce serait quoi son but de guerre ?
— Faire échouer les négociations en salissant l'image de la ville. Ses ex-copains en crèveront de dépit.
Peu convaincu, Mangeloup fit une moue dubitative.
— Et pour se venger il supprimerait des Français qualifiés de moyens ? Tu t'égares, vieux frère, ton salopard est un prolo.

— Non, André, réfléchis une seconde : un prolo tuerait-il avec des objets qui coûtent les poils du cul ? Un couteau en argent, un Granger, la copie d'un buste primé à Rome... Et des Mignot pour signature.

— Pas vraiment.

— Merci de l'admettre. L'assassin est même quelqu'un d'instruit, très renseigné sur nos méthodes : on n'a jamais trouvé le moindre indice sur les lieux de crime.

Ses arguments déstabilisèrent Mangeloup qui, songeur, reconsidéra son avis.

— Vu sous cet angle, évidemment, c'est peut-être un gars ruiné... Un bourge qui a gardé quelques belles pièces de son faste d'antan.

— Bravo, vieux frère, tu ne brûles pas mais tu te réchauffes.

— Mon intellect s'en félicite...

La cause était gagnée, Mangeloup suivit le fil.

— OK ! Alors, si je te suis, les victimes ne sont donc que les instruments de sa vengeance. Et s'il épargne les dirigeants, c'est pour assister à leur déconfiture...

Sans s'exprimer, Gallois l'approuva des yeux.

— Wyatt, dans ce merdier, il fait quoi ?

— L'appât.

— À savoir ?

— Qu'en l'embarquant, j'ai collé les foies à l'assassin. La présence de Wyatt est son prétexte. Or si Wyatt menace de s'en aller avant qu'il n'ait achevé sa vendetta, son joli plan tombe à l'eau.

— Pas si vite, s'il te plaît... Tu veux dire qu'en faisant mine de soupçonner Wyatt, tu obliges ce malade à revoir sa stratégie ?

— À fond, ce fou ne va plus tarder à prendre des risques.

— Futé… Si ça marche, il ne te restera qu'à le cueillir.

— J'ajoute qu'avec ce coup de bluff j'ai protégé Wyatt et sa famille, ce dont il m'a chaudement remercié.

L'arrestation de Wyatt avait fait du bruit en haut lieu. Mais ce qui en avait fait bien plus, c'était son intervention pour dédouaner Gallois. Personne, Place Beauvau, n'avait compris ce revirement théâtral. Que s'était-il passé entre eux pour que, contre toute attente, il ait protégé le vieux renard ? Mangeloup brûlait de l'apprendre.

— Tu sais que ça m'a épaté, ce truc. Vous vous êtes raconté quoi ?

— La vérité, sans plus.

— Ne te fous pas de moi, c'est du pipeau.

— Presque ! Je trouve bizarre que tu ne l'aies pas deviné. Essaye un peu pour voir.

— Arrête, Achille, je suis fatigué, j'ai roulé pendant des heures.

— Entendu, je te dis tout ; mais parce que j'ai pitié de toi.

Sur ce, tel un mime, Gallois livra son corps à d'étranges mimiques.

— Non… De quelle obédience ? se pétrifia Mangeloup.

— Grande Loge d'Angleterre.

— Tu le savais avant de le coffrer ?

— Je m'en étais assuré.

— Comme ça ? Sans qu'un détail t'ait mis la puce à l'oreille ?

— Si : j'ai eu l'occasion de rencontrer son père en tablier.

— OK… Wyatt est maçon… Je comprends tout si c'est un frère.

— Et Wyatt, lui, a compris pourquoi je devais le faire surveiller : dans sa folie, l'assassin pourrait s'en prendre à sa vie et à celle de sa femme.

— Qui, si ma mémoire est bonne, est une ex-Parisienne ?

— Oui, et gravement malade. Cette affaire n'arrange pas sa santé. J'ai promis à son mari d'y mettre fin rapidement.

Ce mystère étant éclairci, Mangeloup posa sur son ami un regard désolé.

— Pourquoi as-tu quitté la franc-maçonnerie ?

— Je ne l'ai pas quittée, André, j'ai juste pris du recul.

Avec ce faux-fuyant, Gallois évita la polémique. Au cœur même des loges, l'indépendance de l'Algérie avait opposé les deux camps. Dans de terribles discussions, au mépris de la tolérance, de l'humanisme, de leurs valeurs fondamentales, les frères avaient été jusqu'aux insultes. Et le vieux flic, maçon sincère, plutôt que de hurler dans le Temple, avait préféré en claquer la porte avec ses convictions.

Depuis, il errait dans la vie en quête d'une nouvelle vérité…

À l'opposé, pour Mangeloup ces clameurs s'inscrivaient dans la pierre. Le passé était consumé, le présent flamboyait. Sur ces bases qu'il défendait, il tenta de convaincre Gallois d'oublier ses fantômes.

Pour commencer, il le rassura sur le rapport qu'il écrirait, ce qui n'étonna point le vieux renard. Puis il s'ancra dans l'avenir en l'exhortant à rentrer ses griffes. À quoi servaient ses coups de pattes sinon à agacer la hiérarchie ? Il maîtrisait son enquête, il cernait l'assassin, alors pourquoi se distinguer si près de la retraite ? Tout ce que souhaitait l'amirauté, c'était qu'il ne fasse pas de vagues.

— Un bon conseil, Achille : mène l'affaire comme tu l'entends, mais calme-toi du côté des notables. Dis-toi que tu as gagné puisque tu leur as foutu la pétoche.

Conscient que ce satisfecit était insuffisant, Mangeloup tira sur la corde sensible.

— Je t'en conjure, vieux frère, ne fais pas l'imbécile. Pense à ta famille. Arrête ton gars en douce et prends ce qu'on t'offre pour partir en beauté.

Le vieux flic haussa les épaules. Au fond, que lui demandait-il ? Un peu de discrétion en échange d'honneurs qui raviraient les siens ? Mangeloup arrivait trop tard. Bien avant qu'il ne débarque, il avait mis un terme à ses velléités. Depuis peu, avec ou sans lui, quoi qu'il dise, quoi qu'il fasse contre les notables, il savait que leur bateau allait bientôt couler. Mais puisque faire plaisir à un ami n'est pas le trahir, il se rangea à ses vues comme s'il l'avait convaincu.

Soulagé, Mangeloup, avant de reprendre la route, l'invita à manger une gamelle de moules frites.

C'était trop pour Gallois qui décrocha son combiné.

— Laisse tomber, André. Martha sera heureuse de te revoir. Elle a fait des tagines.

37

Le petit garçon s'écroula dans le sable, percé d'une flèche en plein cœur.

Son agonie fut longue, douloureuse, insoutenable.

Devant ses copains hébétés, il hurla de douleur, se contorsionna, maudit son adversaire puis, inerte, roula au bas de la dune où il ne bougea plus.

La bande se dévisagea. Ils étaient sept, sept encore debout. L'un d'eux devait se dévouer. Très vite, les regards convergèrent vers l'archer, Pierrot, le plus gros de la troupe. Puisqu'il avait tué Éric, c'était son devoir de descendre.

En maugréant, il se détacha du groupe pour rejoindre le cadavre. La dégringolade d'une dune était un exercice enivrant. Il suffisait de se tenir droit, dur comme un pilier de bouchot, puis, à toute allure, d'enfoncer ses pieds dans le sable pour connaître des sensations fortes. À l'inverse, la montée vous cassait furieusement les pattes. Surtout sur les grains de cette dune, la plus haute de Sangatte, dont la pente frisait les soixante pour cent.

Pierrot s'y esquinterait après. Pour l'instant, il devait s'occuper de sa victime.

En quelques bonds contre le vent, il parvint à sa hauteur.

Plus de souffle, plus de mouvement. Éric était bien mort.

Parfait, apprécia-t-il, sinon que son éternité traînait trop en longueur.

Il était temps qu'il ressuscite.

Pour ce faire, le grassouillet s'agenouilla, s'approcha près de lui et, d'un ton solennel, prononça la formule magique en lui frottant le ventre :

— Guéri !

Aussitôt, Éric rouvrit les yeux, se redressa sur ses jambes et se mit à courir.

Les Indiens avaient gagné. Tant pis pour les cow-boys. Mais maintenant que tous étaient à nouveau vivants, il fallait trouver un autre jeu.

Pour commencer, Éric défia son camarade à la course. Maigrelet, léger comme un chaton, il escalada la dune en cinq sec', tandis que Pierrot, plus lourd, s'y tortura les genoux en s'étouffant à chaque pas.

Le résultat était connu d'avance, il n'empêche que le vainqueur fut acclamé chaudement. Ainsi bruyants, tout à leur liesse, les gamins ne virent pas Pierrot s'avancer en râlant.

Il était venu à bout de son chemin de croix et, furibond, ne goûtait guère le triomphe du tricheur. Bien sûr qu'Éric, avec ses kilos en moins, pouvait aller plus vite que lui ! Mais en se servant de ses poings, comme Élisée Castre, gloire locale, ex-champion de France de boxe, il donnerait quoi ? Déjà, pour le savoir, le petit gros se mettait en garde.

Allait-on vers un combat fratricide ?

Non ! s'exclama Julien, le plus vieux de la bande, en tapant sur sa montre (il était le seul à en avoir une ; il avait fait sa communion) : 16 h 21 ! Il leur restait peu de temps avant de rentrer chez eux ; alors, plutôt que de se bagarrer, il valait mieux se lancer dans une autre aventure.

Pierrot l'approuva. Après tout, il se fichait d'être le dernier puisqu'il était le plus costaud. Sagement, Éric ne releva pas et, les yeux dans le lointain, se mit à chercher un jeu avec ses copains.

Tirer au canon sur les bateaux qui naviguaient au large ne les emballa guère. Ils ne coulaient jamais.

Une partie de cache-cache ne les tenta pas davantage.

Pas plus que de ramasser des coquillages pour en faire des colliers. Un truc de filles.

Que restait-il sinon la guerre ? Avec tous les blockhaus qui les environnaient, le choix s'imposa de lui-même : ils allaient en prendre un d'assaut.

Le problème était que pour l'attaquer il fallait des défenseurs. Or qui d'autre que des Allemands pouvaient tenir la position ? Personne ! Ils furent tous d'accord sur ce point. Et se disputèrent dans la foulée. Ni les uns ni les autres ne voulaient tenir le rôle des Chleuhs. Français oui, mais pas Boches.

Devant tant de patriotisme, Julien trouva la solution. Il ramassa des brindilles, les coupa en deux tas, l'un court, l'autre long, et les dissimula dans sa main. En pareil cas, tirer à la courte-paille était ce qu'on avait inventé de mieux. D'autant qu'il fallait se grouiller. Bientôt 16 h 30, la nuit allait tomber.

Pourquoi pas ? L'idée fit l'unanimité.

En parfaite démocratie, il fut convenu que ceux qui tireraient les petites deviendraient les Allemands et que, par conséquent, les autres seraient les bons – c'est-à-dire les Français.

Dans le calme revenu, on procéda au tirage. Ce fut ainsi que le sort, malicieux, réserva à Pierrot et Éric une sacrée surprise. Quand ils montrèrent leurs brindilles, ils constatèrent qu'ils étaient dans le même camp, celui des Fridolins, en compagnie des deux minots de la bande. Belle équipe ! Leurs adversaires s'en tordirent de rire. Il y avait de quoi : les benjamins étaient de vrais boulets. Mais puisqu'ils avaient accepté de s'en remettre au hasard, les ex-antagonistes se plièrent à ses caprices.

Qui n'étaient pas si mauvais, se consola Pierrot. Après tout, en quoi consistait le rôle de son équipe ? À défendre un blockhaus qui se situait sur la dune opposée. C'est-à-dire qu'il fallait dévaler celle où ils se trouvaient et, en moins de cinq minutes, escalader celle d'en face pour prendre position. Or qui de toute la troupe était le plus rapide ? Éric, bien entendu, qui allait prendre possession du blockhaus et les couvrir pendant qu'ils monteraient à sa suite.

Ce fut la tactique que les Frisés de service décidèrent d'adopter.

Alors, puisqu'ils étaient prêts à en découdre, toujours l'œil sur sa montre, Julien donna le signal du départ.

La dégringolade de la dune, même pour les petits, fut, comme d'habitude, une promenade de santé.

Les choses se compliquèrent dès qu'il fallut grimper la suivante. Sauf pour Éric qui, comme l'avait prévu Pierrot, la gravit aisément.

En un chrono record il atteignit le sommet, se retourna, fit le V de la victoire – pas vraiment allemand – à ses camarades qu'il encouragea de la voix, puis, en se bouchant le nez, pénétra dans le blockhaus.

L'intérieur chlinguait dur. C'était une fosse d'aisance où les baigneurs se libéraient. Éric avait entendu des histoires curieuses sur les blockhaus. Son père disait qu'ils abritaient les jeunes qui faisaient la bête à deux dos. Il ignorait ce que cela signifiait, mais ce dont il était sûr, c'était qu'une bête à un dos refuserait d'y nicher.

Le jour s'éteignait. À travers les meurtrières, la lumière filtrait en rase-mottes, assez puissante, toutefois, pour qu'Éric puisse lire les inscriptions gravées dans le béton. Que signifiait *Heide, Ich liebe dich* ? C'était du chleuh, probablement une insulte. Incapable de la traduire, il continua la visite en filant vers la salle attenante.

Dehors, Pierrot n'en finissait pas de grimper. Et de s'interroger. Que fichait donc Éric ? Les Français les tannaient, il devrait déjà les canarder !

Le grassouillet n'allait plus tarder à le savoir. Tant pis pour les petits qui mollissaient derrière, il parvint au sommet sous les *tactacs* des mitraillettes adverses.

Pas d'Éric dans la première pièce. Que fichait-il ? Pierrot sourit : sûr qu'il préparait un guet-apens. C'était un futé, Éric, il lui faisait confiance pour surprendre l'ennemi.

Aussi, certain qu'il se planquait dans un coin sombre, il l'appela plusieurs fois pour qu'il ne le prenne pas pour un Français.

Mais à ses « Gaffe, c'est moi ! », il n'obtint pas de réponse.

Éric le faisait-il exprès ? En tout cas, son mutisme devenait inquiétant. À peine rassuré, Pierrot décida d'aller voir ce qu'il fichait. Il rasa les murs, comme il l'avait vu faire au cinéma, pouce et index à quatre-vingt-dix degrés en forme de pistolet, progressa lentement, atteignit l'entrée de la seconde salle, sauta entre ses murs, arme en avant, et baissa le bras, tétanisé.

Au milieu de la pièce, tremblant, en pleurs, au bord de l'asphyxie, Éric ne pouvait détacher ses yeux d'une femme qui le fixait.

Elle sentait mauvais. De l'urine avait coulé entre ses jambes.

Le cou gonflé par une corde attachée au plafond, son corps se balançait sous la pression du vent. Sous ses pieds gisait un cageot qu'elle avait dû faire tomber.

La femme s'était pendue.

38

Voilà plusieurs heures qu'il raconte son histoire.

L'homme se tait un instant pour contempler le ciel.

Ici, au bout de l'océan, il affole la palette, mêlant avec génie le fuchsia au lilas, la jonquille au jasmin. C'est un bouquet d'amour composé par les anges. À travers son feuillage le soleil décline. Bientôt il dormira. Et le petit garçon bâille.

Inquiet, l'homme lui demande s'il est fatigué ? Veut-il qu'il arrête de parler ?

Pas tout de suite, lui répond l'enfant, il tient à connaître la fin. En a-t-il encore pour longtemps avant de la lui dire ?

Non, répond l'homme, son récit est presque terminé.

Le petit garçon laisse quelques vagues effleurer le bateau, puis, sa curiosité revenue, l'assaille de questions.

La première, l'homme ne s'en étonne pas, concerne les enfants : qu'ont-ils fait après avoir découvert la pendue ? Ont-ils été choqués ? Les a-t-on consolés ? S'en sont-ils remis ?

L'homme soupire. Ils ont évidemment prévenu la police qui les a félicités, mais leurs parents, eux, ont fort peu apprécié l'aventure. Qu'avaient-ils eu besoin de traîner dans ce blockhaus ? Il était beau le résultat :

des flics et de la paperasse ! Aucun de ces gamins n'a donc eu de réconfort, certains ont même été interdits de dunes.

En ce temps-là, explique-t-il, les enfants étaient considérés comme des irresponsables, voire des *attireurs* d'ennuis, dont la parole n'avait aucune valeur. Pour les gens de cette époque, ils ne devenaient matures qu'après le service militaire. Ou le mariage pour les jeunes filles.

Avant d'en baver sous les drapeaux, les garçons n'avaient le droit que de se taire, de porter des culottes courtes jusqu'à leur communion, été comme hiver – le dimanche avec un nœud papillon et des souliers vernis – puis, ce sacrement passé, d'enfiler des pantalons avec, parure incontournable, une cravate à élastique. Plus tard, vers leurs quinze ans, ils franchissaient un autre cap, celui de la cigarette. Avec le duvet qui leur poussait sous le nez, venait la permission d'en griller une. C'était une sorte de rite, tribal et imbécile, dont nul ne savait qu'il menait au cancer.

Les filles, elles, n'étaient pas mieux considérées. Leur rôle consistait à se préparer à élever des enfants. Celles qui sortaient de ce chemin étaient regardées de travers. Les études ne servaient à une fille qu'à valoriser un mari. À petite dose, toutefois, car point trop n'en fallait. Enfin quoi ! Poursuivre après le bac faisait fuir un *parti* – ou diminuait l'époux. Le mâle était le maître et devait le rester. C'était dans l'ordre d'une société qu'il fallait protéger.

L'homme, à ce propos, se souvient d'une amie qui, brillante élève, avait été admise dans une grande école. Or, plutôt que de l'en féliciter, son père, militaire et fervent catholique, l'avait reniée. Oui : proprement reniée ! Que sa fille – *une fille* – rejoignît les élites au lieu d'apprendre à coudre était une hérésie pour ce conservateur.

Par conséquent, ironise l'homme, dans cette torpeur médiévale il n'était pas question de soutien psychologique. Depuis, heureusement, les mentalités ont évolué. Preuve que ce millénaire, si on s'en donne la peine, peut être formidable.

L'enfant l'approuve, à condition que tous les peuples s'entendent enfin. Par ricochet, il revient sur la franc-maçonnerie. L'homme, dans son récit, a évoqué son humanisme. Or il ignore tout d'elle. Peut-il lui expliquer en quoi elle consiste ?

Quelque peu embarrassé pour résumer son esprit, l'homme se limite aux généralités. C'est une association planétaire, vulgarise-t-il, qui regroupe des gens épris de liberté, d'égalité, de fraternité. L'essentiel est de savoir qu'ils contribuent à la paix dans le monde. Leur problème, ajoute-t-il, est que tout ce qu'ils font est secret. Il faut être initié à leurs rites pour partager leurs valeurs, car tous sont frères et sœurs, s'entraident, et se reconnaissent à des signes discrets.

« Secret », « discret », « entraide », ces mots font *tilt* dans la tête du petit garçon qui, tout à coup, comprend pourquoi ses frères ont soutenu Gallois. D'un air malicieux, il demande à l'homme s'ils ont bien fait de lui accorder leur confiance.

Oui et non, sourit ce dernier.

Bien des années après le bouclage du dossier, il a revu Gallois. Le vieux renard lui a avoué qu'au beau milieu de l'enquête il avait douté de sa théorie. Au point de croire que le nom de l'assassin qui trottait dans sa tête pouvait ne pas être le bon. Mais non, il ne s'était pas trompé. En fait, Gallois n'avait qu'un regret, celui d'avoir *presque* compris toutes les données de l'affaire. Ce *presque* qu'il détestait, ce *presque* lui pesait. Mais le principal, se consolait-il, était que la justice ait été satisfaite.

D'ailleurs sa hiérarchie l'avait félicité, la presse encensé et le public applaudi.

Les notables également, soulagés que le criminel ait cessé de frapper.

L'ennuyeux est qu'ils avaient tout faux. Ces baudruches ne savaient rien.

Au contraire du vieux renard qui avait tout deviné.

Mais pourquoi leur aurait-il dit la vérité ?

Ils auraient refusé de l'admettre.

39

Ce dimanche avait pourtant bien commencé.

Il faisait beau, Gallois s'était levé du bon pied, était parti acheter des croissants pour faire plaisir à Martha et, d'une voix enjouée, l'avait priée de se préparer. Avantage du Calaisis, lui proposa-t-il, puisque la Belgique était toute proche, avant midi ils seraient à La Panne où ils mangeraient en amoureux.

Sa femme en fut ravie, cela faisait des semaines qu'ils n'étaient pas sortis. Ce fut compter sans le téléphone qui bouleversa ce plan.

À 10 h 09, sa sonnerie retentit au moment même où, habillé, parfumé, le couple s'apprêtait à franchir la porte.

L'œil triste, Martha regarda son mari qui hésitait à décrocher. D'un mouvement résigné, elle lui montra le combiné : c'était peut-être important, il ne pouvait se défiler.

Son épouse avait raison, l'appel était urgent : le docteur Baudin voulait le voir au plus vite. La pendue du blockhaus était fin recousue, son autopsie bouclée et son rapport idem. Aussi, *hic et nunc*, avant de regagner Lille, tenait-il à lui faire part de ses conclusions. Les hautes autorités lui avaient mis la pression : toute mort suspecte à Calais étant devenue prioritaire, il convenait de faire les choses en règle. En plein week-end, se taper un macchabée lui était déjà pénible, alors se faire engueuler en sus ne participait pas à ses aspirations. Par conséquent, il l'attendait à l'hôpital pour lui transmettre le témoin.

Dépité, Gallois ne sut comment annoncer ce changement de programme. Il n'en eut nul besoin, Martha l'avait compris. Elle ôta son manteau et, d'une voix douce, lui demanda à quelle heure il comptait revenir. Pour le déjeuner, répondit-il. Alors, lui caressa-t-elle la joue, tout n'était pas perdu : à son retour ils iraient à Ardres, au bord du lac, où ils connaissaient une excellente auberge.

Martha n'était pas que la plus belle femme du monde – toujours aussi jolie qu'au jour de ses vingt ans avec ses grands yeux pers et ses cheveux bouclés –, elle était celle qui, d'une humeur constante, le soutenait en toute circonstance.

Il l'embrassa tendrement en lui promettant de se dépêcher…

Escargots, civet de lièvre, fromage et coupe de glace.

Ce fut en pensant aux plats qu'il choisirait que Gallois se gara devant l'hôpital. Il détestait ses briques rouges, le canal qui le longeait, aux effluences d'algues, d'eau croupie et fétide. De même, à l'intérieur, qu'il abhorrait ses relents d'antiseptique. Le moindre écoinçon exhalait la souffrance – odeur insupportable, elle lui rappelait son père. D'une nosophobie viscérale, Gallois redoutait la maladie. La mort, *a contrario*, il ne la craignait guère : il la fréquentait trop pour qu'elle lui fasse peur. S'éteindre, partir vers un ciel inconnu – ou pour un vide absurde – était écrit d'avance dans son carnet de route. Mais la douleur n'y avait pas sa place. Il l'en avait proscrite, décidé à la fuir par ses propres moyens si, d'aventure, un jour, son corps le trahissait.

Pour les besoins du métier, Gallois venait souvent entre ces murs blanchâtres. Sans demander son chemin, il courut dans les couloirs, les narines bloquées, la bouche grande ouverte, pour foncer vers une porte qu'il poussa violemment.

La pièce où il entra n'avait rien de convivial. Cependant, elle lui permit de respirer normalement. Certes, y flottaient des vapeurs de formol, mais elles le gênaient moins : c'était le parfum des Parques, il y était habitué.

Au centre de la salle, entourée de paillasses surchargées de burettes, une femme gisait sur une table en pierre. De sa dépouille couverte d'un drap rugueux, ne dépassait qu'une tête crayeuse. Son cou, apprécia le vieux flic, était entouré d'une gaze. Attention délicate, il ne devait pas être beau à voir.

— Bonjour commissaire, merci d'avoir fait vite.

Énorme, la quarantaine, la bouille cernée de verres ronds teintés, boudiné dans une blouse tachée de sang, le docteur Baudin lui tendit la main.

— Je vous retourne le compliment, docteur, vous n'avez pas perdu de temps.

— Pour ce qu'il y avait à constater, ce n'est pas un exploit.

— Notre morte a peu parlé ?

— Davantage eût été un poème.

— Bof ! L'important est qu'elle vous ait raconté l'essentiel.

— C'est vous le flic, vous en jugerez.

Pressé d'en finir, Baudin lui remit un dossier.

— Tout est écrit là-dedans. Je suppose que je dois quand même vous en faire un résumé ?

— Si ce n'est pas abuser.

— Au point où j'en suis, Lille peut attendre une minute de plus.

En soupirant, le gros homme enleva ses lunettes, les nettoya avec sa blouse, comme si ce préalable était indispensable à son exposé, puis, après avoir rechaussé ses bésicles, se dirigea vers la défunte dont il découvrit le corps.

— Regardez ses chairs, commissaire : cette femme a été frappée avec une rare violence. Une correction en règle. Ici, là, et encore là, promena-t-il son index, j'ai relevé ces marques.

— Ce sont des coups récents ?

— Non, donnés bien avant sa mort... Disons une semaine avant.

La nudité de la morte avait un côté malsain. Gallois répugnait à se livrer à ce voyeurisme *post mortem*, indécent, licencieux, auquel la victime ne pouvait rien opposer. Dans son esprit, c'était une sorte de viol. Mais l'outrage était légal et, quoi qu'il en pensât, il devait s'y soumettre pour comprendre son calvaire.

— Elle avait des fractures ?

— Négatif, juste des bleus comme vous pouvez le voir. Dommage, parce qu'avec une jambe pétée elle n'aurait pas pu se pendre.

— Parce que la pendaison est bien la cause de sa mort ?

— Affirmatif, commissaire. Marinette Michel s'est pendue avec une corde marine, d'excellente facture, que ses cervicales n'ont que peu appréciée. Remarquez que l'avantage d'avoir utilisé du bon matériel est qu'elle y est passée rapidement.

Inutile de prolonger l'examen. Baudin recouvrit Marinette, puis, concentré, ferma les yeux à la manière d'un homme qui ne veut rien oublier.

— Ah ! détail qui vaut ce qu'il vaut : son bol alimentaire était vide. Mme Michel n'avait rien mangé avant son suicide.

— Qui date de quand, docteur ?

— Pardon, c'est vrai, j'aurais dû commencer par là… Sa mort remonte à vendredi, sûr et certain. Quant à l'heure de son dernier souffle, elle n'est qu'approximative : je la situe en gros aux environs de midi.

Les cellules grises en action, Gallois revisita le temps. Vendredi matin, P'tit Bosco était encore en garde à vue, il n'avait donc rien à voir avec la mort de sa femme. Du moins directement, ce qui n'en faisait pas un innocent. Pour le vieux flic, il était bel et bien responsable de son suicide. Ce borné l'avait rouée de coups, humiliée, poussée à bout, sourd à ses pleurs et à ses plaintes. Il ne s'était même pas donné la peine d'écouter sa défense, aveuglément confiant en la parole d'un con qu'il s'acharnait à couvrir. Quel salaud, ragea Gallois qui se jura de lui faire payer la mort de Marinette. De même que de lui faire cracher le nom de son « Iago », quitte à employer des méthodes proscrites.

— Merci pour ce topo, docteur, il va m'être utile.

— Utile ? Vous plaisantez, ce n'est qu'un suicide.

— Pas seulement… Au contraire de ce que vous pensez, la pendaison de Mme Michel fait progresser l'enquête.

— Voyez-vous ça ! Et comment ?

— La réponse se trouve chez les siens… Au téléphone, vous m'avez bien dit que sa famille attendait pour récupérer le corps ?

— Oui, dans la pièce au bout du couloir. Pour l'instant il n'y a que son mari et son aînée. Les autres filles doivent arriver plus tard.

— Laissez-les, je m'occupe d'eux. Surtout de M. Michel.

Pas de civilités superflues, le fer demandait à être battu. Pressé de secouer le bossu, Gallois quitta Baudin sur un adieu des plus brefs. Hâte bénie par le toubib qui brûlait d'impatience de reprendre la route.

La salle d'attente jouxtait le labo. C'était un espace orbe, étroit, blessé par la lumière d'un néon tremblotant. Survolté, le vieux flic s'y rua comme un lion en colère.

Comme à son habitude, P'tit Bosco était vêtu de son éternel pull bleu, coiffé de sa casquette, botté de caoutchouc, et puait le poisson.

Delphine, elle, avait enfilé sa tenue la plus sombre et sentait le savon.

Brisés par le chagrin, prostrés, les yeux rougis par des torrents de larmes, le bossu et sa fille sanglotaient sur un banc.

Ils virent entrer Gallois sans penser à le saluer, tout entiers à leur peine qu'ils attendaient qu'il partage.

Mais il se garda de leur faire cette aumône.

Les consolations n'étaient pas à son programme. D'une froideur implacable, il ignora Delphine pour s'adresser à son père.

— Mes compliments, monsieur Michel, vous avez réussi votre coup.

Choqué par cette attaque, le pleureur tressaillit.

— Hein ? ! Ça veut dire quoi, commissaire ?

En entendant son titre, Delphine comprit qui était cet homme qu'elle n'avait jamais vu :

— Vous êtes le commissaire Gallois ?

— Oui, madame, et je vous prie de ne pas vous mêler de cette conversation.

— Qu'est-ce que vous me reprochez ? s'emballa P'tit Bosco. Vous croyez qu'ch'ot l'moment d'nous emmerder ? Ça vous saute pas aux yeux qu'on a du malheur ?

— La faute à qui, monsieur Michel ? Votre femme ne s'est pas suicidée, c'est vous qui l'avez tuée.

— Tuée ?... Moi ?... Vous déconnez !

— Oh, bien sûr, vous ne l'avez pas assassinée, elle s'est pendue toute seule. Mais c'est votre bêtise qui l'a mise dans le cercueil.

Cassé en deux, discrédité devant sa fille, P'tit Bosco tenta de se disculper.

— Ch'ot pas d'eum' faute, j'étos sûr qu'em'trompait.

— Arrêtez votre cinéma, vous savez qu'elle est morte à cause d'un menteur, ne me dites pas le contraire ! Pourquoi l'avez-vous cru plus qu'elle ? Franchement, ça me dépasse... De vous à moi, vous ne méritiez pas votre femme.

— Vous avez pas l'droit !

Jusqu'ici, Gallois avait parlé avec ses tripes. Il était temps que le vieux renard prenne la suite pour obtenir des aveux.

— Écoute-moi bien, crétinus : j'ai beaucoup de droits dans une enquête et je vais m'en servir. Tant que tu ne me donneras pas le nom de ton corbak, je te faisanderai la vie. Et si tu t'entêtes toujours, j'en déduirai que tu as inventé cette histoire pour pousser ta femme au suicide.

— Je vous interdis...

— Rien, mon pauvre ! Tu es mal placé pour interdire !... De deux choses l'une : ou tu as monté un char et je t'abandonne à ta conscience, ou ce type existe vraiment et je te conseille de me dire qui c'est avant que je ne l'apprenne.

Par bravade, par orgueil, P'tit Bosco le défia.

— Et vous m'f'rez quoi si vous l' trouvez sans que j'cause ?

— Je te chargerai comme un âne.

— Ch'ot qu'du vent, vous avez rien cont' moi.

— Mais je rêve ! Tu n'as pas l'air de bien comprendre la situation : ton gars était un proche de Lefèvre, c'est donc un témoin qui fuit la justice… Ou peut-être celui l'a tué, lui, Basset et Chaussois… En le couvrant, tu deviens son complice. À la finale, si tu persistes à la boucler, je te fiche mon billet que tu ne reverras pas tes filles avant longtemps.

Le vieux renard en avait terminé, le vouvoiement reprit le dessus.

— Réfléchissez bien, monsieur Michel, mais vite.

Sans adieu ni salut, Gallois l'abandonna. Il sortit de la pièce et, sitôt dans le couloir, se reboucha le nez pour regagner l'accueil.

Dehors, le soleil était toujours présent. Les odeurs également. Un bref coup d'œil à sa montre : 11 h 17. Tout allait bien, il n'habitait qu'à huit kilomètres de là. Si son plan fonctionnait, il serait chez lui avant midi. Pour s'en assurer, il s'accorda cinq minutes avant de reprendre sa voiture ; délai fort généreux qui n'alla pas à son terme.

— Monsieur le commissaire !

Échevelée, Delphine le héla de la porte de l'hôpital. Le vieux renard en comprima un sourire qui eût été victorieux. Son coup de bluff avait marché, il allait connaître la vérité.

— Que puis-je pour vous, madame ? fit-il semblant de ranger ses clés de voiture.

— M'écouter, commissaire, mon père est trop buté pour vous parler.

— Et vous ?

— Je vous raconte tout si vous me promettez qu'il n'aura pas d'ennuis.

Le marché était conclu d'avance, Gallois lui promit de le laisser tranquille.

— Parole d'homme... Sauf, bien sûr, s'il a tué trois personnes.

— Certainement pas, je vous le jure.

— Inutile de jurer, je sais qu'il est innocent.

Rassurée par sa conviction, Delphine décompressa.

— Bon, ben voilà, mon père vient de me l'avouer : c'est Hubert Dalquin qui a bavé sur ma mère.

— Dalquin ? Je l'ai à 2 contre 1. Petite mise, petit gain.

— Vous vous en doutiez ?

— Il était en bonne place sur ma liste.

— Sur la mienne aussi.

— Ce mystère étant résolu, je me demande pourquoi votre père le protège tant.

— Pff ! Ce sont des histoires qui remontent à la Grande Guerre.

— À savoir ?

La jeune femme se contracta, ses doigts usés par les lessives poignassèrent son manteau, ses lèvres se tordirent pour vomir la réponse :

— Je peux pas pifer Dalquin, il a bouffé à toutes les sauces, il a tondu des juifs... Mais je reconnais qu'il lui est arrivé d'être courageux... En 17, il a sauvé la vie de mon grand-père au Chemin des Dames. On l'a même décoré pour acte de bravoure.

— Po, po, po !... Et cela a suffi pour que votre père risque de gros ennuis pour lui ?

— Pas qu'un peu, commissaire.

— Et comment expliquez-vous son étrange dévotion ?

— Hubert est sacré dans la famille, comme si on lui devait d'exister. Tout ce qu'il dit est parole d'évangile. Mon père a été élevé dans cette religion. Sans mentir, il lui fait plus confiance qu'au bon Dieu.

Phares plein pot, sirène en action, une ambulance pénétra dans la cour. Gallois mit son passage à profit pour se concentrer. Sous le prétexte que ses hurlements le dérangeaient, il attendit qu'ils s'estompent avant de réattaquer.

— Quel était son intérêt d'accuser votre mère de fricoter avec Pigeon ?

La jeune femme tangua, ce n'était pas dans le contrat. Elle balança la tête, pesa les retombées de ses confidences, puis, lasse de ces embrouilles, se décida à cracher le morceau.

— Oh, et zut ! Autant vider mon sac : Hubert a voulu se venger de Lefèvre. Du moins c'est mon avis.

— Excusez-moi, je ne vous comprends pas.

— C'est pourtant évident ! En racontant des crasses sur ma mère, il était sûr que mon père casserait la gueule à Pigeon. Vous savez, mon père en a pas l'air, mais il est fort comme un Turc : Pigeon aurait pas tenu un round.

L'homme était surtout violent, pour preuve les contusions de Marinette. Cependant, au-delà de ces considérations, en creusant les confidences de Delphine, il entrevit un lien entre les victimes et la haine que leur vouait Dalquin.

— D'après vous, si je traduis bien votre pensée, ce vieux filou aurait monté tout ce cirque pour une histoire de terrain de chasse ?

— Vous êtes au courant de ces carabistouilles ?

— Évidemment, c'est mon boulot.

Les yeux de la jeune femme clignotèrent pour l'avertir d'un danger.

— La vérité est plus compliquée que ça, commissaire. On est que quelques-uns à la connaître. Sauf votre respect, elle va vous mettre sur les fesses…

Gallois consulta furtivement le cadran de sa montre. 11 h 26, si elle se dépêchait, il tiendrait la promesse qu'il avait faite à Martha.

40

Le soleil rayonnait, on voyait l'Angleterre. On distinguait même les drapeaux du port de Folkestone. Ses falaises semblaient si proches, si voisines, que les promeneurs se prenaient d'envie de les rejoindre à pied.

Mais entre le Gris-Nez et les côtes du Kent, il y avait la Manche. Et sur ses flots ardoisés quantité de navires. Beaucoup trop ! Ce bras de mer était devenu un boulevard, une artère encombrée propice aux dégazages. Que d'huile, que de scories se répandaient dans ses eaux ! La mer se muait en poubelle, souillée par l'inconscience humaine. Sa faune y survivrait-elle ? Sa flore saurait-elle s'en défendre ? On ne pouvait que l'espérer. Il existait un mot, se rappela Julie qui, du haut du Cap, regardait caboter les cargos, une expression nouvelle pour qualifier ce danger : « Pollution ». Encore confidentiel.

Malgré le velouté d'un climat hors saison, il était difficile de lutter contre le vent. À la pointe du Gris-Nez, ciel bleuté ou maussade, il y prenait ses aises. Vaincue par ses rafales, Julie verrouilla sa Simca pour s'engager sur un petit chemin. Sa pente rocailleuse descendait vers la mer, à flanc de roche, avec, en son milieu, un restaurant banal. S'il n'avait rien de clinquant, sa carte était fameuse. On y venait de loin déguster ses poissons, ses tourteaux, ses crevettes. Les patrons et leur fille les pêchaient chaque jour autour du Cran aux Œufs, vivier inépuisable. Mais pour combien de temps encore, se demanda Julie ? Entre les rejets industriels, les nappes de mazout, les écoulements de boue et d'excrétions humaines, les plages se transformaient en déchetteries putrides.

Midi pile.

Elle entra. La salle était bondée. En retrait, assis à une table recouverte d'une nappe à carreaux rouges et blancs, Davelot l'attendait. Il se leva pour l'accueillir, glissa entre les clients, frôla les murs peints en rose et, d'un sourire cordial, la salua bien bas.

— Bonjour Julie, fit-il une révérence, vous êtes ponctuelle.

— Bonjour… Euh…

À ce « euh », il comprit qu'elle pesait le poids d'une civilité égale.

— Mon prénom est Bastien. Oubliez « inspecteur ».

— Entendu. Alors, bonjour Bastien. Vous allez bien ?

— On ne peut mieux. Et vous ?

— Pas mal, merci.

Ils se donnaient leurs prénoms mais gardaient le vouvoiement. Et, par convenance, s'en tiendraient à cette règle. Leur rendez-vous n'avait rien de galant. Aménager le socle de rapports équitables était son objectif.

Dès qu'ils furent installés, suivant l'usage de la maison, le patron leur apporta un plat de crevettes. Pas de crayon, pas de carnet, le bonhomme, aussi rouge que ses crevettes, leur annonça le menu.

— Que prendrez-vous après les tourteaux ? Aujourd'hui, il y a des limandes et des carrelets.

De concert, ils optèrent pour les limandes. Puis, les apéritifs étant bannis de la carte, Davelot, avec l'assentiment de Julie, commanda du muscadet.

Le service était rapide. Deux minutes s'écoulèrent avant qu'ils ne portent un toast.

— Bienvenue dans le pays, se courba à nouveau le jeune flic.

— Mieux vaut tard que jamais, persifla Julie, ça fait sept mois que j'y vis.

— Je le sais, mais est-ce ma faute si je n'ai pu vous inviter plus tôt ?

— Non, je vous le concède, il a fallu que des morts nous mettent en relation.

Refroidi, Davelot dévisagea l'espiègle.

— Vous ne perdez pas de temps pour aborder le sujet.

— Excusez-moi, l'habitude d'aller droit au but.

— Votre repartie ne me choque pas, la franchise est une force. À ce propos, pour être franc, j'ai cru que vous ne viendriez pas.

— Ah tiens… Confidence pour confidence, j'ai redouté que vous me posiez un lapin.

— Je suppose que votre dernier article a gavé nos anxiétés.

— Pour ma part oui ; j'ai craint que vous ne soyez fâché.

— Sincèrement, je l'ai été avant de changer d'avis.

— Si tant est qu'il y en ait une, pour quelle raison logique ?

Les arguments de Gallois patientaient dans sa tête ; le jeune flic les libéra pour établir un équilibre.

— Parce ce que je sais que vous êtes comme moi, Julie, prise par un système. On ne fait pas toujours ce qu'on veut. Nous avons des chefs, des ordres, des impératifs, nous devons nous plier aux règles… Et oublier nos promesses… Voilà pourquoi j'ai compris que le ton de votre papier vous était imposé.

Troublée, Julie décortiqua une crevette pour s'accorder un temps de réflexion. Curieux revirement. Davelot était-il un faux-cul, un malin, un sournois qui tentait de la séduire ? Non, le soupesa son instinct féminin, ce garçon semblait honnête. D'ailleurs s'il lui faisait face, c'était pour lui confier des secrets pas très propres. Il risquait donc sa tête. Et elle pas un ongle. Dans de telles conditions, forte de son avantage, elle pouvait accorder du crédit à sa sincérité.

— En plein dans le mille, Bastien, c'est exactement ce qui s'est passé.

— Je suis heureux de ne pas m'être trompé sur votre loyauté.

— Et moi je suis furieuse de m'être fait avoir. J'ai peur que Van Hecke ait pris goût à ce style. Pour lui tordre le cou, il me faudrait du consistant. Vous voyez où je veux en venir ?

Cet appel au secours était la garantie qu'il attendait : Julie avait besoin de lui pour se sortir de l'impasse. Dès lors, mis en confiance, plus rien ne l'empêcha de parler.

— Avant tout, je vois que nous avons de bonnes raisons pour avancer ensemble.

— De mon côté, j'y suis prête, mais vous, quel est votre intérêt ?

— J'ai un excellent motif pour vous raconter les dessous de l'enquête : je déteste que les journaux se foutent des flics. Surtout quand ils font bien leur travail.

— Même Gallois ?

— Lui le premier. J'en apprends plus avec lui qu'à l'école de police.

Le patron choisit cet instant pour apporter leurs tourteaux. Tout juste sorties du court-bouillon, leurs carcasses rougissaient dans un plat où planaient des odeurs de laurier et de thym. Il les posa sur la table, laissa les crevettes auxquelles ils n'avaient pas touché, se fendit d'un compliment, puis courut vers d'autres clients.

Aussitôt, Davelot prit le plus gros des tourteaux et, au lieu de l'offrir à Julie, le mit dans son assiette pour qu'il serve d'exemple.

— Toup, toup, toup, toup, toup... Un crabe marche de biais, le déplaça-t-il en oblique. Son attitude surprend, il est le seul animal à s'écarter de la ligne droite. Eh bien Gallois fait de même. C'est par sa différence que les gens le remarquent.

— Vous le traitez de vieux crabe ?

— Avec beaucoup de respect, parce que s'il marche de travers, il arrive toujours là où il a décidé de se rendre... Voilà pourquoi il sait qui est l'assassin.

Julie faillit s'en étouffer en retenant un cri.

— Oups ! C'est qui ?

— Pour l'instant il le garde pour lui et je l'approuve.

— Quoi ? Vous voulez dire qu'il laisse un meurtrier errer dans la nature ? Et que vous couvrez son silence ? Mais c'est de la folie !

— Non, Julie, c'est de la prudence. D'abord, Gallois a besoin de preuves plus solides pour l'arrêter. Ensuite... C'est l'objet de notre rencontre... Ouvrez bien vos oreilles.

Bien que le bruit des conversations couvrît la leur, Davelot opta pour le *con sordino* d'une messe basse. En ouverture, il confia à Julie que le vieux renard l'avait manipulée. Sa déclaration chez René, confessa-t-il, n'avait eu d'autre but que de rassurer l'assassin, stratégie que la jeune femme eut de la peine à saisir. Mais qu'elle comprit fort bien quand, *mezza voce*, Davelot lui révéla que le tueur ne pouvait être qu'un notable.

Sur ce, elle ouvrit des yeux effarés en apprenant les pressions que certains dignitaires, affolés, faisaient subir à son patron.

— Ben grands dieux ! Vous en êtes encore là dans la police ?

— Vous n'êtes pas mieux logés dans la presse. Dois-je vous rappeler les termes de votre article ?

C'était de bonne guerre puisque tragiquement vrai.

— Gagné, capitula-t-elle, ou du moins un partout.

— Oui, égalité, nos hiérarchies respectives nous contrôlent, nous devons faire avec. Dans cette affaire, nous ne sommes que leurs pions : vous n'avez plus le choix de votre encre, je navigue en sous-marin et le vieux crabe marche sur des œufs.

Elle l'approuva du menton pendant qu'il embrayait sur l'arrestation de Wyatt. Jusqu'à cet instant, Julie prenait le vieux flic pour un con, un incapable, un ringard désabusé. Son amitié pour Marie pesait dans ce jugement. Aussi, déstabilisée par les révélations de Davelot, son sentiment devint-il caduc, remplacé aussitôt par de la gratitude.

— J'en termine avec le meilleur. Accrochez-vous, ça va twister.

— Il y a plus gratiné ?

— Du nanan. Le hic est que j'ignore comment vous pourrez l'utiliser.

Pour le finale, il lui avait réservé le scoop de sa carrière : la description des armes dont l'assassin s'était servi.

Stupéfaite, Julie s'ébroua, comme pour se remettre d'un swing.

— Attendez... Ces objets valent énormément d'argent.

— Disons qu'ils ne viennent pas de chez un manœuvre.

— Ça me paraît évident… En revanche, je doute de votre théorie.

— Laquelle ?

— Qu'il n'y ait qu'un seul coupable. C'est vite mettre vos billes dans le même sac.

Le jeune flic sourit, il lui manquait l'agate maîtresse.

— Erreur, belle enquêtrice, nous avons bien affaire à un seul et unique assassin : à chaque fois ce fou nous en a donné la preuve.

— Qui est ?

— Une figurine, un poilu de 14-18 signé Mignot, une pièce de collection. Il en laisse toujours un exemplaire près du corps de ses victimes.

Trois morts, trois signatures identiques ! Julie en eut la chair de poule.

— C'est donc une série, avec d'autres crimes à l'horizon.

— Je le crains fort. C'est pourquoi je vous prie de ne pas publier cette info. Les autres oui, à votre convenance, mais silence sur les Mignot.

Il n'eut pas besoin d'insister, elle avait percuté.

— Je comprends, des dingos pourraient avoir envie de l'imiter.

— Ou s'amuser à nous compliquer la tâche.

— Reste à savoir comment vous aider pour qu'elle soit moins pénible. Pas facile cet article, je vais devoir le mitonner.

— Bah ! Vous avez du talent, je fais confiance à votre plume.

— Merci, j'apprécie le compliment.

— Il est sincère, je sais que vous trouverez la bonne formule… Mais en attendant l'illumination, je vous invite à manger, ça vous donnera du tonus.

— Bon Dieu ! se réveilla-t-elle. C'est vrai que nous sommes ici un peu pour ça.

Sans plus parler de leur alliance, ils se répartirent en riant les crabes et les crevettes.

La suite du repas fut joyeuse. Ils avaient besoin d'oublier leurs chefs, d'expulser leurs emmerdes. À ces fins, ils discutèrent de tout excepté de leur métier. Davelot évoqua son parcours à la fac, Julie le sien au CFPJ, puis, de fil en aiguille, ils comparèrent leurs passions. Le jeune flic adorait l'opéra. La journaliste le jazz. Goûts franchement opposés. Toutefois, Brel, Brassens, Ferrat, Ferré étant des institutions, ils n'eurent pas à se battre pour les trouver « vachement bath ». Davantage « dans le vent » que les artistes précédents, Johnny, Elvis et les Beatles les réconcilièrent totalement. Ils découvrirent ensuite qu'ils aimaient le cinéma italien, les films de Truffaut, l'univers de Chabrol, l'acidité de Mocky et la littérature. Julie venait de lire *L'État sauvage* de Georges Conchon, Davelot *Paris au mois d'août* de René Fallet – lectures qui leur permirent de jouer aux critiques.

À force de patience, leurs tourteaux furent vidés. Le patron revint avec les poissons.

Changement de plat, autre sujet. Ils abordèrent celui de la politique.

Davelot ne cacha pas sa sensibilité gaulliste. Il admirait le Général qui avait combattu le fascisme, accordé le droit de vote aux femmes, mis un terme à la guerre d'Algérie, modernisé les institutions, propulsé la France au rang de grande nation.

Plus réservée, Julie se déclara neutre. Ce qui n'était pas tout à fait vrai. Elle hésitait entre voter blanc et donner sa voix à Lecanuet. Le maire de Rouen, que d'aucuns présentaient comme le Kennedy français, avait sa préférence. Mais à peine d'un cheveu. Elle hésitait à l'avouer parce que la rumeur disait qu'en raison de son physique les femmes en étaient amoureuses. Or passer pour une groupie flattait peu son ego.

Leur débat fut passionnant et les limandes un délice.

Détendus, ils ne virent pas l'heure avancer. Le repas prit fin sans qu'une seule fois ils aient regardé leur montre.

Après le café, Davelot alla discrètement régler la note puis, galamment, revint aider Julie à sortir de table. Elle l'en remercia, se leva, et, à peine debout, se frappa le front.

— J'ai trouvé !
— Quoi donc ?
— L'articulation de mon article... Dans le style : « De source sûre, nous pouvons affirmer », je vais commencer par parler des armes.
— Ah... Et alors ?
— Vous ne voyez pas la césure ?
— Non.
— Elle est pourtant claire : objets de prix *égale* coupable plein de sous. De là, je développerai des suppositions. Votre Percy et ses copains auront du mal à l'avaler.
— Ouais... C'est plutôt bien. Et nous, vous nous traiterez comment ?
— Un peu durement pour que ça passe. Le coup de génie sera de poser la question sur le silence de la police.

Elle s'en réjouit d'avance, sûre du résultat.

— Je vous parie cent balles qu'après ce papier on vous fichera la paix. Plus de censure ! Le public réagira, vous serez libres de vos propos... Dont, évidemment, j'aurai l'exclusivité.
— Cela coule de source, Van Hecke vous en baisera les pieds.

— En conclusion de quoi, chacun de nous y trouvera son compte.

Davelot respira. Toutes les cases étaient remplies : Julie lui avait donné des garanties, ils sortaient gagnants de leur partie de poker et, si obligeant que serait son article, elle ne lui servirait pas la soupe.

Mais, le reconnut-il, à tout seigneur, tout honneur : il devait ce succès aux conseils de Gallois. Contents d'eux, aux frontières du flirt, les jeunes gens quittèrent le restaurant.

Le ciel avait eu la bonne idée de se maintenir dans le bleu. L'air était vif, le vent au repos. Les éléments les invitaient à une promenade. Tenté par leur proposition, Davelot voulut se dégourdir les jambes :

— Vous êtes partante pour une petite balade ? Ça nous ferait digérer.

Julie regarda sa montre.

— D'accord, j'ai deux heures devant moi. On descend à la plage ?

— Avec ce beau soleil, on aurait tort de s'en priver.

— Ouvrez la route, je vous suis.

Sitôt dit, sitôt fait, il se mit en marche devant elle, lui signalant, ici, les dangers d'un passage, là, un roulement de cailloux.

D'une humeur badine, Davelot plaisanta, interpella les mouettes, invectiva le vent qui soufflait à nouveau, heureux de décompresser, naïvement, sans complexe, comme un potache libéré de ses devoirs.

Il rit, cria, chanta.

Et, tout à coup, à quelques mètres de la plage, se plaqua contre un rocher.

— Que se passe-t-il ? l'imita Julie.

— Chut ! Regardez...

Râteaux en main, à la recherche de coques, Hubert Dalquin et son fils ratissaient le sable humide.

Passe-temps innocent s'il en était. L'ennui, dans cette scène, était que Francis y mettait tout son cœur. Ou plutôt toutes ses jambes et sa voix. Il marchait et parlait comme tout un chacun, normalement, avec l'aisance d'un homme en parfaite santé.

Plus de boiterie, plus de scansion. Un vrai miraculé.

41

Ce lundi matin respectait la tradition. Si le repos dominical avait été béni par le soleil, la reprise était maudite par une averse.

Le temps s'ancrait dans une période morose. Sauf pour le vieux renard qui voyait dans le ciel un altocumulus. L'azur, absent de la ville, honorait son bureau. Tout en joie, il se redressa dans son fauteuil, étala devant lui le journal qu'il avait lu dix fois.

— Bravo, mon garçon, Pilowski a trouvé les mots justes.

Rouge de confusion, Davelot se tortilla sur sa chaise.

— C'est elle qu'il faudrait complimenter, patron ; moi, je ne l'ai qu'informée.

— Ne vous sous-estimez pas, du doigté est indispensable pour faire passer ce genre de message.

— Seulement si on a affaire à une personne intelligente.

— Pilowski ne manque pas de cervelle. Le pavé où elle nous égratigne en est la preuve.

— Elle m'a prévenu qu'elle l'écrirait pour tromper l'ennemi.

— Votre amie a fort bien fait, sa conclusion est du grand art : « Entre discrétion et silence, le fossé est immense. La police progresse-t-elle ? Le commissaire

Gallois piétine-t-il ou couvre-t-il des notables ? On peut s'interroger. »

Gallois en expira de bonheur.

— Excellent... Sa *férocité* va nous permettre d'avoir les coudées franches.

Le regard scintillant, il avisa les aiguilles d'une horloge.

— 9 h 55. M. Percy doit avoir pris connaissance de son article.

— Sans aucun doute, il doit même honnir les lois qui protègent les journalistes. Quoi qu'il fasse, Julie n'a pas à lui citer ses sources.

— Eh bien, je vais l'appeler. Il est temps de porter le coup final.

Sur une œillade, Gallois décrocha son combiné, tendit l'écouteur à Davelot, composa un numéro et, le visage empreint de gravité, entra dans la peau d'un policier hors de lui.

L'énarque ne le fit pas attendre.

— Monsieur Percy ?... Mes respects, Gallois à l'appareil.

Davelot fondit de plaisir : la voix du bonhomme était d'une blancheur historique.

— Je suppose que vous avez lu le journal ?... L'article de Pilowski, bien sûr... Comment, fâcheux ?... Vous voulez dire une catastrophe !... Parce que je ne peux plus cacher de quel côté j'enquête ! Je me demande d'où vient cette fuite.

Malmené, l'énarque bégaya. Davelot faillit en pouffer de rire.

— Certainement pas de mes services, monsieur, personne ne m'y a entendu parler des notables... Eh oui, c'est dans l'article, l'assassin va se méfier... Où ?... Mais de votre côté, mon cher, il n'y a qu'avec vous que j'en ai discuté.

Attaqué avec ses propres armes, Percy ne sut trouver une parade.

— Je vous en prie, c'est moi qui morfle dans ce papier... Et mes hommes aussi, merci de le reconnaître... Essayez de vous en souvenir : avez-vous abordé le sujet pendant une réunion ?... Ah ! Au cours d'une conférence informelle...

Rarement le vieux renard avait tant joui. Son plaisir fut tel qu'il dut se contrôler pour libérer la phrase qui lui brûlait la langue, une phrase courte, vengeresse :

— Dans ce cas, diligentez une enquête... Vous devez débusquer votre taupe avant que ça ne vous retombe dessus... *C'est un conseil d'ami*... Parfait, j'en suis heureux... Oui, à bientôt... Mes respectueuses salutations à M. le sous-préfet.

Il raccrocha, en saliva, se garda d'exulter.

— Cette fois, mon garçon, il ne nous les brisera plus.

— *Deo gracias !*

— Ou comme le dit la loi : « *Volonti non fit injuria.* » Qu'il ne vienne pas se plaindre puisqu'il a consenti.

L'argument dépassait les limites du sophisme, mais le vieux renard s'en fichait, satisfait de son bon tour. Il se leva, observa la rue à travers une fenêtre. La pluie inondait la place Crèvecœur, l'église Saint-Pierre dégoulinait d'eau.

— À propos de latin, mon garçon, si nous allions en entendre un peu plus ? C'est l'heure, le curé devrait en terminer.

— Quand vous voudrez, patron.

Ce fut tout de suite. Ils enfilèrent leurs impers et quittèrent le commissariat.

Ils n'eurent que peu à se mouiller pour atteindre l'église. Des véhicules de toutes sortes étaient garés autour. Patientaient aussi, attachés à ses murs, des chevaux de voiture trempés jusqu'à la couenne. Pour venir au marché, ou faire leurs courses en ville, beaucoup de paysans se déplaçaient en carriole. De ce fait, la présence des attelages ne pouvait étonner : on enterrait Pigeon et Hélène Basset, leurs amis de la terre étaient venus leur rendre un émouvant hommage.

Un monde fou se pressait à l'intérieur. Pour des raisons légales, les corps des victimes avaient été gardés plus longtemps que la normale. Ce n'était donc qu'en ce lundi, ensemble, dans des cercueils posés côte à côte, que le frère et la sœur avaient droit à une ultime messe. Par un hasard des plus noirs, son cérémonial était celui qu'avait prévu Hélène, laquelle ne se doutait pas qu'il lui serait servi. Un harmonium couinait, une soliste chantait, un chœur l'accompagnait.

La tête huilée de Forvil, un homme se moucha bruyamment. Gallois reconnut à peine Doudou. Pour la circonstance, le primate avait revêtu un costume élimé qui, en dépit de son usure, lui conférait une distinction de *gentleman farmer*.

La cérémonie, commencée une heure auparavant, s'acheva avec la bénédiction du prêtre. Les fidèles se signèrent, de même que le vieux renard – geste de piété qui étonna Davelot.

— J'ignorais que vous étiez croyant, chuchota-t-il à l'oreille de Gallois.

— Tt, Tt… Même si je ne suis pas d'accord avec elle, l'Église reste ma maison.

— Votre maison ?

— On peut désapprouver sa famille sans la renier, non ?

Le jeune homme ne chercha pas à approfondir, d'autant que, déjà, les files se formaient pour les condoléances.

Pour les recevoir, le notaire des disparus avait déniché une lointaine cousine. Telle une chandelle, figée entre les cercueils, elle serrait des mains en l'honneur de parents qu'elle avait peu connus. Le visage caché par une mantille, nul ne pouvait voir son chagrin ou, plus vraisemblablement, sa surprise d'hériter d'un patrimoine inattendu. Entre larmes et sourire, les paris étaient ouverts.

Mais l'usage exigeait compassion et rigueur. Alors, leurs phrases de réconfort dites, les gens gagnaient la sortie où, serrés comme des sardines, ils patientaient sous le porche pour éviter la pluie.

C'est là que les deux flics attendirent leurs bonshommes.

Et ils vinrent, affligés, se traîner hors de l'église.

— Bonjour, monsieur Dalquin, l'aborda le vieux renard. Je vois que vous n'avez pas économisé vos larmes.

Surpris, le grippe-sou sortit un mouchoir en signe d'approbation.

— Je vous ai raconté pour Hélène, on va pas y revenir.

D'une torsion de la tête, il désigna son fils qui n'avait pas besoin de savoir. Pour lui répondre, en crétin patenté, celui-ci se mit à gargouiller un jargon hermétique. Suite à quoi, il fut pris d'un soudain tremblement que son père fit semblant de calmer.

— Doucement, min tiot, lui massa-t-il la nuque, tout va bien.

— On ne peut mieux, sourit Gallois amusé par leur numéro.

— Voilà... C'est bon... Tu vas pouvoir suivre le cortège.

Ses trémulations cessèrent, Dalquin fit mine d'en être soulagé.

— Ah, ça y est, c'est fini, repose-toi un tiot peu.

Il récupéra sa main et, sur ses gardes, en retors chevronné, chercha à orienter la conversation.

— J'espère que la pluie va cesser. Vous allez au cimetière, commissaire ?

— Non, vous non plus.

— Quoi ?

— Vous venez avec moi, nous avons à parler.

Gallois ne souriait plus. D'une structure instinctive, doté d'un flair de chien de meute, Dalquin renifla le mauvais coup.

— Pourquoi ? s'agrippa-t-il au bras de Francis.

— Nous en discuterons dans mon bureau.

— C'est pas possible, on porte Hélène en terre.

— Tant pis, vous fleurirez sa tombe plus tard.

— Et min fieu, il fera comment ?

— L'inspecteur Davelot va s'occuper de votre fils. À moins qu'il ne préfère aller ramasser des coques au Cran aux Œufs.

Ce fut comme si la terre s'ouvrait sous ses pieds. Dalquin chancela, conscient qu'il était pris au piège. Plus la peine d'essayer de tricher, la mascarade avait assez duré. Lui restait sa volonté de sauver son fils, un pauvre gars soumis, sans défense, qui roulait des yeux d'oisillon apeuré. Il le rassura d'une phrase anodine, de celles qu'on prononce quand tout paraît perdu :

— Ça ira, min tiot, fais-moi confiance.

Tout était dit, consommé. Le dos rond, sous les regards suspicieux de la foule, ils suivirent les flics jusqu'au commissariat où, sur l'ordre de Gallois, des agents les menottèrent. Père et fils furent ensuite séparés. Davelot emmena Francis. Gallois se chargea du matois.

Le vieux renard avait préparé leur entrevue, minutieusement, aux frontières du sadisme.

Pour commencer, il n'alluma pas les lampes de son bureau, sciemment, afin que la pénombre participât à l'ambiance.

Et il laissa au silence le soin de l'alourdir.

Puis, touche extrême à cette mise en scène, il mit en marche un engin de torture. Les Américains appelaient ce genre d'objet un gadget. Il ne servait à rien sinon à faire du bruit. Son fils le lui avait rapporté de New York. Au demeurant esthétique, il était composé de boules d'acier attachées à des fils. Il suffisait de lancer la première bille sur la suivante pour que, dans un claquement métallique, l'ensemble s'essayât au mouvement perpétuel.

Tac-tac-tac-tac !… Dalquin grimaça, visiblement gêné.

Impassible, Gallois ne bougea pas le petit doigt.

Tac-tac-tac-tac !… Dalquin serra les poings.

— Énervant, hein ? Moi, ça m'apaise.

Tac-tac-tac-tac !… Dalquin ne répondit pas, mal à l'aise.

— J'espère que ce bruit ne vous est pas trop pénible. J'ai lu que vous avez été blessé en 39. Un éclat dans l'oreille. On dit dans votre dossier que vous avez l'ouïe sensible.

Tac-tac-tac-tac !… Dalquin ferma les yeux, apparemment au supplice.

— Pour votre fils, je m'en fous. C'est l'affaire des assurances sociales. Ce qui m'intéresse, c'est Marinette. Mais j'ai tout mon temps, et cet engin aussi.

Tac-tac-tac-tac !… Dalquin grogna, faute de mieux pour échapper à la torture.

— Eh oui, difficile de se boucher les oreilles avec des menottes. Bah ! Il ne tient qu'à vous que je vous les enlève. Il suffit que vous me disiez pourquoi vous avez fait croire à Michel que sa femme le trompait.

Tac-tac-tac-tac !... Dalquin détourna son regard.

— Ne faites pas tant de manières, je suis au courant de votre histoire, Delphine me l'a racontée. Tiens ! Au passage, elle vous prie de changer de trottoir si vous la croisez.

Tac-tac-tac-tac !... Dalquin revint vers lui, plus jaune que jamais.

— Tout ce que je veux, c'est l'entendre de votre bouche.

Tac-tac-tac-tac !...

Pas de réaction. Gallois, imperturbable, examina ses ongles.

Tac-tac-tac-tac !...

— Assez ! Arrêtez ce machin !

À bout de nerfs, à bout de souffrance, Dalquin se jeta sur le gadget qu'il fit valser sur le parquet. À la seconde même, Gallois bondit pour le saisir par le col. Sans égard pour son âge, il le plaqua sur son bureau, l'écrasa, lui tordit le cou, comme s'il était un voyou de la première jeunesse.

— Aïe ! Vous me faites mal !
— Parlez, ou je me fâche pour de bon !
— C'est la faute à Pigeon !
— Bon début, continuez !
— Il a dit à Francis qu'il était pas mon fils !
— Pourquoi ?
— Pour se venger de moi, parce que j'ai acheté le terrain de chasse !
— Et c'est qui le père ?
— Lui... Pigeon... C'était lui le père de Francis.

Gallois le relâcha.

— Faites-moi gagner du temps en me racontant ce que je ne sais pas.

En larmes, Dalquin se redressa péniblement pour s'avachir sur sa chaise.

— Il avait pas le droit, Francis c'est min fieu, c'est moi qui l'ai élevé... Je n'ai que lui, commissaire, je l'aime plus que tout le reste.

— Pour que tout soit clair entre nous, j'étais déjà au courant.

— Ah, vous saviez ?

— Oui, et je m'en tape. Ce qui m'intéresse, c'est de savoir quelle a été la réaction de Francis après l'aveu de Lefèvre.

Pour une des rares fois de sa vie, Dalquin ne chercha pas à finasser.

— Pff ! Il m'en a voulu de ne pas lui avoir dit moi-même. Ça n'a pas été facile.

— Je m'en doute, mais encore ?

— Vous croyez que c'est marrant d'enlever de la tête d'un gamin que sa mère était une traînée ?

— Non, d'autant que ce n'était qu'une erreur de jeunesse.

— Pas pour Pigeon. Ce salaud culbutait tout ce qu'il trouvait... C'était pas un homme, c'était une braguette... Un malade !... Un menteur !... Il promettait le mariage aux filles et ensuite il se barrait. Pour Francis, ça été au service militaire. Pratique ! Quand Antoinette lui a écrit qu'elle était enceinte, il n'a même pas répondu à ses lettres.

— Et vous, vous avez répondu à l'offre de ses parents : la bague au doigt en échange d'une dot confortable. Et de leurs biens à leur mort. Ne dites pas le contraire, j'ai lu les pièces notariales, ils avaient beaucoup d'argent.

Dalquin haussa les épaules.

— Dans ce contrat, j'ai surtout gagné un fils, la meilleure chose que j'ai eue dans ma vie. Francis l'a compris, il m'a cru. Nous nous sommes réconciliés. C'est moi, son père, et personne d'autre.

— C'est donc pour vous venger de Lefèvre que vous avez fait croire à P'tit Bosco que sa femme le cocufiait avec lui ?

— Ouais… Une connerie… Je le regrette.

— Un peu tard. Vous espériez quoi ? Qu'il lui casse la figure ?

— Non : qu'il le ratatine… J'avais pas la force, il me fallait un bras. J'aurais bien demandé celui du diable, mais je le connais pas.

— Ne vous faites pas de souci pour lui, c'est le grand bénéficiaire de ce drame.

Temps mort, Gallois le laissa méditer. Et en fit de même. Si Dalquin avait défriché l'essentiel de son jardin secret, son recoin le plus infect restait à explorer.

— Je sais que vos anciens amis du club de chasse connaissaient votre histoire. Vous me le confirmez ?

— Bien sûr, je n'ai plus de raison de mentir.

— Il ne vous est pas venu à l'idée qu'ils aient demandé à Lefèvre de tout déballer à Francis ?

— Pourquoi ils auraient fait ça ?

— Vengeance collective. L'hypothèse tient debout, c'est Delphine qui y a pensé.

— Elle a appris à penser, celle-là ? C'est nouveau.

— Où étiez-vous quand Pigeon, Basset et Chaussois se sont fait assassiner ?

— Hein ?! Parce que vous me soupçonnez ?

— Comme tout le monde, vous un peu plus que la moyenne.

— Si j'avais voulu les zigouiller, j'aurais pas monté l'embrouille avec Marinette.

— Au contraire, cette saloperie vous couvre puisque c'est grâce à elle, officiellement, si je puis dire, que vous cherchiez à vous venger de Pigeon en lui jetant P'tit Bosco dans les pattes. Or comme vous êtes très malin, j'insiste fermement : où étiez-vous avec votre fils pendant qu'ils se faisaient tous tuer ?

— Rappelez-moi quand c'était ?

— Dimanche après-midi, lundi soir après 20 heures et mercredi vers minuit.

Dalquin n'eut pas à réfléchir longtemps, ses jours étaient réglés comme du papier à musique.

— Le dimanche, quand il fait beau, on va sur la plage avec Francis. On ramasse des coquillages pour les manger à la maison. Même en semaine il nous arrive d'y aller. Et le soir, c'est pas compliqué : on regarde la télé et on se couche.

— Pas de témoin pour le confirmer ?

— Non, je peux juste vous raconter les émissions qu'on a vues.

— À quoi bon ? L'un de vous deux peut les avoir résumées à l'autre.

Dubitatif, Gallois se tut. Persister ne brasserait que du vent. Aussi, plutôt que sur son emploi du temps, se concentra-t-il sur ses inimitiés.

— Les émissions finissent tôt. Où vous trouviez-vous vendredi vers 23 h 45 ?

— Toujours devant la télé, pourquoi ? Y a pas eu de crime…

— Exact, c'est une tombe qu'on a massacrée, celle de Simon Pruvost.

— L'huissier ? ! Vous me l'apprenez.

— Une profanation est une affaire qu'on préfère enterrer. Cela dit sans jeu de mots. À part ça, je sais que vous étiez en cheville avec Pruvost, c'est écrit dans les rapports.

— Normal, dans ce métier.

— D'après l'un de mes hommes, il paraît que vous vous engueuliez souvent.

Le brocanteur gloussa.

— Hi, hi ! C'est vrai, comme des gens qui parlent de gros sous. Mais ça s'est toujours arrangé. La preuve, j'ai été à son enterrement.

— Vous aviez sympathisé ?

— C'est beaucoup dire, Pruvost était d'un autre milieu, on s'appréciait pour...

Il s'interrompit, s'éjecta de sa chaise, l'index accusateur.

— Ça me revient, tout à coup, il y en a un qui pouvait pas le blairer : P'tit Bosco ! Il a même voulu lui foutre sur la gueule, les flics ont dû le ceinturer.

Vexé de ne pas être au courant, Gallois mit ses sourcils à mal.

— Merci de me l'apprendre, je l'ignorais.

— Ben pourtant ça a fait du bruit.

— C'était quand ?

— En mars 1954. Pruvost était venu pour saisir ses biens. Il a pas eu le temps, il a été foudroyé par une crise cardiaque.

— Oui... Mon adjoint m'a parlé de cette « tragédie ». En revanche, il ne m'a pas précisé dans quel cadre elle avait eu lieu.

— Maintenant, vous le savez. M'est avis que la colère du tiot lui a déclenché une embolie ou une vacherie de ce genre. Quoi qu'il en soit, il est tombé raide mort, et la saisie s'est arrêtée.

— Elle a dû être reportée.

— Non, entre-temps P'tit Bosco a réussi à payer ce qu'il devait. Je suppose que Chaussois a pu se débrouiller pour lui filer une avance.

— Et vous, le sauveur de la famille, vous ne pouviez pas l'aider ?

— À cette époque ? Impossible, j'avais pas un rond.

Au cours de sa carrière, le vieux flic avait fréquenté des êtres ignobles, puants, lâches, vicieux, menteurs, dissimulateurs, mais Dalquin était le plus rare de toute sa collection.

— Vous me prenez pour un con, Dalquin ? Je vais vous rafraîchir la mémoire : 1954 a été une année en or pour vous.

— Pas au début, il me fallait du liquide, je pouvais rien prêter au bossu.

— À d'autres, va ! Vous n'avez pas fait qu'acheter des objets à des gens dans la panade, vous avez acquis des maisons, des immeubles, des terrains.

— Plus tard, pas tout de suite.

— Je le reconnais, j'ai examiné vos comptes : c'est à la fin de l'été 1954 que vous êtes devenu propriétaire et prodigieusement riche. Curieux, non ?

— Comme on dit : « Le malheur des uns fait le bonheur des autres. » J'y peux rien si la crise de l'hiver m'a été profitable.

— Vous savez quoi ? Je crois que vous avez surtout profité du marasme pour exhumer l'argent que vous aviez gagné sur le dos des juifs.

— Je vous interdis, il y a eu un non-lieu.

— En 45 on jugeait vite, en 65 on prend son temps. Voulez-vous que je commande un examen de vos livres ? Je ne crois pas qu'il aboutisse à l'équilibre de vos revenus. Je peux aussi enquêter auprès du fisc si vous le désirez.

À bout d'arguments, désespéré, Dalquin tira en vain ses dernières cartouches.

— Vous oubliez que j'ai hérité de mes beaux-parents.

— Morts en 1951 et 1952, je le sais aussi. Le problème est que le fruit de leur succession ne suffit pas à expliquer le degré de votre fortune.

— Quand même, il y en avait un paquet sur la table.

— Pas tant que ça, mais assez pour secourir P'tit Bosco… Et mettre fin à la mascarade que vous faites jouer à votre fils… Vous rendez-vous compte des conséquences ? Avec l'étiquette qu'il a dans le dos, ce pauvre gars ne fondera jamais de famille. Quelle femme voudrait épouser un légume ? J'aimerais que vous me le disiez.

Pas près de s'arrêter, Gallois, outré, enchaîna sur un oracle.

— J'ai le regret de vous le prédire, mais je tiens pour certain que Francis mourra seul, sans épouse, sans enfants, sans amis. À cause de votre cupidité, sa fin sera plus triste que celle d'un rat.

Ses paroles brisèrent Dalquin, le broyèrent, l'anéantirent. Ce fut comme s'il prenait soudain conscience du mal qu'il avait fait. Sonné, il se tassa sur son siège, livide, sans ressort et en larmes.

Impassible, Gallois le laissa mariner dans ses remords, en connaisseur, en expert de la douleur. Et celle de l'avare était loin d'être feinte.

— Vous avez raison, commissaire, je suis coupable… Quoi dire pour me justifier ? Que mon enfance a été un tas de brin, que j'ai manqué de tout, que j'ai crevé la dalle ? Et que quand j'ai eu vingt ans on m'a envoyé me faire trouer la peau ?… C'est vrai que j'ai protégé m'fieu sans penser à l'avenir… Taré que je suis !… Qui s'occupera de lui après mon départ ? Qui l'aimera ? Qui le défendra ?… Tout ça, c'est ma faute.

À mille pour cent, en convint Gallois, sa jeunesse plaidait pour lui. Mieux que quiconque, il mesurait ce que Dalquin avait enduré : manque d'argent pour manger, manque d'argent pour se laver, manque d'argent pour s'habiller, personne pour vous tendre la main et tout le monde pour vous montrer du doigt… Après l'accident de son père, il avait connu la misère, la lâcheté et le mépris des hommes. Mais s'il savait ce qu'était une enfance meurtrie, il n'excusait pas Dalquin, sous le prétexte de l'épargner, d'avoir gâché celle de son fils.

— Depuis le temps que ça dure, vous auriez pu y réfléchir plus tôt. Dommage qu'un de vos proches ne se soit pas aperçu de votre manège, il vous aurait ouvert les yeux.

— Si, il y a eu Hélène, elle savait pour Francis. L'an passé, elle l'a surpris en train de chasser seul.

— Et elle s'est tue sans rien demander ? Curieux, je l'imaginais plus coriace.

— Bof ! Son silence avait un prix, je m'attendais à recevoir la facture.

— Qui aurait été chaude.

— Non, elle ignorait que j'étais riche, sinon elle m'aurait fait chanter.

D'un geste maladroit, il essuya ses joues.

— Et vous, vous allez me dénoncer ?

— Je vous ai dit que non, ce n'est pas mon boulot… À une condition : je veux la vérité sur votre histoire de vol.

C'était peu cher payer pour éviter des ennuis, Dalquin ne se fit pas prier deux fois pour s'étaler comme une crêpe.

— J'ai menti, commissaire, j'ai voulu les emmerder.

— On s'en serait douté. Et ils sont devenus quoi, ces objets ?

— Je les ai vendus à un antiquaire en juillet 55, un Lillois. Il passait dans le coin. Si vous voulez, je peux retrouver son adresse.

— Inutile, ça ne sert plus à rien.

Le bras de fer était terminé. Plus de questions à poser. Plus de résistance à briser. Épuisé, le vieux renard se détendit.

Un à un, l'esprit gourmand, il savoura ses succès.

En hommes de dossiers, préfet et sous-préfet abandonnaient les notables.

Grâce à l'appui de Wyatt, sa hiérarchie lui donnait carte blanche.

Après une période de doutes, Davelot lui refaisait confiance.

La presse, retournée, le soutenait sans condition.

Et Percy, à l'avenir, n'oserait plus interférer dans ses affaires.

Il était donc libre de ses choix.

Rarissime pouvoir, extraordinaire pouvoir – pouvoir qu'il exerça en seigneur, en autocrate, en monarque éclairé.

— Faites-moi plaisir, Dalquin : débarrassez le plancher.

— Quoi ?

— Fichez le camp avec votre fils, je ne veux plus vous voir.

— Vous nous relâchez ?

— Jusqu'à la prochaine fois. Ne quittez pas la ville.

— Et mes menottes ?

— J'appelle Davelot, il va vous les ôter.

Ébaubi, Dalquin tituba en se dirigeant vers la porte. Il ne comprenait pas à quoi il devait sa libération. Tout ce qu'il put dire avant de sortir, ce fut que si la police le cherchait le matin, elle le trouverait sur la plage ; et l'après-midi dans sa boutique qu'il n'ouvrait qu'à 14 heures. Puis, le dos rond, il disparut.

En maître des échecs, le vieux renard analysa la partie. Fou prend la tour, dame coince le roi. Voie royale vers un mat, ses pions étaient gagnants. Mais un pat n'était pas à exclure. Alors, mat ou pat ? De ces deux conclusions, laquelle le satisferait le plus ? La réponse n'allait plus tarder à tomber, ce n'était qu'une question d'heures.

42

En fin d'après-midi, une limousine noire avait sillonné le quartier. Elle y était passée et repassée, lentement, à vitesse réduite. À croire que le conducteur ne retrouvait plus son chemin.

Niché à l'est de Calais, le Beau-Marais était une aire d'habitation tranquille où se côtoyaient d'humbles pavillons et des maisons d'ouvriers – définition aimable pour la plupart de ces dernières, cages à lapins préfabriquées.

C'est donc peu d'affirmer qu'une voiture de ce prix s'y était fait remarquer.

Et que son carrousel avait intrigué.

Les gens s'étaient interrogés sur ce qu'elle fichait dans le coin.

Gaston Dufauschelles itou, dont le passe-temps favori consistait à observer autrui.

Maigrichon, ridé comme un banc de sable à marée basse, ex-poilu, ancien contremaître dans une usine de dentelle, Gaston, à soixante-huit ans, coulait une douce retraite.

Rien ne la troublait, sauf la ronde matinale du facteur. Ce fut pourquoi il accorda tant d'intérêt à cette étrange limousine qui, après une longue errance, disparut par enchantement. Gaston en éprouva du regret. Puis se consola en binant son jardin. Ah, son jardin ! Il l'aimait plus que tout, plus que sa femme qui l'avait quitté, lasse qu'il préférât ses choux à leur vie de couple. Mais c'était une vieille histoire. Et surtout mieux ainsi : avec l'âge, Gaston était devenu misanthrope, n'acceptant de parler qu'à ses rhododendrons et ses précieux légumes.

Parfois aussi aux animaux. Avec parcimonie : il en avait trop chassé pour qu'il leur fasse confiance. Même un chat pouvait lui en vouloir.

Le soir tomba, froid comme la mort.

Frigorifié, Gaston abandonna sa binette pour se réfugier chez lui, un chez-lui rationnel, fait pour manger, se laver et dormir. Pas de meuble superflu, excepté sa télé assortie d'un fauteuil – un seul, il ne recevait jamais.

Il alluma son poste à l'heure des informations, l'heure de son grand soliloque. Puisqu'il ne parlait à personne, c'était au petit écran qu'il confiait ses idées. Au moins était-il sûr qu'il ne serait pas contredit. Or en cette période électorale, il ne valait mieux pas qu'un audacieux s'y essayât. Farouchement opposé à la Ve République, Gaston ne cessait de râler contre les candidats à la présidentielle. Sa seule satisfaction était qu'il n'y en ait pas de communiste. Bien qu'il ne fût pas membre du PCF, il partageait la plupart de ses vues. Pour lui, le parlementarisme était le bâillon du peuple, l'Assemblée nationale une tribune de bourgeois, leurs lois des privilèges votés pour les nantis, la démocratie un moyen de contrôler les ouvriers, et, nouvel avatar, l'élection du président une misérable échelle pour accéder au trône.

Bref, depuis son adolescence, les convictions de Gaston baignaient résolument dans le rouge. Le jour de ses treize ans, son père l'avait pris à part – comme tout père le fait pour transmettre ses valeurs. Sentencieux, il l'avait enjoint de toujours rester honnête, de respecter le travail, et, au sommet de la règle, de se méfier des curés, des flics et des patrons. Tous des gens de droite, la plus terrible des classes. Il n'y avait rien de bon à droite, sinon des profiteurs, des menteurs, des escrocs.

Des salopards, en somme.

Comme celui qui s'obstinait à faire hurler sa radio.

Braves soldats de plomb
Qui allez à la guerre
Rira rirou riron

C'était quoi cette musique ? Gaston tiqua. 20 h 26 à sa pendule. Qui, parmi ses voisins, faisait hurler cette fichue rengaine ?

Menez avec aplomb
Le drapeau de vos pères
Rira rirou rirère

Contrarié, il se leva, s'avança vers une fenêtre, jeta un coup d'œil dans son jardin et, stupéfait, découvrit qu'une lueur filtrait de sa cabane à outils.

Sur des champs victorieux
Où vos armes vaillantes
Rira rirou rireux
Les couvriront des feux
D'une gloire éclatante
Rira rirou rirante !

L'inquiétude s'empara de lui : et si un voleur s'y était introduit pour embarquer ses pelles et ses sarcloirs ? Il y en avait pour du fric, mais, surtout, il tenait à eux ! Sans hésiter, il se saisit du nerf de bœuf qu'il cachait près de sa porte, alluma le perron et, tendu comme à la chasse, sortit pour déloger l'intrus.

> *Braves soldats de plomb*
> *Qui allez à la guerre*
> *Rira rirou riron*

Gaston ne comprenait pas. Pourquoi cette chanson se répétait-elle ? Il donna de la voix, demanda si quelqu'un était là, et n'eut pour réponse que la suite, réitérée, de cette foutue comptine interprétée *a capella* par un enfant.

À pas mesurés, sur ses gardes, il s'approcha de la cabane, comprit que la musique venait de son côté.

La lumière du perron n'éclairait que les abords de la maison. Le fond du jardin était donc obscur. Perdu dans le noir, il buta sur un objet qu'il n'avait pas vu, ou du moins sur une machine d'où s'échappait l'air qui le harcelait.

> *Sur des champs victorieux*
> *Où vos armes vaillantes*
> *Rira rirou rireux*

C'était quoi ce machin ? Vingt dieux, un magnétophone ! Un petit, à piles, comme ceux des journalistes de Radio Luxembourg. Il avait vu Robert Lassus utiliser le même. Purée ! Ce genre de bidule devait valoir des sous.

> *Les couvriront des feux*
> *D'une gloire éclatante*
> *Rira rirou rirante !*

Il le laissa à terre, progressa, le nerf de bœuf bien en main, se jeta à l'intérieur de la cabane, et se statufia : la lueur qu'il traquait fusait d'un boîtier électrique, rectangulaire, des plus communs. Mais ce ne fut pas sa présence qui le sidéra, ce fut celle de la figurine qu'éclairait son ampoule.

Un poilu, un soldat de plomb, qui semblait le charger baïonnette au canon.

Hébété, Gaston oublia la comptine qui débitait en boucle les mêmes strophes. Il prit la figurine, l'examina et, dernier mouvement de sa vie, s'écroula sur une brouette.

La nuque tranchée d'un coup puissant, il ne mourut pas tout de suite. L'assassin prit son temps pour l'achever. Puis laissa près de sa dépouille une serpette rouge de sang.

43

Des étoiles noires plein les yeux, le regard de l'enfant perce la dentelle brumeuse qui enrobe Calais.

Sur le quai, sa grand-mère lui donne ses dernières recommandations.

Attention à ne pas perdre son billet, attention à ne pas se pencher à la portière, attention à ne pas parler à n'importe qui.

Mais elle, se dit l'enfant, à quoi fait-elle attention ?
À son chagrin ?

Certainement pas ! Elle s'en fiche, soulagée de se débarrasser d'un boulet.

Les gosses, pour les vieux, pense l'enfant, ne sont que des animaux, des poux, des parasites, qui les empêchent de mourir tranquillement.

« Alors qu'elle meure, et le plus tôt sera le mieux. Ou du moins non : qu'elle crève à petit feu, dans des douleurs atroces, après une agonie terrible. »

L'enfant ne pardonne pas à sa grand-mère d'avoir fait piquer Gamin.

Ce chien lui déplaisait. À l'écouter, il devenait méchant. Il aurait même essayé de mordre un client.

Germaine est là aussi pour lui souhaiter bon voyage.

Elle n'a beau être que la bonne, une pièce rapportée, Germaine est la seule à avoir de la peine. Son visage le lui dit, triste et ravagé. Des sanglots hachent le peu de mots qu'elle prononce, des mots de circonstance. Germaine lui rappelle qu'elle lui a préparé un en-cas. Il y a aussi des fruits et une gourde d'eau teintée de grenadine. Elle a rangé le tout à l'intérieur de sa valise, enroulé dans du papier pour ne pas salir ses vêtements.

Soudain, un vent de folie souffle autour des rails.
On s'agite, des gens courent.
Le chef de gare s'apprête à siffler le départ.
Terminus Paris.
Sa tante et son oncle l'y attendent.
Ça y est ! Le train s'ébranle.
L'enfant sort son mouchoir pour un ultime au revoir.
Sa grand-mère l'imite, la tradition l'exige.

Mais ce n'est pas elle que l'enfant salue. Là-bas, derrière la gare, le long du parc Saint-Pierre, Lariflette lui fait des signes. Il avait promis de venir, il a tenu parole. Il tient toujours parole. Et il la tiendra encore pour ce qu'ils se sont jurés, en secret, face aux vagues, en échangeant leur sang : plus tard, quand ils seront grands, Lariflette l'aidera à se venger de ces pourris d'adultes. Puis, ensemble, en bateau, ils iront découvrir à quoi ressemble le monde.

C'est donc d'un cœur confiant que l'enfant lui renvoie ses signaux.

Ils ont prêté serment.
Ils ont craché par terre
Ils se reverront un jour.
Rira, rirou rirante !
Et ils tueront ces monstres.

44

Le vent d'ici n'a pas de nom. C'est un vent froid, un vent de pauvre, un vent que les poètes oublient. Ni zéphyr ni mistral, c'est un vent anonyme.

Alors on l'appelle le vent du nord, parfois le vent de la mer.

Autrement dit le Vent.

Et le Vent, ce matin-là, ce matin de mardi ménagé par la pluie, soufflait autour de gens aux allures austères.

Dans un Beau-Marais effondré, devant une maison triste, il vit des curieux demander ce qui se passait à l'intérieur. Ceux qui savaient répondirent que Gaston était mort, assassiné dans sa cabane. Le facteur l'y avait découvert en lui portant son courrier.

Il vit aussi des hommes en uniforme qui les empêchaient d'approcher.

Le Vent, lui, était libre d'aller où il voulait.

D'une roulade invisible, il pénétra dans le jardin.

Parmi les fleurs et les légumes, il vit encore des hommes en uniforme. À l'inverse de leurs collègues, ces derniers ne faisaient rien. Cantonnés à des rôles de figurants, ils regardaient le ballet d'une troupe soucieuse.

Pressé de découvrir ses acteurs, le Vent tourbillonna dans les allées fleuries. Pas de nouveau visage. Il les connaissait tous, il les voyait souvent se mesurer à lui, courbés sur la grand-plage ou le bois des jetées.

Installée à l'entrée, Julie Pilowski prenait des photos. Il était rare qu'un journalist fût admis sur une scène de crime. Mais par crainte de sa plume, personne ne trouvait à y redire. Surtout pas ce jeune type qui la fixait d'un mauvais œil. Quel était son nom, déjà ? Ah oui ! Percy, Antonin Percy, un énarque aux dents longues. Bien noté à l'ENA, il avait choisi Calais pour démarrer sa carrière. Option intelligente : dans une ville chère à de Gaulle, il comptait s'y faire remarquer. Mais, avec cette affaire, il regrettait son choix.

À l'écart, songeur, un grand type maigre paraissait satisfait. Il était bien le seul. Décidément, se dit le Vent, Gallois n'était pas comme les autres. Était-ce pour son indépendance d'esprit qu'il l'aimait autant ? Sans aucun doute. Cet humain lui ressemblait, insaisissable, allant où il voulait, se jouant des contraintes.

Puis le Vent vit Percy s'approcher du vieux renard. Entrevue délicate. Il modéra son souffle pour mieux les écouter.

— Bonjour commissaire.
— Mes respects, monsieur Percy.
— Avez-vous trouvé un poilu ?
— Oui, pareil aux précédents.
— Aïe !... Et l'arme ?
— Les fonds baissent, une vulgaire serpette.

Comment ? Plus d'argent poinçonné, de buste, d'antiquaille ? Déconcerté, Percy chercha à comprendre cette dissimilitude.

— Une serpette... Le prix des armes aurait-il augmenté ou est-ce une imitation ?
— Ni l'un ni l'autre, hélas, c'est la même signature. Et la mort de Dufauschelles s'inscrit dans la logique du tueur.

— Qui est ?... *S'il vous plaît*.
— Un point d'orgue morbide : Dufauschelles appartenait au club de chasse de Basset. Il était le dernier survivant des membres fondateurs.

Enfin du neuf, du consistant ! Percy en aurait hurlé de joie s'il n'y avait eu un cadavre.

— Dans ce cas, commissaire, peut-on supposer qu'un dénominateur commun relie les quatre victimes ?
— Je ne le suppose pas, j'en suis convaincu.
— Pour une histoire de chasse ?
— Non. Une histoire d'enfant.

Gallois ne lui en dit pas plus, il n'avait plus à le faire, et quand bien même, Davelot, que le Vent reconnut, ne le lui en aurait pas laissé le temps.

— Patron, ça y est, j'ai le renseignement !
— Merveilleux ! Qui vous l'a fourni ?
— Un voisin pourvu d'une excellente mémoire. J'ai déjà vérifié le numéro, la limousine appartient à Wyatt.

Grâce à Dieu, respira le vieux renard, il y avait toujours un voisin pour aider la police. Largué, Percy mit les formes pour tenter d'en savoir un peu plus – l'article de Julie avait fait le ménage dans son abécédaire. Devant tant de politesse, Gallois daigna lui livrer quelques explications : la veille, peu d'heures avant le crime, la limousine de Wyatt avait sillonné le quartier. Et ce pendant longtemps aux dires des résidents. Bien entendu, cela ne signifiait pas qu'il fût le coupable. Néanmoins, au nom des procédures, cette coïncidence l'obligeait à aller l'interroger. Avec tact, promit-il, d'autant qu'ils s'estimaient tous deux.

S'il avait eu une gorge, le Vent aurait éclaté de rire. De là où il se trouvait, dans le ciel orangé, rien ne lui échappait. Depuis son tout début, il avait assisté à chaque phase du drame et, d'un coup d'œil gigantesque, savait qu'il arrivait à son terme : au loin, par-delà les toits de la ville, son dernier acte se jouait déjà.

Manquer l'apothéose n'était pas imaginable. Le Vent tenait à y assister. Mais, d'une rafale, excité comme un cyclone, il suivit d'abord Gallois et son adjoint. La voiture des flics s'engagea droit au sud, longea le canal envahi de péniches, frôla un lac où, pour un temps encore, vivaient des moules d'eau douce, et atteignit le manoir où elle entra sans s'annoncer.

Ses roues se bloquèrent devant le perron. Gallois descendit, Davelot resta dans l'habitacle.

Pour connaître la suite, le Vent dut se coller aux fenêtres. Ainsi plaqué derrière les vitres, il vit Wyatt et ses lieutenants guetter le vieux renard. En retrait, Sergent et Van Weyer se tenaient tout près d'eux.

— *Good morning*, commissaire, le reçut Wyatt dans le vestibule.

Interloqué par cet accueil, Gallois fit de brefs signes de tête.

— Monsieur... Messieurs... On dirait que vous m'attendiez.

— En quelque sorte, répondit Wyatt. Nous étions en réunion lorsque nous avons aperçu votre voiture.

— Ah ! Et vous avez tous décidé de venir à ma rencontre ?

— Disons que nous en avons profité pour nous accorder une pause.

— Eh bien j'en suis ravi, cela m'évite d'avoir à vous déranger.

— Pourquoi ?

— J'ai besoin de m'entretenir avec vous, monsieur Wyatt.

— Seul à seul ?

— De préférence.

Excédé, à un *inch* de perdre son flegme, l'Anglais fit non du doigt.

— Désolé, commissaire, je préfère que vous parliez devant ces messieurs. Tous savent pourquoi vous êtes là : le crime du Beau-Marais.

— Po, po, po !... Vous êtes déjà au courant ?

— Les informations circulent vite en province. L'embêtant est qu'elles sont parvenues à ma femme : elles lui ont provoqué une nouvelle crise.

— Oh non ! J'en suis franchement navré.

Wyatt lui octroya un sourire ; il le savait sincère.

— Merci pour elle, commissaire. Cela étant, je vais être direct : Marie étouffe dans ce climat sordide. Des morts, encore des morts, toujours des morts. Sincèrement, j'en ai assez, je ne supporte plus que ma femme soit malade à cause d'un fou furieux.

— Je vous comprends.

— Comme on dit en français, *j'en ai ma claque* qu'on la gave de cachets, et je vous fais grâce de ce que je pense des piqûres ! Sans elles, Marie ne tiendrait pas debout. Elle en est à se traîner jusqu'à la salle à manger.

Enchaînement voulu par le hasard, Béhal fit son apparition. Mieux disposé qu'à leur première rencontre, il s'inclina devant Gallois puis, plus funèbre que jamais, s'adressa à Wyatt d'une voix compassée.

— Tout va bien, votre femme s'est endormie.

— Facilement ?

Béhal hésita, son diagnostic était confidentiel.

— Je vous en prie, docteur, les *gentlemen* présents peuvent tout entendre.

— Pardonnez-moi, monsieur, c'est contraire à l'éthique.

— Marie est mon épouse, laissez-moi en décider pour vous.

Dans ce cas, puisqu'il avait sa bénédiction, plus rien ne lui interdisait de s'exprimer librement.

— Eh bien non, se relâcha-t-il, ça n'a pas été facile. Cette crise a dépassé les précédentes, il devient urgent que vous vous occupiez d'elle.

— *Well…* Que me conseillez-vous ?

— De lui apporter du calme, monsieur. L'état de votre femme empire, elle ne peut trouver le sommeil sans l'aide de la médecine. Pour être franc, je suis inquiet pour elle.

— Du calme, dites-vous ?

— Le plus total, loin de toute émotion, de toute contrariété.

— Entendu, docteur, je vais y veiller.

Mais avant de se consacrer à sa femme, Wyatt devait en finir avec l'absurde.

— *Fine, let's go*, terminons-en. Que voulez-vous savoir, commissaire ?

— Une seule chose, monsieur : ce que faisait votre limousine hier après-midi. Des témoins l'ont vue errer au Beau-Marais.

À peine posée, sa question déclencha un tollé. Mais où était-on ?! Quel était ce pays où on épiait les gens, où on les traquait, où on les soupçonnait pour la raison débile qu'ils avaient de l'argent ?! C'était inadmissible ! Du bolchevisme ! Une abjection !

— Je regrette d'avoir débarqué en Normandie ! s'emporta Mac Finsh. La mentalité des Français n'a pas changé depuis Pétain !

— Je vous en prie ! hurla Wyatt.

— Mais on ne peut pas laisser dire n'importe quoi.

— Ce n'est pas n'importe quoi, MacFinsh, le commissaire Gallois fait son métier. À Scotland Yard ses collègues procéderaient comme lui.

— Je n'ai rien contre monsieur Gallois, *sir*, je m'insurge contre les ragots.

— Ce n'en sont pas, MacFinsh, j'étais bien hier après-midi, en limousine, au Beau-Marais.

Son aveu cousit toutes les bouches. On se tut pour l'écouter.

— J'avais une raison de m'y attarder, commissaire. Monsieur Sergent, ici présent, m'a informé qu'on devait y implanter une zone industrielle.

— Ce n'est encore qu'une vague idée, s'insinua Sergent.

— C'est pourquoi, dans le cadre de notre projet, il m'a paru intéressant d'aller voir à quoi ressemblait ce quartier. Ce n'est pas plus mystérieux que ça.

— Et en ma compagnie, insista Sergent. J'étais avec monsieur Wyatt dans sa limousine.

Partie nulle, *game over*.

S'il avait eu affaire à des primaires, Gallois aurait entendu des rires. Mais il avait devant lui des gens éduqués qui se gardèrent d'esquisser le plus infime sourire.

— Parfait ! Voilà qui clôt le débat.

— Je le pense, commissaire.

— Navré de vous avoir dérangé, monsieur Wyatt, je ne vous demande même pas où vous étiez hier soir vers 20 heures.

— Je vous sais gré de ne pas avoir à vous répondre que j'étais avec ma famille.

— Et en présence de plusieurs témoins, je n'en doute pas.

Plus rien ne le retenait au manoir. Gallois s'apprêtait à prendre congé, mais Wyatt, d'un signe discret, le retint avec une étrange fermeté.

— S'il vous plaît, commissaire, j'aimerais que vous restiez encore un moment. J'ai une déclaration à faire, je souhaite que vous l'entendiez.

D'un air peiné, la laideur affligée, il se tourna vers ses collaborateurs, Sergent et Van Weyer, regarda Béhal, écarta les bras et, d'une voix lasse, prononça un discours que personne n'attendait.

— Messieurs, la situation est devenue intenable. Crimes, soupçons, ragots nous empêchent de travailler sereinement. Je ne peux plus le supporter. Et ma femme encore moins qui risque d'y perdre, sinon la vie, son équilibre psychique. Désolé d'avoir à vous le dire, monsieur Sergent, mais je ne suis pas venu à Calais pour la voir mourir. Pas davantage, d'ailleurs, pour qu'on y épie chacun de mes mouvements. Et bien que votre ville ait de sérieux atouts, je suis au regret de devoir la quitter.

— On plie bagages ?

— Oui, MacFinsh, sur-le-champ. Payez ce qu'il y a à payer, retour en Angleterre.

Sa décision fut une surprise colossale. Béhal souffla, heureux que sa patiente fuie la source de ses maux. Les Britanniques se réjouirent et les Français s'effondrèrent. Catastrophé, sans trop y croire, Sergent tenta de le dissuader de partir.

— Enfin, cher ami, nous étions sur le point d'aboutir à un accord. Vous n'allez pas interrompre les négociations à si peu des conclusions ?

— Qui vous sont avantageuses, l'appuya Van Weyer.

— Mettez-les dans un tiroir, messieurs, nous les en ressortirons peut-être dans quelques années.

— Ce n'est quand même pas à cause d'une poignée de médisants que vous mettez fin à ce projet ?

— Non, c'est un tout, monsieur Sergent. Mais je ne vous cache pas que l'épisode de ma limousine était de trop.

Désespéré, Sergent se dit que c'était un complot, qu'il lui fallait les coupables. En rage, furieux, à la recherche d'une tête à couper, il s'en prit violemment à celle de Gallois, puisqu'il n'avait qu'elle sous la main.

— Bravo, vous pouvez être content ! Il est beau le résultat de votre enquête !

Impavide, le vieux renard lui renvoya ses erreurs en pleine face.

— À qui la faute ? Elle serait déjà terminée si *certains* avaient évité de me mettre des bâtons dans les roues. Je peux en parler à la presse, si vous le souhaitez, elle n'attend que ça.

— Je, je...

— Monsieur Sergent, votre ton me déplaît, intervint Wyatt. Laissez le commissaire Gallois en dehors de nos affaires, il a parfaitement fait son travail. Je peux même vous garantir qu'il a protégé ma famille mieux que s'il avait été un... frère.

Voilà, c'était fait, la première charge de sa bombe avait explosé. Le vieux renard en ferma les yeux, au comble de la félicité. Ne lui restait à attendre que la seconde se fasse entendre, ce qui, d'après ses calculs, ne devait plus tarder. Après ce « boum » ultime, tout serait consommé.

Il ne se trompait pas. Davelot, excité, vint le prévenir que le compte à rebours était enclenché.

— Patron ! Je viens de recevoir un appel radio : il y a du grabuge à Sangatte.

— Que se passe-t-il ?

— Omer Michel a dévissé, il a pris Dalquin et son fils en otage ; il vous réclame.

— P'tit Bosco ? !... Il est armé ?

— Oui, il les retient dans un blockhaus. Il veut que Dalquin avoue ses crimes. Il ne faudrait pas tarder...

Plus question de s'expliquer, d'accuser, de s'engueuler, Gallois sortit en courant du manoir pour se jeter dans sa voiture.

Talonné par Sergent et Van Weyer.

Et toujours accompagné par le Vent.

Sur la route du retour, ses bourrasques balayèrent les chemins de halage, remontèrent dans le ciel encore ensoleillé, survolèrent la ville, et, d'une vrille, redescendirent près de la plage où une foule anxieuse s'était massée derrière un cordon de police. Le Vent, alors, se regroupa, tranquille, pour ne pas gêner le spectacle. Puis, quand Gallois et Davelot débarquèrent, d'un léger tourbillon, recensa les acteurs.

Les mouettes planaient au-dessus des curieux.

Des flics maintenaient ces derniers à distance.

Julie gâchait de la pellicule.

Percy, dépassé, se cachait derrière une voiture.

Sergent, aux cotés de Van Weyer, déboutonnait le col de sa chemise.

En position de tireur, les hommes de Dewavrin se tenaient prêts à faire feu.

Et Delphine ne cessait de pleurer.

Excellent, apprécia le Vent, à part Wyatt et Béhal au chevet de Marie, il ne manquait personne pour ce dernier acte, un acte qui ne pouvait qu'être court : les drames de la vie se jouent toujours vite.

Comme pour lui donner raison, en lever de rideau, Delphine se précipita vers Gallois.

— Monsieur le commissaire, faites quelque chose, mon père est devenu fou.

— Racontez-moi d'abord ce qui s'est passé.

— C'est ma faute, j'aurais dû mieux lui parler.

— De quoi ?

— De ce qu'on s'est dit dimanche sur Dalquin. Vous vous souvenez ? Vous m'avez conseillé de tout lui répéter pour qu'il lâche ce pourri.

— Oui, en vous recommandant d'y aller avec des gants.

— Ben j'ai mis des moufles : il a pris le Mauser que le pépé a ramené de la guerre pour lui trouer la peau.

— Une seconde… Dois-je comprendre qu'il croit que Dalquin, dans le but de détourner les soupçons qui pèseraient contre lui, l'a manipulé pour tranquillement tuer les membres du club de chasse ?

— C'était mon idée, non ?

— Juste une hypothèse.

— Ben idée ou hypothèse, maintenant il la partage.

— Pourquoi maintenant ?

— Parce que c'est ce matin que j'ai vidé ma bile ; j'attendais le bon moment. C'est quand on a appris la mort de Dufauschelles que je me suis décidée à lui causer.

Gallois renifla l'air : la mèche de sa dernière bombe était à moitié consumée. Mais il refusait qu'elle fasse des morts, il lui demandait simplement de secouer l'édifice, d'obliger les magistrats à se retrouver dans ses décombres. À eux de prouver la culpabilité de Dalquin. Lui, il s'en lavait les mains.

— Commissaire, l'aborda Dewavrin, que fait-on ? J'attends vos ordres.

Le vieux renard montra un blockhaus perché sur une dune.

— C'est dans ce Fort Chabrol qu'il se terre ?

— Affirmatif : c'est entre ses murs que sa femme s'est pendue.

— Bouf ! M. Michel a le goût des symboles. Comment a eu lieu l'enlèvement ?

— D'après les témoins, P'tit Bosco a surpris les Dalquin pendant qu'ils ramassaient des coques. En gueulant, il a sorti son flingue et les a forcés à le suivre en demandant aux promeneurs qu'on vous prévienne… Il est un peu excité.

— Je ne vous aurais pas cru si vous m'aviez dit qu'il était calme. Bon, apportez-moi un mégaphone, je vais tenter de le raisonner.

Dewavrin disparu, Percy quitta son refuge pour venir aux nouvelles.

— Pardon de vous déranger commissaire, vous avez un instant ?

— Vingt secondes, pas plus.

— Ces gens, là, Michel et Dalquin, c'est qui ?

— Des gusses que les notables ne fréquentent pas.

— Ah ? Pourtant vous avez affirmé que le coupable avait des moyens financiers.

— *Primo*, monsieur, nous avons Dalquin dans notre collimateur depuis mardi dernier. *Deuzio*, tant que la police n'a pas de preuves, un homme est innocent. *Tertio*, si P'tit Bosco tire la langue, Dalquin est l'un des citoyens les plus riches de la ville.

— Dalquin est si riche que ça ?

— Terriblement.

— Et vous ne pouviez rien contre lui ?

— J'ai dû le relâcher faute d'éléments solides.

Le retour de Dewavrin avec un porte-voix mit fin à l'aparté. Percy regagna prudemment sa planque, Gallois leva l'appareil à la hauteur de ses lèvres, le public se tut, et le Vent écouta.

— Monsieur Michel ! C'est le commissaire Gallois ! Sortez, nous avons à parler !

Par principe, le vieux renard compta jusqu'à douze avant de réitérer son appel.

Ce ne fut qu'après le troisième, dans un silence glacial, que le bossu, précédé de ses otages, sortit enfin du blockhaus.

Le père et le fils avaient les mains en l'air. Gallois vit que le pantalon de Francis était souillé d'urine. Le pauvre gars tremblait de tous ses membres, tandis que son poilu de père, en habitué du danger, ne cillait pas d'un cil devant le Mauser.

— C'est bien, monsieur Michel, vous avez fait un pas !

— Cherchez pas à m'entuber ! J'désire qu'un truc !

— Lequel monsieur Michel ? ! Je vous écoute !

— Ch'ot pas mi qu'il faut écouter ! Ch'ot ch'fumier !

De la pointe de son arme, il désigna Dalquin.

— J'veux que ch' salaud avoue ses crimes devant tout l'monde !

— Et après, monsieur Michel, que ferez-vous ? !

— J'me rendrai ! J'ferai de la taule ! Mais lui ira à l'guillotine !

— D'accord ! Faites gaffe avec votre flingue !

— Le coup va partir s'il cause pas tout de suite !

Le Vent s'immobilisa, chacun put alors entendre distinctement la confession de Dalquin.

— C'est moi qui ai tué Lefèvre, Basset, Chaussois et Dufauschelles !... Je leur en voulais ! Ils ont fait dire à mon fils que Pigeon était son vrai père ! Et c'est cette ordure qui lui a tout raconté pour se venger d'une histoire de terrain de chasse !... Mais je m'en fous, même si c'est pas moi qui l'ai conçu, Francis est mon gamin !

Derrière lui, le vieux renard entendit Percy chuchoter à Sergent :

— On y est, c'est bien une histoire d'enfant, le commissaire Gallois avait vu juste... Au fait, saviez-vous que ce Dalquin était immensément riche ?

En haut de la dune, Dalquin continuait de s'accuser. Non sans s'embrouiller dans les détails, il confirma s'être servi de Marinette pour détourner les soupçons, et, sur le même ton monocorde, reconnut avoir profané la tombe de Pruvost avec l'aide de Francis.

Puis, après ce dernier aveu, il se tut, n'ayant plus rien à ajouter.

Un silence suivit dans un flottement malsain.

P'tit Bosco hésitait. Qu'allait-il faire ? Se rendre ou tirer sur Dalquin ? Il fallait en finir, Gallois s'apprêtait à renouer le contact, mais Delphine fut plus rapide :

— P'pa ! Fais pas l'idiot ! Rends-toi aux flics !

Ce fut la faille, l'erreur fatale, irréparable.

Déstabilisé par la voix de sa fille, P'tit Bosco relâcha son attention pour la chercher des yeux. À l'affût, Francis s'en aperçut. Poussé par la rage des faibles, le courage des pleutres, il fonça droit sur lui. Mais pas assez vite. P'tit Bosco toupilla juste à temps pour parer son attaque. Un coup de feu éclata, Francis s'effondra, le public cria et, en hurlant comme une bête, Dalquin se précipita au secours de son fils. Toutes ces clameurs lui prirent la tête, tout ce fracas contribua à ce qu'il la perde, P'tit Bosco vit Dalquin s'avancer vers lui, et, sans chercher à comprendre ses intentions, pointa son arme sur sa poitrine.

En bas, sur la route, Dewavrin ne fit pas de sentiment.

Il épaula.

Deux autres coups de feu éclatèrent.

Et le Vent, attristé, regarda le vieux renard s'engager sur la dune pour compter trois cadavres…

45

Dans le silence de son bureau, seul avec sa conscience, Gallois triait le bon grain de l'ivraie. Pour rédiger son rapport, il hésitait sur les termes à choisir. Et surtout sur les noms avec les adjectifs qui leur correspondraient le mieux.

Quatre victimes, une pendue, plus trois morts qu'il aurait voulu éviter. Cela faisait beaucoup pour un pays tranquille. Sans oublier un désastre : adieu veaux, vaches, cochons ! Wyatt avait déjà plié bagages. Jamais il ne reviendrait dans une ville que sa femme avait quittée en ambulance, sur une civière, à demi morte. Calais pouvait dire adieu à son projet. Décision que le vieux flic apprécia : les caciques en étaient verts de rage. De ce côté, sa bombe avait explosé mieux qu'il ne l'avait espéré.

Allez ! Trêve d'autosatisfaction, que devait-il écrire ?

Mais bon sang de bois ! Pourquoi se casser la tête ?

Simplement ce qu'il avait entendu, entendu comme tant d'autres : Dalquin avait tout avoué avant de se faire descendre.

Même si ses aveux lui avaient été extorqués, ils collaient parfaitement à la réalité.

Il était chimérique de vouloir les infirmer.

Découdre la vérité, la recoudre à l'endroit... À si peu de la retraite, le vieux renard ne vit pas l'utilité de provoquer des remous. Mangeloup avait raison, il était temps qu'il pense à lui.

Un titre de divisionnaire et la Légion d'honneur.

Martha en serait fière. Elle méritait ce cadeau.

Et puis, se dit Gallois, ses os n'avaient plus l'âge de défier les moulins.

Fort à propos, il se souvint d'un apophtegme de Sophocle : « La sagesse est la première condition du bonheur. » À son bon sens, il associa une pensée de Ralph Waldo Emerson : « À chacun de nous Dieu offre le choix entre la vérité et la tranquillité. Ce choix, faites-le : jamais vous n'obtiendrez à la fois l'une et l'autre. »

Guidé par leurs conseils – puisqu'en bon flic rien, ou *presque*, dans cette affaire ne lui avait échappé –, il décida d'étouffer ses scrupules. Autant hurler avec les loups. D'un trait de plume il rédigea un rapport qui ravirait la meute.

Trois points et ce fut tout. Le rideau se referma.

Épilogue

Nos souvenirs sont cors de chasse...

La nuit rabote les derniers pans de clarté. L'océan se devine, quelques étoiles daignent apparaître, l'orbe lunaire verse son miel sur les nuages.

Sur le pont du navire, le petit garçon s'est endormi. L'homme le réveille : qu'il aille se détendre, il lui racontera la suite un autre jour. Le dîner sera servi dans deux heures, ce répit lui permettra de se préparer calmement.

À demi vaseux, le petit garçon capitule et regagne ses quartiers. Essoufflé, la poitrine en charpie, l'homme fait de même. Au niveau des premières classes, il entre dans sa cabine. Boiseries acajou, feuilles d'acanthe, salle de bains en marbre, l'ensemble n'est que luxe.

Allongée sur sa couchette, une vieille femme se repose. Squelettique et blafarde, un masque à oxygène lui permet de respirer. Relié à des bouteilles d'une survie factice, son corps n'est qu'un fagot sec et immobile. D'une voix faible, déformée par la chimie, elle demande à l'homme s'il a eu le temps de tout dire à leur petit-fils ?

Non, lui répond-il, Jacques s'est assoupi avant la fin de son récit. Hésitant, il ajoute que son sommeil l'a soulagé. Il ne se sentait pas la force de lui avouer la vérité. Et puis qu'aurait-il compris à ce drame ? Il n'a que onze ans, ses arcanes le dépassent, c'est encore trop tôt pour qu'il les juge avec sérénité.

La vieille femme grimace, elle déteste ce retard. S'il n'a pu la lui confier, il faut qu'il la lui écrive. Elle, elle ne croit pas en Dieu. Mais lui, puisqu'il a la foi, doit purger son âme. Entre son cancer qui la ronge et les problèmes cardiaques qui le minent, ils n'ont plus longtemps à vivre. Il est urgent de faire place nette.

L'homme acquiesce, embrasse son épouse, s'assied à un bureau et se met à écrire. La pointe en or de son stylo glisse sur le papier vélin...

À Jacques, mon petit-fils, quand il aura seize ans.

Mon chéri,
Ta grand-mère tient à ce que j'achève mon récit sur du beau papier blanc.
Son dénouement va te surprendre.
Voire te laisser perplexe.
Pourtant, il est réel, et je n'en n'ai pas honte.
Alors, par avance, au nom de l'amour qui en a été la clé, à défaut de pardon, je te prie de le considérer avec un peu de charité.
Abordons-le d'une manière classique : « Il était une fois un monstre, et ce monstre était amoureux... »

*

Dont meurt le bruit parmi le vent...

Bientôt midi. C'est le week-end de la Toussaint et, pour une fois, il ne pleut pas...

Au volant de sa Picasso, Julie ne reconnaît plus Calais.

Elle n'y est jamais revenue. Depuis qu'elle est partie à Lille, il y a presque quarante ans, c'est la première fois qu'elle y remet les pieds. Parfois, pour se rendre à Londres, il lui arrive d'y passer non loin en Eurostar sans, évidemment, pouvoir s'y arrêter.

Où qu'elle aille, elle observe, tente de se souvenir…

Les abords de la ville sont devenus complexes. « Mais où sont les chemins d'antan qui menaient aux forêts ? » chantonne-t-elle. Entre les rocades, les échangeurs et les ronds-points, elle ne sait plus où donner de la tête. C'est au pif qu'elle retrouve sa route. Au passage, elle constate *de visu* que le Beau-Marais a été transformé en zone industrielle, que des HLM ont remplacé les maisons d'ouvriers et apprend, en lisant un panneau, qu'un Centre universitaire s'est ouvert près du Petit-Courgain.

Rasé le Camp anglais ; disparu l'hippodrome ; bétonnés les jardins. Mais ressuscitée la façade de Notre-Dame reconstruite avec talent. Le centre, en revanche, n'a pas changé, sinon que les commerces sont, pour la plupart, des enseignes franchisées. Curieux, ce besoin d'uniformité. Où que l'on soit en France, on trouve partout les mêmes.

Quoi qu'il en soit, Calais a su évoluer – mais pas toujours en bien… et contre sa volonté. Car si la ville est devenue une major européenne, pour des centaines d'exilés elle est toujours l'ultime port de l'espoir. À les voir errer dans ses rues, mal vêtus et grelottants, on dirait que la misère du monde y a élu domicile.

Après une longue carrière de journaliste, Julie est à présent à la retraite. Qu'écrirait-elle sur cette tragédie si, par hasard, elle devait y consacrer un article ? Mauvaise question. Naturellement, elle louerait le dévouement des Calaisiens qui secourent ces malheureux, mais aussi, moins facile à rapporter, elle évoquerait la lassitude d'une population excédée par un problème interminable. Et elle ne pourrait taire le calvaire des routiers mis en prison par la faute de clandestins cachés dans leurs camions. Elle serait même forcée de dénoncer l'inconscience de ces derniers.

Exclusion, tolérance, haine, amour, racisme, humanisme, faim, partage... Julie grimace : tous les contraires du cœur s'affrontent à Calais.

Sacré gâchis humain !

La faute à qui ? À des fous, les condamnerait-elle pour conclure son article, à des fanatiques de Dieu, à des dictateurs indifférents aux cris des hommes... Et à des démocraties retranchées derrière leurs lois, leurs règles et leurs quotas, et non à des citadins que l'on montre du doigt...

Autre sujet sensible, fulmine Julie, la destruction du littoral mériterait qu'elle reprenne la plume. De la jetée ouest aux portes de Sangatte, les dunes ont disparu. Des immeubles triviaux ont fauché les oyats. Il y a douze ans, en revenant dans la ville, Bastien avait failli défaillir en découvrant le massacre.

C'est pour ne pas le revoir, pour ne conserver que le souvenir du Calais de son enfance, qu'il a refusé de l'accompagner. Du moins, c'est le prétexte qu'il a invoqué pour rester à Wasquehal. Bastien lui a menti ! Julie n'est pas dupe. Elle sait que son ex-commissaire de mari ne peut entendre ce qu'elle va balancer. Même s'il y a prescription.

Sa Picasso frôle Bériot-Plage, entre dans Sangatte. Julie n'y retrouve pas le blockhaus où P'tit Bosco et les Dalquin sont morts. Disparue la grande dune, des pavillons ont envahi le terrain. Dépitée, elle dépasse le village et, très vite, arrive en vue du cap Gris-Nez.

Une Rolls-Royce y est garée sur un parking. Il est là. Il est à l'heure au rendez-vous.

Elle s'arrête, descend de sa voiture, aperçoit un Hindou près de la Rolls. Le jeune homme lui sourit. Elle lui renvoie son sourire.

— *Excuse me, sir. I'm looking for lord Wyatt. Would you be his driver* ?

Poli, déférent, il se plie en deux pour lui répondre en français avec un fort accent.

— Oui, madame, j'ai l'honneur d'être son chauffeur et je sais qui vous êtes. Lord Wyatt vous attend.
— Où ça, je vous prie ?
— À la pointe du cap. C'est…
— Pas la peine, l'interrompt-elle, je connais le chemin.

Pourquoi perdre du temps en salamalecs ? Elle hoche la tête, pivote sur ses talons et part lutter contre le vent.

Des bourrasques la giflent, des mouettes la survolent, des cargos cabotent le long des côtes.

Rien, ici, n'a changé depuis 1965, à l'inverse des survivants d'un drame baptisé : « L'affaire Hubert Dalquin ». Plus de quarante ans après, ses vétérans ont des cheveux blancs, des regrets, des remords, des tonnes de déceptions qui les empêchent de dormir – quand ce n'est pas l'amertume qui les ronge éveillés.

Certains traînent des maux de leur âge – un peu d'arthrite, un excès de cholestérol –, mais celui vers qui Julie se rend est de loin le plus touché : il ne lui reste que quelques mois à vivre. Voilà, il se dresse devant elle, fragile face à la mer. Il se retourne ; elle le regarde, épouvantée : derrière sa barbe et ses lunettes, sa peau est aussi blanche que le calcaire du Blanc-Nez.

— Bonjour lord Wyatt.

À son tour de l'observer. Cela fait des lustres qu'ils ne se sont pas revus. En un rapide coup d'œil, le vieil Anglais constate que les ans n'ont pas eu de prise sur elle. À part des pattes d'oie, une ride ici et là, quelques boucles crémeuses, la Julie qu'il retrouve est la même qu'autrefois.

— Bonjour madame Davelot, ôte-t-il enfin son chapeau. Je suis heureux que vous ayez pu venir.

— Je vous l'avais promis en répondant à votre mail.

— Et vous tenez toujours parole… Votre mari ne vous accompagne pas ?

— Bastien a dû rester pour garder nos petits-enfants. Il m'a chargée de vous présenter ses condoléances.

D'un mouvement du menton, Wyatt l'en remercie, puis soupire, nostalgique :

— Que de chemin parcouru depuis notre dernière rencontre. C'était en 1978, je crois ?

— Oui, à Londres, peu après votre anoblissement.

— Exact, vous faisiez construire une maison près de Lille, à Wasquehal, vous aviez deux enfants, votre mari était passé commissaire et vous veniez d'entrer à la télévision. Pardonnez-moi si j'ai oublié le nom de la chaîne, je me souviens seulement que vous y occupiez un poste important.

— Il n'y a pas d'offense, lord Wyatt, d'autant que Bastien et moi sommes à la retraite. Ces détails appartiennent au passé.

Plus violente que les autres, une rafale le bouscule ; le vieil Anglais hoquette, cherche sa respiration.

— Ça ne va pas ? Voulez-vous que j'aille chercher votre chauffeur ?

— Ce n'est que passager, se reprend-il dignement. Mais j'irais bien mieux si vous m'accordiez une faveur.

— Dites-moi laquelle ?

— Depuis le temps que nous nous connaissons, madame Davelot, j'aimerais enfin pouvoir vous appeler

Julie et, en retour, que vous acceptiez de m'appeler Harold. Lord Wyatt fait trop royal.

Il parle d'or, se dit Julie, ces vieilles civilités sentent le rance et la poussière.

— J'en serais ravie, Harold.

— Pas tant que moi, Julie, parce que cette « complicité » va m'aider à vous prier de me rendre un service.

— De quelle nature ?

Il fouille dans son manteau, en sort une grosse enveloppe.

— Quand il aura seize ans, j'aimerais que vous remettiez cette lettre à Jacques, mon petit-fils. Je ne tiens pas à la confier à mes enfants, ils seraient tentés d'en découvrir le contenu... L'adresse est au verso.

— Il l'aura, prend-elle l'enveloppe, je vous en donne ma parole ; et vous savez que je la tiens toujours.

— Merci, vous me soulagez d'un poids.

— Comptez aussi sur ma discrétion qui m'empêchera de répéter ce que lui raconte cette lettre, puisque vous allez me le dire.

Wyatt fronce les sourcils, sa réplique est de bonne guerre.

— Normal... Vous avez le droit de le savoir.

Des mouettes virevoltent au-dessus du cap, des tankers naviguent loin de ses rochers ; le regard de Wyatt suit la danse des oiseaux, l'avancée des navires ; il ferme les yeux, les rouvre, puis confie d'un ton las, brisé par la fatigue :

— C'est la fin d'une histoire que j'ai racontée à Jacques sur le pont d'un bateau. Marie a insisté pour que je lui écrive la chute. Elle a même tenu à en parapher toutes les pages. Certaines annotations sont de sa main.

— Pourquoi Marie vous a-t-elle forcé à cet exercice ?

— Parce que c'est une confession, Julie, une douloureuse confession.

Ça y est, elle est dedans, elle attend ce moment depuis si longtemps.

— Celle de vos crimes, Harold ?

— Comment ? Que dites-vous ?

— Je sais que c'est vous qui avez tué Lefèvre, Basset, Chaussois et Dufauschelles. C'est vous aussi qui avez profané la tombe de Pruvost.

Sidéré, Wyatt fait appel à son flegme pour éviter d'en rire. Mais n'en range pas pour autant le fiel de ses sarcasmes.

— Est-ce seule que vous avez trouvé cette solution, chère Miss Marple ?

— Non, Harold, avec mon mari... Nous avons mis du temps avant de comprendre.

— J'ai donc également eu l'heur de passionner Hercule Poirot... Que d'honneur !...

D'un geste machinal, il se gratte la barbe.

— Ainsi, d'après vous, Hubert Dalquin n'était pas le coupable ?

— Non, il m'a fallu des années avant de ne plus y croire : ses aveux étaient peu crédibles et arrangeaient tout le monde. À force de les ressasser, Bastien est parvenu à la même conclusion.

— Et, puisque vos consciences refusaient de s'en accommoder, vous avez repris l'enquête ?

— Par nos propres moyens.

— Qui me désigne comme étant l'unique et authentique *serial killer* ?

— Absolument, Harold, non sans avoir sué pour réunir les preuves... Vous ne manquez pas de chance : il y avait prescription quand nous en avons terminé.

Bien plus zen qu'inquiet, Wyatt réfléchit longuement, puis, soudain, l'œil sévère, la pointe d'un doigt accusateur.

— Pourtant vous aviez accrédité la thèse officielle... Je me souviens de votre article après la tragédie de Sangatte. À vous lire, il aurait fallu décapiter la dépouille de Dalquin... Tenez ! Je vous cite de mémoire : ce type n'était pas moins qu'un démon, un odieux criminel... En revanche, que de compliments sur Gallois ! Vous en aviez tartiné des colonnes ! Même votre futur mari, que vous citiez dans votre papier, ne tarissait pas d'éloges sur lui... Bizarre évolution... Est-ce à dire, au cas où je retiendrais votre théorie, que cet excellent commissaire s'est trompé d'assassin ?

Julie a mal, Julie est mal, même si elle ne se reconnaît plus dans la débutante qu'elle était en 1965.

— C'était un autre siècle, Harold, nous sommes maintenant au XXIe. Vous évoquez un temps où régnaient les Trois Singes. Leur devise – Ne rien voir, ne rien entendre, ne rien dire – était le ferment de notre société.

— Amusant ! Votre propos me rappelle ceux que j'ai tenus à mon petit-fils.

— Sur quoi ?

— Sur un tout, sur la mentalité de l'époque, sur le public qui a applaudi sans chercher à comprendre le fin mot de l'histoire.

— Moi aussi j'ai d'abord cru à une vérité qu'on nous jetait en pâture. J'ai obéi aux ordres, j'ai hurlé avec la masse, et on m'a félicitée.

— Et grâce au silence de la rue, les notables ont clos un dossier bâclé par de pâles courtisans. Plus de vagues, chacun à sa place, tout est rentré dans l'ordre... Vous savez quoi, Julie ? Je rejoins votre analyse, ces gens étaient comme l'esprit d'alors : à vomir ! Leur crainte du scandale, leur peur de la déchéance, leur attachement à leurs piètres pouvoirs les ont entraînés à commettre une faute délibérée : s'emparer d'une vérité acceptable que vous avez gobée.

C'est le moment de rebondir, Julie saisit la balle au bond.

— La seule vérité, Harold, est que vous êtes l'assassin… Ne mentez plus, surtout aujourd'hui. De là où elle vous voit, Marie ne vous le pardonnerait pas.

— Marie ne croyait pas en Dieu.

— Mais vous oui, profondément, vous savez bien qu'elle est là-haut.

— Sans l'ombre d'une hésitation.

Une mouette vole près d'eux, légère et rieuse, une bourrasque les chahute, brusque et vigoureuse, et Wyatt gonfle sa poitrine pour détruire sa thèse.

— Mon cœur est à bout de course, Julie, les médecins sont pessimistes. Je ne fêterai pas Noël en famille.

À ce qu'en montre son visage, cette échéance lui est égale. Et sa voix est sereine.

— Mais Jésus est mon Sauveur. C'est pourquoi, si près d'être jugé par Son Père Éternel, je vous jure sur mon âme que je n'ai tué personne… Ni, de toute ma vie, commandé à quiconque de supprimer un être humain… Je vous fais le serment que je me présenterai à Dieu sans une goutte de sang sur les mains.

Julie en reste coite. Il lui est impossible de ne pas le croire. Wyatt est trop pieux, trop religieux pour se parjurer, surtout avec un pied dans la tombe. Alors, tout à coup, elle a honte, se liquéfie, se rapetisse. Comment a-t-elle pu se tromper à ce point ? Où est l'erreur qu'elle a commise, le détail qu'elle a négligé ? Elle ne peut s'en relever, et les excuses qu'elle formule, *made in* emporte-pièce, ne contribuent qu'à l'enfoncer dans son malaise.

— Pardonnez-moi, j'étais persuadée du contraire.
— Ça, je l'avais compris, mais sur quelles bases ?
— S'il vous plaît, Harold, je suis déjà confuse.
— Dites-le-moi, je vous prie.
— Pff !... Un acte de naissance, un exploit d'huissier, des recoupements divers...
— Je vois.
— Vous voyez quoi ?
— Que vous avez additionné les bons chiffres en oubliant les retenues. Voilà pourquoi votre résultat est faux.

C'est sibyllin, ésotérique, elle s'y perd.

— Excusez-moi, je ne vous suis pas.
— En termes limpides, vous êtes passée *très près* de la vérité.
— Par... Parce que vous la connaissez ?
— Parfaitement, Julie, de A à Z, je l'ai consignée dans la lettre que j'ai écrite à Jacques. Mais puisque j'ai votre parole que vous saurez vous taire, je vous autorise à la lire devant moi.
— Là, tout de suite ?
— Vous l'avez dit vous-même : *surtout aujourd'hui*.

Hébétée, ailleurs, Julie regarde l'enveloppe sans oser l'ouvrir. Il faut que Wyatt la rappelle au présent pour qu'elle la décachette. D'un geste fébrile, elle en retire une vingtaine de feuillets manuscrits.

— C'est en français ?
— Jacques est français puisque ma fille a épousé un Français.
— Ah oui, un député.
— De droite, *errare humanum est*.
— Vous auriez préféré qu'il soit socialiste ?

— Certes pas, *perseverare diabolicum est*. Je me méfie des politiques, c'est tout.

Tout en parlant, Julie commence à parcourir les premières lignes, mais les rafales de vent l'empêchent de se concentrer. Les feuilles bougent sans cesse. Quel que soit le sens dans lequel elle s'oriente, elle doit s'y reprendre à trois fois pour achever une phrase.

— Excusez-moi, Harold, c'est intenable, il faudrait que je lise ce mémoire dans un endroit plus abrité. Il y a un restaurant tout près, pouvons-nous y aller ?

— Non, Julie, nous devons attendre le bateau. Il ne va plus tarder.

C'est vrai, elle est venue pour lui.

— Tant pis, j'attendrai pour en prendre connaissance.

— Je regrette, Julie, il faut que nous en discutions maintenant ; c'est notre dernière rencontre, après il sera trop tard... Rangez ce document, je vais vous dire de vive voix ce que j'y ai révélé.

Elle l'observe. Le vieil Anglais tient sur ses jambes par miracle. Des bouteilles d'oxygène doivent l'attendre dans sa Rolls. Alors, consciente que c'est leur ultime entrevue, elle glisse les feuilles à l'intérieur de l'enveloppe.

— D'accord, si vous répondez à une question préalable.

— Posez toutes celles que vous voudrez, Julie, je vous promets de n'en esquiver aucune.

— Elle concerne le liminaire. J'ai vu que vous parliez d'un bout de chou qui vivait à Calais en 1945. Je pense savoir de qui il s'agit, et je...

— Chut ! l'interrompt-il. Chaque chose en son temps...

Le vent les malmène, de plus en plus violent, si fort qu'ils n'entendent plus ce qu'ils se disent. De concert, ils se replient derrière un rocher pour être plus à l'aise.

— Qu'en pensez-vous, Harold ? Ne sommes-nous pas mieux ici pour discuter ?

— Oui, c'est parfait, je vois la mer. Le bateau doit venir d'en face.

— Nous pouvons donc reprendre ?

— À votre guise.

— Alors dites-moi d'abord si vous avez été heureux ?

Le vieil Anglais sourit.

— En gardant la vérité pour moi pendant des années ? C'est ça votre question ?

— Vous la formulez plus directement que je n'ai osé le faire.

— Mais comment ne l'aurais-je pas été, Julie ? Regardez-moi, j'ai la tête d'un monstre. Et moi le monstre, j'ai osé aimer la plus belle... Dieu que j'ai aimé Marie ! Je l'ai aimée à la folie et, à l'aube de ma mort, je l'aime encore plus qu'à nos premiers instants.

Il souffle, il souffre, cherche sa respiration.

— Dès que je l'ai vue, j'ai su que c'était elle que j'attendais. Et par le plus grand des miracles, la femme que j'attendais m'a accordé sa main. Que de joie quand elle m'a dit oui ! Et que de chagrin quand elle m'a raconté son enfance. Je confesse en avoir eu les larmes aux yeux. Et m'être pris pour un dieu qui la lui ferait oublier.

— Comment comptiez-vous y parvenir ?

— Simplement... J'étais convaincu que notre mariage l'aiderait à gommer son passé... Il n'en a rien été... Malgré tout mon amour, ses cauchemars ont continué à la harceler. Au point de devoir suivre une analyse qui ne la guérissait pas.

Julie acquiesce, elle a retrouvé les actes :
— À cause de ses neuf ans ?
— À cause de ses neuf ans… Calais la poursuivait. Calais la détruisait. Elle en perdait la raison… *C'était elle l'enfant de mon récit.*

Révolté par son calvaire, Wyatt en serre les poings de rage.

— Je sais, Harold, j'ai découvert l'origine de son mal-être : son frère aîné a été emporté par la tuberculose en 1945.
— Il s'appelait Frédéric, il n'avait que douze ans…

Il se redresse, se recompose :
— Vous devez donc savoir que ses parents ont remué ciel et terre pour le confier à un sanatorium ?
— Absolument.
— En pure perte puisqu'ils manquaient d'argent.
— Par la faute d'un bombardement qui avait détruit leur imprimerie.
— Les fonds sociaux n'existaient pas, leurs proches ne pouvaient les secourir et leurs « amis » refusaient de leur prêter le moindre sou… Pourtant son père avait du répondant, il devait reconstruire son atelier grâce à des fonds publics. Mais en les attendant, la situation l'avait mis à bas… Et parce qu'il a tout tenté pour sauver son fils, elle a fini de le ruiner.

Il se tait. Julie reprend le cours d'une histoire qu'elle connaît par cœur :
— Dans notre enquête, j'ai appris que ses biens ont été vendus à la criée, comme ça se faisait alors, sur le trottoir, par un huissier : maître Pruvost.
— Mm… Vous en savez beaucoup, Julie, sauf que du haut de ses neuf ans, ma femme a assisté à la vente.
— Oh non… Je l'ignorais…
— L'insoutenable pour elle a été de voir partir les soldats de plomb de son frère. Des poilus de Verdun

fabriqués par Mignot. Pruvost, qui les guignait, s'est débrouillé pour les récupérer. Un vampire, celui-là. Les autres voraces, vous les connaissez : c'étaient les « amis » du père de Marie.

Leurs regards en disent long. Ils n'ont pas besoin de parler pour les imaginer lors de ce maudit jour.

Marcel Lefèvre – alias Pigeon – achète les couverts en argent, Hélène Basset le Granger, Yvon Chaussois la statuette, et Dufauschelles divers outils de jardinage. S'il les accompagne, Dalquin ne s'en mêle pas. Il évite ces ventes trop visibles. Sa comptabilité ne les appréciait guère. Et il sort à peine blanchi du tribunal.

En revanche, le bougre a une mémoire d'éléphant. C'est ainsi, en 1954, pour se venger de Pigeon et de sa sœur, qu'il les accuse de lui avoir volé ces objets dont il a mal retenu les détails. Julie et Wyatt savent pourquoi, ils ne reviennent pas dessus…

Toujours pas de bateau à l'horizon. L'Anglais regarde sa montre. Il a encore du temps avant qu'il n'apparaisse…

— À partir de là, Julie, vous ne savez plus rien puisque vous avez tout faux. Je vais donc vous apprendre des choses étonnantes, à commencer sur Yvon Chaussois, qui détestait les querelles : notre marin a quitté le club après cette histoire de vol. Et c'est à cause de sa démission que la vérité bascule.

— Euh… Vous voulez dire que Chaussois a rendu sa carte à Basset en 1954 ?

— Eh oui, Julie ! Si Gallois a relâché Dalquin, c'est parce qu'Yvon Chaussois se fichait bien qu'il ait acquis le terrain de chasse de son ex-club. Cela faisait onze ans qu'il ne tirait plus un lièvre. Par conséquent, il n'avait aucune raison de pousser Pigeon à révéler à Francis qu'il était son père. Et en retour, Dalquin n'en avait aucune pour le supprimer.

— Et sans Chaussois, la thèse du « complot » des chasseurs ne tient plus debout…

— Bingo ! Gallois l'avait fort bien compris. En réalité, Lefèvre a agi seul, personne ne lui a demandé de révéler à Francis qu'il était son vrai père. Dalquin, en inventant que Marinette trompait P'tit Bosco, voulait réellement pousser le bossu à faire une tête à Pigeon.

— Pourtant, dans son rapport, Gallois a insisté sur la vengeance des victimes. À aucun moment il n'a démontré que Chaussois était hors course.

— Pas plus qu'Hélène Basset ou Gaston Dufauschelles.

— Mon Dieu… En détruisant ce mobile, il aurait prouvé, *post mortem*, l'innocence de Dalquin… Pourquoi ne l'a-t-il pas fait ?

— Pour que vous compreniez le film, ma chère Julie, il faut d'abord que je change de bobine…

Fin du détour, retour sur Marie.

— Ma femme vivait alors à Paris, chez la sœur de son père. Pour ne pas couper les ponts avec Calais, sa tante recevait le journal où vous avez travaillé – elle y était abonnée. C'est ainsi que Marie a lu un article sur le prétendu vol commis chez Dalquin. Il ne lui a fallu qu'une seconde pour rapprocher ces objets de ceux de la saisie… Et pour relier la liste des suspects à celle de ceux dont elle voulait se venger… Gallois ne s'était pas trompé : c'est bien en 1954 que son plan a pris forme.

— Son plan ?

— Oui, Julie, et c'est vingt ans après la mort de ses parents, afin que ma femme guérisse, pour que je la récupère, que je lui ai offert les moyens de l'exécuter.

Estomaquée, le souffle court, c'est au tour de Julie de manquer d'air.

— Offert ?

— Sans hésiter, l'exercice m'a été facile. D'autant que moi, Harold Wyatt, je pouvais tout me permettre. Non seulement j'étais insoupçonnable, mais je pouvais jurer, sans mentir aux yeux de Dieu, n'avoir tué personne. Ce que Gallois a bien voulu croire quand je le lui ai affirmé sur la Bible.

— Ce n'est quand même pas…

— Si, Julie, c'est Marie qui a châtié ces chacals.

La terre tremble, le cap s'enfonce dans la mer, Julie se retient au rocher. Marie, Marie une criminelle ! Ce n'est pas possible, Wyatt lui raconte des blagues !

— Je ne vous crois pas, Harold. Comment s'y serait-elle prise dans son état ?

— *Sorry*, Julie, le conditionnel est de trop. Marie a signé sa confession, vous la tenez entre vos mains. Vérifiez-le, je vous prie, elle se trouve en marge de ma conclusion.

Il n'a nul besoin de le lui proposer deux fois, Julie récupère le mémoire, saute directement à la dernière page, y découvre la fine écriture de Marie à côté de celle, plus puissante, de son mari, lit son texte et, anéantie, se résout à capituler sans conditions. Marie, son amie de quarante ans, avec laquelle elle a échangé des milliers de lettres, Marie est bien une criminelle. Alors, amère et abattue, elle hisse le drapeau blanc.

— Gagné, Harold, je reconstruis ma phrase : comment s'y est-elle prise ?

Wyatt se garde de triompher, le sujet l'en dispense.

— Avant tout, grâce au silence de Nany et de Sharad. Ceux-ci, pour avoir connu l'horreur, savaient ce que signifiait le sens du verbe « châtier ». Ensuite, grâce à la complicité de Lariflette, devenu, avec l'âge, le bon docteur Béhal.

C'est trop de surprises d'un coup, elle en a le tournis.

— Attendez, attendez.... Béhal était son complice ?!

— La bonne question, Julie, est *pourquoi* l'a-t-il été ? Car vingt ans après avoir juré à Marie qu'il l'aiderait à se venger, *pourquoi* le petit Lariflette a-t-il tenu parole ?

— D'où vous sortez ce « Lariflette » ?

— C'était son surnom à l'école.

— Mm... Va pour Lariflette... Allons-y pour *pourquoi* ?

Avant de le lui expliquer, Wyatt doit contenir son émotion...

— Pour que vous compreniez leur amitié, n'oubliez pas qu'ils étaient deux enfants de la guerre. Main dans la main, ils ont surmonté leurs peurs en entendant tomber les bombes... Je suppose que vous avez connu ces frayeurs ?

— Oui, même si j'étais petite, je me souviens de ces instants... Et vous ?

— Pas du tout. Ne vous ai-je pas dit que j'étudiais en Suisse ?

Fin de l'introduction, il reprend son récit.

— Après la disparition de ses parents, quand ma femme a quitté Calais, ils se sont écrits pendant des années, puis, plus tard, ils ont pu se retrouver à Paris quand Lariflette, à son tour, a enterré les siens. À partir de ce jour, Marie n'a cessé de le consoler, de le supporter, de le soutenir... Je vous jure que ces deux-là s'adoraient plus que s'ils avaient été frère et sœur. Le même sang n'avait pas besoin de couler dans leurs veines pour qu'ils s'entraident en tout, à la vie à la mort.

— Vous n'étiez pas jaloux de leur intimité ?

— J'aurais pu l'être s'il n'y avait eu un *hic*, et de taille. Le ciment de sa fidélité venait de sa nature : Béhal était gay. Il n'y avait qu'auprès de Marie qu'il pouvait se confier.

Stupéfaite, Julie en écarquille les yeux.

— Gay ?!... Je vous assure que je ne m'en étais pas aperçue.

— Pas étonnant, Béhal était prudent, il perpétrait le pire des crimes qu'un homme pouvait commettre. Depuis Oscar Wilde rien n'avait changé en 1965. C'est d'ailleurs à cause de ses penchants qu'il s'était attiré des ennuis – une vieille affaire que Gallois avait ressortie pour lui fermer le clapet ; ce qui n'avait pas fait un pli.

— Je crois savoir pourquoi : Béhal l'avait provoqué... Je présume que le bon docteur s'est aplati parce que les arguments de Gallois étaient gênants pour sa réputation. Est-ce que je me trompe ?

L'histoire est délicate, l'Anglais en pèse chaque mot.

— Ils l'étaient en ce temps-là. Les faits dataient de 1959. Béhal, qui était alors interne, « fréquentait » le fils d'un député. Une nuit, dirais-je pudiquement, le couple s'est fait surprendre dans un square de Belleville. Un pari, une bêtise qui, si elle fait sourire aujourd'hui, vous valait la prison dans les années 1950 : l'homosexualité était un délit condamné par une loi qui datait de Vichy.

— Abrogée en 1981, je sais.

D'un regard noir, Wyatt la prie de ne pas l'interrompre.

— Bien entendu, vu le statut social de son partenaire, l'affaire a été étouffée. Mais la rumeur aidant, Béhal, peu à peu, s'est vu mettre à l'index. Portes fermées ! Carrière brisée ! Vous comprendrez pourquoi notre ami avait un compte à régler avec la société. Laquelle lui a rendu la monnaie de sa pièce : il est mort du sida sans que quiconque le pleure. Sauf Marie, ça va de soi, la seule à qui il pouvait raconter ses joies, ses peines et ses amours.

Il fait un vague geste pour exprimer sa tristesse.

— Allez ! Tournons cette page, venons-en au discret Van Weyer... Maxime, vous vous en doutez, vivait avec Béhal qu'il avait rencontré à Paris.

— Non, je ne m'en doutais pas, mais disons que plus rien ne m'étonne.

— Dans cette affaire, dont il ne savait rien, sa participation s'est limitée à souffrir des absences de son compagnon. Lorsqu'il rentrait tard, Béhal lui affirmait être resté au chevet de ma femme. Ce qui paraissait logique... Pour la petite histoire, Van Weyer est également mort du sida en 1982, un peu avant Béhal...

Autre mouvement du bras ; il se tait, réfléchit, se résume.

— Bon ! Ai-je oublié quelqu'un ?...

À son regard qui pétille, il ne le lui semble pas.

— Non, tous les personnages sont en place. Je peux donc entamer l'essentiel du sujet, à savoir les *châtiments* – le mot *crimes*, en l'occurrence, n'étant pas, à mon sens, celui qu'il convient d'employer... Mais qu'importent les termes ! La *justice* de Marie s'est accomplie ainsi...

Julie ne partage pas cet avis. Cependant, elle le garde pour elle ; Wyatt pourrait se bloquer si elle développait le sien.

— Tout a commencé un dimanche, après de longs, de minutieux préparatifs... Coiffée d'un chapeau bon marché, affublée d'un manteau à deux sous, à peine maquillée, Marie est entrée au Café du Canal sans que nul la remarque. Se fondre dans la foule lui a été facile. De même que pour Béhal qui portait une cage recouverte d'un drap. Ainsi déguisés en couple de coqueleux, tous deux se sont rendus dans l'arrière-cour du café où

Marie a égorgé César. Puis, blottie près de Béhal, elle s'est ensuite cachée dans les vieilles toilettes pour guetter l'arrivée de Lefèvre. Dès que celui-ci s'est agenouillé devant son coq, Marie, les mains protégées par des gants de chirurgien, n'a plus eu qu'à l'exécuter. Béhal, pendant ce temps, faisait le guet. La suite n'a été qu'une formalité, quitter le gallodrome ne leur a posé aucun problème, le public n'avait d'yeux que pour le combat en cours.

Julie le sait. Mais à quoi bon acquiescer ? Ce serait superflu, elle préfère l'écouter.

Exit Lefèvre, Wyatt en vient au sort d'Hélène...

— Le lendemain, pendant la réception que je donnais au manoir, Marie a simulé un malaise dûment répété devant mes collaborateurs – étrangers à ce montage, je tiens à le préciser. Tel que le scénario le prévoyait, Béhal a aussitôt fait mine de monter la soigner. Ce premier acte terminé, ils se sont éclipsés dans le parc pour courir chez Basset.

Béhal, comme à chaque fois, avait repéré les lieux. Après avoir crocheté la porte du labo, il a aidé Marie à porter la bassine de sang trouvée dans le frigo. Cependant, pour châtier Hélène, Marie a tenu à être seule : elle voulait qu'elle meure de sa main. C'est en partant, quelque peu sur les nerfs, que Béhal a accroché une voiture. Et c'est chez un garagiste de Belgique, à prix d'or, en moins de deux, avec l'aide du discret Van Weyer, qu'il a fait effacer les traces du choc sur sa DS 21. Non sans avoir, au préalable, esquinté la porte de son garage... Il lui fallait donner le change.

Et de deux *châtiments*, il entame le récit du troisième.

— Pour Chaussois, Marie n'a pas plus fait de sentiment. L'unique souci a été ensuite de se débarrasser de l'Austin. Béhal, à juste titre, redoutait que l'homme qu'il avait failli renverser ait relevé le numéro de la plaque. Il m'a aussitôt téléphoné dans ma limousine. Eh oui, privilège des hommes d'affaires, j'avais le téléphone dans ma voiture. C'est ainsi qu'en pleine nuit il a abandonné l'Austin au Touquet, où je l'ai récupérée en revenant de Paris.

Arrive enfin Gaston, la dernière victime...

— Pour Dufauschelles, l'ultime survivant de la bande, si le tuer a été un soulagement pour Marie, sa mort, pour ma part, a relevé de l'amusement.

— Pourquoi cela ?

— Parce que c'est volontairement que je me suis promené en limousine près de chez lui. Il fallait bien que je trouve un prétexte pour interrompre les négociations. Je voulais qu'on me harcèle, qu'on m'épie, que ma colère semble fondée. Et le piège a fonctionné à merveille ! Ces messieurs s'en sont mordu les doigts...

Il se frappe le front.

— Ah, j'oubliais ! C'est encore Marie, et toujours en compagnie de Lariflette, qui a humilié Pruvost *post mortem*. Saccager sa tombe – et non la profaner – était le moins qu'elle pouvait faire à ce déchet humain... Pour le reste, la pendaison de Marinette est étrangère à cette histoire. Elle ne l'a rejointe que dans sa conclusion inattendue : le coup de folie de P'tit Bosco et les aveux forcés de Dalquin – aveux bénis par les caciques qui ont enfin pu respirer.

Voilà, il en a terminé. Il ne reste à Julie qu'à lui arracher des détails.

— J'en déduis que Marie n'a jamais eu le *baby blues* ni souffert d'anémie.

— Cela va de soi, elle feignait d'être malade grâce à la science de Béhal. Avec son teint crayeux, qui aurait pu la soupçonner, elle, une faible femme, quasi agonisante, d'être un bras séculier ?

Il en rit, puis sursaute, comme quelqu'un qui a oublié d'éteindre le gaz.

— Personne sauf Gallois qui avait eu le réflexe de vérifier son état civil.

— Il savait que Marie était née à Calais ?

— Oui, l'événement ne lui avait pas échappé, ce qu'il m'a révélé dans le secret de son bureau. Néanmoins, s'il n'était pas dupe, il ne pouvait rien prouver. Et quand bien même ! L'absence de preuves le soulageait : il tenait à sa bombe et souhaitait qu'elle explose.

Le mot fait tilt dans sa tête, Julie le récupère, prête à entendre le pire.

— Sa « bombe » ? Quelle bombe ?

— Gallois voulait se venger des notables avant de partir à la retraite. Évidemment, il m'a présenté la chose d'une manière plus subtile.

— À savoir ?

— Pour commencer, Gallois m'a promis de ne pas révéler les origines de ma femme : il connaissait son passé, les drames de son enfance ; le public en aurait fait des gorges chaudes, les journaux leurs gros titres, il convenait donc de la protéger. C'est pourquoi, en tant que frère, il m'a garanti son silence.

— Que voulez-vous dire par « frère » ?

— Franc-maçon, Julie. Je n'ai plus de raison de cacher que nous l'étions tous les deux.

Ce fait éclaire l'enquête sous un angle nouveau. Pour avoir fait un reportage sur la franc-maçonnerie, Julie en connaît la philosophie et la force des liens qui unissent ses frères. Inutile qu'elle l'interroge sur qui s'est passé entre eux.

— N'en dites pas plus, Harold... Je préfère que nous en revenions à la « bombe » de Gallois... Comment vous a-t-il présenté son... « projet » ?

— En tournant autour du pot… La vente aux enchères, 1954, les objets, le mobile… J'ai vite senti qu'il avait tout deviné, du moins qu'il soupçonnait Marie avec quelques réserves : sa culpabilité lui paraissait énorme ; il hésitait encore. Mais j'ai été sidéré quand, dans la foulée, il m'a confié que tant que le « coupable » ne commettrait pas d'erreur, il ne chercherait pas à l'arrêter… En ajoutant qu'il comprendrait que je quitte Calais à cause de ce climat sordide… Ce qu'il m'a *fraternellement* conseillé de faire.

— En somme, son but était de vous faire partir.

— Oui, pour que les négociations échouent. C'était cela sa « bombe ». Mais il ne pouvait deviner que je n'avais pas l'intention de signer le moindre bout de contrat.

Bizarre… Pour quelle raison obscure a-t-il adopté cette ligne de conduite, lui, le flic intègre, droit et loyaliste ? Son attitude surprend Julie.

Mais il lui faudra attendre pour apprendre ce qui la guidait : le bateau est enfin en vue. À sa forme qu'elle distingue de loin, c'est un chalutier pêche-arrière dont Wyatt mesure l'avancée.

— Il y a de la houle, il aura un peu de retard.

— Vous ne pouviez pas être à bord avec votre famille ?

— Non, mon cœur me l'interdit… J'ai laissé à mes enfants et à mes petits-enfants le soin de se charger de la cérémonie… Ils seront là dans une dizaine de minutes.

Dans ce cas, puisqu'elle dispose d'un peu de temps, Julie embraye sur le vieux flic.

— Avez-vous une idée de ce que cachaient les non-dits de Gallois ?

— Bonne question ! Je me le suis longtemps demandé. Je n'ai eu la réponse que des années plus tard, lorsque je suis allé le rencontrer à Toulon où il s'était retiré. Il y avait prescription, on pouvait tout s'avouer... Gallois avait blanchi, souffrait de maux divers, mais sa tête lui était restée fidèle.

— Et que vous a-t-il raconté ?

— Son enfance... Une enfance misérable – je vous en épargne les détails... N'était-ce qu'à cause d'elle, il avait partagé la révolte de Marie. Mais en y additionnant la guerre, l'abandon de l'Algérie, le rejet, l'ostracisme, la façon dont les notables avaient traité sa femme. Pour toutes ces raisons, de couleuvres en affronts, il m'a avoué qu'il s'était retrouvé dans son drame et, plus tortueux encore, qu'il avait goûté sa vengeance comme si elle était sienne... Un solde de tout compte pour ce que la société lui avait fait endurer.

Wyatt ne le juge pas puisqu'il comprend son enfer.

— Entre autres révélations, à propos des objets dont Marie s'était servi, je lui ai dit qu'ils venaient de chez divers brocanteurs. Mais il le savait déjà. Le seul mystère qu'il n'avait pas élucidé, c'était la présence des poilus. Je lui en ai expliqué la symbolique, suite à quoi il a rétorqué : « Curieuse marche funèbre... Si vous en êtes d'accord, nous l'appellerons *Comptine en plomb*. » Sur ce, en trinquant, nous avons refermé le dossier.

Ça y est, le chalutier arrive face au cap. Julie et Wyatt distinguent ses passagers qui leur font de grands signes. Ils leur répondent en agitant les bras. L'un d'eux, un homme vêtu de noir, s'avance près du bastingage. Il tient une urne entre ses mains. Le vieil Anglais se découvre. À ce geste, l'homme jette l'urne à la mer, puis se recueille avec ceux qui l'entourent.

Pas d'oraison, pas de prière. Ni pleurs ni regrets. C'est juste un livre qui se referme.

— La conclusion de cette histoire, Julie, est que la société de l'époque a engendré des milliers de révoltés.

Certains, avec le temps, ont réussi à faire la paix avec eux-mêmes. D'autres sont partis à Katmandou, ont dressé des barricades, ont élevé des moutons ou, à leur manière, ont étranglé leurs démons. Marie, je vous l'accorde, a opté pour une solution plus radicale. Mais elle lui a été bénéfique, puisque après cette affaire elle est devenue radieuse, enjouée, éblouissante, rattrapée par le désir de vivre. Une métamorphose, un miracle… C'est pourquoi, dans mon esprit, elle n'a commis aucun crime : elle a suivi une thérapie. J'en suis certain et, sur mon éternité, l'affirme devant Dieu qui, du haut de Son nuage, m'a permis de couler des jours enfin heureux… Au nom de ce bonheur, ne nous condamnez pas.

Le chalutier repart, il remet son chapeau.

— Et si vous en êtes tentée, demandez-vous d'abord s'il eût été juste qu'elle traîne toute sa vie le poids de son enfance – une enfance assassinée comme beaucoup l'ont été dans ces années de plomb. Pour ma part, la réponse est sans appel : je n'ai aucune pitié pour ceux qui tuent les rêves des enfants. Ce sont les pires des meurtriers. D'une façon ou d'une autre, ils méritent la mort.

Il ouvre son portefeuille, en tire un bout de papier.

— Tenez, ce sont les dernières lignes que Marie a écrites. Vous pouvez les lire. Elles vous prouveront que je n'exagère pas.

Julie prend la feuille, la déplie. Le texte qu'elle découvre est un jugement sans appel sur une époque que, comme tant d'autres, elle a tenté d'oublier…

Quand j'ai eu neuf ans, les hypocrites ont arraché Calais dans mon cœur. Ils ont détruit ma jeunesse, ils ont gâché ma vie. Je ne veux pas être enterrée près d'eux. Je souhaite que l'on jette mes cendres au large du

Gris-Nez, tel que je l'ai promis au vent, à la mer et aux oyats, à mon pays que je trouvais beau quand, enfant, je rêvais dans les dunes en parlant à mon chien.

Et Julie se souvient des vers d'Apollinaire :

*Passons. Passons puisque tout passe
Je me retournerai souvent.*

DU MÊME AUTEUR
CHEZ LE MÊME ÉDITEUR

MISTER CONSCIENCE

À quelques jours de l'Ascension, comme tous les ans, la cérémonie du Saint-Sang du Christ s'apprête à accueillir les fidèles dans le décor ciselé de Bruges. Mais les préparatifs sont endeuillés par un meurtre à caractère symbolique. La victime a été retrouvée décapitée dans la cathédrale Saint-Sauveur. Son auriculaire droit manque à l'appel…

Commence alors pour Philippe Daysvat, chargé de l'enquête, une période trouble. Les prédictions d'un énigmatique Mister Conscience le hantent. Ce dernier, qui prétend vouloir l'aider, lui annonce au total cinq crimes. Autant de doigts qu'en compte une main…

Des cauchemars prémonitoires écourtent ses nuits. Daysvat traque dès lors l'insaisissable Mister Conscience. Mais qui est-il ? L'assassin ou seulement son complice ?

Prix LGM-Lire 2007

Archipoche n° 17
ISBN 978-2-35287-010-4 / H 50-3870-8 / 384 pages / 7,50 €

NATURES MORTES

Fixer le regard des mourants à l'instant précis où ces derniers passent de vie à trépas. Tel est le but mystique que s'était fixé un créateur de génie. Est-ce pour avoir voulu repousser les frontières de l'art, de la science et de la morale qu'on l'a réduit au silence ?

Pourtant, le nom de Debbas est sur toutes les lèvres. Un galeriste s'apprête à mettre en vente trente-sept toiles inédites du peintre au moment même où son golem hante l'allée des Brouillards et terrorise la communauté libanaise de Montmartre.

Pour Flora Régnaud, de l'Office central de lutte contre le trafic des biens culturels, la Butte n'est pas cette carte postale aux tons pastel qui enchante les touristes ; plutôt un marigot où s'ébattent dissimulateurs, escrocs, faussaires, pillards et assassins…

Qui est qui dans ce monde de faux-semblants où, sur fond politico-religieux, se mêlent l'art, la vengeance et la mort ? C'est cet écheveau que la jeune inspectrice devra démêler avant que d'autres cobayes ne servent les expérimentations d'un émule démoniaque de l'artiste…

Archipoche n° 49
ISBN 978-2-35287-051-7 / H 50-4983-8 / 352 pages / 6,50 €

*Cet ouvrage a été composé et mis en pages
par Facompo à Lisieux*

*Imprimé en Espagne
par Litografia Rosés S.A.
en août 2009
pour le compte des Éditions Archipoche*

N° d'édition : 100 – N° d'impression :
Dépôt légal : octobre 2009